침대
위의
휴그담

침대 위의 활극담

1판 1쇄 찍음 2014년 12월 17일
1판 1쇄 펴냄 2014년 12월 23일

지은이 | 이 림
펴낸이 | 정 필
펴낸곳 | 도서출판 **뿔미디어**

편집장 | 이재권
기획 · 편집 | 주종숙

출판등록 | 2002년 9월 11일 (제1081-1-132호)
주소 | 경기도 부천시 원미구 소향로 17, 303(두성프라자)
전화 | 032)651-6513 / 팩스 032)651-6094
E-mail | scarlets2012@hanmail.net
블로그 | http://blog.naver.com/dahyangs
홈페이지 | http://bbulmedia.com

값 9,000원

ISBN 979-11-315-6143-0 03810

침대 위의 활극담

이 림 장편소설

SCARLET — ROMANCE — STORY

PLEASE
DO NOT
DISTURB

contents

프롤로그. 책임져 주시지요   # 7

1. 아래는 더 심하답니다   # 16

2. 인간은 언제나 같은 실수를 반복한다   # 48

3. 각서는 확실하게   # 94

4. 수정은 철저하게   # 129

5. 밝혀진 먹튀녀의 진실   # 165

6. 변태와 짐승의 뜨거운 밤   # 205

7. 그립고 그리워서   # 257

8. 무엇보다도 당신이 좋아   # 291

9. 이유 없이, 조건 없이, 그리고 탄산 없이   # 316

10. 사랑은 선수촌에서 꽃핀다   # 344

에필로그 1. 방문 뒤의 후일담   # 365

에필로그 2. GIVE ME, GIVE ME!   # 369

외전 아버지는 말씀하셨지   # 376

침활담을 끝내며   # 383

프롤로그.
책임져 주시지요

'어찌하여…… 나는 이곳에 있는 걸까.'

얼이 빠질 지경이다.

슬쩍 고개를 돌려 보니 나보다 더 굳은 얼굴을 하고 있는 남자가 보였다.

그래, 그러니까 이 남자 이름이 뭐더라.

"차원우."

맞아.

그런 이름이었어.

어떻게 이 이름을 잊을 수 있었을까.

대한민국의 국민이라면 누구나 한 번쯤은 들어 보았을 유명인의 이름인데.

나는 다시 앞으로 얼굴을 돌렸다. 내 옆에 무릎을 꿇고 있는 남자만큼이나 훤칠하게 생긴 중년 남성의 얼굴이 시야로 들어왔다.

아마도 젊었을 때 여자 꽤나 울렸을 법한 미모를 지닌 중년 남성은 나와 차원우를 번갈아 응시했다. 그 강렬한 눈빛에 얼굴이 따가울 정도여서 숨을 크게 들이마셨다.

'정말 미치겠네.'

등 뒤로 식은땀이 줄줄 흘러내렸다.

숨 막히는 시간.

경기가 시작되기 전, 매트 위로 올라가기 직전만큼이나 아찔한 기분이 들었다. 이상하게 목이 말랐지만 갈증을 해소할 만한 건, 아무리 주위를 둘러봐도 보이지 않았다. 내가 할 수 있는 건 그저 입을 꾹 다물고 있는 것밖에는 없었다고나 할까. 제길.

그나저나, 이 공간 내에서 '긴장'이라는 걸 하고 있는 사람은 나뿐인 건가. 슬며시 눈을 이리저리 굴려 보아도 내 옆에 무릎을 꿇고 있는 남자나 우리의 맞은편에 있는 중년 남성의 표정엔 변화가 없다. 겉모습만큼이나 냉정한 이들이 아닐 수 없다며 혀를 내두르던 나는 점점 심장이 쪼그라드는 걸 느꼈다. 뭐라고 말 좀 하라고 이 인간들아.

"아버지."

무의식적으로 숨을 죽일 만큼 팽팽했던 긴장감이 툭 끊어진 것은 내 옆에 무릎을 꿇고 있던 차원우가 드디어 입을 열었기 때문이다. 반가운 마음에 얼른 그를 쳐다보았지만 차원우는 나를 쳐다보고 있지 않았다. 그의 눈이 향한 곳은 오로지 앞. 자신이 '아버지'라고 부른 중년 남성이 있는 곳이었다.

'그래.' 하고 작게 대답하는 중년 남성의 음성에 차원우를 향했던 고개를 앞으로 돌렸다. 가라앉은 눈으로 우리 두 사람을 쳐다보고 있는 중년 남성은 차원우의 입이 열리기를 기다리는 듯했다. 그리고 그 기대에 부응하기 위해 차원우는 잠시 숨을 고르더니 천천히 입술을 달싹였다.

"어찌하면 좋습니까."

한숨과 함께 소리를 뱉어 낸 차원우는 체념한 어조로 말을 이었다.

"'누군가' 소자를 책임져야 할 일이 벌어지고 말았습니다."

정신이 번쩍 들었다. 그놈의 '책임'이라는 단어가 거슬렸기 때문이다.

노이로제가 걸릴 지경이다. 저 빌어먹을 '책임'이라는 단어로 인해 시달렸던 지난 몇 주가 불현듯 눈앞을 스치고 지나갔다. 이젠 반사적으로 눈물이 차오를 정도다. 그런 내 마음은 전혀 알아주지 않고 그동안 나만 보면 뱉어 내던 '책임'이라는 단어를 이번에도 잊지 않는 차원우의 의지에 박수를 보낸다.

신경질적인 눈빛으로 냉랭한 얼굴의 그를 노려보았지만 그 남자가 내 시선에 아랑곳할 리는 없었다. 그는 지금까지 줄곧 그래 왔던 것처럼 내가 그를 쳐다보든 말든 개의치 않고 자신의 아버지만을 바라보고 있는 중이었다.

"책임을 져? 네가 지는 게 아니라?"

중년 남성은 차원우가 한 말의 의미를 파악하기 위해 노력하는 것 같았다.

아저씨, 당장 그 말을 이해하려 해도 쉽지 않을 거예요. 저도 그 말이 뭘 의미하는지 알아듣기까지 무려 3주나 걸린걸요. 아니, 그렇잖아요. 남자를 '책임' 진다는 게 대체 무슨 말이냐고 정말!

울컥 감정이 솟구침과 동시에 입 밖으로 내뱉을 수 없는 말이 치밀어 올랐지만 강한 정신력으로 참아 냈다. 괜히 나섰다간 무슨 꼴을 당할지 모른다. 내 옆에 무릎을 꿇고 있는 이 남자는 지난 3주간의 행동으로 짐작하건대 무척이나 끈질긴 사람이었으니까.

작게 한숨을 흘리며 고개를 절레절레 젓던 나는 얼굴을 아래로 내리다 손목에 찬 시계를 발견하곤 화들짝 놀랐다.

벌써 5시라니!

오후 훈련을 하러 갈 시간이 지나 버렸다. 단단히 화가 나신 감독님의 얼굴이 눈앞에 선했다. 안 그래도 3주 동안이나 제대로 훈련을 못 했는데, 오늘도 이렇게 쓸데없이 시간을 낭비하는 건가. 곧 있을 대회에선 괄목할 만한 성적을 거두어야만 했기에 심장이 더욱 벌렁거렸다.

'상황을 봐서…….'

도망쳐야겠어.

언제까지 이러고 있을 수는 없다. 억지로 잡혀 오긴 했으나 도망가는 건 충분히 내 힘으로 할 수 있을 터. 주먹을 불끈 쥐며 의지를 다졌다.

"예. 책임을 져야 합니다."

"네가 책임을 지는 게 아니라…….'

"네, '누군가' 저를 책임져야 할 일입니다."

내가 또 다른 계략을 꾸미고 있다는 걸 알 리 없는 차원우는 침착하게 대답했다. 고개를 끄덕이는 차원우를 중년 남성은 묘한 얼굴로 응시하다 이윽고 시선을 옮겼다.

'응?'

슬슬 다리가 저려 오는 것을 느끼며 미간을 좁히던 나는 언제 도망칠지 타이밍을 재고 있었다. 그런 내 속을 꿰뚫고 있는 것처럼 강한 눈빛을 쏘아 대는 중년 남성의 모습에 크게 당황했다. 소름이 오소소 돋아났다.

드, 들킨 건가.

입 한번 열지 않았는데 긴장감이 엄습했다. 무의식적으로 두 눈을 동그랗게 뜨며 침을 꿀꺽 삼켰다. 아까도 잠시 느꼈지만, 지금까지 선수 생활을 하면서 수많은 상대들과 대전해 왔지만 눈앞의 중년 남성처럼 나를 당혹스럽게 만드는 사람은 없었다. 이 아저씨, 정체가 대체 뭐야! 어쩐지 불편해졌다.

"책임……이라."

그렇게 한동안 내 얼굴을 들여다보던 중년 남성은 턱 끝을 매만지며 나지막하게 중얼거렸다.

"그래. '누군가' 널 책임져야 할 일이 생겼다면, 응당 그리해야겠지."

차원우가 언급한 '책임'이 대체 무엇인지 구체적으로 물어보지도 않고, 그를 '책임져야 할' 사람이 '누군지' 또한 묻지 않는 중년 남성은 너무도 빠르게 이해를 해 버렸다.

너무 쉽게 차원우의 말을 받아들이는 그에게 '아저씨, 뭘 알고 하시는 소리예요?'라고 소리를 치고 싶었지만 이번에도 내 입은 꾹 다물어졌다. 일그러진 내 얼굴 따윈 깔끔하게 무시하는 걸 보면 확실히 중년 남성은 차원우의 아버지가 맞았다.

그는 다시금 차원우에게로 시선을 돌리며 물었다.

"너를 책임져야 할 그 '누군가'는 바로 이 아가씨겠군."

그리고 얼마 지나지 않아, 중년 남성의 검지가 정확하게 나를 향했다. 그제야 이 두 남자의 대화에서 철저하게 배제되어 있던 '나'라는 존재가 화두에 오르는 순간이다. 차원우는 토끼 눈을 뜨는 나를 흘끔거리다 이내 제 아버지를 응시했다.

"예. 이 여잡니다."

그는 일말의 망설임도 없이 대답했다. 당연하다는 듯 말하는 그를 보며 기가 막혔다. 물론 3주 전에 우리에게 '어떤 일'이 일어난 건 사실이지만 내가 자길 책임져야 하는 그런 일은 아니었단 말이다! 아, 뭐…… 내가 기억하는 선에선.

'안 되겠어.'

여태껏 입을 굳게 다문 채 한 마디도 하지 않던 나는 이제야 내가 나설 순간이라는 것을 자각했다. 지금 나서지 않는다면 정말로 그 젠장할 '책임'이라는 것을 져야 할지도 모른다. 나는 얼른 외치려 했다.

"저기!"

"그런데 아가씨, 이상하게 얼굴이 익숙한데."

말없이 내 얼굴을 쳐다보던 중년 남성이 돌연 미간을 구긴 것은 그 시점이었다. 그는 흐음 묘한 코웃음 소리까지 흘리며 말했다. 그 말에 표정이 굳어 버린 내게 얼굴을 들이민 그는 진지한 음성으로 중얼거렸다.

"어디서 봤다고. 매우 익숙…… 아."

아?

"그러니까 이름이."

"조연오."

빌어먹을 차원우가 중년 남성의 기억을 살려 주었다. 그는 환하게 웃으며 고개를 끄덕였다.

"맞아. 그 이름이었어. 이번 대회에서 메달을 땄었지, 아마?"

중년 남성의 말은 사실이었다. 불과 3주 전에 나는 아시안게임에서 메달을 땄다. 그것도 번쩍번쩍 빛나는 금빛 메달. 빙긋 웃는 그를 보자니 괜스레 얼굴이 벌겋게 달아올라 나는 하하 웃었다. 일단은 긍정을 해야겠지. 그리고 다시 도망갈 기회를 찾아보자.

"예에. 물론 제가 조연오긴 한데…….'"

"그런데 아가씨는 유도 선수가 아닌가. 언제부터 우리 원우랑 사귀고 있었던 거야?"

사귀긴 누가 사귑니까, 아저씨!

"아뇨. 저흰 그런 사이가 아니라…….'"

"예. 결혼을 전제로 교제 중입니다."

중년 남성이 의아해하는 것도 충분히 이해가 간다.

왜냐하면 우리는 같은 종목의 선수들이 아니었으니까. 간혹 같은 종목의 선수들끼리 눈이 맞아 교제를 하는 경우가 있기는 하지만 맨몸을 쓰는 나와 도구를 사용하는 그가 부딪힐 일은 적었다.

의문에 휩싸인 그에게 알려지지 않은 3주 전의 진상을 읊어 주기 위해 외치려고 할 때, 차원우는 그런 내 말을 과감히 끊어 버리고는 폭탄 발언을 날렸다. 그리고는 싱긋 웃으며 내게 속삭였다.

"맞지?"

"이봐요! 아까 그건 대체 뭐예요! 약속이랑 다르잖아요!"

일단 가장 큰 잘못은 이 빌어먹을 남자의 꼬임에 넘어가 버린 내게 있었다.

'이번 한 번만 따라오면 더 이상 귀찮게 안 할게.'

'정말이죠?'

'못 믿나?'

'……좋아요. 꼭 약속해요!'

워낙 당당하게 말하기에 당연히 약속을 지킬 줄 알았던 나는 오후 훈련까지 내팽개치고 차원우를 따라나섰다. 그래, 이쯤 되면 아까 언급했던 억지로—라는 말이 틀렸다는 것을 인정할 만하다. 이미 차원우를 따라나선 시점에서 내겐 더 이상 할 말이 없다고 봐도 무방하기는 한데, 설마 그 목적지가 자기 아버지와의 약속 장소인 줄 어떻게 짐작했겠냐고!

"무슨 약속?"

조금 전 무슨 일이 있었던 건지. 워낙 순식간에 일이 진행되었고 끝이 나 버렸던 터라 아직도 머리가 얼얼한 나를 내려다보며 차원우는 태연하게 되물었다.

순간 주먹을 뻗을 뻔했지만 초인적인 인내력으로 견뎌 냈다. 아무리 생각해도 나는 참으로 대단한 여성이 아닐 수 없다. 스스로를 자랑스럽게 여기며 흐뭇하게 웃으려다 뻔뻔한 차원우의 얼굴을 노려보며 소리쳤다.

"이번 한 번만 그쪽을 따라오면 더 이상 귀찮게 안 한다고 했었잖아요! 그런데 더 귀찮아졌어요. 이제 어떡할 거예요? 그쪽 아버지는 내가 그쪽이랑 결혼을 전제로 교제하고 있는 거라고 생각해 버린 것 같은데, 정말 어쩔 거냐구요!"

씩씩거리며 외치는 나를 가만히 응시하던 차원우는 잘난 얼굴을 빛내며 말했다.

"그럼 정말 하면 되지."

"뭘요?"

"결혼을."

"누구랑요?"

"나랑."

눈앞이 새하얘졌다. 뭐라 말을 잇지 못하는 내게 차원우는 속삭였다.

"왜, 설마 그렇게 날 물고 빨고 했으면서 책임을 안 지려고 했나?"

1.
아래는 더 심하답니다

―원우야. 아버지한테…… 얘기 들었다.

이른 아침부터 전화가 걸려 왔다. 핸드폰에서 흘러나온 목소리가
어쩐지 깊은 슬픔을 안고 있다고 원우는 생각했다.

힘겹게 말을 뱉어 내면서도 끅끅, 흐느끼는 어머니가 적응이 되
지 않았다. 나이가 들어서도 항상 밝고 명랑함을 유지하던 어머니
의 우는 소리에 원우는 잠시 고민을 했지만 아무런 말을 뱉어 내지
못했다. 그가 할 수 있는 일이라곤 그저 당장이라도 제집으로 달려
올 기세로 외치는 그녀의 말을 들어 주는 것뿐.

미간을 좁히며 핸드폰을 든 원우의 귓가에 그의 어머니 희수의
외침이 울려 퍼졌다.

―그게 사실이니? 내 아들 원우가 여자한테 당해 버린 거야? 정
말로?

당해?

어머니는 문제의 핵심을 파고들기로 작정하신 것이 분명했다. 원우는 살짝 당황했다. 물론 그가 '여자에게' 당한 건 사실이다. 스물여덟이 되도록 이런 일은 단 한 번도 없었기에 원우 역시 무척이나 놀랍긴 하다.

그러나 그가 알기론 제 어머니 역시 아주 오래전 이와 같은 일을 저지른 걸로 알고 있다. 덕분에,

—어허. 그런 식으로 말하진 않았어.

아버지랑 결혼도 하지 않았던가.

엉엉— 울어 버릴 기세로 제게 대답을 요구하는 어머니의 목소리를 듣고 그가 전화를 끊어 버릴까 고민하는 사이, 주변에 있었던 건지 아버지 규영의 목소리 역시 들려왔다. 실시간으로 생중계되는 부부의 대화를 원우는 반강제적으로 들어야만 했다.

—선…… 아니, 당신이 그랬잖아요! 원우를 책임져야 할 '누군가'를 만나고 왔다고! 책임져야 할 일이라면 당연히 당한 거죠!

—그렇게 생각해?

—네! 그게 아니라면 누가 우리 원우 같은 강한 남자를 눕히겠어요. 아니 그전에, 정말 여자가 맞는 거죠? 설마 여자가 아니라면……

여자, 맞습니다.

원우는 한숨을 내쉬며 답하기 위해 입을 벌렸지만 그보다 먼저 규영이 희수의 의문을 풀어 주었다.

—여자 맞아. 대신 강해 보이더군.

—강하다고요?

—유도를 해서 그런가.

—유, 유도?

—여자 선수들도 웬만한 남자들을 눕힐 수 있지 않을까? 그 때문에 우리 원우가 예전의 나처럼 당했……

—으, 으악! 원우도 듣는데 무슨 소리를 하는 거예요, 진짜!

부모님이 만나게 된 계기에 대한 이야기를 그가 알게 될까 봐 두려워하는 건지, 어머니는 빽 소리를 질렀다. 이미 다 알고 있어요, 어머니. 몇 해 전 아버지와 형, 그리고 누나와의 술자리에서 유독 기분이 좋아 보이시던 아버지가 모든 사실을 털어놓았다는 걸 알 리 없는 어머니에게 말을 할까 하다 말았다. 원우는 지금쯤 아버지의 앞에서 얼굴을 빨갛게 붉히고 있을 어머니를 떠올려 보며 고개를 절레절레 저었다.

"야, 차원우! 밥은 대체 언제 주냐?"

대답을 할까 말까, 전화를 끊을까 말까 등등. 몇 가지 선택의 기로에 놓여 있던 원우는 거실 쪽에서 들려오는 커다란 목소리에 인상을 썼다. 귀가 얼얼할 지경이었다. 손에 쥐고 있는 핸드폰에서는 여전히 부모님들의 대화 소리가 들려왔고, 거실에서는 밥을 달라며 아우성치는 동료들의 음성이 쏟아졌다.

'후우.'

일단은 상황을 정리할 필요성이 있다는 걸 깨달은 그는 길게 숨을 내쉰 뒤 입을 열었다.

"어머니, 지금은 통화를 하기 꽤 곤란한 상황입니다."

—어?

"나중에 다시 연락드릴게요."

—원……

불효를 저질렀다. 하늘과 같으신 어머니께서 말씀을 하고 계시는데 전화를 끊어 버리다니. 양심의 가책을 느끼며 원우는 입술을 깨물었다.

"차원우우!"

한쪽의 상황은 정리되었지만 다른 한쪽의 상황은 여전히 소란스럽다. 원우는 차갑게 굳어진 얼굴을 거실 쪽으로 돌렸다. 그리고는 먹이를 기다리는 아기 새마냥 울부짖는 자신의 동료들이 있는 곳으로 터벅터벅 걸어갔다.

본인들이 운동선수라는 걸 자각하고는 있는 건지.

오랫동안 준비해 온 아시안게임이 끝난 지 3주가 흘렀고, 그 후로 한 달 동안은 그간 고된 훈련을 했던 그들에게 보상 차원에서 휴식이 주어지기는 했지만 이렇게 밤새도록 술을 마시는 건 차원우로서는 도저히 상상할 수 없는 일이었다.

아니, 그전에 왜 하필 내 집에서 술을 마시냔 말이야. 나중에 어떻게 처리하라고.

알코올이라곤 입에 대지도 않는 원우는 짜증스러운 눈을 하고 이곳저곳에 널브러져 있는 동료들을 흘긋거렸다. 물론, 마구 늘어져 있는 저 동료들 중 한 명이 어제 긴 시간 사귀어 온 여자 친구에게 거하게 차여 버렸기에 그들도 평소 입에 대지 않던 술을 마셨다는 특별한 사정이 있기는 했으나, 불만족스러운 건 마찬가지다.

원우는 곳곳에서 풍겨 오는 알코올의 알싸한 향기에 얼굴을 일그러뜨렸다.

발뺌하는 그 여자를 꽉 붙들기 위한 철저한 계획을 세우고 있어도 모자랄 판에 들이닥친 빌어먹을 동료들을 아니꼬운 시선으로 바라보던 원우는 들고 있던 햇반 몇 개를 그들의 얼굴 위로 던졌다.

"오, 왔…… 악!"

서늘한 냉기를 풍기는 원우를 발견하고 씩 웃으려던 친구 강준은 정통으로 햇반을 맞고는 단말마의 비명을 질렀다. 원우는 이게 무슨 짓이냐 소리치는 그를 보며 냉랭하게 말했다.

"니들이 직접 해 먹어."

강준은 이를 갈았다.

"손님을 뭐 이렇게 대접해!"

손님은 무슨.

"쳐들어온 건 니들이야."

억울해하는 강준 외 2명의 씰룩거리는 입술을 못 본 척하며 원우는 근처 소파에 자리를 잡았다. 피곤하다. 아침부터 머리가 어지러울 만한 일을 두 가지나 겪어서인지 예민해졌다. 휴식이 필요해. 그는 씩씩거리며 햇반을 들고 일어나는 동료들을 흘긋거리다 리모컨으로 TV를 켰다.

아침 시간이라 그런지 교양 프로그램이 진행 중이다. 그런 류의 방송들을 즐겨 보진 않는 터라 음악 방송이나 들을까 싶어 채널을 돌리려던 그는 이상하게 익숙한 얼굴의 여자가 브라운관 안에 있다는 사실을 알아차렸다. 버튼을 누르려던 원우의 손가락은 자연스럽게 굳어졌다.

'그 여자다.'

3주 전, 그에게 잊을 수 없는 기억을 선사해 준 바로 그 여자. 엄청난 힘을 소유한 그 여자. 그를 홀라당 흔들었으면서 발뺌하는 그 발칙한 여자. 그러니까 이름이……

〈오늘의 주인공입니다! 이번 아시안게임에서 대한민국 국민들에게 금메달이라는 기쁨을 안겨 준, 유도 국가대표— 조연오 선수!〉

사회자의 목소리가 끝을 맺음과 동시에 우레와 같은 박수갈채가 쏟아졌다. 사회자를 비추던 카메라는 출연자가 걸어 나오는 공간 쪽으로 향했고, 그가 기억하고 있던 수수한 모습과는 다르게 화려하게 치장을 한 여자가 몹시 어색한 미소를 지으며 손을 흔드는 모습이 보였다.

그러고 보니 이 방송은 일주일 전 원우에게도 출연을 요청했던 그 방송이었다. 하지만 방송 울렁증이 있다는 핑계를 대며 단호하게 거절했었던 자신과는 달리 조연오는 출연을 결정한 모양이었다.

원우는 평소와는 극명한 차이를 보여 주는 여자의 쑥스러워하는 얼굴을 가만히 지켜보기로 했다.

〈어서 오세요, 조연오 선수.〉

〈아…… 바, 반갑습니다.〉

〈많이 쑥스러워하시네요. 방송은 처음이세요?〉

〈네? 아…… 네. 지금까지 한 번도 방송에 출연해 본 적이 없어서……. 그런데 정말 카, 카메라가 많긴 하네요! 하하하!〉

여자는 땀을 줄줄 흘릴 기세로 소리쳤다. 기백이 넘치기도 했지만 왠지 귀엽기도 했다. 원우는 따라 웃어 버렸다. 이상한 여자야, 정말.

〈너무 긴장하지 마세요. 겨우 카메라 앞인걸요. 여태껏 우리 조연오 선수가 대결해 온 상대들에 비해서는 아무것도 아니라고 생각하시면 편할 거예요.〉

〈예? 그, 그럼 더 긴장이 되는데…….〉

〈흠흠. 어쨌거나, 본격적으로 조연오 선수에 대해 알아보는 시간을 먼저 가져 볼게요! 일단 영상, 보시죠!〉

긴장을 풀어 주기 위해 꺼낸 사회자의 말에 더욱 당황하는 여자가 재미있었다. 그 여자의 반응에 놀란 사회자가 재치를 발휘하여 얼른 다른 곳으로 화제를 돌리는 바람에 난처한 표정을 짓는 얼굴을 보지 못했다는 것이 좀 아쉽긴 하지만.

원우는 이윽고 흘러나오는 자료 영상을 하염없이 바라봤다.

조연오.

3주 전 폐막한 아시안게임의 ―52KG급 여자 유도 결승전에서 모두의 예상을 뛰어넘고 일본의 강적을 물리치며 당당하게 금메달을 딴 올해 스물넷의 유도 국가대표 선수.

국제경기 첫 메달을, 게다가 예상치 못한 금메달을 따기까지의 과정이 TV에서 생생하게 방영되고 있었다. 저도 그녀와 같은 운동선수에다 국가대표인지라 그녀가 얼마나 노력했는지 짐작이 가능해서 원우는 TV에서 시선을 떼지 못했다.

"대체 밑반찬은 어디 있는…… 뭘 그렇게 열심히 봐?"

뜻하지 않게 접하게 된 아침 방송 덕분에 그가 예의주시했던 여자에 대한 새로운 사실을 알게 되었다. 이제 긴장이 좀 풀렸는지, 카메라 앞에서 제 이야기를 거리낌 없이 늘어놓는 여자를 빤히 들여다보던 원우는 신경질을 내며 부엌에서 나오는 강준을 발견했다.

"어? 저 여자! 저 여자 그 여자 아니야?"

천하의 차원우가 대체 무엇을 보는가 싶어 덩달아 TV를 응시하던 강준의 눈동자는 금세 동그래졌다. 원우는 기겁하는 그를 의아하게 바라봤다.

"그 여자?"

강준은 세차게 고개를 끄덕였다.

"왜, 선수촌에 있을 때 술 취해서 네 방으로 쳐들어왔던 그 이상한 여자!"

순간 몸을 움찔거렸다. 잊은 줄 알았는데, 기억하고 있었던 건가. 원우는 '저 여자 자원봉사자 아니었구나?'라고 중얼거리는 강준을 쳐다봤다.

정확히 말하자면 그 당시 그 여자는 '술'에 취했던 건 아니었다. 아무리 코를 킁킁거려도 알코올 냄새를 맡을 순 없었으니까. 뒤늦게 그 여자에게 듣기론 '탄산'에 취하는 특이체질을 가지고 있다고 하던데, 그게 사실인 건지는 모르겠다. 인터넷을 뒤적이니 그런 독특한 사람도 있다고는 하지만 어찌 알겠나. 그의 몸을 노리기 위해 작정을 했던 건지도.

어쨌든 강준의 오해를 굳이 정정해 줄 필요성을 느끼지 못했던 원우는 놀라워하는 그에게 심드렁하게 말했다.

"자원봉사자가 그렇게 늦은 시간에 선수촌에 남아 있겠어?"

"뭐, 그건 그렇지만. 그런데 저 여자, 그때 잘 들어갔는지 모르겠네."

평소 원우의 무시를 한 몸에 받는 강준이지만 가끔 그를 놀라게 만든 적이 있기는 했었다.

오늘이 바로 그런 날인가.

정확하게 핵심을 짚어 버리는 강준의 말에 원우는 화들짝 놀랐다. 강준은 기억을 더듬으며 미간을 좁히다 굳어진 원우를 발견했다. 원우는 강준의 눈이 점차 가늘어지는 것을 보고 심장이 미친 듯이 뛰는 걸 느꼈다. 제기랄.

"그러고 보니 말이야."

"……."

"나, 저 여자가 네 방에서 나가는 걸 본 적이 없는……."

"밥."

"어?"

"밥, 해 줄게."

원우는 말이 끝남과 동시에 자리에서 벌떡 일어났다. 강준이 눈을 크게 뜨고 그를 응시했다.

"그럼 햇반 안 먹어도 돼?"

"어."

"이야, 차원우 네가 웬일이냐? 밥도 다 해 주고! 역시 의리남!"

"……."

낄낄거리며 박수를 치고는 부엌으로 달려가 다른 동료들에게 '원우가 밥 해 준대!'라고 외쳐 대는 강준을 보며 원우는 가슴을 쓸어내렸다. 사건의 진상을 밝혀내기 직전이었지만 밥을 준다는 말 한마디에 의심 따윈 훌훌 털어 버리는 강준은 참으로 단순했다. 원우는 안도의 한숨을 뱉어 내며 TV를 끄기 위해 리모컨을 쥐었다.

〈이번엔 조금 개인적인 질문인데, 물어봐도 될까요?〉

〈네, 말씀하세요.〉

〈우리 조연오 선수는, 애인 있어요?〉

여전히 조연오와의 인터뷰는 계속되고 있었고, 전원 버튼을 누르려던 원우의 움직임은 멎었다. '애인'이라는 단어에 소스라치게 놀라는 여자의 모습이 보였다. 얼른 부엌으로 오라 외치는 강준의 말을 잠시 한 귀로 흘리고 원우는 TV에 집중했다.

〈애인…… 이요?〉

얼굴을 빨갛게 붉히는 여자는 어쩔 줄 몰라 하는 것 같았다. 사회자의 짓궂은 멘트가 이어졌다.

〈운동도 잘하시고 얼굴도 예쁘시니 남자들이 많이 따르실 것 같은데요?〉

〈그, 그런가요?〉

〈조 선수의 나이가 적은 편은 아닌데 애인, 있으시죠?〉

"딱 보니 없구만."

아무리 불러도 오질 않는 원우를 직접 데리러 오기로 했는지, 어느새 그의 옆자리에 선 강준이 TV를 쳐다보며 심드렁하게 말했다. 원우는 가슴을 탕탕 치며 외치는 강준의 말을 들었다.

"내 장담하지. 저 여자, 모솔이야, 모솔."

저 역시 모솔인 주제에 연애 꽤나 해 봤다는 얼굴을 하고 있는 강준이 우습다. 원우는 혀를 끌끌 찰까 하다 픽 웃으며 TV를 바라보았다. 그러자 뭔가 말을 하려다 말고는 쓰게 웃는 연오가 입을 여는 게 시야로 들어왔다.

〈안타깝지만…… 아직 애인은 없어요.〉

뭐?

미간을 좁히는 원우와는 달리 큭큭 웃으며,

"거봐! 내 말 맞지?"

라고 외치는 강준의 모습은 대조적이었다.

원우는 싸늘한 눈으로 강준을 노려보았다. 정신없이 웃던 강준이 그런 원우의 눈빛에 놀라 얼굴에서 웃음을 지웠다. '왜 그래?' 하고 날이 선 원우의 반응에 강준이 무어라 말하는 듯 했지만 원우의 시선은 오로지 TV에 꽂혀 있었다. 수줍은 미소를 띤 여자는 말을 이었다.

〈아직은…… 운동에 더 집중을 해야 하는 게 아닌가 싶어서요. 남자에 관심이 없기도 하고 말이죠.〉

'관심이 없어?'

그녀가 코앞에 있었더라면 '말도 안 되는 소리!' 라고 외쳤을지도 모르겠다. 원우는 코웃음을 치며 고개를 절레절레 흔들었다. '남자'에겐 관심이 없을지 몰라도 '남자의 몸'엔 관심이 있었던 건가.

불현듯 3주 전의 일이 떠올랐다.

차원우는 꽤 유명한 스포츠 스타였다.

그는 자신이 속해 있는 분야에서 세계 정상을 달리고 있었다. 몇 년 전 출전했던 올림픽에서 원우를 알고 있는 사람들은 모두 그가 금메달을 딸 것이라 확신을 했을 만큼.

국민들에게 기쁨을 안겨 주는 금메달을 따기 위해 고군분투하며 주최국의 선수와 결승전을 치를 때까지만 하더라도 원우는 자신이 있었다.

하지만 결과는 참혹했다. 홈 어드밴테이지라는 것은 무시 못 할 위력이 있었다. 세계 랭킹 1위와 세계 랭킹 100위의 만남이었음에도 불구하고 원우는 패했다. 당시 올림픽을 개최한 국가의 국민들만 환호했던 그 사건은 올림픽 역사상에도 기록될 만큼 부끄러운 '오심'의 결과를 만들었다.

덕분에 원우는 대한민국 국민들에게 강렬한 인상을 안겨 주었고,

올림픽이 지난 이후로도 그의 종목은 알지 못해도 '차원우' 라는 이름 석 자는 기억하고 있는 국민들이 많았다. 수많은 소녀 팬들을 양산하고 다녔으며, 비인기 종목이었던 그의 종목에 관심을 가지는 이들이 늘어났다.

이번 아시안게임에서는 그의 종목을 보기 위한 관중들이 모두 객석을 채울 만큼 인기가 많아져서 관계자들이 원우에게 고맙다는 인사를 한 적도 있었다.

때문에 '그날' 도, 그와 관련된 일의 연장선이 아닐까……라고 원우는 생각했다.

잔뜩 풀린 눈으로 제 숙소에 쳐들어온 낯선 여자. 분명 그의 뒤를 쫓아다니던 소녀 팬들은 아니었다. 만약 그랬다면 기억을 하고 있었을 테지.

원우는 어떻게 선수촌 안으로 들어온 건지 짐작도 할 수 없는 여자가 헤헤 웃으며 제게 달려드는 걸 피하지 못했다. 아니, 감히 할 수 없었다. 그녀의 눈빛이 워낙 무시무시해서 머릿속이 멍해졌다는 표현이 정확할지도.

'이봐. 정신 차렸으면 이제…… 헉!'

멋대로 그의 숙소 문을 연 여자, 그리고 멋대로 잠들어 버린 여자를 원우는 제 침대 위로 누일 수밖에 없었다. 경비원을 불러 쫓아낼 수도 있었지만 괜히 소란을 떨고 싶지 않아서 그렇게 행동했다.

사람을 불러오겠다던 강준이 감감무소식이어서 한숨을 푹 내쉬던 원우는 색색 들려오던 여자의 숨소리가 더 이상 들려오지 않는다는 걸 알아차렸다. 깼나 보다 하고, 침대에 잠들어 있는 그녀에게 다가간 그는 순식간에 침대 위로 눕혀졌다.

'어떻게?'라는 생각은 들지 않았다.

그녀의 근처까지 다가갔던 원우가 긴 팔을 뻗어 여자의 어깨를 톡톡 건드리려 하는 순간, 눈을 번쩍 뜬 여자가 그의 팔을 꽉 움켜쥐었고 갑자기 원우의 몸이 그녀 쪽으로 쏠리는가 싶더니 여자가 원우의 배 위로 올라타 있었다. 그 과정이 3초도 되지 않을 시간에 일어나 버리는 바람에 원우는 멍하니 눈만 깜빡였다.

그런 원우를 내려다보며 큭큭 웃던 여자는 하얀 이를 드러내며 물었다.

'헤에! 이, 이곤 모야?'

무슨 여자가 이렇게 힘이 세.

단순한 자원봉사자는 절대로 아닐 것이라 확신할 수 있었다. 얼핏 보이는 팔 근육이 장난이 아니었다. 운동선수인가. 제 종목 말고 다른 종목은 크게 관심을 두지 않아서 선수촌에서도 마주치지 못한 건지도.

원우는 잔뜩 취한 여자의 흐릿해진 눈을 올려다보며 미간을 좁혔다. 그녀는 원우의 탄탄한 가슴 위로 손을 얹으며 꺄르르 웃었다.

'뭐긴 뭐야. 내 가슴이지.'

심드렁하게 말하긴 했지만 여자가 제 몸을 이렇게 노골적으로 만지는 것은 처음인지라 원우는 내심 당황하고 있었다. 그리고 이런 비슷한 상황을 누군가에게서 들었던 기억이 나서 또 한 번 당황했다. 원우는 미간을 좁혔다.

'그런데 너 진짜 뭐야. 안 내려……!'

그의 가슴근육이 워낙 멋들어진 건 스스로도 잘 알고 있다. 그러니 굳이 손으로 슥슥 문지르며 만지지 말고 얼른 내려오라며 여자에게 소리치던 원우는 점점 아래로 내려가는 여자의 손길에 숨을 크게 들이마셨다.

'구롬 이곤?'

원우는 그의 복근을 문지르는 여자의 행각에 혀를 내둘렀다. 뭐, 이런 여자가 다 있나 싶었다. 발버둥치고 싶었지만 저를 누르는 여자는 엄청 강한 힘을 발산하고 있었다. 도망칠 길이라곤 없었다.

'복근이다. 대단한 거 아니까 당장 내려와.'

여자는 얼굴을 붉히며 말하는 원우를 보며 더욱 깔깔거렸다. 상황이 점점 심각한 상태로 번져 가고 있다는 것을 깨달은 건 여자의 손이 그의 다리 사이로 향한 시점이었다.

'구로오옴……'

'거긴 안 돼! 네가 감히 넘볼 수 없는 곳이다.'

원우는 있는 힘껏 외쳤다. 뚱한 얼굴로 저를 쳐다보고 있는 여자가 입술을 쭉 내미는 게 보였다. 입술을 쭉 내민다고 해서 내가 흔들릴 것 같으냐. 원우는 얼른 이 여자를 떼어 내야겠다고 생각했다.

'만졌다간 봐.'

그의 허벅지를 슥슥 문지르던 여자가 차가운 그의 말에 소리를 질렀다.

'망지뽄! 망지뽄 어쩔 껀데!'

잔뜩 꼬인 발음으로 외치는 그녀는 단단히 화가 난 듯했다. 아니, 그전에 왜 화를 내는 거야? 지금 화를 낼 사람이 누군데! 원우는 그에 대응하려다 침착함을 유지하기로 했다. 분노보단 평정을 유지하며 이 이상한 여자를 떼어 내는 것이 중요했다. 원우는 씩 웃었다.

'궁금해?'

'웅?'

'궁금하면 만져 봐.'

정체도 모르는데 힘은 더럽게 센 여자. 분명 선수다. 그것도 남자를 한 번에 침대 위로 눕힐 만큼 강한 훈련을 하는 종목. 태권도? 레슬링? 유도? 수많은 종목들이 머리를 스치고 지나갔지만 더 이상 사고회로를 굴리기는 불가능했다. 여자가 꽤 오랜 시간 동안 제 배 위에 올라타고 있었던지라 다리 사이가 뻐근해져 왔기 때문이다.

그로서는 전혀 생각지도 못한 일이어서 단단해지려던 마음이 내심 흔들렸지만 원우는 냉정을 유지하려 애썼다. 그리고는 제 말에 멈칫하는 그녀를 올려다보며 중얼거렸다.

'이봐, 당신.'

여자는 그의 부름에도 꿈쩍 않았다.

'대체 뭐에 취한 건진 모르겠지만…… 다행히도 아직 이성은 있어 보이는군.'

'……'

'아무래도 국대 같은데, 괜한 분란을 일으키고 싶지는 않아.'

원우는 그녀를 잘 타이르려는 듯 말했다.

'경찰 부르기 전에 내려오는 게 좋을 거야. 정신 차렸을 때 벽에 머리 박고 싶지 않을 테니까.'

'…….'

'그러니 이제 내 배 위에서 내려, 헉!'

입을 꾹 다물고 있는 걸로 보아 그의 말을 알아듣는 것 같던 여자에게 마지막 멘트를 날려 주던 원우는 단말마의 비명을 내질렀다. 피가 한쪽으로 쏠리는 느낌이 정확히 다리 사이에서 느껴졌다. 원우는 요동치는 눈으로 고개를 숙이고 있던 여자를 올려다봤다. 언제 뚱한 표정을 지었냐는 듯 활짝 웃으며 크게 외치는 여자의 목소리가 들려왔다.

'망쪄따!'

그냥 만지는 것도 아니라 세게 움켜쥐곤 꽉꽉 주물럭거리기까지 하는 여자의 손길에 원우는 그 어떤 말도 뱉어 낼 수 없었다. 아니, 뱉어 내지 못했다. 그 순간 머리가 하얗게 물들었으니까. 의외로 멍청해지는 건 순식간이어서 원우는 그 당시를 떠올리면 아직도 아찔하다.

"순결은…… 보기보다 쉽게 뺏기는 거더군."

TV 속에서 그 '여자'는 계속해서 아직은 남자 친구를 사귈 때가 아니라는 말을 하고 있었다. 원우는 코웃음을 치며 중얼거렸다.

"어? 방금 뭐라고 했나?"

묘한 웃음소리를 흘리며 TV를 바라보던 강준이 원우의 말을 듣지 못했는지 의아한 표정을 지었다. 원우는 '은퇴하면 남자 친구를 사귈지도 모르겠네요.'라는 말을 늘어놓는 화면 속의 여자를 향해 눈을 반짝였다.

"그런 짓까지 해 놓고 도망은 못 가지."

절대로,

도망치게 할 수는 없다.

★☆★

2주 넘게 진행되던 아시안게임은 어느덧 중후반을 향해 달려가고 있었다.

대회 초중반 일찍이 경기를 끝마친 우리 유도 대표팀 선수들은 곧바로 퇴촌하지 않고 다른 종목의 경기를 보러 다니면서 응원과 여유를 만끽했다. 이번 아시안게임을 개최한 나라답게, 종주국인 일본보다 더 많은 금메달을 따는 쾌거를 이룩했으므로 우리는 매우 기분이 좋은 상태였다. 유도 협회의 높으신 분들도 퇴촌을 하게 되면 다 함께 모여 거하게 파티라도 한번 하자고 말씀하실 정도니까, 말은 다 했지.

'과자 파티라도 하자!'

한번 들뜬 기분은 쉽게 가라앉지 않았다.

매일 밤 목에 금메달을 걸고 잠에 들어도 마찬가지였다. 국제대회에서 처음 메달을 땄다는 이유도 있긴 했지만, 국대로 선발되어 국민들을 행복하게 만들어 줬다는 것도 마음을 설레게 하긴 충분했다. 아마도 아시안게임이 끝날 때까지 이 상기된 기분을 유지할지도 모른다는 생각이 들었다.

그렇게 끝을 향해 달려가는 남은 일정들이 못내 아쉬울 만큼 즐거워하던 것은 비단 나뿐만이 아니었다. ─63KG에서 카자흐스탄 선수를 물리치고 금메달을 목에 건 진영 언니는 아직 퇴촌하지 않은 다른 나라 선수들과 당구 게임을 하고 돌아오는 길에 문득 말을 꺼냈다.

당시 엘리베이터 안에 있던 우리들은 너나 할 것 없이 고개를 끄덕였고, 10명의 선수들 중 가위바위보에서 진 태윤이와 선진이가 대표로 매점에서 과자와 음료수를 사 들고 왔다. 낄낄 웃으며 과자 봉지와 음료수 뚜껑을 뜯는 강석 오빠의 얼굴을 지켜볼 때까지만 하더라도 나는 설마하니 내게 그러한 일이 일어날 줄은 몰랐다.

그래. 대체 누가 알았겠어? 내가 여태껏 안면도 없던 '그 남자'의 옆에서 눈을 뜨게 될 줄이야. 아마 그걸 예상한 사람은 아무도 없었을 거다.

'이봐.'

처음엔 태윤인 줄 알았다. 왜냐하면 내가 마지막으로 기억하는 우리 숙소에서 내 옆에 앉아 있던 사람은 바로 태윤이었으니까. 허스키한 그 목소리에 인상을 썼다.

태윤이 네 이놈. 내가 너의 하늘과 같은 선배이거늘 어디서 반말을 지껄이는 것이냐. 그런데 왜 이렇게 목소리가 좋아?

자꾸 내 볼을 콕콕 찌르는 그의 손길에 뭐라 한 마디 하려고 했으나 눈꺼풀이 위로 올라가지 않았다. 눈꺼풀을 위로 올리는 힘을 주기가 왠지 귀찮아져서 다시 잠을 자기로 했다. 금메달도 땄는데, 대회가 끝날 때까지 조금은 늦잠을 자도 되는 거잖아. 나는 귀를 닫으려 애썼다.

'좀 일어나지?'

하지만 태윤인 계속해서 볼을 콕콕 찔렀다. 하늘과 같은 선배의 안면을 마음대로 짓누르는 이런 빌어먹을 후배는 없을 거다. 물론 우리 대표팀 선수들이 남녀 구분 없이 돈독한 관계를 유지하고 있는 건 사실이었지만 늦잠을 자겠다는 선배를 건드리는 후배를 용서할 생각은 없었다. 그의 목소리가 보통 때보다 굵게 느껴졌지만 아마 착각일 거라 생각했다. 나는 미간을 좁히며 스르륵 눈꺼풀을 올렸다.

'윤태유운. 누나 조금만 더 잘게.'

'그날' 아침은 몹시 피곤했다. 먹은 거라곤 과자밖에 없는데 왜 피곤했던 건지 당시엔 알지 못했다. 눈꺼풀을 올리기 힘들 만큼 지쳐서 손을 휘휘 저으며 잠이 덜 깬 상태로 말했다. 그 정도 말했으면 당연히 알아들을 거라 여기고 다시 눈꺼풀을 내리려는데 갑자기 내 미간으로 손가락 하나가 다가왔다.

'다시 자려고?'

꾸욱. 정확히 미간 가운데를 누르는 그 손가락이 몹시 불쾌하게 느껴졌다. 이 자식이 감히 누구의 미간을 누르는 거야! 얼굴을 일그러뜨리며 반쯤 감았던 눈을 번쩍 뜨는 순간, 내 시야로 들어온 사람은 태윤이가 아니었다.

'어?'

'그래.'

'어어?'

'정신 차렸나?'

'어어어?'

'차린 것 같군.'

'어어어어?!'

'어'를 정확히 10번을 내뱉고 난 후에야 침대에서 일어날 수 있었다. 어찌나 빠른 속도로 몸을 일으켰는지 내 반동에 물끄러미 날 쳐다보고 있던 '그 남자'의 몸 역시 흔들리는 게 보였다. 쿵쿵쿵쿵. 심장이 미친 듯이 뛰었다. 이게 무슨 일이야? 혹시 꿈을 꾸는 건가 싶어 볼을 꼬집으려 할 때,

'악!'

'그 남자'가 손을 뻗어 대신 내 볼을 꼬집었다. 엄청난 통증에 반사적으로 내 볼을 쥐고 있던 남자의 손목을 내려치며 이를 갈았다.

'이게 뭐하는 짓이에요!'

그러자 제 손목을 다른 한 손으로 슥슥 문지르던 남자가 오히려 나를 타박하는 얼굴을 하며 물었다.

'이렇게 하려던 거 아니었어?'

할 말이 없었다. 그의 말은 정확했으니까. 답을 하고 싶었는데 목소리가 나오지 않았다. '그 남자'는 퉁명스러운 목소리를 뱉어냈다.

'그나저나 네 대답을 듣고 싶군.'

그가 내게 반말을 쓰고 있다는 것을 자각하지도 못할 만큼 당황한 상태였기에, 처음엔 그 말을 제대로 듣지 못했다. 그저 멍하니 침대에 앉아 그 남자와 침대를 번갈아 바라보고만 있었다. '그 남자'는 넋을 놓은 내게 속삭였다.

'책임, 져야지?'

★☆★

"으악! 선배, 저게 뭐예요? 완전 오그라들어!"

해수가 TV 속에 나오는 내 얼굴을 가리키며 미친 듯이 웃었다.

"큭큭큭. 야, 너 들었냐? 연오 누나가 한 말?"

"당연하지! 흠흠. '이상하게…… 저는 남자한텐 크게 관심이 없어요. 선수 생활을 할 수 있을 때 훌륭한 선수들이랑 더 많이 대전하고 싶고, 금메달도 따고 싶어요.' 라니! 조연오가 미쳤나 봐!"

"왜 마지막 말은 빼먹냐? 그게 기가 막힌데. '아직…… 유도가 제일 좋은 것 같아요. 어쩌면 저는, 유도랑 결혼해야 할지도 모르겠네요. 후훗.' 이라니. 크크큭. '후훗' 이래! 누나. 진짜 누나가 한 말 맞아요? '후훗' ?"

"'후훗' !"

"후훗!"

한 대씩…… 패고 싶은데, 괜찮을까?

살인 충동이란 바로 이럴 때 느끼는 게 아닌가 싶을 만큼 TV 속의 나를 가리키며 깔깔거리는 해수와 태윤이에게 이를 갈았다.

이 빌어먹을 연놈들이 느닷없이 집에 쳐들어와선 한다는 말이 고작 이런 것뿐이더냐. 아침부터 대체 무슨 일로 초인종을 미친 듯이 누르나 했더니 내가 방송을 탔다는 얘기를 듣고 나를 놀리기 위해 작정하고 온 것이 틀림없었다.

마음 같아서는 두 남녀를 한 번에 눕혀선 '누르기' 를 시전하고 싶은 마음이 굴뚝같았지만 내겐 할 일이 있었다. 언제 또 방송을 탈지 모르는데, 예쁜 모습은 길이길이 저장을 해야 하지 않겠나.

"우와. 그것보다 우리 연오…… 꾸미니 쓸 만한데?"

두 남녀와 함께 우리 집까지 직접 발걸음을 한 진영 언니가 혀를 내두르며 TV를 가리켰다. 왠지 부끄러워져서 호호 웃었다. 그렇죠? 역시 언니가 보는 눈이 있어.

"에이, 무슨! 그냥 연오 누나 그대로구만!"

"맞아. 언니는 방송물 먹어도 그냥 조연…… 으악!"

결국 일을 저질렀다. 큭큭거리는 두 남녀에게 누르기 대신 꿀밤을 하사한 나는 신경질적인 얼굴을 하고 다시 소파로 와 자리를 잡으며 소리쳤다.

"이것들아, 조용히 좀 해라! 집중 좀 하자. 어?"

살기를 흘리며 눈까지 부라리자 녀석들은 얼굴에서 미소를 지운다. 갑자기 고요해진 집 안 분위기는 매우 마음에 들었다. 두 남녀에게는 살얼음판을 걷는 기분이겠지만, 내가 알 게 뭐야. 신경을 건드린 건 너희들이라고.

침도 제대로 삼키지 못하며 TV 화면을 바라보고 있는 두 남녀를 흘긋거리던 내 입가엔 옅은 미소가 걸려 있었다.

이제야 조금 조용해진 그들을 흡족하게 바라보다 다시 화면 속의 나를 보니 뭔가 기분이 묘했다. 방송물이 좋긴 하네. 평소와는 다른 모습이 재미있어 한창 집중을 하고 있을 때, 옆에 앉아 있던 진영 언니가 툭 말을 던졌다.

"그런데 연오 너, 진짜 남자 없어?"

"있겠어? 없지."

심드렁하게 대답했다. 당연한 사실이니까. 안타깝게도 스물넷이 되도록 남자 한번 사귀어 보지 못했다. 흔히들 말하는 그건가. 그거.

"정말 모태솔로야?"

제길.

"그 말은, 하지 말지?"

"민감한 말이니?"

"몹시."

솔로면 솔로지 모태솔로는 뭐야. 인상을 쓰며 고개를 끄덕이자 진영 언니는 수긍했다.

"하긴, 운동할 시간도 부족하니까."

역시 언니다. 이해를 해 주다니.

"그럼 내가 남자 소개시켜 줄까?"

……어?

"사실 말이야. 이번에 너 금메달 따고 나한테 연락이 좀 왔었는데……."

진영 언니는 귀를 쫑긋거리고 있는 두 남녀를 의식하며 내 귀에 입술을 가져다 댔다. 그리고 아주 작은 목소리로 말을 이었다.

"누가, 너 좀 소개시켜 달라고 하더라고."

깜짝 놀라 그녀를 쳐다보자 진영 언니는 해맑게 웃었다.

"한번, 만나 보고 싶다고 하던데."

"선배님! 대체 누굽니까? 누가 우리 연오 누나를 소개해 달라고 한 겁니까! 연오 누나는 평생 모태솔로여야 한단 말입…… 윽!"

눈치 없게 태윤이가 버럭 소리치자 곁에 있던 해수가 그의 입을 틀어막았다.

"언니, 얘기 계속해요. 우린 아무 얘기도 못 들었어요!"

"우우우웁!"

"입 닥쳐. 누르기 전에."

"……!"

무시무시한 기를 발산하는 해수 덕분에 태윤이는 꿈쩍도 하지 않았다. 그를 가만히 바라보던 나는 싱긋 웃고 있는 진영 언니를 쳐다봤다.

"나를?"

"응."

"정말 나?"

"어."

"언니가 아니라?"

진영 언니는 짙은 미소를 지었다.

"어. 정확히 너라고, 지목하던데?"

두근두근. 가슴이 멋대로 뛰었다. 드디어 삭막하던 내 연애 숲에도 꽃이 피어나는 것인가! 나는 '진짜 괜찮은 사람이거든, 그 남자.'라고 결정타를 날리는 진영 언니의 손을 세게 붙잡았다. 그리고 씩 웃으며 외쳤다.

"약속, 잡아!"

"조연오 씨?"

진영 언니는 엄청난 추진력을 보여 주었다. 약속을 잡으라는 내 말에 그날 밤 바로 약속을 잡아 버렸다. 덕분에 적잖이 당황했지만 쇠뿔도 단김에 빼라는 말이 있지 않은가? 크게 개의치 않고 넘어가기로 했다.

아시안게임이 끝난 지 겨우 3주밖에 흐르지 않았으므로 원래대로라면 오전 훈련만 소화해야 하건만 그간 모종의 이유로 인해 너무 많이 훈련을 빠졌었다. 감독님의 꾸중과 동시에 오후 훈련까지 받았던 나는 훈련을 마치자마자 얼른 집으로 향했다.

솔직히 말해서 소개팅은 난생처음이었던지라 조금 들떠 있었다. 드디어 내 인생에도 볕 들 날이 있구나. 실실 웃음이 새어 나오는 것을 겨우 참고선 약속 시간보다 1시간이나 일찍 도착하여 냉수로 목만 축이고 있을 때, 바로 등 뒤에서 상냥하고 부드러운 목소리가 들려왔다.

'완벽한 남자야. 확실해, 그건.'

진영 언니는 대체 그 남자가 뭐 하는 사람이냐고 물었던 내게 특이사항을 일러 주는 대신 그렇게 답했다. 더 이상의 설명은 필요 없어. 직접 만나 보기나 해—라는 얼굴을 하고 있는 그녀가 수상하게 느껴진 것은 사실이었지만 '소개팅'이라는 자체에 흥분했던 나는 또다시 넘어갔다.

분명, 킹카다.

목소리 하나만으로 이렇게 사람을 녹여 버릴 수 있는 건지. 이상하게 입꼬리가 씰룩거린다는 것을 견딜 수 없었다. 킹카 앞에선 표정을 잘 관리해야 할 텐데. 빠르게 뛰는 맥박을 느끼며 나는 천천히 고개를 돌렸다.

"아, 네. 제가 조연옵니…… 으악!"

조신하게 굴어야지. 답지 않게 호호, 손으로 입을 가리는 미소마저 지으며 스윽 등 뒤의 남자를 쳐다보던 나는 하마터면 앉아 있던 의자에서 뒤로 자빠질 뻔했다. 후다닥 주저앉는 내 등을 받쳐 주는 남자는 서늘한 눈을 빛내며 빙긋 웃었다.

"놀랐어?"

당연히…… 놀랐다. 놀라지 않을 수가 없지. 놀라지 않는 게 이상하잖아!

입을 쩍 벌리는 나를 의자에 다시금 앉힌 그 남자는 옅은 미소를 지으며 나를 내려다보더니 태연하게 내 앞자리에 앉는다. 잠시 멍한 얼굴로 그를 지켜보던 나는 유유히 냉수로 목을 축이는 그를 향해 소리쳤다.

"그쪽이 왜 여기 있어요?"

"소개팅하려고."

소개팅?

"누구랑요?"

그는 정말 몰라서 묻느냐는 얼굴을 했다. 나는 진짜 몰랐다.

"누구랑 하는데요?"

"너."

"나요?"

"어."

"진짜로?"

"되묻는 게 취민가. 꽤 이상한 취미를 가지고 있군."

그는 심드렁한 목소리로 중얼거린 후 지나가던 종업원을 불렀다. 무척이나 자연스럽게 커피 한 잔을 주문하는 그를 얼빠진 표정으로 바라보던 나는 버럭 소리쳤다.

"일반인이라고 들었단 말이에요!"

내 앞에 앉아 있는 그는, 내가 알기론 분명 일반인이 아니다. 아니, 일반인이라기엔 너무나 유명한 남자. 지난 올림픽 남자 펜싱

41

단체전에서 금메달을 땄고 불운한 오심으로 인해 개인전에서는 은메달을 딴, '피스트 위의 귀공자'가 아니던가!

입술을 파르르 떨며 외치는 나를 향해 그는 어깨를 으쓱였다.

"지금은 일반인이지. 훈련 전까지 잠시 휴식을 취하는 중이니까."

"그런 억지가 어디 있어요!"

아니, 그것보다 왜 자꾸 반말이야!

가슴이 벌렁거린다. 지난 3주간 나를 괴롭히고 며칠 전엔 자기 아버지 앞에까지 날 데리고 간 걸로도 모자라 이젠 내 지인들에게까지 손을 뻗다니. 이 남자, 정체가 대체 뭐야!

어느새 도착한 아이스커피를 벌컥벌컥 마셔 대는 남자의 아름다운 목젖이 시야로 들어왔지만 애써 무시하며 평정을 되찾기로 했다.

'그래. 계속 피할 수는 없어.'

이 남자는 보통의 방법으로는 떼어 낼 수 없는 사람이었다. 누가 운동선수 아닐라까 봐 끈기 하나는 대단하다. 아무리 떨어뜨려도 끝까지 쫓아왔다. 3주 동안 미친 듯이 당한 경험을 토대로, 결론을 내렸다.

"좋아요."

나는 침착해지기로 했다. 무작정 피하는 것은 인간의 도리가 아니다. 후우, 길게 숨을 뱉어 내며 그를 쳐다보는 나를 차원우가 검은 눈동자를 일렁이며 응시하는 게 보였다.

"'그날' 있었던 일에 대해서 우리 허심탄회하게 얘기해 보도록 하죠."

"드디어 그럴 마음이 생긴 건가."

"네."

"좋아. 그렇게 하지. 일단 당신부터 말해 봐."

차원우가 여유롭게 고개를 끄덕였다. 흠흠. 속에 든 말을 모두 뱉어 내기 전에, 일단 목을 가다듬었다.

"저기요."

"응."

"제가 그날 실수를 한 건 분명 사실인 것 같은데요."

"실수?"

뭐, 탄산에 취한 것도 취한 거니까. 덕분에 기억이 없는 것도 사실이고.

"예. 확실히 실수를 저지른 것 같기는 한데, 정확히 뭔지는 자세히 기억이 안 나거든요?"

안타까운 일이다. 정확하게 기억이 난다면 이 빌어먹을 인간을 완벽하게 떼어 낼 수도 있으련만. 대체 무슨 생각으로 내게 '책임', '책임' 운운하는 건지 의아스러워서 나는 미간을 좁히는 그를 아랑곳 않았다.

"그쪽이 얼마 전에 그랬잖아요. 내가 그쪽을 물고 빨고 했다고."

"……그랬지."

차원우의 목소리는 잠겨 갔다. 왠지 승기를 붙잡은 것 같아 입꼬리를 올리며 말했다.

"솔직히 말해서…… 난 내가 대체 뭘 물고 빨고 했다는 건지도 도통 모르겠어요."

"발뺌하는 건가?"

아니아니, 그런 게 아니라.

"발뺌하는 게 아니라 그렇잖아요. 내 몸이 멀쩡한데. 내가 왜 그쪽을 책임져야 하는 거죠?"

"……뭐?"

같은 침대에서 눈을 뜬 건 사실이다. 그 침대가 그의 숙소에 있던 침대였고, 내가 그의 이불을 함께 덮은 것도 사실이다. 그래, 확실하다. 이건 분명한 사실. 그래서 할 말이 없다. 내 '실수' 니까. 탄산에 취했든 어찌 되었든 허락도 없이 그의 숙소에 쳐들어갔던 건 진실이라서 뭐라 변명할 거리가 없었다.

그러나 같은 침대에서 일어났다는 게 내가 그를 책임져야 할 이유가 될 순 없다. 책임이라니. 그렇게 무거운 단어는 함부로 쓰는 게 아니란 말이지. 내가 그의 순결을 뺏은 것도 아니고, 내 몸도 그를 받아들였다는 흔적이 하나도 없는데. 대체 왜 그를 책임져야 하는가!

진심으로 의문스러웠다. 입을 굳게 다물고 인상을 쓰는 차원우를 보고 나는 쾌재를 외쳤다. 드디어 이 숨 막히는 술래잡기가 끝을 향해 달려가고 있었던 것이다. 결정타를 날려야지.

"미안해요. 그날은, 정말. 나도 내가 왜 그쪽의 침대에서 일어난 건지 아직도 의문이에요. 하지만 잘못한 건 잘못한 거니까 인정할게요. 나와 함께 아침을 맞게 해서 정말 죄송합니다. 됐죠?"

"……"

"후우. 그러니까 이제 더 이상 귀찮게 하지 말아요. 훈련할 시간도 부족한데 그쪽 같은 사람이 자꾸 내 주위를 맴돌면 곤란하단 말이에요. 듣기론 그쪽, 무슨 소녀 팬들도 몰고 다닌다던데. 차라리 팬들한테 관심을 주란…… 으악! 이봐요! 지금 뭐 하는 짓이에요?"

피스트 위의 귀공자. 타인은 그를 그렇게 부르지만 내겐 단순한 '책임 덩어리' 일 뿐이다. 이 이상한 남자가 계속 주변을 기웃거려서 더 난처해지기 전에 얼른 떼어 버려야겠다고 다짐한 나는 씩 웃으며 의자에서 엉덩이를 떼려고 했다.

그리고 그런 내 말이 끝나기도 전에 갑자기 내 앞의 남자가 입고 있던 검정색 셔츠 단추를 하나둘씩 끄르기 시작했다. 당연히 나는 기겁하며 외쳤지만 그는 아랑곳 않고 마지막 단추를 잡으며 물었다.

"원한 거 아니었어?"

"뭘 원해요, 원하길! 내가 변탠 줄 알아요? 당장 옷 입어요!"

라고 말하며 손으로 눈을 가리긴 했지만 무의식적인 행동이었는지 손가락 사이로 그의 몸을 보고야 말았다.

'모, 몸은 좋네.'

확실히 좋은 몸이다. 셔츠 사이로 보이는 탄탄한 근육이 단번에 눈에 들어왔다. 관람하기엔 더할 나위 없이 좋은 가슴근육이었다. 덕분에 입가가 씰룩거리는 것을 억지로 참아야 했다. 그는 속으로 흐흐 웃고 있는 내게 말했다.

"증거, 원하지 않았어?"

증거?

"무슨 증거요?"

어리둥절해하는 내게 기다리라는 손짓을 한 그는 결국 마지막 단추를 풀어헤쳤다.

이봐, 당신이 아무리 변태라도 여긴 공공장소라고!

이곳이 고급 레스토랑이라는 것을 알고 있는 건지 모르는 건지, 모든 이들의 시선이 자신을 향했다는 걸 개의치 않고 그는 결국 입고 있던 셔츠를 벗어 던졌다. 순식간에 반나체가 되어 버린 남자가 부끄럽다기보다는 놀라워서 나는 그에게서 시선을 떼지 못했다.

그리고 잠깐 동안의 침묵이 이어졌다.

"그게…… 다 뭐예요?"

꽤 당혹스러운 일이 눈앞에 펼쳐져 있었다. 그것도 그럴 것이, 차원우의 가슴과 어깨, 팔…… 아니 그의 상체 모든 곳에 붉은 반점들이 수도 없이 새겨져 있었기 때문이다. 단순한 '점'이라고 보기에는 무척이나 붉었다. 마치,

'키스마크?'

멍하니 얼룩덜룩한 차원우의 키스마크를 바라보자 그는 길게 숨을 뱉어 냈다. 그리고는 고개를 절레절레 흔들며 중얼거린다.

"당신이 한 짓도 기억 못 하는 걸 보니, 진짜 기억이 없다는 건 사실인가 보군."

"예?"

내가?

"내가 그걸…… 그, 그걸 다 했다고요?"

이 남자가 진짜 무슨 소리를 하는 거야!

예상치 못했던 일격에 얼굴이 빨갛게 달아올랐다. 차원우는 당황하는 내게 말했다.

"얼마나 세게 물고 빨았는지, 아직도 그 자국이 남아 있어."

첫, 입술을 씰룩거리는 차원우의 말이 미심쩍었다. 아니, 3주가 지났는데 키스마크가 아직 남아 있을 리 없잖아!

나는 눈을 가늘게 떴다.

"그냥 알레르기 같은 거 아니에요?"

"이렇게 뚜렷하게 입이 닿았던 흔적이 있는데?"

"그쪽 피부에 문제가 있는 건지도 모르잖아요! 요즘 날씨도 이상하니까!"

"뭐, 확실히 내 피부가 연약한 건 사실이지."

거봐!

"하지만 이번 건 알레르기랑 전혀 관련이 없어. 전부, 당신 입술이 만들어 낸 흔적들이야. 나도 놀랐다고. 아프다 생각했지만 설마 이렇게까지 오래 남을 줄은. 덕분에 훈련도 못 나가고 있다니까. 진공청소기가 따로 없었지, 그때 당신은."

기가 찰 만한 말을 쉬지 않고 흘리던 차원우는 검은 눈을 내게로 고정시켰다.

"어쩔 거야."

그리고 그는 말한다.

듣기 좋은 목소리로.

"이거 위에만 이런 거 아니라고."

작지만, 귀에 꽂힐 만큼, 강렬하게.

"아래는 더 심해."

2.
인간은 언제나 같은 실수를 반복한다

'아래는 더 심해.'

스윽, 올라가는 입꼬리가 거슬렸다.

기분 나쁘기보다는 반반한 얼굴과 꽤 잘 어울려서.

말이 나오지 않았다. 전혀 생각하지 못했던 말을 들어 버렸기 때문일까. 생글생글. 피스트 위의 귀공자는 예쁜 눈웃음을 그리고 있었다. 노골적이라는 생각이 들 만큼 아찔한 시선에 얼굴이 화르륵 달아오르지 않는 여자는 아마 없을 것이라, 장담한다.

꿀꺽.

마른침이 목구멍을 타고 넘어갔다. 조금 전까지만 하더라도 제자리에 있던 심장은 이미 바닥으로 곤두박질친 상태.

온갖 상상들이 머리를 헤집고 다녀 정신이 없다. 나는 멍한 얼굴로 그를 쳐다보았다. 정확히는 그의 상체에 새겨진 붉은 반점들을. 내 입술 자국이 남아 있다는 말도 안 되는 차원우의 이야기가 정말 사실인지 확인해 보기 위해서가 그 첫 번째 이유였고, 두 번째는, 특별한 이유 없이…… 그냥, 보고 싶어서.

우리는 도구 없이 맨몸으로 경기를 치른다. 간혹 남자 선수들과 함께 훈련을 할 때도 있었기에 고작 남자가 상의를 훌러덩 벗어 던진 것은 놀라울 만한 일이 아니었다. 그럼에도 불구하고 시선을 뗄 수 없는 까닭은 내 눈앞에서 당당히 옷을 벗고 있는 저 이상한 남자의 몸이 아름다웠기 때문이다.

'좋은…… 몸이다.'

이렇게 정신이 멀쩡한데도 그의 상체에서 시선을 뗄 수 없는 걸 보면 탄산에 취해 있을 땐 얼마나 더했을까 싶다. 그래. 믿을 수는 없지만, 어쩌면 차원우의 말대로 정말 그의 몸에 들러붙어 미친 듯한 흡입력을 과시했던 건지도.

'제길!'

난감한 상황에서는 첫 대응이 중요하건만 이상할 정도로 입술은 움직여지지 않았다. 재빠르게 반박을 해야 하는데 그럴 수도 없다. 빌어먹을. 승리라도 했다는 것처럼 의기양양한 미소를 짓는 남자를 넋을 놓고 바라봤다. 그는 우리 둘 사이에 펼쳐졌던 지난 3주 동안의 기나긴 술래잡기가 끝을 맺은 것이라 확신하는 듯했다.

불의의 카운터어택을 당한 내 머릿속은 새하얗게 비어 있었다. 1년 전, 세계선수권 대회의 16강에서 만났던 프랑스 상대에게 '조르기'로 한판 패를 당했을 때보다 더 굳어 버렸다. 생각을 할 수가 있겠나? 이 이상한 남자가 뱉어 낸 말이 너무도 낯 뜨거웠는데. 사고회로가 정지하지 않은 것이 다행스러울 정도였으니 말은 다 했다.

"······여······."

그러므로 잠자코 그를 쳐다보던 내 입술이 벌어진 것은 순전히 무의식적인 행동이었다. 스스로도 입이 열린 것을 자각하지 못했으니까. 그는 나지막하게 소리를 내뱉는 나를 향해 미간을 좁혔다.

"뭐?"

몽롱한 얼굴로 저를 쳐다보던 내 목소리에 차원우는 고개를 갸웃거렸다. 내 목소리는 의지와는 전혀 관계없이 흘러나왔다.

"보여, 줘요."

"······!"

웃고 있던 그의 얼굴에서 미소가 사라졌다. 뭐 이런 여자가 다 있나 싶은 얼굴이다. 당황한 것은 나도 마찬가지였지만 이미 제어가 불가능한 입술은 멋대로 움직였다. 나는 황당해하는 차원우에게 소리쳤다.

"맞아, 보여 줘요!"

그의 눈동자가 놀람으로 물든다. 눈앞의 남자가 멈칫한다는 것을 알아차린 순간 더욱 세게 그를 몰아붙였다.

"확인을 해 봐야겠어요."

"하?"

"보여 줘 봐요, 어서!"

무슨 근거 없는 자신감이었을까.

근래 내가 꺼낸 말들 중 가장 노골적이다 못해 당황스러운 말을 쏟아 낸 후 속으로 자책했다.

아무리 궁지에 몰렸다고 하더라도 조연오, 너 제정신이냐? 그러다가 저 남자가 진짜 벗기라도 한다면 어쩔 건데? 라고 외쳤지만 이내 풋 웃어 버렸다. 굳은 얼굴을 하고 나를 쳐다보는 차원우의 모습이 시야로 들어왔기 때문이다.

하긴.

제정신이라면 설마 이렇게 많은 사람들 앞에서 바지를 내리지 않,

"좋아."

……뭐?

당연하게 생각했다. 사회적 지위도 있는데 설마 이런 오픈된 곳에서 바지를 내리진 않으리라. 눈앞의 남자가 뻔뻔하다 하더라도 그렇게까진 못할 거라 여긴 것은 내 오산이었다. 강경한 태도를 취하면 그가 먼저 꼬리를 내릴 거라 무의식적으로 생각했던 판단 역시, 틀렸다.

"예?"

혹시 잘못 들었나 싶어 그를 쳐다보았지만 차원우는 이미 의자에서 일어난 뒤였다.

"이, 이봐요? 지금 뭐 하는 거예요?"

반나체로 있는 걸로도 모자라 이젠 아예 바지 벨트를 풀어 버리는 그를 입을 벌리며 바라보자 차원우는,

"당신이 하라는 일, 하려고 하는데?"

너무도 태연하게 대답했다.

'미…… 미쳤어!'

미동 없는 눈으로 나를 흘긋거리다 대수롭지 않게 바지 버클에 손을 대는 그를 응시하던 내 얼굴은 창백하게 질려 갔다. 제정신이 아니야! 이 남자, 진짜 이상해! 그 '증거'가 뭐라고, 내게 그걸 보

여 주겠답시고 자리에서 일어나 바지까지 내리려는 그는 나지막하게 중얼거렸다.

"그나저나 당신은 참 이상한 여자군. 이런 곳에서 증명을 요구하다니. 제정신이 아니야."

쯧쯧. 혀를 차는 그를 향해

'당신이 더 이상해!'

라고 외치려다 말았다.

"확인하면, 발뺌하지 마."

차원우는 심드렁한 얼굴을 하고 내게 경고했다. 소리가 흘러나와야 하건만 입을 뗄 수가 없었다.

어딜 가나 남들의 주목을 받을 법한 미남이 갑자기 셔츠를 벗다 못해 이제 자리에서 일어나 바지까지 아래로 내리려고 하자 레스토랑 내에 있는 모든 이들의 시선은 우리가 앉아 있는 테이블로 집중되었다. 웅성웅성. 내 귀에까지 닿을 만큼 차원우와 나에 대해 수군거리는 소리가 커져 갔다. 거침없이 바지를 내리기 위해 팔에 힘을 주는 그의 행동은 멈추지 않았다.

이봐, 당신 진짜 어떻게 된 거 아니야? 여기서 그 바지를 내리겠다고? 진심이야?

입안에 수많은 말들이 맴돌았지만 그 어느 말도 뱉어 내지 못하고 땀만 주르륵 흘리고 있을 때,

"손님."

우리의 테이블로 다가온 이 레스토랑의 지배인이 어색한 웃음을 흘리며 차원우에게 말했다.

"아쉽지만, 그 바지를 내리신다면 경찰서로 가시게 될 겁니다."

★☆★

"쫓겨났어."

당연하지.

그 지배인이 경찰에 신고 안 한 걸 고맙게 생각해.

"누가 나를 쫓아낸 건 처음인데."

평상시엔 그렇게 미친 게 아니라니 다행이네.

"다음에 다시 갈 수 있으려나."

절대 못 갈걸?

누가 당신 사진을 안 찍은 걸 하늘에 감사하라고.

"이봐."

입술을 삐죽이며 홀로 중얼거리던 차원우가 나를 불렀다. 졸지에 그와 일행이 되어 버려 불만이 가득했던 나는 신경질적으로 그를 쳐다봤다.

"왜요."

고개를 들어 올리니 어느새 옷을 다 갖춰 입고 나를 내려다보는 남자가 보였다. 다시금 귀공자로 돌아온 차원우는 인상을 쓰고 있는 내게 말했다.

"책임져."

갑자기 울컥, 화가 치밀어 올랐다. 너무도 태연하게 '책임'지라고 말을 하는 그 때문일까, 아니면 기대했던 소개팅이 이 남자로 인해 엉망진창이 되어 버렸기 때문일까. 굳이 따지자면 둘 다가 그 이유가 되려나. 반사적으로 얼굴이 구겨졌다. 나는 이를 갈며 말했다.

"아니 그쪽은 책임지라는 말을 입에 달고 살아요? 게다가, 이번 일은 그쪽이 잘못했잖아요!"

"잘못?"

자신이 무슨 잘못을 했냐는 얼굴이다. 어이가 없었다.

"그럼 잘못이 아니에요? 그런 오픈된 곳에서 옷을 벗기는 왜 벗어요!"

차원우는 고운 눈썹을 깜딱였다.

"당신이 믿지 않았잖아."

당연히 못 믿지!

"내 입술이 문어 빨판 급의 흡입력을 가졌다는 걸 어떻게 믿어요!"

"그럼 이젠 믿어?"

"예?"

그의 질문 공격을 예상하지 못해서 나는 멈칫했다. 차원우는 말했다.

"보여 줬잖아. 빼도 박도 못 할 증거를 보여 줬으니 이제 인정을 해야지."

벽이다.

있는 힘껏 외쳐도 결코 닿지 않을 만큼 높은 벽.

차가운 눈동자를 빛내며 빙긋 웃는 남자의 얼굴이 놀라울 정도로 반짝거려서 할 말을 잃었다. 이 남자, 이런 이미지였나? 내가 기억하고 있는 '피스트 위의 귀공자'는 이렇게 제멋대로인 이미지와는 달랐는데. 역시 사람은 겉으로 드러난 모습과 실제로 경험하는 모습이 차이가 있다는 사실을 다시 한 번 실감했다.

"이봐."

"내 이름은 조연오예요. '이봐'가 아니라."

날이 선 음성을 날리자 픽 웃음을 흘린 그가 응수했다.

"난 차원우."

그건 나도 알아.

"만난 지 3주 만에 통성명을 하네."

"그러게요."

큭큭 웃는 차원우를 흘끔 바라보았다. 확실히 귀공자라는 호칭이 잘 어울릴 만큼 잘생긴 마스크다. 이렇게 생긴 남자가 왜 나를 이리도 끈질기게 쫓아다니는 걸까. 옅은 미소를 그리는 그를 응시하다 이해가 되지 않는다는 표정을 지었다.

"차원우 씨."

"응."

"솔직하게 말해 줘요."

"그러지."

"정말 내가 그쪽을 물고 빨고 했나요?"

믿을 수는 없지만, 믿지 않는다면 더 큰일이 벌어질 기세다. 제대로 기억할 수만 있다면야 최고일 테지만 그럴 수 없으니 최대한 물러나 인정할 건 인정하는 수밖에. 차원우는 의문이 가득한 내 시선에 일말의 망설임 없이 고개를 끄덕였다.

"벗어나지 못했지. 그때의 난. 당신은 정말 야수 같았어. 그땐 여자가 왜 이리 힘이 세나 했더니, 유도 선수였다니 이해가 되더군."

그는 3주 전의 일을 떠올리는 듯 온몸을 부르르 떨며 중얼거렸다.

"다시 한 번 말하지만, 당시의 조연오 씨는 정말 진공청소기 같았……."

"으악! 그만요!"

"……."

제길.

"알겠어요. 내가 그쪽을 확실히 물고 빨긴 했나 보네요. 인정할게요. 기억은 안 나지만, 그랬던 걸로."

"그랬던 걸로―가 아니라, 그랬어."

내 말을 굳이 정정하는 그를 말없이 노려보았다. 그러다 후우 한숨을 뱉어 냈다.

"3주 동안 지속되는 키스마크…… 는 믿을 수 없지만, 그것도 내가 그런 걸로 인정할게요."

"좋은 마인드야."

그는 만족스러운 미소를 지었다. 나는 인상을 쓰다 말곤 얼굴을 폈다. 그리고는 차원우를 정면으로 직시했다.

"내가 어떻게 해 주길 원해요?"

"책임을 지겠다는 건가?"

일단은 잘못한 게 있으니까.

"구체적으로 어떤 책임을 져야 하는지 말한다면 생각은 해 볼게요."

체념했다. 3주 동안 시달렸고, 오늘 레스토랑에서 기함할 만한 일을 당하고 난 뒤에야, 비로소. 이 이상한 남자를 떼어 낼 수만 있다면 어떤 짓이든 할 거라 생각하며 나는 빙긋 웃었다. 그러자 그는 묘한 얼굴로 나를 쳐다보았다. 마치 내가 무슨 생각을 하는지 읽고 있다는 얼굴이었지만 태연한 척했다. 풋, 웃음을 흘리던 그는 고민하듯 입을 열지 않다가 툭 말을 내뱉었다.

"결혼."

"그거 말고요!"

대체 저 머릿속엔 무엇이 들어 있는 걸까. 그의 머리를 파헤치고 싶은 충동을 느꼈지만 가까스로 참아 냈다. 나는 정말 인내력이 강한 여자라니까.

"그거 말곤 없는데."

무심하게 말하는 그는 정말로 그 생각 말고는 하지 않는 것 같았다. 왠지 억울해졌다.

"아니, 생각해 봐요! 내가 차원우 씨한테 저지른 잘못이라곤 고작 '물고 빤 죄' 밖에 없는데, 그거 하나만으로 결혼을 하자니. 그건 본인이 생각해도 너무 심한 처사라고 생각하지 않아요?"

열변을 토하는 나를 보며 움찔거리던 차원우는 이윽고 심드렁하게 중얼거렸다.

"그런가?"

그렇게 편하게 대답할 문제가 아니라고, 결혼은!

씩씩거리며 콧김을 뿜어내던 나는 평정을 유지하기 위해 숨을 고르기로 했다. 후우, 후우. 몇 번의 심호흡 끝에 벌렁거리던 심장이 안정을 되찾았다. 차원우가 그런 나를 지켜보는 게 보였다.

"일단…… 생각할 시간을 줘요."

"3주나 준 것 같은데."

"그건 이 상황을 내가 이해할 시간이었고요!"

버럭 외치는 나를 차원우는 못 미더운 눈으로 응시했다.

"주면, 조연오 씨는 나를 책임질 건가?"

아, 글쎄, 생각을 해 본다니까.

말없이 그를 직시하자 차원우는 흐음, 신음을 뱉어 내더니 이윽고 고개를 끄덕였다.

"하루 줄게."

"이봐요."

"더 이상은 안 돼. 하루 만에 결정해. 책임질 건지, 책임질 건지."

책임질 건지, 책임 '안' 질 건지가 아니라?

선택지라곤 단 하나밖에 없다고 말하는 남자는 사악하게 웃고 있었다. 어쩐지 그의 페이스에 말려들어 간 느낌이어서 약간의 위압감을 받았다. 두근두근. 멋대로 뛰는 심장 소리가 귓가를 울렸다. 나는 잠깐 망설였다. 어떻게 해야 하지. 이를 악물며 고민하던 내 사고회로는 빠르게 돌아갔다. 그리고 약간의 시간이 지난 후에 그를 향해 고개를 끄덕였다.

"좋아요."

차원우는 흔쾌히 답하는 나를 놀란 눈으로 바라봤다. '정말?' 하고 눈으로 묻고 있는 그에게 상큼한 미소를 지어 주었다.

"내일 이 시간, 이곳에서 다시 만나요. 그때 내 결정을 말해 줄게요."

★☆★

'일곱 시가 아니었나.'

원우는 손목에 찬 시계를 내려다보았다.

째깍째깍 돌아가는 그의 시계는 일곱 시를 지나 어느덧 밤 열 시를 가리키고 있었다. 세 시간인가. 그가 이 레스토랑으로 올라가는 입구 앞에서 '그 여자'를 기다리고 있은 지 벌써 꽤 많은 시간이 흘러 버렸다.

모자를 눌러쓰고 여자를 기다리는 그의 모습에 지나가던 몇몇 여자들이 말을 걸어왔지만 사뿐히 무시해 주고 원우는 기다리고 또 기다렸다.

하지만 여자는 3시간이 지나도록 등장하지 않았다. 동글동글한 그 얼굴이 눈앞에 아른거리다 못해 자꾸만 맴돌아서 미간을 좁히던 그는 결국 열 시 십 분이 된 후에야 그 여자가 그와의 약속 장소에 오지 않을 것이라는 확신을 가졌다.

'이게 그쪽의 결정이야?'

제겐 물고 빤 죄밖에 없다며 억울하다 외치던 여자의 얼굴이 불현듯 떠오른다. 헛웃음이 흘러나올 것 같아 입술을 꽉 깨물던 원우는 한숨을 내쉬며 핸드폰을 집어 들었다. 혹시나 싶어 저장해 둔 핸드폰 번호로 전화를 걸자 몇 초 뒤 상냥한 음성이 그의 귓가로 들려왔다.

"차원웁니다."

─어머. 차원우 선수! 어쩐 일이세요?

그가 전화를 건 사람은 원우가 여러 인맥을 사용하여 연락처를 얻어 낸 바로 그 여자의 동료였다. 이름이 허진영이었던가. 그는 무척 반가워하는 진영을 향해 미성을 흘렸다.

"그 여…… 조연오 씨 핸드폰 번호를 알고 싶은데, 알 수 있습니까?"

어제 그녀의 핸드폰 번호를 묻지 않은 것은 그의 실수였다. 완벽한 그가 그런 기본적인 실수를 하다니. 바보 같은 짓이었지. 덕분에 세 시간 동안 이렇게 기다리기까지 해서 기분이 좋지 않았던 원우는 '네!' 하고 외치며 연오의 번호를 술술 불러 주는 진영에게 고맙다고 말했다.

"그럼. 수고하……."

―그런데 연오 말이에요.

응?

―지금 한국에 없어서 아마 전화는 못 받을 거예요!

진영과의 전화를 끊고 나자마자 바로 이 발칙한 여자에게 전화를 걸 생각으로 핸드폰을 귀에서 떼던 그는 이어 들려오는 그녀의 말에 말을 잇지 못했다.

"한국에 없다니? 그게 무슨 소립니까?"

뒤늦게 상황을 파악한 원우가 얼굴을 일그러뜨리며 묻자, 그의 마음 따윈 알 리 없는 진영이 밝게 웃으며 대답해 주었다.

―우리 연오, 지금 오키나와 전지훈련 떠났거든요.

"……예?"

―어젯밤 급히 정해져서 한 달 뒤쯤 돌아온다고 하고 나갔어요. 연락은 일절 하지 말라고 핸드폰 같은 통신수단은 다 놔두고 가서, 지금 당장은 연락 안 될 거예요.

"아."

—그러니 혹시 전하실 말씀이 있으시다면 제게 남겨 주시면……

"괜찮습니다."

—네?

"직접 보고, 말하도록 하죠."

—그게…….

차갑게 말한 원우는 의아해하는 진영의 말을 끝까지 듣지 않고 전화를 끊었다.

"해 보자, 이건가."

쉽지 않은 여자다.

하긴. 그러니 그를 물고 빨았으면서 당당하게 튀어 버린 건지도.

하지만 그런 그 여자만큼이나 그도, 쉽지 않은 남자였다.

"먹튀는 용서 못 하지."

원우의 눈동자는 크게 일렁였다.

★☆★

결코 의도했던 건 아니었다.

고작 하룻밤에 주어지지 않은 '생각할 시간'이 예상치 못하게 길게 늘어난 것은.

—연오야, 나다.

그 남자와 헤어지고 난 뒤 두 시간가량 흘렀을까. 고민에 고민을 거듭하며 심란한 마음으로 잠을 제대로 청하지 못하고 있을 때, 상념을 깨우는 벨소리가 들려왔다. 자정이 가까워 온 시간인지라 중요한 일이 아니면 전화를 받지 않으려 했으나 놀랍게도 전화를 걸어온 사람이 다름 아닌 고등학교 은사님이셔서 얼른 자리에서 일어났다. 예전 하던 행동대로 반사적으로 무릎을 꿇고 '예!' 라고 소리치자마자 최건호 감독님은 껄껄 웃으셨다.

아시안게임에서 메달 따는 건 잘 봤다며 메이저 대회에서 처음으로 정상의 자리에 오른 제자를 칭찬해 주시는 최 감독님의 말씀에 몸 둘 바를 몰랐다. 겉모습은 순한 양과도 같으시나 화를 낼 때면 호랑이같이 무서우신 그분이 잘했다고 해 주셔서 기분이 무척 좋아졌다. 웬만해선 칭찬을 하지 않는 분이셔서 더더욱.

'그런데 감독님, 어쩐 일이세요?

매번 민폐만 끼치다가 드디어 내 몫을 했다는 사실에 실실 웃으며 시계를 흘긋거리다 어느덧 시간이 밤 11시 59분을 가리키고 있는 걸 알아차렸다. 묻기가 꽤나 조심스럽기는 했으나 이렇게 늦은 시각, 내게 직접 전화를 거신 이유가 분명 있을 것 같았다. 의아해하며 물음을 던지자 감독님은 조금 주저하셨다.

'감독님?

―연오야, 부탁이 하나 있는데 말이다. 들어줄 수…… 있겠니?

감독님께서 친히 전화를 거신 걸로도 모자라 부탁을 들어 달라 하시자 눈이 동그래졌다. 그리고…… 유도의 참맛을 알게 해 주신 감독님의 부탁은, 당연히 들어 드려야지! 어렵게 말을 꺼내신 감독님을 향해 나는 크게 외쳤다.

'당연하죠! 무조건 들어 드립니다!'

호기롭게 외쳤다. 은사님께 도움이 될 수 있다면 무엇이든 하겠다는 강경한 의지로. 아직 그의 부탁이 무엇인지 제대로 듣지도 않았으면서 당당하게, 활짝 웃으며 소리치자 감독님은 껄껄 웃으셨다. 호랑이 감독님이 웃으시며 내뱉은 말씀이 '그럼 당장 짐 싸렴.'일 줄 미리 알았더라면 아마 그렇게 즉각적인 대답을 뱉어 내지 않았을지도 모른다. 빌어먹을!

[한판!]

크게 울려 퍼지는 심판의 목소리가 도장 안을 가득 울렸다. 심판이 뱉어 내는 그 어떤 말들보다 '한판'이라는 말을 좋아했던 나는 상쾌한 얼굴을 하고 고개를 들었다. 뻘뻘 흘린 땀을 손등으로 닦아 내곤 흐트러진 도복을 가다듬었다.

도장 바닥에 엎어져 있던 상대 선수가 하아, 하아 숨을 헐떡이며 나를 응시하는 게 보였다. 이제 막 고등학교에 진학한 어린 여자 선수를 향해 빙긋 웃어주며 속삭였다.

"상체가 너무 앞으로 기울어져 있었어. 그러니 쉽게 돌아가는 거야. 자세를 조금 뒤로 하는 게 좋을 것 같아."

일본어는 유도 용어 외에 몇몇 단어밖에 알지 못한다. 안타깝게도 그녀와 대련을 하면서 느꼈던 감정들을 한국어로 뱉어 낼 수밖에 없었다. 눈을 동그랗게 뜨며 나를 쳐다보는 그녀의 어깨를 톡톡 두드려 주며 '파이팅' 하고 속삭이자 활짝 웃는 모습이 보였다. 왠지 마음이 정화되는 것 같다.

[그럼, 점심 먹고 다시 모인다. 60분간 휴식!]

아침부터 점심을 갓 넘긴 지금까지. 학교 유도 도장에 도착하자마자 정신없이 대련을 시작했던 터라 온몸에 땀이 흥건했다. 이 모든 일을 지켜보고 있던 유도부 코치에게 시선을 주자 말은 알아듣지 못해도 눈빛은 읽었는지 그는 도복을 입은 여학생들을 향해 소리쳤다. 그 말이 끝나자마자 뿔뿔이 흩어지는 학생들을 보며 옅은 미소를 짓던 나는 도장을 벗어나기 위해 발걸음을 옮겼다.

현재 내가 일본 오키나와 현의 한 고등학교에 와 있는 까닭은 일주일 전 걸려온 고등학교 은사, 최 감독님의 전화 한 통 때문이었다.

밤늦게 급히 연락을 해 오신 감독님은 자신이 내일 개인적인 일로 오키나와 쪽으로 출장을 가는데 함께 가기로 했던 선수가 집안에 상을 당해 대타를 찾다가 나를 떠올리셨다고 했다. 아무래도 감독님은 아시안게임도 끝이 났고, 천천히 휴식을 취하며 다음 대회 때까지 적당한 훈련을 할 거라는 내 얘기를 지인에게 들으신 모양이었다.

놀 거면 훈련을 하면서 놀라는 지독한 훈련 감독다운 그의 말을 끝까지 듣지 못한 내 잘못이 이곳으로 오게 된 가장 큰 원인이었다. 내용이 무엇인지 파악하지도 못하고 그의 부탁을 흔쾌히 들어준 나는 매우 난처했지만 그렇다고 거절도 할 수 없었다. 어쩔 수 없이 날이 밝자마자 그와 함께 일본으로 날아온 나는 감독님의 지인이 코치로 있는 이 고등학교 여자 유도부 선수들을 돌봐 주는 중이었다.

[조연오 선수!]

다음 대련을 준비하면서 배도 채울 겸 이제 슬슬 익숙해진 학교 매점으로 걸어가려던 나는 정확히 내 이름을 부르는 남성의 목소리에 고개를 돌렸다. 방금 전 학생들에게 지시를 내린 유도부 코치, 타키였다.

호쾌한 인상의 그는 방긋 웃으며 내게 다가오고 있었다. 어떻게 할까 고민하다 걸음을 멈춰 그를 기다렸다. 빠르게 달려온 그는 어리둥절한 표정을 짓는 나를 향해 수줍음을 가득 담은 얼굴로 말했다.

[점심, 같이 할까요?]

그의 말을 알아듣지 못해 인상을 쓸 수밖에 없었다.

"네?"

[점심 먹으려고 가시는 길 아니었어요?]

타키는 계속해서 무어라 말을 했지만,

[제가 살까 하는데. 같이 가시죠.]

내가 알아들을 수 있을 리 만무했다. 일본어는 어렵구나.

[밥이요, 밥!]

"아, 네!"

뭐라는 건지는 도통 모르겠으나 세상엔 만국 공통어라는 것이 있다. 바디 랭귀지. 그가 밥을 먹는 시늉을 하자 용케 알아들은 나는 고개를 끄덕였다. 그는 미소 지으며 매점으로 보이는 곳을 향해 앞서 나갔다.

[조연오 선수가 이곳으로 오고 난 이후로, 학생들의 기량이 매우 발전한 것 같습니다.]

타키는 말이 많았다.

[최 감독님께서 메달리스트를 데려오신다는 이야기를 하셨을 땐 정말 꿈을 꾸나 생각했었는데 말입니다. 감사합니다. 이제 막 시작한 부라서 도움을 청할 곳도 없었거든요. 한국도 아니고 일본의 고등학꼰데, 메달리스트가 와 주셔서 얼마나 기쁜지 모릅니다. 덕분에 학생들의 사기가 많이 올라갔습니다.]

식사를 하는 사람이 체할 정도로, 많이.

설마 이 남자는, 내가 자신의 말을 다 알아듣는 거라 생각하는 건가. 쉬지 않고 입술을 달싹이는 타키를 흘긋거리며 나는 속으로 그를 열심히 씹고 있었다.

밥 먹는 개도 건드리지 않는다는데, 이 남자는 대체 무슨 매너를 지닌 건지.

한국어로 말해도 알아듣지 못할 판에 일본어로 나불나불거리니 미칠 지경이다.

그렇다고 최 감독님의 지인인 이 남자를 무시할 순 없었다. 눈앞에 최 감독님의 얼굴이 둥둥 떠다녔기 때문이다.

할 수 없이 무슨 말인지 알아듣지도 못하면서 네네, 웃으며 고개를 끄덕여야만 했다.

[그런데 조연오 선수, 전부터 줄곧 묻고 싶었던 게 있는데 말입니다.]

한참 동안 이야기를 하던 타키는 한동안 내가 우동 면발을 후루룩거리는 걸 지켜보다 볼을 빨갛게 붉히며 내 이름을 불렀다. 그의 시선이 우동 면발에 꽂혀 있다 생각한 나는 미간을 좁히며 그를 쳐다봤다. 타키는 그와 눈이 마주친 나를 향해 주저하다 소리를 내뱉었다.

[혹시, 애인……]

"이건 내 거예요."

[예?]

"배고픈데 자꾸 말 시키지 말아요. 나 오늘 늦잠 자서 아침도 못 먹고 나왔단 말이에요. 그러니 이 우동은 양보 못 해요. 아무리 당신이 계산한 거라도."

타키는 수상했다. 나를 매점으로 데려온 후 고작 우동 하나만 시켜 준 것도 충분히 의심스러운 일이건만, 그걸 내게 내미는 저의가 이해가 가지 않았다. 말이라도 통하면 속이 다 시원하련만. 그래도 우동을 주는 성의를 무시할 수가 없어 받아 들긴 했는데 내 맞은편에 앉아 아까부터 계속 젓가락을 움직이는 나를 빤히 보고 있는 모습이 무척 신경 쓰였다.

그러다 결론을 내렸다.

이 남자 역시 배가 고픈 것이라고.

우동을 사 주고 보니 자신 역시 점심을 먹어야 할 때라는 걸 알아차린 모양이다. 줬다 뺏는 건 용서할 수가 없어 눈에 힘을 주며 그를 쳐다보았다. 이미 면이 반쯤은 사라져 있었지만 남은 반을 빼앗길 수는 없었다. 나의 날카로운 태도에 타키는 몹시 당황한 듯했다.

[한국어는 알아듣기 어렵네요. 애인이 없다는 말씀이신가요?]

"절대로 안 줘요. 먹는 걸 빼앗기는 것만큼 짜증스러운 일은 없단 말이에요. 일주일 동안 매일 대련해 주고 있는데, 우동 하나쯤은 사 줄 수 있잖아요!"

[무슨 소리를 하시는 건지 정말 모르겠네요. 통역이라도 불러와야 하나.]

"아니, 무슨 남자가 그렇게 쩨쩨해요? 이렇게 나올 거면 처음부터 두 개를 시키지 그러셨어요!"

[곤란하군요. 왠지, 화를 내시는 것 같은데…….]

"제길. 알았어요, 주면 되잖아요!"

[예? 갑자기 우동은 왜…… 입에 안 맞으십니까? 어? 갑자기 왜

일어나시는, 조연오 선수!]

타키가 놀란 듯 내 이름을 크게 불렀지만 모른 척했다. 그래도 마지막 틈을 타 남은 반의 면들 중 반을 더 먹어 버렸으니 내가 승리한 거다. 속으로 쾌재를 외치며 자리에서 일어난 나는 타키가 쫓아오기 전에 얼른 매점을 벗어났다. 진짜 짜증스러운 남자였다. 먹는 것 같고 장난치는 건 정말 아니란 말이야.

'어?'

성을 내며 유도 도장이 있는 곳으로 걸어가고 있던 나는 우연히 학교 건물 안으로 시선을 돌리다 무언가를 발견했다. 컴퓨터실로 보이는 교실이었다.

주위를 두리번거리다 아무도 없다는 사실을 확인한 후 조심스럽게 그곳으로 발을 옮겼다. 드르륵 문을 열고 맨 뒷좌석에 자리를 잡은 나는 주저하다 전원 버튼을 눌렀다.

일주일 만이었다.

가급적 연락 수단은 모두 놓고 오라던 최 감독님의 명에 따랐으므로. 다른 이들도 아니고 학생들을 가르치는 일이라서 더더욱 대련에 매진하길 바라는 감독님의 말씀을 거부할 수는 없었다. 다행스럽게도 지난 엿새간은 학생들을 가르치는 데 온전히 집중을 해서인지 인터넷을 하지 못한다는 사실에 크게 개의치 않았는데 일주일째 되는 오늘, 결국 터지고 말았다.

읽을 수 없는 일본어 사이트를 멍하니 바라보다 주소 창에 익숙한 한국 사이트를 치자 반가운 언어가 보였다. 활짝 웃으며 자연스럽게 뉴스란으로 들어간 나는 스포츠—일반 카테고리를 클릭했다. 항상 해 왔던 행동이었으므로 거리낌이 없었다.

내가 인터넷을 보지 않던 일주일 동안 대체 무슨 일이 있었을까. 이상하게 기분이 들뜨는 것마저 느끼며 큭큭 웃던 나는 '일반' 카테고리 메인에 떡하니 나와 있는 한 뉴스 기사를 발견하고 돌처럼 굳어졌다.

충격! '피스트 위의 귀공자'가 찾는 '먹튀녀'는 과연 누구?

유도와 관련된 새로운 소식이 무엇이 있나 찾아볼 생각으로 들어간 스포츠 일반 뉴스란엔 이와 비슷한 자극적 제목을 단 기사들이 가득했다. 너무 충격을 받은 나머지 마우스를 움직이지 못했다.

'피스트 위의 귀공자'가 누구를 가리키는 건지 나는 똑똑히 알고 있었다. 그리고 그 기사에 나와 있는 '먹튀녀'가 누군지도 짐작이 가능했다. 그건, 나였다.

의도적으로 잊은 건 아니지만 본의 아니게 일주일 동안 그를 까마득하게 잊고 있었던 내 머릿속에 일주일 전의 일이 스쳐 지나갔다.

'내일 이 시간, 이곳에서 다시 만나요. 그때 내 결정을 말해 줄게요.'

그래. 분명히 나는 쉬지 않고 책임을 지라던 그를 향해 말했었다. 그날 밤 내게 무슨 일이 있을지는 전혀 생각도 하지 않고 호언장담을 했다. 일단 그 상황을 벗어나겠다는 생각으로 꺼낸 말이었지만 결과적으로 도망쳐 버린 꼴이 되었다.

물론, 다음 날 만나지 못할 수도 있다는 말을 하기 위해 연락을 취해 보려고도 했으나 그의 연락처를 알지 못했다. 진영 언니에게 차원우의 전화번호를 가르쳐 달라고 물었지만 그녀는 저 역시 알지 못한다고 했다. 소개팅까지 시켜 줬는데 어떻게 모를 수 있냐고 외쳤더니 솔직히 고백하자면 자신도 부탁을 받았다는 말을 하는 게 아닌가.

그렇게 차원우에게 연락을 하지 않고 최 감독님과 일본으로 건너왔다. 혹시나 해서 진영 언니에게 약간의 사정을 들려주곤 최 감독님의 연락처를 건네주었지만 지난 일주일 동안 감독님은 내게 누군가 연락을 해 왔다는 이야기는 하지 않으셨다. 그래서 차원우에 대한 생각은 더 이상 하지 않았던 것인데…….

콧김을 씩씩 뱉어 내며 얼굴을 일그러뜨렸다. 왼쪽 마우스 버튼을 클릭하며 그 빌어먹을 기사로 들어갔다. 약간의 로딩 시간을 거치자 기사의 내용이 단번에 들어왔다.

'피스트 위의 귀공자', 지난 로마 올림픽 펜싱 남자 개인 사브르 은메달리스트이자, 남자 단체 사브르 금메달리스트, 이번 울산 아시안게임 펜싱 남자 개인, 단체 사브르 금메달리스트인 차원우 선수(28)의 솔직담백한 인터뷰가 화제다.

벌써 며칠째 그의 이름과 '먹튀녀'라는 단어를 검색어 상위에 올려놓은 그의 인터뷰는 사흘 전, 모 스포츠 신문과의 만남에서 이루어졌다.

세계 랭킹 1위를 유지하고 있는 펜싱계의 귀공자가, 아시안게임이 끝난 후 하고 있는 일이 뭐냐고 물은 기자의 말에 웃으며 '먹튀녀를 찾고 있습니다.'라고 한 대답은 적지 않은 파장을 불러일으키고 있었다.

그가 찾는 '먹튀녀'가 대체 그에게 무슨 짓을 한 건지 정확히 알려 주지는 않아서 더더욱 그러하다.

차 선수의 수많은 여성 팬들이 와르르 들고 일어난 것은 당연한 일이었다. 그가 언급한 '먹튀녀'는 '차원우 선수의 돈을 들고 튄 여자일 것이다.'에서부터 성적인 의미로 그를 '정말로 먹고 튄 여자일 것이다.'라는 예상까지 가지각색이었다.

수많은 스포츠 기자를 비롯하여 연예계 기자들까지, 화제가 된 차원우 선수의 '먹튀녀'를 찾으려 애썼지만 며칠이 지난 지금까지 그 정체를 밝혀내지 못하고 있다. 차 선수에게 물음을 던져 보아도 그는 옅은 미소만 지을 뿐 고개를 절레절레 젓고 있어서 의문은 점점 증폭되어 가고 있다.

과연, 차원우 선수의 '먹튀녀'는 누구일까? 그 진실의 끝은 무엇일까? 우리는 쉽게는 풀리지 않을 미스터리에 사로잡혀 있는……

"먹튀녀라니!"

부드득부드득 이를 갈며 인터넷 창을 껐다. 자리에서 벌떡 일어나는 내 심장은 미친 듯이 뛰었다. 눈꺼풀이 파르르 떨렸다.

이 남자, 정말 제정신인가?

다른 단어도 아니고, 먹고 튀어 버린 여자라니.

기사의 내용을 한 자도 빠뜨리지 않고 읽은 내 얼굴은 화르륵 달아올랐다. 온몸이 부들부들 떨리는 것 같기도 하다. 제기랄!

"내가 언제 먹고 튀었다고!"

진짜 '먹고' 튀었으면 말이라도 안 한다. 그럼 억울하지도 않지.

"먹다 말았잖아!"

적어도 내 기억으로는, 그러니까 정확히 말하면 전부 기억이 나진 않지만 '먹은' 적은 없었다! 없었을 거라고.

물론 요 근래 굵고 붉은 기둥이 자꾸 꿈속에 나타나긴 했지만, 그건 그 남자의 것이 아니란 말이다!

그래 아닐 거야.

아니,

아닌 거…… 맞지?

쿵쿵쿵쿵. 정신없이 뛰던 심장의 박동은 도무지 가라앉지 않는다. 얼른 컴퓨터실을 나와 유도 도장을 향해 달려가는 나는 입술을 잘근 깨물었다. 그리고 불현듯 걸음을 멈춰 서선 하늘을 올려다보았다.

"귀국……."

못 하겠다.

★☆★

"다녀왔습니다."

오후 대련을 어떤 식으로 진행했는지 하나도 기억나지 않는다. 정신을 차리고 보니 타키가 나를 끊임없이 부르고 있었고, 그제야 대련이 끝났다는 사실을 알아차렸다. 어색한 표정을 지으며 내게 뭐라고 말하는 타키를 무시하며 터덜터덜 숙소를 향해 걸음을 옮겼다.

한 달 동안 임시 거처로 사용 중인 곳은 최 감독님의 사촌이 운영하고 계시는 온천이 딸린 여관이었다. 드르륵 문을 열고 크게 외쳤지만 나를 반기는 소리는 들려오지 않았다. 왠지 서글퍼져 고개를 절레절레 흔들었다.

'지친다.'

여자 선수들을 상대해서가 아니라 점심시간쯤 있었던 일 때문에 정신이 없어서. 설마하니 차원우가 그런 식으로 대응을 할 줄은 몰랐다. 그에 대한 일을 완전히 잊고 있었기에 정신적 타격은 엄청났다. 이럴 줄 알았다면 확실히 끝을 맺고 오는 건데. 빈말이나마 그에게 책임진다고 말했다면 '국민 먹튀녀'로 찍히지 않을 수 있었을까.

"아무리 그래도 그런 공적인 인터뷰에서 언급을 하다니…… 정신 나갔어!"

그 이상한 남자는 단단히 벼르고 있는 게 틀림없다. 이런 상황에서 귀국을 했다간 무슨 꼴을 당할지 모른다. 아직 '먹튀녀'의 정체는 밝혀지지 않았지만 그가 내게 다가온다면 드러나는 건 식은 죽먹기다. 여전히 벌렁거리는 심장 위로 손을 얹으며 인상을 썼다.

"일단은 좀 자자."

고국에서 이런 일이 일어나고 있는 줄 전혀 알지 못했다. 무지했던 스스로를 책하며 한숨을 푹푹 내쉬다 내 방으로 걸어갔다.

"네가 쏜다니까 오기는 왔지만, 정말 무슨 생각인지 모르겠다."

감독님께 인사를 드릴 힘도 없었다. 고개를 아래로 떨구며 발을 움직이던 나는 맞은편에서 들려오는 낯익은 언어에 걸음을 멈췄다. 반사적으로 얼굴을 든 내 눈에 네 명의 남자가 내가 있는 곳으로 걸어오는 게 보였다.

"그냥 즐겨요, 형. 어디 이런 날이 흔한 줄 알아요?"

"재운이 말이 맞다. 흔하지 않지. 우린 온천 여행만 하면 되는 거야."

"그래도. 그런 이상한 인터뷰를 해 놓고 한국을 뜨는 건 아무래
도 이상하잖아."

"그럼 너는 한국으로 돌아가든가."

"에이, 그건 안 되지. 이왕 온 거 즐…… 어?"

꿈인가.

부정하려고 손등으로 눈을 비벼 보았지만,

"어어?"

현실이다. 망할.

가슴이 철렁거림과 동시에 내 시선이 네 명의 남자들 중 정중앙
에 있는 남자에게 꽂혔다.

"그 여자다!"

하고, 정중앙의 남자 옆에 있던 키 큰 남자가 화들짝 놀라 소리
를 질렀다. 정확히 나를 가리키는 키 큰 남자의 말에도 아랑곳 않
은 남자는,

"그치, 원우야?"

제 의견을 구하는 키 큰 남자의 말에 옅은 미소를 지었다.

★☆★

"Etes—vous prets?(에뜨 부 프레?)"

준비가 됐냐는, 경기를 진행하는 심판의 말에 검을 들고 피스트
(A piste: 펜싱 시합장)의 앙 가르드 선(Lignes de mise en
garde: 자세를 취하는 선) 위에 서 있던 두 명의 펜서들이 상대를

향해 칼을 뻗는다.

앙 가르드(En garde: 준비) 자세를 취하며 'Oui(위)', 즉 '네'라고 그들이 대답함과 동시에,

"Allez!(알레!)"

경기는 시작된다.

샤샤샤—

"Contre—attaque!(꽁뜨르 아따끄!)"

서로에게 칼을 겨누고 상대의 유효면을 찌르기 위해 움직이던 두 사람 중 먼저 승기를 잡은 것은 심판이 왼쪽 팔로 가리키고 있는 쪽이었다. 심판기의 적색등이 켜지자마자 멈춰 선 왼쪽편의 펜서는 숨을 고르고 있는 오른쪽편의 펜서를 가만히 바라보다 돌연 쓰고 있던 마스크를 벗어 던졌다.

아시안게임이 끝난 지 한 달이 다 되어 가는 어느 날, 강준은 같은 소속팀인 원우와 함께 훈련장을 찾아 비지땀을 흘리는 중이었다.

갓 아시안게임을 끝마쳤던 터라 선수 보호 차원에서 두 사람 모두에겐 아직 휴식이 더 남아 있었지만 그것을 마다하고 일찍이 훈련을 하는 까닭은 올 연말에 있을 세계선수권 대회 때문이었다. 이른 아침부터 저를 불러낸 원우가 돌연 훈련이나 하자며 칼끝을 겨눴기에 미간을 찌푸리면서도 그를 상대하고 있던 강준은 자신에게서 포인트를 빼앗자마자 마스크를 벗는 그를 불만족스러운 얼굴로 바라보기 위해 저 역시 마스크로 손을 뻗었다.

두 사람의 경기를 봐 주던 심판에게 양해를 구한 후 원우에게 다가간 강준은 굳은 표정을 짓고 있는 원우를 응시했다.

"왜 그래?"

이기고 있으면서 뭐가 그리 뚱한 건지. 그냥 이기는 것도 아니고 13—6으로 앞서 가는 주제에 온갖 불만을 다 가진 표정을 짓는 원우를 강준은 쳐다봤다. 그러자 한참 동안 강준의 이마에서 흐르는 땀을 응시하던 원우는 붉디붉은 입술을 천천히 달싹였다.

"안 들어."

"어? 뭐가."

그가 뱉어 낼 말을 듣기 위해 귀를 기울이곤 있었으나 제대로 듣지는 못했다. 혹시 심판기에 불이 안 들어온다는 걸 말했던 건가 싶어 들고 있던 칼끝으로 원우의 배를 쿡 찌르자 삐익— 하는 소리가 들려왔다. 녹색등이 반짝거리는 것을 확인한 강준이,

"잘 들어오는데?"

의아한 듯 그를 쳐다보았지만 원우는 대답하지 않았다. 오히려 얼굴을 처참하게 일그러뜨리며 툭 말을 던져 버렸다.

"할 마음이 안 들어."

강준은 제 귀를 의심했다.

"뭐라고?"

다른 누구도 아니고 차원우가 뱉어 낸 말이라곤 믿어지지 않는 소리다.

타고난 재능이 있기는 하나 그 재능보다 더 많이 노력하는 차원우가 꺼낸 말이 맞는 걸까. 새벽 4시에 일어나 5시 반부터 연습을 시작하여 저녁 9시가 될 때까지 훈련을 하는 천하의 악바리가 할 마음이 들지 않는다니. 저절로 입이 벌어지는 것을 막을 수 없었던 강준이 무어라 반응할 틈도 없이 원우는 장갑을 벗었다.

"안 되겠어. 이런 기분으론 죽도 밥도 안 돼."

심란한 얼굴의 원우는 입술을 잘근 깨물었다. 그리고는 여전히 어리벙벙한 얼굴을 하고 있는 강준에게 다짐이라도 하듯 말했다.

"나, 오키나와 가야겠어."

원우가 '오키나와'라는 단어를 꺼내기 시작한 건 정확히 이틀 전부터다.

아시안게임에 출전했던 펜싱 선수들과의 만찬 자리에서 '오키나와는 서울에서 얼마나 멀지?'라는 말을 제게 건네던 원우의 표정은 묘했다. 그런 모습은 처음이었기에 고개를 갸웃거리던 강준은 이어지는 원우의 말에 화들짝 놀랐다.

'오키나와는 날씨가 어떠려나.', '비행기 타고 가야 하나?', '이름도 별로야. 오키나와—라니. 제길.' 등등. 입만 열면 '오키나와'를 반복하는 원우로 인해 노이로제에 걸릴 지경이었다. 이틀간 그 말을 달고 살던 원우가 오늘 아침엔 왜 그 얘기를 하지 않는가 싶어 의아해했었다. 그러다 지금 들린 원우의 의지를 담은 말은 강준을 황당하게 만들었다.

"기어코 가겠다고 결심했나 보네?"

그렇게 구시렁거리더니, 결국은.

강준은 한번 한다면 하는 원우의 성격을 알고 있었기에 어이없는 웃음을 터뜨리며 중얼거렸다. 어느새 모든 장비를 풀어헤친 원우는 갑자기 고개를 들어 강준을 응시했다.

"손강준, 너도 갈래?"

"어?"

"온천 여행, 시켜 줄게."

"뭐?"

"거기도 있으려나, 온천?"

"난……."

"뭐 있겠지."

심드렁하게 고개를 끄덕이던 원우는 정말로 강준을 데려갈 생각인 듯했다. 물론 아직 정식으로 국가대표 합숙 훈련을 시작한 것은 아니었고, 오늘의 경기도 순전히 두 사람의 개인 훈련이었던지라 내일 당장 오키나와로 떠나도 문제가 될 것은 아니었다. 하지만……

'제정신이야?'

머릿속엔 오로지 '펜싱 훈련'만 담고 있던 차원우가 훈련도 내팽개치고 온천 여행을 가겠다고 선언한 것이 왠지 정상적으로 보이지는 않았다.

설마 했던 그들의 '온천 여행'은 놀랍게도 모 스포츠사와 원우의 인터뷰가 끝이 난 뒤 얼마 지나지 않아 바로 추진되었다. 강준을 데려가는 걸로도 모자라 함께 금메달을 합작해 낸 사브르 남자 단체 선수들까지 데리고 원우는 오키나와로 향했다.

전지훈련을 목적으로 하는 것이 아닌, 순전히 여행을 목적으로 하는 일본 방문은 꽤 오랜만인지라 조금 들떠 있었던 강준은 온천욕을 마치고 나와 유카타를 입으려 하는 원우를 응시했다.

"어떻게 된 거야."

유카타 입는 법을 잘 모르는 건지, 옷만 대충 걸쳐 입고 밖으로 나서려는 원우의 팔을 잡아 제대로 옷을 입혀 주며 강준은 미간을 좁혔다. 무슨 소리를 하느냐는 표정을 짓는 원우에게,

"그 여자."

작게 속삭이니 곧장 반응이 왔다. 확실히 뭔가 있긴 하군. 강준은 이제야 제대로 유카타를 입게 된 원우를 말없이 내려다보다 눈을 가늘게 떴다.

"그 여자랑 아는 사이야?"

'고맙다.' 라고 짧게 대답하던 원우는 그를 빤히 응시했다. 그러다 모르는 척 어깨를 으쓱이며 입술을 열었다.

"누구?"

이 자식이 누굴 속이려 들어.

강준은 더욱 이번엔 눈을 크게 떴다.

"그 여자! 아까 우리 보자마자 얼굴 굳어지던. 그 여자, 접때 그 여자잖아. 예의 유도 선수! 맞지?"

온천욕을 하러 들어가기 직전에 만났던 여자의 얼굴이 순식간에 하얗게 물드는 것을 강준은 놓치지 않았다. 처음엔 자신들을 바라보며 기겁하는 여자의 모습에 왜 저렇게 놀라는가 싶었다. 혹시 팬인가? 너무 놀라면 기절하는 경우도 있다고 하던데.

긴장을 풀어 줄 겸, 웃으면서 그녀에게 다가가려다 그 여자의 눈이 원우에게 고정되어 있다는 것을 뒤늦게 자각했다. 다른 사람이 아닌 원우를 응시하며 굳어 버린 여자가 소리 없는 비명을 지르다 후다닥 달려가는 것을 지켜보며 원우가 피식 웃었기 때문이다.

돌이켜 보니 그 여자의 얼굴이 무척 익숙했다. 온천욕을 하면서 줄곧 생각하다 그 여자가 다름 아닌 얼마 전 원우의 집 TV에서 보았던 국가대표 유도 선수라는 것을 떠올렸다. 강준이 버럭 소리치자 '아아.' 하고 나지막한 탄성을 터뜨리던 원우는 무심하게 답했다.

"안다고도 할 수 있지."

"뭐야, 아는 사인데 왜 도망을 가?"

곰곰이 생각하던 강준의 중얼거림에 원우는 입을 다물었다. 어쩐지 화가 난 것 같기도 했다.

"언제부터 알던 사인데? 그래서 TV를 그렇게 하염없이 봤던 거였어?"

강준은 호기심이 가득 담긴 눈을 빛내며 물었다. 원우는 말하지 않았다.

"아, 잠깐. 그럼 그날…… 알고 그 여자를 네 방으로 들인 거야?"

강준의 의문은 증폭되었다. 그래도 원우는 입을 열지 않는다.

"어이, 차원우!"

원우가 입을 열길 기다리며 그를 쳐다보던 강준은 결국 참지 못하고 크게 외쳤다. 원우는 인상을 쓰며 강준을 응시하다 후우, 한숨을 뱉어 냈다. 그리고는,

"이석 형하고 재운이랑 좀 놀고 있어."

라 말한 뒤 강준의 어깨를 톡톡 두드렸다.

'난 해야 할 일이 있어서.' 라는 말까지 덧붙인 원우가 손을 뻗기도 전에 사라지자 그의 뒷모습을 눈으로 좇다 말곤 얼굴을 일그러뜨렸다.

"대체 여기…… 왜 온 거야?"

짐작컨대, 분명 '온천 여행' 이 목적은 아니었다.

★☆★

하아하아.

거친 숨이 입술 밖으로 터져 나왔다. 온종일 땀을 빼고 왔고, 샤워를 했음에도 불구하고 식은땀이 흘러내리는 걸 막을 수가 없다. 쿵쾅쿵쾅. 심장은 미친 듯이 벌렁거리는 중.

도무지 안정을 찾지 못하는 이 마음은 모두, 그 인간 때문이다. 설마 이곳에서 그를 볼 줄 어떻게 알았겠냔 말이지. 그것도 그럴 것이,

"여긴 일본이잖아!"

한국에서도 쉽게 만나기 힘들다던 국가대표 펜싱 선수를 어찌하여 이웃나라인 일본에서, 그곳에서도 남쪽 끝에 있는 오키나와 현에서 만나게 된 건지 아무리 머리를 굴려도 논리적으로 이해할 수가 없었다.

"스토커야?"

정말? 정말로 그런 거야?

입술이 바짝 말라 갔다. 의도적으로 내 뒤를 밟았다는 생각밖엔 들지 않는다. 문을 열고 들어간 순간 마주쳐 버린 남자의 검정색 눈동자를 보고 나는 심장이 쪼그라들다 못해 사라지는 걸 느꼈다. 여태껏 내 자신을 '강심장'이라 생각하며 스물네 해를 살아왔건만. 이렇게 간이 콩알만 할 줄이야. 빌어먹을.

목구멍이 타들어 갈 것만 같다. 마른침을 꿀꺽꿀꺽 삼키며 인상을 쓰고 있었다. 앞으로 어찌해야 하는 걸까.

그를 발견하자마자 내 눈을 의심했지만 곧이어 그 남자가 나와 같은 숙소에 머무르게 되었다는 걸 인정할 수밖에 없었다. 의도하

지 않았지만 그와의 약속을 어기게 된 건 사실이고, 그에게는 의도적인 꼴이 되어 버렸으니 변명할 여지가 없는 것도 맞는 말이다. 그러나,

"난 덕분에 먹튀녀가 되었다고!"

그 망할 인터뷰 덕분에 국민 먹튀녀가 되어 버린 나는 그의 얼굴을 마주하자마자 차오르는 분노를 막을 수가 없었다. 아무리 그래도 그렇지, 먹튀녀가 뭐야, 먹튀녀가!

"연오야, 방에 있냐."

차원우. 이젠 이름만 들어도 이를 갈게 되는 그 이름을 차마 뱉어 내지 못하고 속으로 한창 되뇌고 있을 때였다. 나는 작은 노크 소리 뒤에 들려오는 감독님의 음성에 그 남자를 향한 분노를 삭였다.

"네, 감독님."

문을 열고 나가자 감독님이 인자한 미소를 지으며 나를 쳐다보고 계셨다.

"방금 식사 준비 됐더구나. 오늘은 식당에서 먹도록 하자."

"네."

요 근래는 너무 피곤했었던 터라 각자의 방에서 식사를 해결하곤 했었는데, 오늘은 진이 빠지긴 했지만 감독님의 명을 따르는 것도 괜찮을 것 같아 그를 따라나섰다. 미닫이문을 열고 식당 안으로 들어가시는 감독님의 뒤를 밟을 때까지만 하더라도 방금 전 눈에 힘을 주며 누군가를 욕하던 나였다는 걸 까맣게 잊고 있었다.

"아, 오셨습니까."

······어?

하지만 이윽고 들려오는 귀 익은 음성에 걸음이 반사적으로 멈췄다.

"많이 기다렸나?"

감독님은 옅게 미소 짓는 남자에게 터벅터벅 걸어가 그의 앞자리에 앉으셨다. 내 눈은 동그래졌다. 감독님. 최 감독님! 왜 그쪽으로 가시는…… 헉! 왜 그 남자의 테이블에 앉으시는 거죠? 그 남자랑 아는 사이신가요? 예? 감독님! 감독니임! ―이라는 말이 입안을 맴돌았지만 불행히도 내 입술은 열리지 않았다.

"안 오니, 연오야."

감독님은 식당 문 앞에서 멀뚱히 굳어 있는 나를 향해 손짓하셨다. 뭐라고 말을 해야 할까. 많은 생각들이 머리를 헤집고 다녔지만 입 밖으로 흘러나온 말은 내가 들어도 꽤 어색했다.

"전…… 입맛이 별로 없어서."

이게 먹혀야 할 텐데. 테이블에 앉아 있는 모든 이들의 시선이 내게로 향하는 게 부담스럽기보다는 그중에 한 사람, 엄청난 포스를 풍기고 있는 그 남자의 시선이 내 얼굴에 꽂혀 있다는 게 몹시 불편했다. 밥 생각이 없다는, 마음에도 없는 소리를 늘어놓고 다시금 방으로 가기 위해 몸을 돌리려던 시점이었다.

"스즈하라 군한테 들었다. 연오, 너 오늘 점심도 먹다 말았다며."

나는 감독님이 던진 말씀에 돌처럼 굳었다.

"팔팔한 애들 상대로 대련해 주느라 힘들었을 텐데, 끼니라도 잘 챙겨 먹어야지. 얼른 앉으렴."

"……."

"연오야?"

"하하, 네! 알겠습니다!"

언제 밥을 거부했냐는 듯 호쾌하게 웃으며 고개를 끄덕였다. 속으로는 눈물을 줄줄 흘리고 있었지만 겉으로 내색할 수는 없었다.

'타키, 이 인간…… 줬다 뺏은 주제에 그걸 다 일러?'

점심때 있었던 일을 감독님께 보고한 타키에 대해 분노하며 이를 부드득부드득 갈던 나는 결국 감독님 옆자리에 엉덩이를 붙였다.

'……'

가시방석이란 단어가 불현듯 떠오른다. 그냥 가시도 아니고 철가시다, 철가시. 엉덩이가 이렇게 따가울 줄이야. 눈물이 핑 돌려고 했다.

내가 자리에 앉자마자 기다렸다는 듯 음식을 내온 여관의 종업원들 덕분에 테이블 위에는 음식이 가득하다. 묘한 침묵이 오가는 이 자리에서 아무 말도 뱉어 내지 않고 젓가락을 움직이고 있던 나는 점심시간에 타키 앞에서 우동을 먹을 때보다 훨씬 더 목이 막히는 걸 느끼고 있었다. 이유는, 오직 하나.

'느껴진단 말이야!'

다른 이들도 알아챌 만큼 빤히 응시하고 있는 그 남자의 끈덕진 시선이 도무지 내 얼굴에서 떨어지지 않았으니까! 이 남자야. 아무리 그래도, 사람 밥은 먹게 해 줘야지! 나 정말 배고프단 말이야. 밥 좀 먹게 해 달라고!

울면서 그를 향해 소리를 내지르고 싶은 마음이 굴뚝같았지만 내 입술은 열리지 않았다. 제기랄.

"그나저나 이런 곳에서 국가대표 선수들을 만날 줄은 꿈에도 몰랐네."

그런 내 마음은 모르시던 감독님은 하하 웃으며 말씀하셨다. 뜨겁게 나를 쳐다보던 차원우가 부드러운 음성을 뱉어 냈다.

"저 역시 예상하지 못했습니다. 이곳에서 전 국가대표 코치님과 현 국가대표 선수분을 뵐 줄은."

예상을 못 하긴 뭘 못 해?

예상했지?

이봐, 예상한 거지? 그런 거지?

심장이 벌렁벌렁거린다. 음식이 입으로 들어가는지, 코로 들어가는지 알지 못하겠다, 이젠. 아마 거울을 보았다면 내 얼굴이 파리하게 질려 있을 거라 확신했다. 나는 차오르는 숨을 참지 못하고 화기애애한 분위기를 이어 가는 차원우와 감독님을 흘긋거리다 결국 젓가락을 내려놓았다.

"연오야?"

"죄송하지만, 화장실 좀."

이러다 정말 체해 버리겠다. 일단은 이 숨 막히는 상황을 벗어나야 할 필요성을 느끼며 나는 서둘러 식당을 벗어났다.

두근두근— 의아해하는 차원우의 동료들과 통성명을 할 틈도 없이 그렇게 자리를 박차고 나온 뒤, 미친 듯이 뛰는 가슴 위로 손을 얹으며 인상을 썼다.

"어떡하지……."

그 남자, 뭔가 다른 꿍꿍이가 있어서 이곳까지 온 것이 틀림없다. 식은땀이 등 뒤로 주르륵 흘러내렸다.

"아니 그전에, 어떻게 내가 이곳에 있는 걸 안 거야?!"

정말 스토커인가? 진짜 스토커인가? 나는 꽤나 진지하게 생각했다. 그러다 얼굴을 아래로 푹 떨구며 중얼거렸다.

왠지…….

"돌아가기 싫어."

"그럼 안 되지."

헉!

식당에서 룸이 있는 곳으로 가기 위한 모퉁이 근처에서 한숨만 푹푹 내쉬고 있는데, 갑자기 들려온 목소리에 화들짝 놀라 고개를 돌렸다. 그러자 태연한 얼굴을 하고 내게 웃고 있는 남자가 보였다.

눈앞이 새하얗게 물들어 입술이 파르르 떨렸지만 주먹을 세게 움켜쥐며 평정을 되찾았다. 차원우는 눈 깜짝할 사이에 냉정해지는 나를 놀란 눈으로 응시하다 옅게 미소 지었다. 그래, 정신을 차려 보자. 당황할 필요는 없어. 스스로에게 끊임없이 되뇐 후, 길게 숨을 뱉어 낸 나는 고개를 들어 그를 직시했다.

"졸지에 먹튀녀가 됐어요."

불만이 가득한 음성을 흘린 내 얼굴은 굳어 있었다. 차원우의 눈동자가 살짝 일렁였지만 그는 아랑곳 않았다.

"사실이잖아."

이 인간이 진짜!

"사실이 아니죠! 먹다가 말았다니까요?"

"뛴 건 사실이지."

……그건 부정 못 하겠다, 제길.

의도하든, 하지 않았든 그와의 약속을 어기고 오키나와로 온 건 사실이니 변명할 여지가 없다. 하지만 그래도 그렇지!

"하여간 이제 어쩔 거예요! 아니, 그런 식으로 인터뷰를 하는 게 어디 있어요! 졸지에 나 완전 나쁜 여자가 되어 버렸잖아요!"

물론, 내가 그 '먹튀녀'라는 걸 알고 있는 건 이 남자와 나뿐이지만.

차원우는 씩씩거리며 인상을 쓰는 내 얼굴을 빤히 직시했다.

'……어?'

워낙 뚫어져라 쳐다보기에 갑자기 얼굴이 화르륵 달아올랐다. 이, 이봐. 그렇게 부담스러운 눈빛으로 날 응시하면 두, 두근거리잖아. 심장이 내 의지와는 상관없이 멋대로 박동하기 시작했다.

"그럼……."

응?

"책임질까?"

확실히 얼굴은 웬만한 배우 못지않게 잘생긴 남자인지라 가까이서 보니 머리가 몽롱해질 정도였다. 얼른 뒤로 떨어져 주면 좋으련만. 숨이 가빠 오는 걸 꾹 참으며 이성의 끈을 세게 붙들고 있던 나는 귓가에 작게 속삭이는 그의 상냥한 목소리에 눈을 크게 떴다. 차원우는 매우 태연하게 말했다.

"당신을 국민 먹튀녀로 만들었으니, 내가 책임을 져야겠군. 어쩔 수 없이."

'당신, 그게 목적이지?!' 라는 말이 먼저 나올 뻔했지만 침착해야 했다. 동요하지 마, 조연오.

"됐고요, 그냥 해명 기사나 내요."

차원우는 떨리는 음성으로 말하는 나를 보고 조금 놀란 듯했다.

아니, 놀라는 포인트가 이상하잖아! 해명 기사를 내라는 말이 뭐 잘못됐어?

"안 내 줄 거예요?"

혹시나 싶어 물었더니,

"내가 왜 그래야 하지?"

뻔뻔하게 대답한다. 입이 쩍 벌어졌다.

"이봐요!"

"대답이나 들려줘."

차원우는 어이없어하는 나를 향해 심드렁하게 말했다. 급변한 화제를 적용하지 못해 인상을 쓰자 그가 눈을 빛냈다.

"당신이 내게 일주일 전에 '들려줬어야 할' 대답 말이야. 이젠 그 대답을 들을 때가 된 것 같은데."

차원우는 당당하게 요구했다. 그의 태도에 압도당한 건 사실이었다. 물론 잘못을 하기도 했으니까, 더더욱. 하지만⋯⋯.

"그냥은 못 해요."

당신이 그렇게 나온다면, 나도 배짱을 부리겠다 이거야.

"무슨 소리야?"

차원우는 이런 내 반응에 이해하지 못하겠다는 표정을 지었다. 제 의지를 관철시키기 위해 오키나와까지 쫓아온 그보다 더 뻔뻔해지기로 했다. 흥, 콧김을 내뿜으며 말했다.

"당신이 해명 기사 내기 전까진, 당신이 원하는 대답 따윈 안 할 거예요."

"이봐."

"이봐가 아니라 조연오."

"······조연오 씨, 그거 너무 적반하장인 태도라 생각하지 않아?"

적반하장?

"그건 내가 하고 싶은 말이에요!"

"뭐?"

"당신, 아니 차원우 씨는 스스로가 너무 집요하다고 생각하지 않나요?"

"집요해?"

"네! 고작 물고 빨았다고 결혼까지 책임지라는 게 세상에 어디 있어요!"

차원우의 눈동자가 크게 요동쳤다. 먹힌 건가? 왠지 희망의 빛이 보이는 것 같아 속으로 큭큭거렸다. 차원우는 복잡한 얼굴을 하고 나를 쳐다보더니 후우, 한숨을 뱉어 냈다.

"우리 아버지."

"네?"

무슨 소리를 들은 건지 되묻기 위해 그를 쳐다보았다. 그러자 고개를 절레절레 흔들며 중얼거리는 그의 음성이 귀로 박혀 왔다.

"우리 아버지는······ 항상 말씀하셨지. 누군가 널 물고 빤다면, 그 여자를 꼭 잡으라고."

뭐라고?

파파보이······인 건가. 그렇게 보이지는 않는데. 그런 말을 꺼낼 줄은 예상하지 못해서 인상을 쓰며 그를 쳐다보던 나는 입을 다물고 그저 내 얼굴을 응시하고만 있는 그에게 싸늘하게 일갈했다.

"어쨌든 해명 기사 내기 전엔 나 알은척도 하지 마요. 괜한 오해 사기 싫으니까."

"조연오 씨."

"해명 기사, 반드시 내요!"

휙 몸을 돌리는 내 행동은 거침없었다. 그래, 진작 이렇게 했어야만 했어! 누군가에게 끌려다니는 건 사양이었다. 이 남자가 대체 무슨 꿍꿍이를 하고 있는 건지는 도통 모르겠지만, 이제 그건 끝이라 이거야.

승리의 미소를 지으며 식당의 문을 연 나는 이제 왔냐는 감독님의 눈빛에 환하게 웃을 수가 있었다.

"속이 좀 안 좋아서요. 아, 이거 물인가?"

목이 칼칼했다. 진한 갈증도 일어서 미간을 좁히던 나는 내 자리에 놓여 있는 물컵을 향해 손을 뻗었다. 그리고 누군가 말릴 틈도 없이 입안으로 물컵 안의 내용물을 모두 쏟아부었다.

"여, 연오야, 그건……!"

뒤늦게 알아차린 감독님이 소리치셨지만,

'제기랄.'

이미, 사건은 벌어진 후였다.

'탄산…… 이잖아.'

★☆★

빨갛고 굵은 기둥이 눈앞에 둥둥 떠다녔다. 신경에 거슬릴 만큼 큰 물체가 자꾸만 눈앞을 어른거리자 무의식적으로 인상을 쓰게 됐다. 저걸 어떻게 할까. 시야를 가리며 이리저리 움직이는 붉은 기둥을 처리하는 방법을 궁리하다 결국 손을 뻗었다.

'윽!'

내 것이 아닌 짧은 탄성 소리가 귓속으로 들려왔다. 누가 뱉어 낸 건진 확인하지 못했다. 몹시 야릇하고, 놀란 것 같은 음성에 눈이 동그래졌지만 곧 손바닥 안에서 점점 커져 가는 붉은 기둥의 팽창을 느끼며 시선을 돌렸다.

'어머.'

신기했다. 손안에 다 들어오지 않던 붉은 기둥을 있는 힘껏 움켜쥐자 마치 살아 있는 것마냥 반응하는 것이. 킥킥 웃음을 터뜨리며 손가락을 움직였다. 물고기같이 팔딱거리는 붉은 기둥이 손아귀를 빠져나가려 발버둥 쳤다. 그럼에도 불구하고 놓지는 않았다. 잡고 있으면 매우 안심이 되었기에 꼭 쥐고 한참 동안 응시했다.

그렇게 붉은 기둥을 벗 삼아 시간을 보내던 나는 물컹거리던 그것이 한계치까지 부풀어 있는 것을 발견했다. 붉은 빛깔을 아름답게 빛내는 기둥을 멍하니 응시하다 보니 이상하게 입이 바짝 말라 갔다. 혀를 살짝 가져다 대면 곧장 반응을 할지도 모른다는 생각이 들었다. 잠시 고민하다가 결심한 듯 천천히 얼굴을 가져다 댔다.

'큭!'

이번에도 야릇한 신음 소리가 곁에서 들려왔다. 역시 소리의 진원지를 파악하지는 못했으나 이미 입안 가득 기둥을 밀어 넣은 뒤였다. 미끄러지듯 입 속으로 들어온 기둥은 더욱 세게 요동쳤다. 뜨겁고 기다란 혀를 내밀어 매끈한 기둥의 표면을 핥았다. 동시에 부르르 떨리는 기둥의 진동이 느껴졌다. 기분이 좋아져 힘껏 혀를 놀렸다.

'크으윽……!'

귀를 간질이듯 맴돌던 신음이 길게 늘어졌다. 그래도 멈추지는 않았다. 내 입안에 든 기둥은 꽤나 재미있는 물체였고, 살아 숨 쉬는 것 같아서 자극하고 싶었으니까. 혀가 움직이며 할짝거리는 소리와 어디선가 들려오는 거칠어진 호흡 소리가 함께 어우러져 묘한 분위기를 형성했다. 온몸이 화끈거렸다. 아이스크림을 아껴 먹듯 깊게 빨아들였다가 쉬고, 다시 핥다가 쉬기를 반복했다.

'흡!'

짧지 않은 시간 동안 내 것처럼 소중히 다루던 기둥의 끝에서 무언가가 뿜어져 나왔다. 입안은 금세 무언가로 들어찼다. 눈을 동그랗게 뜨며 입 속의 것을 뱉어 내려고 했으나 그만 꿀꺽 삼켜 버렸다. 그리 나쁘지 않은 맛이라고 생각하며 고개를 들었다.

'젠장.'

헤헤, 웃으며 얼굴을 들어 올린 내 눈에 나지막하게 으르렁거리는 남자의 굳은 얼굴이 들어왔다. 그를 향해 두 팔을 벌리자 남자는 망설이다 나를 세게 잡아챘다. 내 몸은 곧 그의 품 안으로 쏟아졌고 눈앞이 흐려지는 것을 느끼며 나는 스르륵 눈꺼풀을 내렸다.

그리고 얼마 뒤, 새하얀 빛이 눈동자 속으로 가득 들어오는 것을 느끼며 잠에서 깨어났다. 그런 내 시야로……

"응?"

뭔가가, 보였다.

"……어?"

검정색 눈동자였다. 흑요석처럼 아름다운. 나는 그 눈동자의 주인을 알고 있었다. 익숙했으니까. 한 달간 내 머리를 어지럽히던 바로 그 눈동자였으니까. 그러니까 이 눈동자의 소유주는…… 젠장!

30초.

눈을 뜬 내가 내 옆에서 팔을 괴고 나를 내려다보는 남자의 눈동자가 누구의 것인지 알아차리기까지는 딱 30초가 걸렸다.

심장이 밖으로 튀어나올 정도로 두근거리기 시작했지만 애써 모른 척하며 나는 배시시 웃었다. 그 남자의 눈꼬리 역시 휘어졌다. 하하, 어색한 웃음을 흘리며 잠시 숨을 고르던 나는 천천히 입술을 뗐다.

"……저기……."

"두 번째야."

더할 나위 없이 눈부신 미소를 지어 주던 남자는,

"조연오 씨 말대로라면, 첫 번째는 그냥 먹다 말았겠지만……."

속삭였다.

"이번엔 확실히 먹었어."

3.
각서는 확실하게

때는 바야흐로, 지금으로부터 한 달 전. 대한민국이 개최한 아시안게임이 열리고 있던, 울산의 한 선수촌 아파트에서 일어난 일이다.

대회 1일차부터 차근차근 금메달을 수확하여 전 종목 석권이라는 위엄을 달성하게 된 대한민국 펜싱 국가대표팀 선수들은 모든 경기가 끝난 후 비교적 자유롭게 선수촌을 누비고 다녔다. 다른 종목보다 비교적 빨리 진행되었던 일정 덕분에 그들은 유유히 관광도 하며 움직였다.

그러나 그들과는 달리 태릉에서 함께 '개선관'을 사용했던 동지들, 그러니까 체조와 태권도 선수들은 아직 경기가 남아 있었다. 펜싱 대표 선수들은 그런 동료들을 응원할 겸 경기장을 왔다 갔다 하며 남은 아시안게임을 즐겼다. 그중에서도 펜싱 남자 국가대표 동기인 원우와 강준은 다른 동료들과 함께 체조 선수들을 열렬히 응원한 뒤 시상식을 지켜보지 않고 선수촌으로 먼저 귀가하던 중이었다.

"정말, 안 바꿔 줄 거야?"

강준의 목소리는 간절함을 넘어 애절함마저 담고 있었다. 이쯤 되면 흔들릴 만도 한데 원우는 심드렁한 표정이었다. 로봇 같은 녀석. 속으로 원우를 열심히 씹어 대던 강준이었지만 겉으론 전혀 내색 않고 생글생글 미소를 지으며 그의 대답을 간절히 기다렸다. 원우는 특유의 무표정한 얼굴을 변화시키지 않은 채 강준을 흘긋거리다 단호히 말했다.

"안 바꿔."

비록 원우에게서 거절의 답변을 받았지만 이에 굴복할쏘냐. 강준은 집요하게 원우에게 요구했다.

"한 번만!"

"싫어."

그러나 원우는 더 단호했다.

"이렇게 애원해도?"

"소용없어."

"……빌어먹을 놈."

무어라 말해도 원우는 끄떡하지 않는다. 강준은 백기를 들어 올렸다. 원우가 제 뜻대로 해 주지 않을 것이라는 확신을 가졌기 때문이다. 결국 포기하며 낮게 중얼거리는 강준에게, 원우는 태연하게 답해 주었다.

"나 원래 그래."

"자랑이냐."

강준이 입술을 삐죽거리는 이유는 오직 단 하나, 가위바위보—에서 이겨 1인실을 쓰게 된 원우에게 딱 하루만이라도 좋으니 방을 바꿔 달라는 강준의 말을 그가 들어주지 않았기 때문이다.

　　강준의 섭섭한 마음을 이해하기는 하나 원우는 시끄러운 건 질색이었다. 쉬지 않고 떠드는 강준과 2인실을 쓰지 않는 것도 천운이건만 1인실을 사용하게 되다니, 이 얼마나 완벽한 일인가. 원우는 선수촌을 퇴촌하는 그날까지, 강준에게 이 방을 양보할 생각은 추호도 없었다. 다른 이들과 2인실을 사용할 생각은, 더더욱.

　　"그런데…… 아까 그 녀석한테 받은 게 대체 뭐야?"

　　체조 경기장에서 만났던 중국의 펜싱 국가대표 남자 선수에게서 강준이 은밀히 무언가를 받는 걸 목격했던 것이 줄곧 신경 쓰였다.

　　경기장을 나서서 엘리베이터를 타는 지금까지 강준이 제게 방을 바꿔 줄 것을 요구한 까닭과 뭔가 연관 있을 거라 생각했던 원우는 트레이닝복 상의의 주머니에 뭔가를 주섬주섬 챙겨 넣는 강준에게 물었다. 강준은 그런 원우의 말에 흠칫 놀라더니 이내 씩 웃으며 야릇한 시선을 보내왔다.

　　"궁금해?"

　　헤헤, 웃는 강준의 얼굴을 바라본 순간 원우의 궁금증은 눈 녹듯 사라졌다.

　　'시답잖은 일이군.'

　　별로 좋은 이야기를 들을 것 같지는 않아 얼른 고개를 저었음에도 불구하고 강준은 물 만난 고기마냥 혀를 움직였다.

　　"옜다! 내가 인심 써서 너한테만큼은 보여 주지!"

　　꼭 그럴 필요까진 없는데.

아무 말도 않고 저를 바라보기만 하는 원우에게 기다리라는 듯 묘한 실소를 터뜨리던 강준은 주머니 속에서 뭔가를 꺼내 들어 그에게 내밀었다. 대체 무엇을 보여 주나 싶어 인상을 쓰던 원우는 이윽고 제 시야로 들어온 물건을 발견하곤 얼굴을 굳혔다.

'이 녀석, 뭐야.'

강준은 굳어진 원우의 얼굴을 보고 흐뭇하다는 미소를 지으며 말을 이었다.

"구한다고 꽤 고생했어. 거주자서비스 센터에 비치된 건 벌써 동났다지 뭐야. 웨이롱 녀석이 아니었더라면 이것도 못 구할 뻔했어."

웨이롱은 체조 경기장에서 만났던 중국의 펜싱 선수의 이름이었다. 큭큭거리며 은밀히 주고받는 것이 대체 무엇인지 의아했었는데.

'콘돔이었냐.'

원우는 의기양양한 얼굴을 하다못해 손가락으로 V자를 그리는 강준을 어이없다는 듯 바라보며 중얼거렸다.

"쓸 곳도 없는데 그걸 뭐 하러 챙겨 와."

"인마. 그걸 말이라고! 쓸데가 왜 없냐!"

강준은 심드렁한 그의 말에 기겁하며 외쳤지만 원우는 알고 있었다. 강준이 모태솔로인 것을. 스물여덟이나 먹었으면서 여자 친구 하나 없는 건 자신이나 강준이나 마찬가지라는 것을. 왠지…… 안타깝네.

"받아라!"

강준은 혀를 끌끌 차며 고개를 절레절레 젓는 원우가 엘리베이

터 버튼을 누르는 걸 마냥 지켜보다 들고 있던 콘돔 하나를 던졌다. 얼떨결에 그것을 받아 든 원우는 인상을 썼다.

"이걸 왜……?"

"모르잖아, 너도."

힘내라는 듯 그의 어깨를 톡톡 두드리며 말하는 강준의 눈빛엔 연민의 감정이 실려 있었다. 이 녀석에게 동정받기는 싫은데. 살짝 기분이 상했지만 원우는 대수롭지 않게 여겼다.

이윽고 그들의 숙소에 도착을 했고, 강준은 먼저 들어가 보겠다며 제 방을 향해 달려갔으므로 다시 그것을 건네줄 시간도 없었다. 하는 수 없이 콘돔 하나를 쥐고 방으로 들어온 원우는 텅 빈 침대를 흘긋거리다 한숨을 내쉬며 그것을 침대 위로 던졌다.

"사용은 무슨."

이 상태라면 아마 향후 몇 년간은 이걸 사용할 일은 없을 거라고 원우는 생각했다.

그래. 분명…… 그랬었다.

조직위원회에서 에이즈 예방 차원으로 비치하기 시작한 예의 콘돔을, 자신이 아시안게임이 열리고 있는 신성한 선수촌 내에서 사용할 만한 일은 절대로 일어나지 않을 거라고 한 달 전의 차원우는 생각했었다.

"으헤헤헤."

그러나 놀랍게도 그날 밤.

그것을 사용할 만한 일이 일어날 뻔했고, 그 사용 대상이 저기 저, 강준의 팔에 철썩 들러붙어 실실 웃고 있는 유도 선수 출신의 여자라는 건 부정할 수 없는 사실이다.

감히 원우의 방문을 마구 두드려 들어온 걸로도 모자라 그의 침대에 누워 한참 동안 일어나지 않아 피곤한 그를 곤란하게 만들었고, 겨우 깨워 내보내려고 하는 원우를 침대 위로 눕혀 문어 빨판과 같은 입술로 그를 쪽쪽 빨아 버린 여자 역시 바로 저 여자, 조연오였다.

여자에게 그렇게 농락당한 건 맹세컨대 그날 밤이 처음이었다. 손을 쓰지도 못할 만큼 제 이곳저곳을 만지는 그녀에게 벗어나지 못했고, 덕분에 혼자라면 할 수 없었던 일까지 경험했다. 한마디로 그녀의 손안에서 느꼈다는 소리. 하지만 저를 한껏 달아오르게 만든 여자는 그런 그의 마음을 알아주지도 않고 풀썩 몸 위로 쓰러졌고, 곧바로 꿈나라로 직행했다. 그로 인해 스스로 힘을 빼야 해서 얼마나 고생했는지 알지도 못하면서, 조연오는 고작 물고 빤 죄밖에 없다면서 책임은 못 진다는 망언을 지껄였다.

오기가 생겼다. 다른 여자들은 선망의 눈길로 바라보는 저를, 한사코 거부하는 저 여자에게 자신을 반드시 책임지게 만들겠다는 바보같은 오기.

'어쨌든 해명 기사 내기 전엔 나 알은척도 하지 마요. 괜한 오해 사기 싫으니까.'

그런데 뭐?

책임을 안 져?

오키나와까지 저를 찾아온 원우에게 조연오는 화가 난 듯한 음성을 뱉어 냈다. 원우는 살짝 당황했다. 이렇게까지 자신을 쫓아온 원우에게 그녀가 그런 식의 단호한 태도를 취할 줄은 몰랐으니까. 앞으로 어떻게 이 여자를 구슬려야 하나 고민했던 것도 사실이었

다. 그런데 말이지, 아무리 화가 난다고 해도 말이야,

'나 아닌 남자한테 들러붙어?'

그라는 완벽한 남자에게 칼날 같은 말을 뱉어 낸 뒤 몸을 돌린 연오의 행동에 충격을 받은 나머지 원우는 5분 동안이나 멍하니 서 있었다. 굳은 얼굴을 하고 멀뚱히 있던 그를 열심히 불러 댄 여관 종업원의 목소리가 아니었더라면 망부석처럼 그 자리에서 발을 떼지 못했을지도.

정신을 차려 식당으로 걸어간 원우의 눈에는 기분이 나빠도 매우 나쁜 광경이 펼쳐지고 있었다. 원우는 실실 웃으며 강준의 볼에 제 볼을 슥슥 비벼 대는 연오를 험상궂은 눈으로 바라보다 음산한 목소리를 흘렸다.

"어떻게 된 거야?"

"그건 내가 묻고 싶다. 이 여자 대체 뭐냐? 으악! 거긴 민감한 부위라고요! 좀 떨어져, 이 여자야!"

원우는 기겁하며 연오를 떼어 내려 애쓰는 강준을 냉랭하게 응시하다 흥미로운 표정을 지으며 강준과 연오를 쳐다보고 있는 재운과 이석에게로 시선을 돌렸다.

"최 감독님은?"

"이 여자가 저거 마시자마자 바로 어딘가 달려가신 후론 감감무소식."

"아, 맞다. 이상한 짓 못 하게 잠깐 봐 달라던데. 저거 설마 주사인가?"

원우의 시선은 재운이 가리키고 있는 투명한 컵으로 향했다. 분명 저 컵에는 이 자리에서 일어나기 직전 원우가 탄산이 가미된 음

료수를 부었던 기억이 있다. 설마. 원우는 얼굴을 굳히며 입술을 열었다.

"얼마나 마셨어?"

"글쎄. 한 잔 다 마셨었나. 근데 저거 정말 주사 맞아? 술 냄새는 안 나는데?"

원우는 헤헤, 웃는 연오 주변에 코를 가져다 대며 킁킁거리는 이석을 서늘하게 응시했다. 곧 그는 고개를 저었다.

"놀랍게도, 세상엔 희한한 병을 가진 사람들이 많아."

"어?"

"이 여자는 탄산에 취하는 사람이더군. 엄밀히 말해 우리가 알고 있는 취하는 개념과는 다르지만, 뭐, 증상이 비슷하기는 하다더……!"

원우는 이젠 아예 강준의 얼굴에 뽀뽀를 할 기세로 달려드는 연오를 발견했다. 대수롭지 않게 여기려던 그의 표정이 싸늘하게 굳자 연오를 떼어 내려 애쓰던 강준은 크게 당황했다. 허공에서 부딪힌 두 남자의 오갈 데 없는 시선이 저 때문에 일어나고 있다는 걸 알고는 있는 건지, 헤픈 웃음만 흘리던 연오는 강준의 얼굴을 부여잡고 히죽거렸다.

"헤헤, 오빵! 예쁘장하게 생교웃네에!"

말끝을 늘리는 걸 보니 확실히 취한 게 틀림없다. 강준은 제게 눈을 맞추는 연오와 어느새 그들 앞으로 다가온 원우의 냉랭한 눈빛에 온몸을 부르르 떨었다. 그러다 억울하다는 듯 소리쳤다.

"왜 나한테 그래!"

원우는 자꾸만 강준에게 들러붙으려 드는 연오를 내려다보며 차갑게 일갈했다.

"떼어 내야지."

"이 여자 악력이 장난이 아니란 말이야!"

변명은 통하지 않아, 손강준.

모태솔로인 강준이 여자의 어택에 몹시 당황하고 있다는 걸 너무도 잘 알고 있었지만 혹시나 하는 의심을 숨길 수 없었다. 원우는 해명하는 강준을 날카롭게 노려보다 그에게서 연오를 떼어 내기 위해 손을 뻗었다.

"이봐."

"우우웅!"

"조연, 윽!"

"시러!"

가급적 젠틀한 방법으로 연오를 그에게서 떼어 내려 했다. 강준에게 입까지 들이미는 그녀를 차마 보기 싫었던 것이 그 이유였다.

원우는 진지하게 연오의 팔을 들어 그녀를 제 품으로 들어오게 하려 했지만 연오는 온몸을 흔들며 발버둥 쳤다. 당연히 연오가 휘두른 팔에 타격을 입은 원우의 얼굴이 처참하게 일그러졌지만 그래도 그는 끝내 강준에게서 연오를 떼어 냈다.

'아파.'

그 과정에서 연오에게 맞은 복부 주변이 매우 욱신거렸다는 건 당연한 일이었다.

"흐웅……."

한 마리 문어와도 같이 강준에게 붙어 있던 연오는 의지할 곳이 없어지자 고개를 아래로 떨구며 낮은 신음을 흘렸다. 얼마나 시달렸는지 강준의 얼굴은 새빨개진 상태였지만 원우의 모든 신경은 연오에게 집중되어 있었다. 그는 강준이 '나도 좀 봐 줘!'라고 외치는 것을 깨끗하게 무시하고는 연오에게로 다가가 입술을 열었다.

"이봐, 조연오."

"우웅."

"조연오. 정신 차려."

"종시인…… 헉!"

헉?

"스, 스토커!"

원우를 가리키며 소리를 질러 버린 연오는 매우 정확한 발음으로 '스토커'라는 단어를 뱉어 냈다. 원우의 얼굴이 싸늘하게 굳어진 것과 동시에 그들을 묘한 눈으로 지켜보던 남자 펜싱 선수들의 얼굴에도 의문이 감돌았다.

연오는 원우의 검정색 눈동자를 바라보다 두 눈에 그렁그렁 눈물을 담고 소리쳤다.

"너 또 나 보고 채김지라고 하려 하지!"

그것은 사실이었기에 원우는 아무 말도 하지 않았다.

"구론데 제바알! 나 조옴 내버려 됴요. 웅?"

원우의 손을 덥석 잡은 여자는 후드득 닭똥 같은 눈물을 바닥으로 떨구며 애원했다. 제길! 원우는 입술을 잘근 짓눌렀다.

"우웅?"

동글동글한 얼굴을 가진 여자가 동글동글한 눈매로 그를 바라보며 동글동글한 입술로 애원하니,

'미치겠군.'

심장이 쿵쿵 뛰어 돌아 버리겠다. 원우는 숨이 막힐 듯 벌렁거리는 제 심장 소리가 등 뒤의 동료들에게 들릴까 봐 마음을 졸였다. 그는 엉엉, 우는 여자를 말없이 내려다보았다. 엄청난 괴력의 소유자라곤 믿기 힘들 만큼 가녀린 그 모습에 와락 안아 버리고 싶은 심정이다. 저도 이렇게 흔들리고 있는데 이 모습을 지켜보는 다른 남자들은……

"어이."

생각이 거기까지 미치자 원우는 뒤로 시선을 돌렸다. 원우의 부름에 숨을 죽이며 두 사람을 관찰하던 세 명의 남자가 몸을 움찔거렸다. 원우는 서늘하게 눈을 빛내며 말했다.

"눈 돌려."

그러자 당연히 세 남자들은 반발했다.

"뭐? 왜에!"

"싫어! 내 눈이야!"

"좀 구경하자, 이놈아!"

하지만 차원우는 강압적이었다.

"돌려."

"망할 놈."

"혼자만 구경하려 그러냐!"

"이기적인 인간!"

원우는 불만에 찬 목소리를 툭툭 뱉어 내며 구시렁구시렁거리던 세 남자가 시선을 다른 곳으로 돌리는 걸 확인했다. 그리고 천천히, 자신의 멱살을 움켜쥐며 신나게 흔들고 있는 여자를 쳐다봤다.

"내가아! 빠라 대따면 올마나 빠라 대따고오!"

"……."

"그리고오, 좀 빠라 댄다고 닳는 거또 아닌…… 읍!"

눈앞이 어지러울 정도로 원우를 흔들어 대던 연오는 갑자기 입술을 덮은 촉촉한 무언가로 인해 소리를 내뱉는 걸 멈추었다. 풀린 눈으로 웅얼거리던 그녀는 두 눈을 동그랗게 뜨며 제 입술을 덮은 것이 무엇인지 확인하는 듯했다.

원우는 심드렁하게 제 입술로 그녀의 입술을 쓸더니 다시 떼며 말했다.

"일어나."

연오는 무릎을 펴는 원우를 따라 얼굴을 들어 올리다 고개를 갸웃거렸다.

"나……요?"

"그래, 너."

연오가 주저하자 길게 숨을 내쉰 원우는 손을 뻗어 그녀를 어깨에 들쳐 멘 후 입을 쩍 벌리는 동료들에게 말했다.

"얘 숙소에 데려다주고 올게. 최 감독님한테 말씀드려. 걱정하실 일 없을 거라고."

"어? 아아, 응."

워낙 벙찐 상황이었기에 쉬이 대답하지 못하던 세 남자 중 가장 빨리 정신을 차린 이석이 대답했다. 원우는 손을 흔들며 발버둥 치는 연오를 데리고 식당을 벗어났다.

"……."

"……."

"……."

그리고 남겨진 세 남자는 그 어떤 말도 하지 못했다.

★☆★

"흐흐."

요사스러운 웃음소리가 원우의 귓가로 흘러 들어왔다.

"헤헤."

아무래도 단단히 취한 게 틀림없다. 이런 특이한 여자가 있을까. 탄산이 제게 좋지 않다는 걸 알면 좀 피할 것이지. 한번 입에 들이부은 후 나머지 잔도 벌컥 비운 것이 틀림없다.

원우는 그의 어깨에서 낄낄거리는 여자를 흘긋거리다 어느새 도착한 그녀의 숙소 문을 드르륵 열었다.

"조연오 씨."

탄산만 마시면 술에 취한 것처럼 행동하는 이상한 여자. 도통 믿어지진 않지만 실제 케이스가 있고, 또 아예 없는 경우도 아니니 믿을 수밖에는 없다. 그녀를 문턱 근처에 앉힌 뒤 이불까지 깔아주는 성의를 보인 원우는 해롱해롱거리며 몸을 제대로 가누지 못하는 연오에게 경고했다.

"딴생각하지 말고 잠이나 자."

다른 남자한테 들러붙어 그 입술 들이밀지 말고.

그녀를 두터운 이불 위로 눕힌 뒤 위에 덮을 요를 꺼내던 원우는 스스로의 행동에 풋, 웃음을 터뜨렸다.

'내가 뭐 하는 거야.'

한 번도, 여태까지 단 한 번도 타인에게 이러한 호의를 베푼 적은 없었다. 강준이 이기적이다 말할 정도로 확실히 자신은 저만 알고 살아온 사람이었고, 타인으로 인해 자신이 불편해지는 것을 견디지 못하는 사람이었다. 그런데 이 여자로 인해 몇 번이나 불편한 일을 겪고서도 이렇게 자상하기 그지없는 행동들을 하고 있다니. 아이러니하지.

'고마운 줄 알아, 이 여자야.'

원우는 아마 내일 눈을 뜨면 제 행동들을 까맣게 잊을 연오를 흘긋 내려다보다 한숨을 내쉬며 자리에서 일어나려 했다.

"……!"

그녀의 목 끝까지 이불을 덮어 줬으니 이제 불을 끌 차례. 굽혔던 무릎을 펴려던 원우는 제 손목을 잡는 연오의 손길에 화들짝 놀라 그녀를 응시했다. 연오는 언제 해롱거렸냐는 듯 눈을 똘망똘망 뜬 채 붉은 입술을 달싹였다.

"갈꼬야?"

그의 미간은 살짝 좁아졌지만 이내 심드렁하게 대답했다.

"그래."

연오는 입을 쭉 내밀었다.

"가지 마아."

당황하지 않았다면 거짓일 것이다. 그러나 그는 그녀의 말이 본심이 아님을 잘 알고 있었다. 그는 냉소적으로 중얼거렸다.

"맨정신이었다면 하지 않았을 소리군."

"응?"

"됐어. 깨어나서 무슨 소리를 하려고. 갈 거야."

탄산에 취한 여자에게서 '스토커'라고 불렸던 그는 사실 조금

마음의 상처를 받은 상태였다. 원우는 그녀의 손을 떼어 내려 했지만,

'윽!'

예상외로 연오의 힘은 셌다.

"가지 마아!"

연오는 원우의 손목을 쥐고 있는 걸로도 모자라 겨우 눕혔던 자리에서 벌떡 일어났다. 원우가 당황하여 그녀를 다시 눕힐 틈도 없이, 그녀의 왼손이 그의 다리 사이로 향했다.

"……!"

원우의 얼굴은 화르륵 달아올랐다. 탄산에 취한 여자의 손이 놀랍게도 정확히 그의 두 다리 사이에 위치한 제3의 다리를 움켜쥐었기 때문이다. 원우는 숨을 크게 들이마시며 자신의 손목과 중심을 놓아줄 생각을 않는 여자에게 경고했다.

"……놔."

"가지 마아!"

"스토커라며! 기겁할 땐 언제고! 그것보다 진짜 좀 놔라!"

"흐어엉! 가지 마아!"

제기랄!

원우는 입술을 악물었다. 그는 정공법은 먹히지 않는다는 걸 알아차렸다. 화를 내던 그는 얼른 얼굴에서 분노를 거둔 채 생글생글 웃었다.

"아, 안 가! 안 갈 테니까 이걸 좀, 큭……!"

한 번도 아니고 두 번.

똑같은 방법으로 두 번이면, 좀 심하지 않나!

불현듯 그날 밤의 일이 머리를 스친다. 그녀의 손이 닿음과 동시에 거침없이 폭주하던 자신의 분신과 그 분신을 가라앉히기 위해 했던 수많은 노력들 역시, 떠오른다. 원우는 눈물을 머금었다.

'이 여자, 악력이 장난이 아니란 말이야!'

강준의 울부짖음도 새삼 생각났다.

그래. 인정한다, 손강준. 이 여자의 악력이, 세다는 걸. 진짜 세도 너무 세다는 걸 인정해.

현기증이 일 정도로, 세다.

"꿈틀거료!"

체념한 원우와는 달리 헤헤, 웃으며 다리 사이를 주물럭거리던 여자는 소리쳤다. 원우는 새빨개진 얼굴로 대답했다.

"당연하지! 네가 잡고 있으니까!"

"나?"

"제발! 어?"

애원하는 원우를 말없이 응시하던 여자는 입을 쩝쩝거리더니 알겠다는 듯 손에 주었던 힘을 풀었다.

"하아!"

드디어 해방이다. 한쪽으로 쏠리던 핏기가 다행히 제자리를 찾았다. 물론 덕분에 부풀어 오른 중심은 그대로지만, 일단은 엄청난 악력에서 벗어났다는 게 다행스러운 일이다. 원우는 한숨을 내쉬며 주르륵 주저앉았다. 왠지 당해 버린 것 같아 고개를 들기가 힘들었다.

그때,

"아포?"

여전히 혀 꼬인 발음을 늘어놓는 여자가 앉아 있는 그의 코앞까지 다가와 속삭였다. 원우는 얼굴을 들어 연오를 응시했다. 반짝거리는 그녀의 눈동자가 보인다. 빌어먹을 여자.

"아프지! 너 같으면 안 아프겠…… 뭐 하는, 거야."

이번엔 어떻게 해서든 책임지게 만들겠다며 속으로 다짐하던 원우는 갑자기 제 다리 사이로 얼굴을 파묻으려는 여자를 발견하곤 외쳤다. 원우로 인해 아래로 숙이려던 고개를 다시 든 연오는 히죽 웃으며 말했다.

"호~ 해 주려고."

……뭐?

"안 대?"

오히려 제게 되묻는 연오를 말없이 직시하던 원우는 입술을 잘근 깨물며 소리를 뱉어 냈다.

"조연오 씨. 너, 앞으로 다른 남자 앞에서는 탄산 마시지 마라."

"탄산 마시썽!"

맛있는 걸 떠나서,

"마시면 가만 안 둬."

그리고,

"두 번은, 안 봐줘."

★☆★

기억이 난다.

나다 못해 눈앞에 아른거릴 만큼 생생하다.

눈을 감아도 나고, 떠도 난다.

빌어먹을!

'이번엔 확실히 먹었어.'

먹었다는 그 말이 현실로 다가올 줄은 예상하지 못했다. 잠잠하던 가슴은 미칠 듯이 들썩이고 있는 상황. 뭐라 말을 꺼내고 싶은데 벙어리가 된 듯 소리가 흘러나오지 않았다. 내가 할 수 있는 일이라곤 멍청하게 웃음을 흘리는 일밖에는.

"어쩔 거야."

차원우는 서서히 사냥감의 목을 조이는 야수처럼 서늘하게 눈을 빛내며 물었다. 빙긋 웃고 있기는 하지만 결코 상냥한 것 같지만은 않은 그의 목소리가 귓가를 파고들었다. 등 뒤로 땀이 주르륵 흘렀다.

보고야 말았다.

이젠 빼도 박도 못 한다.

그의 몸 곳곳에 새겨져 있는 붉은 반점들은 분명 내가 어젯밤 이 남자 위에 올라타 열심히 새긴 그것들이다. 제기랄.

어쩌지.

대체 어쩌면 좋지.

그의 말대로, 어떻게 해야 하지.

머리를 굴려 보았지만 이 남자와 벌거벗은 채로 내 이불 안에서 잠을 깼다는 걸 부정할 수는 없는 노릇. 나는 차가운 눈빛을 쏘아대는 남자를 향해 헤프게 웃으며 입술을 열었다.

"아무래도……."

젠장할.

"책임, 져야겠죠?"

그것이 유일한 살 길이었다.

★☆★

내가 탄산에 취약하다는 걸 깨달은 게 언제였더라.

기억이 가물가물하긴 하지만 아마도 중학교 졸업여행을 다녀온 직후가 아니었나 싶다.

어릴 적부터 일찍이 유도를 시작하여 초등학교, 중학교 생활 내내 유도 대회란 대회는 모조리 참석하며 실력을 갈고닦았다. 우승을 한 적은 없었지만 2등이나 3등은 줄기차게 했던 터라 내 이름도 어느 정도 유명세를 떨치고 있었다.

그렇게 '선수'로선 나름 괜찮은 학창 시절을 보내고 있기는 했으나 안타깝게도 평범한 '학생'들과는 달리, 또래의 친구들과는 유독 친해질 기회가 없었다. 옆자리에 앉았던 짝지들 외엔 급우들과 소소한 대화 한번 해 보지 못하고 훈련에만 매진해야 했었던 지난 세월들.

따돌림을 당하는 건 아니었으나 친구들에게 둘러싸여 이야기꽃을 피우는 것도 아닌, 그런 중학교 생활이 어느덧 끝을 맞이한다는 사실이 못내 아쉬웠다.

무슨 일이 있어도 중학교 3학년의 졸업여행만큼은 반드시 다녀와야겠다고 코치 선생님께 양해까지 구하며 여행 날짜만 기다렸다. 전국 체전보다 졸업여행을 헤아리며 하루하루를 보냈다는 말이 과언이 아닐 만큼.

대망의 졸업여행은 그렇게 다가왔고, 같은 조가 된 급우들과 신나게 놀았다. 마침 놀이공원을 갔던 터라 온갖 놀이기구도 타 보고 함께 사진을 찍는 추억을 쌓는 것이 매우 즐거웠다. 이런 게 바로 학교를 다니는 보람이 아니겠는가! 친구들과 어울리며 오랫동안 기억될 추억을 차곡차곡 쌓았다.

　졸업여행의 밤은 깊어졌다. 같은 방에 모여 상기된 표정을 짓던 우리들 중 호기롭게 술을 가져온 친구가 낄낄 웃으며 술을 마시자고 외치긴 했었지만, 금세 담임선생님께 걸려 호되게 혼이 났다.

　그런 것도 추억의 일종이지, 라 생각하며 개의치 않던 우리는 남아 있는 탄산음료 1.5L짜리를 준비해 온 잔에 콸콸 부으며 외쳤다. 성인이 되어도 꼭 다시 만나자고! 서로를 잊지 말자고! 내가 마지막으로 기억하고 있는 졸업여행의 밤은, 훗날 재회를 기약하던 우리가 다짐이라도 하듯 음료수 잔을 들고 크게 외치는 것이었다.

　'……어?'

　하하, 웃으며 잔을 부딪친 기억은 있었다. 그간 몸을 만드느라 군것질거리나 탄산음료 등등을 의식적으로 금지해 왔던 나는 그때 처음으로 탄산음료를 마셨다.

　친구들과 어울리는 것이 너무 기뻤던 나머지 벌컥벌컥 음료수를 입안으로 들이부었었는데 말이지. 문득 정신을 차려 번쩍 눈을 뜬 내 시야엔 어두컴컴했던 방 안의 풍경이 아닌 아침햇살이 내리쬐는 환한 방 안이 들어왔다. 그리고 어찌 된 영문인지 나는 친구들의 옷으로 보이는 것들로 꽁꽁 묶여 있는 상태였고 방바닥에서 옴짝달싹도 하지 못한 채 방치되어 있었다.

　"깨어났구나."

몸을 움직이지 못하는 내가 끙끙, 앓는 소리를 내며 뒤척이는 걸 들은 모양인지 주변에 있는 친구 1이 긴 한숨을 내쉬며 다가왔다. 어쩐지 곤란함이 가득한 친구 1의 음성에 고개를 갸웃거리긴 했지만 묶여 있는 옷을 풀어 주는 그녀를 향해 고맙다고 말하며 배시시 웃었다.

"어떻게 된 거야?"

드디어 자유의 몸이 되자 의문을 쏟아 냈다. 밤새도록 묶여 있었던 건지, 온몸이 저리는 것 같다고도 생각하던 나는 내 질문에 미간을 좁히는 친구 1의 얼굴을 보고 화들짝 놀랐다. 내가 뭐 잘못 묻기라도 한 거야?

"정말…… 기억 안 나?"

왠지 날이 선 음성이었다. 고개를 살짝 끄덕이자 친구 1은 후우, 숨을 내쉬며 중얼거렸다.

"그렇게 깽판을 쳐 놓고 기억이 안 난다니…… 대단하다, 조연오."

그녀는 진심으로 탄복하는 표정을 지었다. 더욱 의아해졌다.

"무슨 깽판? 자세히 좀 말해 봐."

내가 술에 취한 것도 아닌데 깽판을 칠 리가 없잖아, 라는 표정을 지으며 묻자 그녀는 머뭇거리다 술술 말을 쏟아 냈다.

중학교 3학년, 졸업여행의 늦은 밤.

그 방 안에 있는 모두가 흥분한 그날 밤의 진상은 놀라웠다. 어른이 되어도 오늘 밤을 잊지 않고 나중에 만나자는 기약과 동시에 음료수를 입안으로 털어 넣은 우리들은 밤을 샐 작정으로 게임을 하나 하기로 했단다. 고민 끝에 선정한 게임은 베개 싸움이었는데,

각자 베개를 들고 전투 자세를 취함과 동시에, 아무리 불러도 1.5L 짜리의 사이다만 껴안은 채 미동도 않던 내가 '시작!'이라는 구호가 들림과 동시에 돌연 벌떡 일어나 버렸다고, 그녀는 말했다. 함께 게임에 참여하나 싶어 이리로 오라고 내게 손짓을 한 그녀들에게 고개를 숙이고 있던 나는 사나운 눈을 일렁이며 달려들었단다. 미래 국가대표를 꿈꾸는 유도 소녀에게 운동이랑은 거리가 먼 연약한 열여섯 살의 소녀들은 '업어치기'를 당했고, 우리들의 방은 금세 아수라장으로 변했다고, 친구 1은 전했다.

그 후의 일은 끝까지 듣지 않아도 뻔했다. 여자아이들의 비명 소리에 놀란 선생님들이 우리들의 방으로 달려오셨고, 해롱거리며 그들마저 제압하려는 나를 여분의 옷으로 꽁꽁 묶어 재우는 수밖에는 없었다고 했다. 그렇게 크고 작게 다친 친구들은 더 이상 다가오지 않았다.

모든 일이 발생하게 된 원인이 바로 탄산음료 때문이었다는 걸 알게 된 나는 그날 이후 탄산음료를 비롯한, '탄산'이 조금이라도 가미된 음식들은 입에 가까이 대지 않았다.

하지만……

'왜, 설마 그렇게 날 물고 빨고 했으면서 책임을 안 지려고 했나?'

오랜만에 마신 탄산음료 덕분에 생판 처음 보는 낯선 남자의 옆에서 눈을 뜨게 되었다.

'이번엔 확실히 먹었어.'

그리고 한 번도 모자라서 두 번씩이나 이 남자를 먹어 버렸다. 무척 외설스러운 발언이지만 안타깝게도 사실이었다. 첫 번째는 아

무리 기억을 더듬어 보아도 떠오르지 않았으나 두 번째 사건은 너무도 생생하게 기억이 났다. 일단,

'크윽!'

크고 빨갛게 솟아 있는 그 커다란 기둥을 덥석 잡고 헤헤 웃었던 내가 떠올랐다. 생글생글 웃으며 '그것'을 슥슥 문지르자 그 남자는 야릇한 숨을 뱉어 냈다. 머리는 '이러면 안 돼!'를 끊임없이 외치고 있었으나 취한 내가 이성의 말을 들을 리 만무했다. 나는 미간을 좁히는 남자를 빤히 바라보다 하얀 이를 드러내며 그의 '그것'을 잡고 놓아줄 생각을 안 했다.

미쳤지, 조연오. 가 버리려는 그를 내버려 두지는 못할망정 '그것'을 있는 힘껏 붙잡다니. 그 남자가 인상을 쓴 것은 어쩌면 당연한 일이었다. 험악하게 구겨지는 그의 얼굴을 응시하다 손아귀의 힘을 풀며 왠지 힘이 없어 보이는 기둥을 향해 호오, 입김을 내뿜은 건 순전히 호의로 가득 찬 행동이었지만…….

'두 번은, 안 봐줘.'

인내력 있는 남자의 심기를 자극한 것은 분명했다.

'으읏!'

짧은 시간 동안 의심을 하기도 했다. 정녕 내 입에서 흘러나온 소리가 맞는 것일까— 하고. 기억 속에서 맴도는 그 야릇한 신음소리는 내 것이 아니라고, 끊임없이 소리치고 부정해 보기도 했으나 슬프게도 내 목소리가 맞았다.

굵은 땀방울을 흘리는 남자의 밑에서 풀린 눈으로 그를 올려다본 기억이 생생했다. 시야가 흔들렸지만 일렁이는 시선으로 나를 쳐다보고 있던 남자는 매우 아름다웠다. 어쩌면 그것에 홀려 버려

그대로 그에게 안겨 버린 건지도. 빌어먹을.

"난 예쁜 것에 약하나……."

물론 '예쁜 것'을 싫어하는 사람이 어디 있겠냐마는 이 남자는 위험하다는 레이더가 울림에도 불구하고 결국 잡혀 버렸다. 긴 한숨이 새어 나와 후우, 숨을 뱉으려다 나를 쳐다보고 있는 그의 눈빛에 깜짝 놀랐다.

"왜 그렇게 봐요?"

차원우는 인상을 쓰며 그를 향해 묻는 내게 대답해 주었다.

"조연오 씨. 방금 그 말, 입 밖으로 냈어."

"뭘…… 헉!"

이럴 수가.

실수다, 실수! 속으로 중얼거렸다 생각했는데, 제기랄!

얼굴이 화끈거렸다. 온몸이 뜨거워지는 것 같기도 하다.

"차원우 씨 칭한 거 아니거든요!"

변명이라도 해야 할까 싶어 외쳤지만,

"누가 나라고 그랬나?"

차원우는 여유롭게 답했다. 나는 입을 벌렸다. 그런 내 모습을 지켜보던 그는 중얼거렸다.

"나였나 보군."

차원우는 자신의 태연한 대답에 말을 잇지 못하는 나를 보고 더욱 짙은 미소를 지었다. 젠장! 입 밖으로 내뱉지 못할 욕설이 입 안에 감돌았다.

"그, 그나저나 대체 아까부터 뭐 하는 거예요!"

이럴 땐 화제 전환이 필요했다. 빠르게 분위기를 바꾸기 위해 얼른 그에게 소리쳤다. 그러자 흐응, 하고 묘한 코웃음 소리를 흘리던 차원우가 빙긋 미소 지었다.

"궁금해?"

궁금하지.

"당연하죠."

일말의 망설임도 없이 고개를 끄덕였다. 내가 그에게 '책임, 져야겠죠?' 라는 말과 함께 어색한 웃음을 얼굴에 띠자마자 기다리라며 자리에서 일어선 그는 주변을 흘긋거리더니 종이와 펜을 하나 들고 와 뭔가를 끄적였다.

차원우는 도통 뭘 생각하는지 알 수 없는 남자라서 나는 말없이 그의 널찍한 등을 지켜보다 깊은 상념에 빠졌고, 지금의 상황에 이르렀다. 그는 답답하게 하지 말고 얼른 대답하라고 종용하는 내 눈빛에 입꼬리를 스윽 말아 올리더니 소리를 냈다.

"조금만 기다려. 거의 다 됐으니까."

튕기는 건가.

궁금해 죽겠는데, 통 말을 해 줄 생각을 않는다. 눈이 점점 가늘어졌다.

"대체 뭘 하는 거예요?"

퉁명스러운 내 목소리에도 그는 아랑곳 않았다.

"보면 알 거야."

"……."

하여간 이상한 남자 같으니. 입술을 씰룩이며 그의 넓은 등을 하염없이 바라보고 있자니 가슴이 멋대로 벌렁거리는 것 같기도 하다. 뭐야. 그래도 하룻밤 같이 보냈다, 이거야?

쿵쿵거리는 심장의 박동 소리가 묘하게 거슬려서 인상을 쓰던 나는 얼룩덜룩한 그의 붉은 반점을 뚫어져라 응시하다 중얼거렸다.

"이봐요, 차원우 씨."

"어."

"덮치려고 의도했던 건, 아니에요. 미안······했어요, 정말."

순전히 탄산에 취해서 했던 행동이었다. 정말로 계획했던 건 아니다. 그에게 불편한 기억을 안겨 준 게 매우 유감스러울 뿐이다. 일단은 진심으로 사죄해야겠다고 생각하며 머리를 조아렸다. 그런 나를 흘긋거리던 차원우는 듣기 좋은 목소리로 대답했다.

"알아. 당신은 제정신이 아니었지."

알아주니 정말 고,

"하지만 난 그렇게 정신 나간 여자는 처음이었어. 아니다. 두 번째군. 당신이란 여자한테 한 번도 아니고 두 번씩이나 당해 버렸으니. 큭. 남자로서······ 실격이군."

혀를 끌끌 차다 얼굴을 아래로 떨구며 어깨를 들썩이는 그에게 버럭 소리 지르려 했으나 말이 나오지 않았다. 차원우는 당황해 할 말을 잃은 내 반응에 얼굴을 들어 올리더니 픽 웃었다.

"뭐, 그래도 사과할 필요는 없어."

······응? 사과할 필요가 없다고?

놀라 눈을 크게 뜨자 그는 말을 덧붙였다.

"결국 나도 즐긴 거나 마찬가지니까. 일이야 어찌 됐든, 당신 손 안에서 느낀 건 사실이고."

"차, 차원우 씨!"

"게다가 나도 조연오 씨를 안았으니까. 피차일반인 거지."

괜찮다며 손을 휘휘 젓던 그는 말이 끝났다는 듯 내게서 시선을 돌려 펜을 열심히 움직였다. 아무렇지도 않게 말하곤 제 행동을 이어 가는 그로 인해 어안이 벙벙하다. 확실히 탄산에 취한 내 유혹에 눈앞의 남자는 이성을 잃고 달려들었다. 꽤 기분 좋았던 그의 손길이 생각이 나 온몸이 부르르 떨렸던 나는 아직까지 아픈 허리 밑의 통증에 미간을 살짝 좁혔다.

"그러고 보니 차원우 씨도 짐승 같았어요."

그냥 짐승도 아니고 '굶주린' 짐승. 생긴 걸 보니 처음도 아닌 것 같은데. 얼마나 굶은 건지, 아주 미칠 듯이 나를 안았다. 눈앞의 남자가 붉게 충혈된 눈으로 내 이곳저곳을 헤집는 바람에 온몸이 부스러질 지경이었다. 덕분에 오늘 대련은 패스해야 할 정도로.

"얼마 동안 안 한 거예요?"

갑자기 궁금해졌다. 사람이 얼마나 굶주리면 어젯밤과 같은 짐승으로 변신할 수 있는 걸까. 아름다운 짐승이긴 했으나, 다시 상대할 자신은 없어 조심스레 묻자 뒤도 돌아보지 않고 그가 대답했다.

"28년."

아아.

"28개월요? 꽤 오래됐네."

"무슨 소릴 하는 거야? 28년이라고."

"28주요?"

"28년."

"28일을 말하는 건가."

"28년."

"설마 28시간은?"

"어이, 부정하려 들지 마. 28년이라고. 영어로 말해 줘? Twenty eight years!"

친절한 남자인 건가. 혹시 내가 알아듣지 못할까 싶어 영어로까지 외쳐 주다니, 새삼 감동했다. 떨리는 눈을 하고 그를 응시했다. 차원우는 이젠 믿겠냐는 얼굴을 하고 나를 쳐다보는 중이다. 그걸 나보고 정말 믿으란 소린가, 지금.

"28초는…… 아니겠지."

"이봐, 조연오 씨!"

차원우는 버럭 소리쳤다. 자신의 말이 사실이라는 듯, 당당하게. 어이가 없어졌다.

날 무시해도 분수가 있지!

비록 내가 모태솔로기는 하지만 이론 하나만큼은 이곳저곳에서 습득해 아주 빠삭하다 이거야. 그런 나한테 감히 자기가 동정이었다는 걸 믿어 달라는 소리야? 나는 분노를 참지 못해 벌떡 일어나 외쳤다.

"말도 안 돼요! 그런 스킬로 처음이라니! 날 놀리지 마요!"

내 기억 속에서 나의 처음을 앗아 간 남자는 무척이나 능숙한 손길과 입맞춤으로 나를 환락에 빠뜨렸다. 그리고 그렇게 내 몸을 떨리게 만든 사람은 눈앞의 이 사람이었고, 절대로 처음은 아닐 거라는 확신이 있었다. 이를 부득부득 갈며 외치자 차원우는 흥, 하고 콧방귀를 뀌더니 말했다.

"맞아, 처음."

"거짓말!"

"내 기억으론 어젯밤엔 꽤 긴장을 했었던 것 같은데 뭐, 칭찬인 것 같으니 그냥 넘어가도록 하지."

긴장은 무슨!

"거짓말이야!"

"속고만 살았나."

"거짓말!"

"다 됐군."

거짓말—을 외치며 고개를 도리도리 젓는 나에게 쯧쯧 혀를 찬 차원우는 오랜 시간 동안 붙들고 있던 종이에 마침표를 찍고 활짝 웃었다.

'아.'

뒤에서 후광이 비치는 듯한 그 미소에 순간 가슴이 덜컹거려 몸을 움찔거렸다. 빌어먹을. 왜 저렇게 잘생기고 난리야. 피스트 위의 '귀공자'라는 말이 결코 빈말은 아닌 것 같다.

"자."

미모로 사람을 홀리는 남자를 멍하니 쳐다보고 있을 때, 종이와 펜을 들고 어느덧 내 앞까지 도착한 차원우는 싱긋 미소 지으며 내게 그것들을 내밀었다.

"이게 뭐예요?"

고개를 갸웃거리자 그는 여전히 미소를 단 채 달콤하게 속삭였다.

"가타부타 말고, 사인부터 해."

"예?"

"책임, 진다며."

그놈의 책임.

정말 질릴 정도로 듣는 책임이라는 단어에 눈꺼풀이 파르르 떨렸다. 30분 동안 저 상 앞에서 꿈쩍도 하지 않고 진지하게 뭔가를 적어 내려가던 남자였기에 대체 뭘 적었나 싶어 어디 한번 내용이나 보자 하고 그것들을 받아 들었다.

찬찬히.

한 자라도 빠뜨릴 생각 따윈 하지 않고 눈알을 굴렸다.

한 번 읽고는 이해가 되지 않아 두 번을 읽었다. 그러다 세 번을 읽었다. 네 번을 읽었다. 열 번을 읽어도…… 내용은 바뀌지 않았다.

"저, 저기요."

나는 떨리는 음성으로 그를 불렀다. 그러자 생글거리던 차원우는 대답했다.

"내 이름은 차원우야."

알아, 이 자식아.

욕설이 나올 뻔했지만 꾹 참았다. 나는 빙긋 웃는 그에게 억지미소를 지어 가며 물어야만 했다. 강제로 손에 쥔 펜이 후들후들 흔들렸다.

"여기에…… 사인하라고요?"

차원우는 머뭇거리지 않고 고개를 끄덕였다.

"어. 거기 조연오 이름 옆에 '(인)' 자 보이지? 여기 사인해. 조연오 씨 사인. 참, 다른 사람 사인 따라 했다간 재미없어질 거야. 나 조연오 씨 사인 방금 검색해 봤거든. 핸드폰으로."

눈부신 미소를 지으며 은근한 협박까지 가미한다. 무서운 인간이다. 그래도 나는 한번 올린 입꼬리를 내리지 않았다.

"음. 저기 차원우 씨."

"사인부터 하고 말해."

"아니, 그게…… 사인보다, 묻고 싶은 게 있는데."

"사인부터 해."

집요한 인간.

"저 말이에요."

"사인."

"아까 말했던 그거요."

"사인."

"책임…… 안 지면 안 되겠죠?"

'책임'이라는 단어에 이어 '사인'이라는 단어를 반복하던 차원우는 침을 꿀꺽 삼켜 가며 말하는 나를 보고 얼굴을 굳혔다. 그러다 맑게 웃었다. 무척 깨끗한 미소였다.

"어. 책임져야지. 한 번도 아니고 두 번이나 먹었는데. 정말 먹튀녀가 되고 싶은 거야?"

그건 아니다.

국민 먹튀녀는 절대 사양이다.

"그래도 이건……."

너무하잖아!

나는 기겁하며 종이의 내용을 흘긋거렸다. 내용은 다음과 같았다.

20XX년 10월 10일에 일어난 모종의 사건 때문에 조연오는 차원우를

책임져야 할 의무가 생겼다. 그리고 그런 조연오가 차원우를 책임지기 위해 반드시 지켜야 할 몇 가지 조항들은 다음과 같다.

1. 조연오는 사이다를 마시지 않는다.

2. 조연오는 콜라를 마시지 않는다. (제로 칼로리 포함)

3. 조연오는 스프라X트, X타, 마운X듀 등등의 탄산이 단 0.000001%라도 함유된 모든 것들을 마시지 않는다.

4. 조연오는 아무리 기분이 좋더라도 절대로 탄산이 가미된 음료를 마시지 않는다.

5. 단, 차원우가 곁에 있을 때는 탄산음료를 마실 수 있다.

(물론 차원우가 허락하는 한에서. 그리고 차원우 외의 남자는 동석이 불가하다. 절대 불가. 용납 못 함.)

6. 조연오는 일주일에 세 번, 차원우와 데이트를 한다.

7. 조연오는 일주일에 한 번, 차원우와 탄산을 마신다. (뭐, 마시지 않고도 가능하다.)

8. 조연오는 차원우와 지속적인 연락을 주고받는다. (한 번 더 연락 없이 잠적했다간, 바로 구청으로 향한다.)

9. 조연오는⋯⋯

어지러울 정도로 빼곡하게, 종이에 적혀 있는 글귀들은 당황스럽다 못해 황당할 정도다. 한 가지도 아니고 무려 서른 개가 넘는 저 많은 것들을 내가 다 지킬 수 있을 거라 보는 건가, 이 남자는!

물론, 의지가 있다면 충분히 할 수 있는 일이긴 하다. 여태껏 지켜 왔던 일이긴 하고, 마음먹으면 이 정도야⋯⋯. 아, 아니야. 이건

불가능하다고! 한 번이라도 어겼다간 봐. 그랬다간,

이 사항들 중 단 한 가지 사항이라도 어길 시에 조연오는 그다음 날, 차원우와 혼인신고를 하기 위해 구청으로 간다.

이 빌어먹을 조항을 지켜야 하는 거잖아!

차원우는 한숨을 내쉬며 중얼거렸다.

"많이 봐준 거야."

어디가? 서른 개가 넘는데!

"이 정도면 정말 많이 추렸지. 생각했던 건 백 개가 조금 넘었는데……."

어쩐지, 그래서 30분이나 그렇게 앉아 있던 거였군. 왜 그렇게 고민하나 했어. 100개나 되는 이 빌어먹을 조항들을 생각하느라 그랬구나!

이가 갈렸다. 부득부득.

"사인, 안 해?"

"……."

"정말 봐준 건데. 당장 결혼하자곤 안 했잖아."

"그래도 이건 너무하잖아요!"

"너무해? 뭐가."

정말로 모르겠다는 얼굴이었다. 태연자약한 그 표정에 재빨리 대답하지 못하고 망설이자 그는 고개를 절레절레 흔들었다.

"사인…… 하기 싫구나?"

사실이었으므로 답하지 않았다. 그러자,

"그럼 어쩔 수 없군."

응?

망설였다. 나는 망설일 수밖에 없었다. 아니, 망설이는 게 당연했다.

왜냐하면 각서의 내용이 기절초풍할 정도였으니까. 대체 이런 각서는 어떻게 생각한 거야? 벌어진 입을 다물지 못하고 계속해서 펜만 돌리며 사인하기를 머뭇거리자 차원우는 테이블 근처에 있던 핸드폰을 집어 들었다.

"그러고 보니 나…… 얼마 전에 스포츠 기자 한 분이랑 인터뷰를 한 적이 있었지."

혼잣말처럼 들리긴 하지만 결코 혼잣말이 아니었다. 이건 나더러 들으라고 하는 소리였다. 차원우는 내게서 시선을 뗀 채 말을 이었다.

"정말 그 기자, 엄청나게 궁금해했어. 오죽하면 오키나와로 오기 전까지 10분에 1번씩 전화를 하더라니까. 먹튀녀의 진실……이라. 그렇게 궁금한가, 그게. 내가 무슨 대스타라고."

꿀꺽. 마른 목구멍 사이로 침이 넘어갔다.

"귀국하면 바로 해명 인터뷰 가지려 했는데, 아무래도 무리인 것 같군. 후우. 다들 그렇게 먹튀녀가 누군지 궁금해하니까 정말 어쩔 수 없이 의문을 풀어 주긴 해야겠어. 그게 궁금해서 알아낼 때까지 들러붙는 건 딱 질색이니까. 어쩔 수 없이 말해야겠네."

"저, 저기……."

"조연오 씨를 불편하게 만들 생각은 없었는데 말이야…… 아쉽게 됐어. 아, 일단 전화부터 해 버릴까. 귀국하자마자 인터뷰 날을 잡으라고."

안다. 이건 분명 내가 사인을 하게 만들려는 유도작전이라는 것을. 똑똑히 알고 있다. 차원우가 핸드폰을 만지작거리는 것도, 그 핸드폰이 유독 내 눈앞에 아른거리는 것도 모두 작전이다. 이 빌어먹을 각서에 사인을 받기 위한, 작전. 알고 있다. 너무 잘 알고 있지만……

"……면."

"응?"

"하면 되잖아!"

넘어갈 수밖에 없다. 넘어가는 것이 최선이다.

책임 각서? 그깟 거, 사인 해 준다고!

4.
수정은 철저하게

아주 오래전, 많은 이들의 축복과 시기 끝에 행복한 웨딩마치를
올린 차씨 집안의 차남, 규영과 희수에겐 눈에 넣어도 아프지 않을
삼 남매가 있었다.

그들의 첫째 아들인 윤후는 타고난 지성 덕분에 범죄 심리학자
로 유명세를 떨치고 있는 중이다. 강력계 형사들과 협력하여 연쇄
살인범들을 쫓는 무시무시한 일을 하는 걸 그의 어머니 희수는 항
상 염려하곤 했었다. 그래도 큰 걱정은 하지 않았다. 윤후는 매우
어른스러워서 희수가 자신을 걱정하는 걸 잘 알고 있었기에 제 신
변에 위험이 있을 만한 일은 하지 않았으니까.

무대감독인 둘째 딸, 연서는 얼마 전 세계적인 피아니스트의 내
한 공연을 성공적으로 끝마쳤다. 까다롭기로 소문난 그 피아니스트
가 연서의 무대 연출력을 마음에 들어 해 함께 해외로 나가자고 열
렬히 유혹을 하는 중이라는 소문이 들릴 만큼, 그녀는 실력이 있었

다. 그녀의 어머니 희수는 지금껏 연서 걱정을 한 적이 없었다. 잘 난 오빠와 남동생 사이에서도 결코 주눅 들지 않고 당당하게 기를 펴고 살아온 연서였으니까.

차씨 집안 삼 남매의 어머니 윤희수가 가장 걱정하는 사람은 바로 원우였다.

부모님의 우월한 유전자. 정확히는 아버지 쪽의 유전자를 몽땅 다 수여받은 삼 남매는 그들이 사는 동네에서 연예인 저리 가라 할 정도로 많은 인기를 끌고 있었는데, 그중 원우는 동네 사람들의 가장 많은 지지를 얻었다. 이유는 간단했다. 원우는 규영의 판박이다 싶을 정도로 닮아 있었다.

무뚝뚝하지만 사실 부드러운 성격의 윤후와 새침한 척하면서도 속내는 누구보다 여린 연서와는 달리, 원우는 놀라울 만큼 냉정했다. 어찌나 닮았는지, 희수를 만나기 전의 규영처럼 원우는 '여성' 을 상대로 벽 아닌 벽을 세우고 있었다.

운동에만 매진해야 한다는 것이 원우가 연애를 하지 않는다는 주된 원인이었지만, 어디 스물여덟이 될 때까지 연애 한 번 못 한다는 게 말이 되는 소린가. 설마 원우도 규영처럼 예의 그 '증상' 을 앓고 있는 것이 아닌가 고민한 적도 있었으나 다행스럽게도 원우는 여성과의 마찰이 가능한 상태였다.

윤후와 연서와는 달리 그 흔한 여자 '사람' 친구도 집에 데려온 적이 없었던 원우로 인해 희수의 걱정은 나날이 늘어갔고, 이러다 원우가 홀로 늙어 죽는 것이 아닌가라는 불길한 생각마저 들기 시작했다.

전국 1위도 아닌, 세계 1위. 그 어디에 내놓아도 자랑스러운 막내아들에 대한 걱정으로 하루하루 울상을 짓던 희수는 어느 날 남편 규영으로부터 뜻밖의 소식을 접하게 된다. 그 소식인즉 바로, 원우를 '책임' 져야 할 여자가 나타났다는 이야기였다. 전신에 전기가 짜릿하게 흘렀다. 그 말을 듣자마자 희수는 기쁘면서도 과거 자신의 모습이 떠올라 온몸을 부르르 떨었다.

우리 귀여운 원우가 언제쯤 예의 '아가씨' 를 데려올까? 원우를 덮쳤다던데 힘이 정말로 센 건가? 단순한 여자 '사람' 친구는 아니겠지? 유도 선수면 근육도 있으려나?

희수는 확실히 운동선수랑 맺어지는 게 원우로서도 나쁘진 않겠군, 등등의 수많은 생각을 하며 원우에게 달려든 그 아가씨와 만나기만을 학수고대하다 우연히 켠 컴퓨터에서 '먹튀녀의 진실은?' 이라는 제목의 기사를 보게 되었고, 누군가 원우를 '먹고 튀었다.' 라는 사실을 접하게 되었다.

그 후 원우에게 전화를 걸어 이게 대체 어찌 된 일이냐며 물으려 했지만 그가 오키나와로 떠났다는 관계자의 대답만 들을 수 있었다.

희수는 좌절과 절망에 빠졌다. 대체 일이 어떻게 돌아가는 건지 감이 잡히지 않았다. 정말로 내 사랑하는 막내아들 원우를 예의 유도선수가 먹고 튀어 버린 것인가!

그녀는 오늘도 어김없이 전화기를 붙든 채 원우에게 해명을 요구하려 했지만 언제나 전화를 걸면 즉각적으로 받던 아들은 통 무소식이었다.

"그만 좀 하지?"

그리고 그런 희수를 가만히 지켜보며 신문을 읽던 그녀의 남편 규영은 혀를 끌끌 차며 중얼거렸다. 희수는 무심하게 흐르는 뚜르르, 통화 연결음 소리를 듣다 푹 고개를 떨구며 말했다.

"우리 원우가…… 대체 뭐가 싫은 걸까요."

요 며칠간 희수가 무엇을 하든 크게 개의치 않던 규영의 눈동자가 그녀를 향했다. 희수는 멍한 얼굴로 입술을 달싹였다.

"우리 원우 정도면 어디 부족한 점이 없는데. 선수로서도, 남자로서도 완벽하지 않나요? 세계에서 가장 펜싱을 잘하는 선수이고, 얼굴도 키도, 몸매, 목소리도 모두 완벽하잖아요. 물론, 성격에 결함이 있기는 하지만…… 그건 충분히 커버 가능한데!"

이해가 되지 않는다는 표정을 지으며 소리치자 규영은 심드렁하게 말을 덧붙였다.

"그 성격 문제가 크나 보지, 뭐. 그 녀석, 엄청 집요하잖아."

태연하게 신문을 한 장 넘기는 규영은 아무 걱정이 없어 보였다. 희수는 입을 쭉 내밀며 소리쳤다.

"우리 귀여운 원우가 도대체 어디가 싫냔 말이에요! 이 세상 모든 남자들 중에서 우리 원우만큼 멋진 남자는 없는데!"

규영은 소리치는 희수를 물끄러미 응시하다 무언가 떠올랐다는 듯 손을 탁 쳤다.

"생각해 보니 그 녀석 나보다 더 집요한 녀석이었어. 맞아. 매우 집요한 녀석이지, 그 녀석. 그런데…… 윤희수. 너 방금 뭐라고 그랬어. 원우가 최고라고? 그럼 나는?"

"흐윽. 원우야……. 엄마가 미안하다! 너를 매력적인 남자로 만들어 주지 못해…… 정말로 미안하다!"

한 손을 위로 번쩍 들며 외치는 희수는 엉엉 울음을 터뜨릴 기세

였다. 규영은 그런 희수의 외침에도 아랑곳 않고 제 질문을 이어
갔다.

"이봐, 왜 대답을 안 해? 원우보다 내가 못하다 이거야?"

"엉엉. 원우야! 먹튀녀는 반드시 잡아야 해! 꼭 잡아서 돌아오
렴!"

"희수야, 왜 말을 안 해? 여보, 나는 몇 번짼데?"

"엄마가 응원한다! 파이팅, 우리 원우! 힘내!"

"어이. 정말 대답 안 해 줄 거야? 그래도 나…… 두 번째는 되
지? 설마 윤후보다 못한 건 아니지? 응?"

분명 서로 말은 내뱉고 있지만 어쩐지 대화는 이어지지 않는, 차
씨 집안은 오늘도 시끄러웠다.

★☆★

울며 겨자 먹기로 '책임 각서'에 사인을 한 이 시점에서 다시
한 번 각서의 내용을 들여다보았다. 차원우가 30분 동안 앉아서 작
성한 각서의 내용은 A4 용지를 가득 채우고 있었다.

20XX년 10월 10일에 일어난 모종의 사건 때문에 조연오는 차원우를
책임져야 할 의무가 생겼다. 그리고 그런 조연오가 차원우를 책임지기 위
해 반드시 지켜야 할 몇 가지 조항들은 다음과 같다.

1. 조연오는 사이다를 마시지 않는다.

2. 조연오는 콜라를 마시지 않는다. (제로 칼로리 포함)

3. 조연오는 스프라X트, X타, 마운X듀 등등의 탄산이 단 0.000001%

라도 함유된 모든 것들을 마시지 않는다.

4. 조연오는 아무리 기분이 좋더라도 절대로 탄산이 가미된 음료를 마시지 않는다.

5. 단, 차원우가 곁에 있을 때는 탄산음료를 마실 수 있다.

(물론 차원우가 허락하는 한에서. 그리고 차원우 외의 남자는 동석이 불가하다. 절대 불가. 용납 못 함.)

6. 조연오는 일주일에 세 번, 차원우와 데이트를 한다. (대회 기간 제외)

7. 조연오는 일주일에 한 번, 차원우와 탄산을 마신다. (뭐, 마시지 않고도 가능하다.)

8. 조연오는 차원우와 지속적인 연락을 주고받는다. (한 번 더 연락 없이 잠적했다간, 바로 구청으로 향한다.)

9. 조연오는……

뭐, 여기까지는 짧은 시간 동안 수없이 많이 읽은 내용이었다. 나는 조금 더 아래로 눈을 내렸다.

10. 조연오는 차원우를 핸드폰 번호를 1번으로 저장한다. (급한 일이 생겼을 때 가장 먼저 연락을 받을 수 있도록.)

11. 조연오는 휴가를 받으면 차원우와 반드시 동행한다. (휴가는 국내 여행지도 괜찮지만 국외를 격하게 환영한다. 당일치기도 상관은 없으나 숙박을 한다면 더더욱 좋다.)

12. 조연오는 차원우 외의 남자라는 생물체와 뽀뽀, 포옹 등등의 신체적 접촉을 하지 않는다. (가족 중 남자 형제나 아버지 정도는 너그럽게 제외해 준다.)

13. 조연오는 차원우 외의 남자라는 생물체와 5분 이상 대화를 하지 않는다. (감독, 코치 등등의 관계자나 가족은 역시 제외한다. 만약 제자를 들이게 된다면 그 정도는 용납할 용의가 있다. 그러나 제자는 여자를 선호한다.)

14. 조연오는 이성친구들이 누가 있는지 일일이 차원우에게 보고하도록 한다. 리스트를 만들어 와서 허락을 받아야 한다. (만약 차원우에게 알리지 않은 이성친구와의 만남을 들킬 시, 조연오는 곧바로 차원우와 구청으로 직행한다.)

15. 조연오는 전지훈련을 떠날 때 차원우에게 미리 말을 해 주도록 한다. (가급적 겹치는 장소를 환영한다.)

16. 조연오는 차원우와 일주일에 1시간 이상 손을 잡는다.

17. 조연오는 차원우와 일주일에 30분 이상 입을 맞춘다.

18. 조연오는 차원우와 만나면 만남의 키스를 한다. (위의 입맞춤 조항에 포함되지 않는 시간이다. 별개의 일.)

19. 조연오는 차원우와 헤어지기 전에 작별 키스를 한다. (위의 사항과 동일.)

20. 조연오는 차원우의 메시지에 즉각 대답을 한다. 10분 이내 대답을 하지 못할 시엔 구청으로 직행한다. (물론, 훈련 시는 예외로 쳐 준다.)

21. 조연오는……

눈앞에 앉아 흐뭇한 표정을 짓고 있는 남자가 얼마나 집요한 사람인지 단적으로 알게 하는 대목들이 많이 있었다. 하나하나 지적해서 트집을 잡고 싶은 마음이지만 내가 제일 가관으로 생각하는 것은 바로 맨 마지막 조항이었다.

10. 조연오와 차원우는 오늘부터 1일이다. (인정하지 않는다면 곧바로 구청에 간다.)

라니! 이게 무슨 오징어 굽는 소리란 말인가!

온몸이 쪼그라들다 못해 증발할 지경이다. 나는 각서를 든 손을 부들부들 떨며 맨 마지막 구절을 읽었다.

이 사항들 중 단 한 가지 사항이라도 어길 시에 조연오는 그다음 날, 차원우와 혼인신고를 하기 위해 구청으로 간다.

20XX년 11월 18일

차원우 (인) & 조연오 (인)

(인) 자 위에 휘황찬란하게 갈겨져 있는 저 사인은 분명 내 것이다. 빼도 박도 못 할 조연오의 사인. 그 옛날, 처음으로 국가대표에 뽑히고 태릉에 놀러 온 일반 시민들에게 사인 요청을 받아 만들게 된 예의 그 사인. 그날 이후 줄곧 쓰게 된 내 사인이 확실했다.

'제기랄!'

차원우의 은근한 협박에 못 이겨 일단 펜을 들어 사인을 하기는 했으나 찝찝한 기분을 떨칠 수가 없다. 만족스럽다는 듯 각서를 갈무리하려는 그에게서 '잠깐만요!' 라고 급히 외친 후 각서를 빼앗아 든 나는 두 눈을 부릅뜨고 내용을 다시금 천천히 읽고 있는 중이었다.

"이미 사인까지 했는데, 뭐가 그리 걸려?"

차원우는 그런 내가 이해가 되지 않는다는 듯 무심한 음성을 뱉어 냈다. 붉게 충혈된 눈으로 각서의 내용을 뚫어져라 응시하던 나는 고개를 번쩍 들어 그를 응시했다.

"걸리죠, 당연히! 혹시 잘못 사인했을까 봐! 사인은 함부로 하는 게 아니란 말이에요!"

"쿨 하지 못하긴."

버럭 외치는 내 말에 차원우는 혀를 끌끌 차며 고개를 절레절레 흔들었다. 입술을 삐죽이며 그를 노려보던 나는 아까부터 계속 거슬리는 문구를 결국 지적하기로 마음먹었다.

"저기, 차원우 씨."

"어."

"내가 아무리 생각해 봐도 너무 낯 뜨거워서 이렇게는 안 되겠어요."

"무슨 소리야?"

곰곰이 생각하고 또 생각해 보았지만 거슬리는 게 한두 가지가 아니었다. 나는 각서의 수많은 조항들 중 7번째 조항을 가리키며 외쳤다.

"주 1회 탄산 마시기, 이거 말이에요. 차원우 씨, 너무 엉큼한 조항이라 생각하지 않아요?"

차원우는 뻔뻔하게도 모르는 척 눈을 크게 떴다.

"엉큼?"

어디서 발뺌하려 들어.

"내 몸을 노리는 조항이잖아요, 이거!"

두 눈을 부라리며 외치는 내 얼굴이 붉게 달아올랐다. 이 조항을 적은 건 저 남잔데 내가 왜 이렇게 흥분을 하는 건지. 멋대로 쿵쿵거리는 가슴을 진정시키려 애쓰며 나는 후우후우 숨을 골랐다.

차원우는 순식간에 얼굴을 붉혔다 가라앉히는 내 얼굴을 빤히 직시했다. 그러다 픽 웃음을 흘리며 말을 이었다.

"엉큼한 건 조연오 씬데?"

뭐?

"난 전혀 그럴 의도로 적은 게 아니었어. 순전히 그 조항은 조연오 씨를 위한 조항이었다고. 조연오 씨 탄산 좋아하는 것 같던데, 무조건 막기만 하면 역효과가 생기니까. 아량을 베풀어 준 거란 말이지."

마, 말은 번지르르!

"내가 그 말을 믿을 것 같아요?"

차원우는 빙긋 미소 지었다.

"그건 조연오 씨의 자유지."

빌어먹을. 말발 한 번 더럽게 세네.

1차 태클은 실패했다. 여유로운 표정을 지으며 내게 또 묻고 싶은 게 없냐는 눈빛을 쏘아 대는 그를 한참 동안 노려보던 나는 쳇, 입술을 삐죽이며 다음 말을 던졌다.

"마, 만남의 키스는 또 뭐예요! 만나면 그냥 만나는 거지, 키스는 왜 해!"

차원우는 붉어진 얼굴로 소리치는 나를 흥미로운 듯 응시하다 대답했다.

"사귀는 사인데, 스킨십은 많을수록 좋지 않나?"

"너무 밝히는 것 같잖아요!"

"뭐, 어때. 이미 두 번이나 끝까지 간 사인데. 키스 몇 번 한다고 닳는 것도 아니고."

이 남자, 정체가 뭐야. 수준급의 언변으로 목구멍을 컥 막히게 만드는 재주가 있었다. 차원우는 입을 벌린 채 다물지 못하는 나를 향해 눈부신 미소를 보냈다. 젠장. 너무 환한 그 얼굴에 눈을 뜨기가 힘들었다.

"겨…… 결정적으로, 오늘부터 1일이라는 이 말!"

"그 말은 또 왜?"

왜긴!

"우, 우리가 무슨 학생이에요? 오늘부터 1일은 너무 오글거리잖아요!"

마지막 조항을 발견했을 땐 어이가 없다 못해 호흡을 내쉬기가 힘들었다. 차가운 얼굴을 하고 어찌 이런 조항을 기입할 생각을 한 건지. 28년 동안 섹스는 안 해도 연애는 많이 해 봤다 이건가. 닭살이 오소소 돋아나는 문구를 적어 놓은 차원우에게 지적을 하자 그는 고개를 갸웃거렸다.

"사실 아냐?"

왜 그걸 가리키는 건지 모르겠다는 듯 그가 물었다. 순간, 소리가 흘러나오지 않았다. 톡 쏘아붙이는 말이 생각나야 했는데, 이상하게 기억이 나질 않았다. 머릿속이 새하얗게 물드는 것 같았다. 이유는 간단하다. 왜냐하면 그의 말대로, 오늘부터 1일이라는 말은 사실이 되어 버렸으니까.

'……망했어.'

이 각서에 사인을 한 이상 차원우라는 남자와 반강제적으로 연인 사이가 되어 버렸다. 그것도 결혼을 전제로 교제하는 아주 진득한 사이. 물론 내가 그를 한 번도 아니고 두 번씩이나 '먹어' 버렸으므로 반드시 책임져야 하는 건 맞지만……. 그래도, 부끄러운 건 부끄러운 거잖아!

"왜 그래? 얼굴이 빨개."

차원우는 뭐라 말을 잇지 못하고 입술을 꽉 깨물고 있는 나를 향해 부드럽게 속삭였다. 얼굴이 붉어지다 못해 화끈거렸던 나는 벌떡 일어났다. 아야. 간밤의 격렬했던 일 덕분에 약간의 통증이 느껴졌다.

"조연오 씨."

"괘, 괜찮아요."

놀란 얼굴을 하고 덩달아 일어나 나를 부축하는 차원우의 손을 떼어 내곤 그에게 말했다.

"저 잠깐 숨 좀 돌리고 올게요."

이렇게 밀폐된 공간에서 저 남자와 단둘만 있으려니 심장이 멋대로 뛰어서 견디질 못하겠다. 잠시 내 방을 벗어날 핑계를 찾던 나는 미닫이 문을 향해 걸어가며 중얼거렸다.

"잠깐."

응?

차원우는 미닫이문 코앞까지 당도한 내 어깨를 덥석 잡았다. 화들짝 놀라 뒤를 돌아보자 그는 생글생글 웃으며 손을 내밀었다.

"각서는 주고 가. 어서."

치밀한 인간.

각서가 위험에 처했다는 걸 직감했는지 미소를 지으며 제게 넘기라는 시늉을 하는 그에게 하는 수 없이 망할 종이를 넘겼다.

그럼 바람 쐬고 와— 하고 차원우가 달콤한 음성을 뱉어 내는 것이 보였다. 무척이나 얄미웠다. 잘생긴 얼굴이 이토록 얄미워 보이다니. 쳇. 나는 입술을 씰룩이며 방을 벗어났다.

'어쩌지.'

책임을 지겠다는 말은 물릴 수 없다. 잘못을 한 건 잘못한 거니까. 그에게 못할 짓을 해서 이곳 오키나와까지 오게 만들었으니, 나도 인정을 하고 있다. 어떤 식으로든 그를 책임져야 한다는 건 변하지 않는다. 그렇지만…… 몇 번이고 생각해 봐도 각서의 내용이 너무하다.

'너무 급하게 사인을 했어.'

'기자'와 '인터뷰'라는 단어를 듣자마자 호기롭게 사인을 한다고 외쳤다. 웃으며 펜을 내미는 그에게서 그것을 받아 들고 휘휙 사인을 갈겼다. 정신을 차리고 보니 내 이름 옆엔 내 것이 분명한 사인이 그려져 있었고, 그것을 발견한 내 얼굴은 당연하게도 창백해졌다.

'고칠 방법이 조금이라도 있다면…….'

차원우와 교제라는 것을 해 볼 생각이다. 자랑스러운 대한민국 국가대표 선수로서, 한번 뱉어 낸 말을 물릴 수도 없으니까, 해야 한다고 생각하고 있다. 하지만 모두 다 수긍하기에는 걸리는 조항들이 너무 많다. 일단 내가 저 많은 것들을 다 지킬 수도 없는 노릇이니까.

솔직히 말해 다 지킬 자신이 없었다. 그가 내민 '책임 각서'는 너무 한쪽, 그러니까 내게 불리한 쪽으로 치우쳐 있었고, 만약 하나라도 안 지켰다가는 바로 구청행이잖아! 협상이 필요한 시기란 말이지.

똑똑—

숨을 돌리는 척하며 내 방 앞을 서성이던 나는 무언가 생각이 났다. 일말의 망설임도 없이 어디론가 터벅터벅 걸음을 옮긴 후 목적지 앞에 서선 노크를 했다. 노크 소리에 드르륵 문을 열어 준 사람은 내가 신세를 지고 있던 여관 종업원이었다. 나는 어색한 영어를 입 밖으로 흘렸다.

"캐, 캔 아이 유즈 유어 컴퓨터?"

★☆★

트집을 잡을 만한 것이 필요했다. 이 각서에 빈틈이 분명히 있을 거라 여겼다. 흔쾌히 내게 컴퓨터를 빌려준 종업원 덕분에 한국의 포털 사이트에 접속한 나는 10분 동안 쉬지 않고 지식검색을 했다.

효과는…… 있었다!

"공증?"

설마 차원우가 법까지 공부했을 거라곤 생각하지 않았다. 그의 각서는 겉으론 더할 나위 없이 완벽했고, 자세해서 법적 효력을 발휘할 만큼 치밀했다.

하지만 그가 세세한 사항까진 알 리 없을 거라 여긴 나는 방을 나선 지 10분 후 당당하게 돌아와선 이 각서엔 공증인이 필요하다고 소리쳤다. 느닷없는 내 외침에 차원우의 눈동자가 동그래진 것은 당연했다. 나는 득의양양하게 외쳤다.

"네! 이 각서는 이대론 법적 효력이 없대요. 누군가 공증을 서 주지 않는다면!"

"그럴 리가. 내용을 자세히 쓰면 괜찮다고 알고 있는데?"

……무서운 인간. 그의 말은 매우 정확했지만 이왕 거짓말을 하기로 결정한 이상 뻔뻔하게 굴기로 결심했다.

"방금 내가 인터넷을 뒤지고 하는 말인데요?"

"……."

"왜요. 설마 나 못 믿어요?"

차원우가 일렁이는 검정색 눈동자를 내게 고정시키자 등 뒤로 식은땀이 주르륵 흘러내렸다. 이럴수록 침착해야 해, 조연오. 수시로 스스로에게 주문했다. 어떻게 해서든 각서를 수정하기 위해서라면 이런 거짓말 정도는 태연하게 할 줄 알아야 했다.

나는 두근거리는 심장을 가라앉히며 침을 꿀꺽 삼켰다. 한동안 내 얼굴을 뚫어져라 응시하던 차원우가 중얼거렸다.

"10분 동안 바람 쐬고 오겠다더니 인터넷 검색을 하고 온 거였어?"

각서를 작성하는 데 있어 공증을 누군가 꼭 서 줘야 하는 건 아니라는 말이 그의 입술 사이로 흘러나올 거라 생각했던 나는 예상치 못한 말에 흠칫 놀랐다. 어색한 웃음이 입가에 감돌았다.

"하, 하하. 호, 혹시나 해서요."

차원우의 눈은 가늘어졌다.

"그, 그것보다 나도 이 각서가 법적 효력을 발휘하길 원한다고요."

얼른 말을 덧붙여 보았지만,

"조연오 씨 입에서 들은 말 중 가장 믿기 힘든 소리군."

이라는 대답만 들려왔다.

"소, 속고만 사셨나……."

얼굴이 점점 굳어졌다. 나 괜찮은 거지?

"어쨌든 차원우 씨, 걱정 말아요. 내가 공중인 데려올 테니까요!"

그는 싱긋 웃는 내 외침에 호오, 실소를 터뜨렸다. 왠지 흥미를 보이는 그를 바라보던 나는 다음 말을 흘렸다.

"그러니 차원우 씨도 한발만 양보해요."

"양보?"

"네. 이 각서 철저하게 나만 불리한 거잖아요."

"뭐, 그건 그렇지."

인정은 하는 거냐!

"우리 수정할 건 수정해요. 네? 솔직히 서른 개는 너무 많다고요."

그의 눈동자가 살짝 일렁거렸다. 넘어오는 건가? 왠지 희망의 빛이 내 얼굴로 내리쬐는 것 같았다.

"서로 양보해서 우리 10개로 추립시다."

비굴하면 어떠냐. 두 손을 슥슥 문지르며 나는 헤헤, 웃었다. 차원우는 그런 내 얼굴을 냉랭하게 내려다보고 있었다. 이봐, 무슨 말이라도 좀 해 봐. 그의 뜨거운 시선에 온몸이 녹아내릴 것 같았다. 차원우의 붉은 입술은 열리지 않았다.

"25개."

파리처럼 슥슥, 손을 문지르며 그에게 애원하는 나를 한동안 응시하던 그가 돌연 말을 뱉어 냈다. 눈이 동그래졌다.

　"에이, 그래도 여전히 많다니까요? 그, 그럼 12개!"

　차원우는 픽 웃었다.

　"인심 쓰지."

　정말?

　"20개."

　이봐!

　"인심 쓴다면서 고작 10개만 줄여 주는 거예요? 10개 줄여도 여전히 20개는 너무 많다고요!"

　버럭 소리 지르자 그는 어깨를 으쓱였다.

　"그럼 잘못을 하지 말지 그랬어."

　……제길.

　할 말이 없었다. 차원우는 입을 다무는 내게 속삭였다.

　"내 최대한의 인심이야."

　그래도……

　"더 써요!"

　"더 써 주면, 조연오 씨는 내게 뭘 해 줄 건데?"

　응?

　"내게 키스라도 해 줄 생각이야?"

　그의 눈꼬리가 예쁘게 휘어졌다. 본판이 잘나서 그런지 짓궂은 눈웃음을 흘려도 꽤나 아름답다. 나는 멍하니 그를 올려다보았다. 차원우는 얼빠진 얼굴을 하는 나를 보며 쿡쿡거렸다.

　"그럴 생각이 아니라면 그냥 스무 개로만……!"

그래 봐야, 고작 입술 박치기일 뿐이다.

스물넷이 되도록 연애 한번 못 해 본 모태솔로지만 특별하게 '첫 키스'나 '첫 경험'에 대한 로망은 없었다. 이미 눈앞의 남자를 덮쳐서 물고 빨다 못해 거사까지 치러 버려서인지 눈에 뵈는 것도 없었다. 이 빌어먹을 각서의 조항을 하나라도 줄일 수 있다면 입술을 부딪치는 것이 뭐가 어렵겠는가!

게다가 내가 제게 키스를 하지 못할 거라 생각하며 입꼬리를 스윽 올리는 남자의 태도가 살짝, 아주 살짝 거슬렸다. 복수와 도전의 의미를 담은 채 발뒤꿈치를 들어 올렸다.

초옥ㅡ!

후후, 웃으며 말을 잇던 그의 입술을 향해 그대로 돌진했다. 얼굴에서 가장 부드러운 살과 살이 만나는 묘한 소리가 귀를 울렸다. 말랑말랑하네. 떨리지 않았다면 거짓일 것이다. 세상에 입을 맞추는데 심장이 안 뛰는 사람이 어디 있겠는가. 하지만 냉정한 척, 태연한 척을 하며 보드라운 그의 입술 위에 내 입술을 덮었다.

'으응……'

차원우는 하던 말을 당연히 멈추었다. 눈을 크게 뜨는 그가 시야로 들어왔다. 이런 내 행동을 예상하지 못했는지 그는 꽤 놀란 상태였다. 이상하게 기분이 좋아졌다. 놀랐다 이거지? 그의 반응에 힘을 얻어 나는 입술을 살짝 움직였다.

왜 이렇게 말랑말랑해.

꾹, 그의 입술 위로 내 입술을 누르고 있던 나는 입술을 움직이려다 느껴지는 촉감에 미간을 좁혔다. 나보다 두께가 더 얇은 것 같기도 하고, 보드랍게 느껴지기도 해 괜스레 눈에 힘을 주었다.

그러다 벌어진 틈 사이로 숨을 뱉어 내자 차원우가 온몸을 부르르 떠는 것이 아닌가.

아래로 눈꺼풀을 내리기 직전 흘끔 본 차원우의 눈동자가 미친 듯이 일렁이고 있었다. 조금 더 그에게 입술을 맞추고 있을까 고민하다 이쯤이면 되었다 싶어 얼른 입을 뗐다.

차원우는 우리의 입술이 마찰을 하다 떨어져 나가는 것을 발견하곤 눈을 크게 떴다. 나는 뭐라 말을 잇지 못한 채 멍하니 서 있기만 하는 그에게서 물러나선 도전적인 시선을 보냈다. 스윽, 손등으로 침을 닦는 내 얼굴은 매우 당당했을 거다, 아마.

"됐죠?"

이 정도 입술 박치기쯤은 나 조연오에게 있어선 아무것도 아니라 이거지. 득의양양한 미소를 지으며 차원우에게 물었다.

"이제 더 줄여 줘요."

이젠 내게 요구할 권리가 생겼다, 이거야.

'응?'

하지만 차원우는 내 외침에도 불구하고 아무런 말이 없었다. 나는 미묘한 표정을 지으며 나를 내려다보기만 하는 그를 향해 미간을 좁혔다. 왠지 넋을 놓은 것 같은 얼굴이었다. 그럴 리가 없는데 말이지.

"차원우 씨!"

"아, 으응."

한 번 더 그의 이름을 부르자 그는 겨우 대답했다. 엉겁결에 고개를 끄덕이는 것 같았지만 알 게 뭐냐. 고개를 끄덕였으면 된 거지! 드디어 그 망할 조항이 더 줄어든다는 생각에 쾌재를 외치며 나는 씩 웃었다.

'이런 게 바로 등가교환이지. 후후.'

'키스'와 각서의 '조항'이 같은 가치를 지닌 건지는 모르겠지만, 서로 원하는 것을 하나씩 교환했으니 후회는 없었다. 내 눈에서는 환한 빛이 반짝반짝 쏟아지고 있었다. 배시시 웃으면서 그를 쳐다보던 나는 기대에 찬 얼굴을 하고 차원우에게 말했다.

"그럼 열 개로 줄여 주는 거죠? 자, 얼른 각서를……."

차원우는 얼른 각서를 잡아채려는 나를 가로막았다. 내가 '왜 이래요!'라는 눈빛을 보내자 그는 냉정하게 오른손 검지를 들어 올려 좌우로 휘휘 저었다. 그리고는 픽 실소를 터뜨리더니 중얼거렸다.

"조연오 씨, 날로 먹으려 하네."

……어?

"하나 정도는 줄여 주지."

"뭐요?!"

"열아홉 개. 됐어?"

이게 대체 무슨 소린가. 내 키스가 고작 각서의 조항 '하나' 밖에 안 된단 소린가? 나는 어이가 없다는 얼굴로 외쳤다.

"고작 하나 줄여 주는 거예요?"

그러자 차원우는 머뭇거리지 않고 고개를 끄덕였다.

"어."

"그런 게 어디 있어요! 당연히 열 개 정도는 줄여 줘야죠!"

"글쎄. 내가 몇 개를 줄여 준다고는, 정확히 말하지 않은 걸로 기억하는데."

빙긋 웃는 차원우를 올려다보다 좌절했다. 생각해 보니 그의 말이 틀린 구석이 없었기 때문이다. 제기랄. 뭐, 이런 인간이 다 있어!

부드득 이를 갈며 그를 노려보았다. 빈틈이라곤 도저히 주지 않아서 화가 났다. 뜻대로 일이 진행되지 않자 씩씩거리는 나를 바라보던 차원우는 작게 속삭였다.

"하지만 조연오 씨가 힘을 낸다면 더 줄이는 건 가능하지."

순간 솔깃했지만 이내 그의 말이 무엇을 뜻하는 건지 알아차렸다. 차원우를 바라보는 눈이 가늘어졌다.

"키스를 한다면, 더 줄여 줄 수도 있다는 소린가요?"

차원우는 대답 대신 미소를 지었다. 많은 여자들을 홀려 버릴 것 같은 예쁜 미소다. 얼굴은 더럽게 예뻐요. 나는 배우 못지않은 포스를 풍겨 대는 그를 직시했다.

'어쩌지.'

이런 일로 머리를 굴려야 하는 걸까, 라는 회의감이 들기는 하지만 내가 직면한 상황에선 어쩔 수 없는 일이다.

나는, 생각했다.

차원우는 정말로 뻔뻔스럽게도 '키스 1번=조항 1개 삭제'라는 조건을 걸고 있었다. 내가 그를 책임져야 하는 건 확실한 사실이었고, 각서를 지킬 의지도 분명히 있었으나 여전히 '열아홉 개'나 남은 각서의 내용은 부담스럽기만 하다. 그 열아홉 개의 빌어먹을 조항들 중 하나라도 어기는 날엔 곧장 구청으로 직행한다는 말도 안 되는 조건이 붙어 있어서 더더욱.

그리고 내게는 각서의 조항을 줄이면서, 또 내가 원하는 조항을 기입해야 할 필요성이 있었다. 그렇게 수정을 하려면 협상이 가능해야 한다. 그의 요구 조건을 들어주면서 신뢰를 구축한다면 내가 그에게 뭔가를 요구하는 것도 괜찮을 테지.

조항이 열 개 정도로 줄어든다면 어떻게 해서든 지킬 수는 있을 것 같아 입술을 잘근잘근 깨물며 사고회로를 굴리고 또 굴렸다.

결국,

"좋아요."

긴 숨을 뱉어 내며 고개를 끄덕였다. 그와 동시에 차원우가 맑게 미소를 짓는다.

'그렇게 웃지 마, 이 남자야.'

아직 당신이 이긴 게 아니란 말이야. 입을 삐죽이며 나는 그의 앞에 터벅터벅 걸어갔다.

'후우.'

돌발적이었던 아까와는 달리 키스를 해야 할 상황에 직면해서인지 잠잠하던 심장이 멋대로 뛰었다. 그는 어느새 제 코앞까지 다가온 나를 말없이 내려다보는 중이다. 가슴이 벌렁거렸다.

'크다, 키.'

그에게 입을 맞추기 위해 분명 발뒤꿈치를 들었던 기억이 있건만 이번엔 발이 바닥에 들러붙었는지 움직일 생각을 않는다. 그의 입술이 있는 얼굴까지의 거리가 꽤 있어서 인상을 쓰던 나는 있는 힘껏 발뒤꿈치를 들어 올렸다.

촉!

아까와는 다르게 짧고 굵은 소리가 고막을 울렸다. 쿵쿵거리는 심장의 박동 소리도 들려왔다. 그의 입술 위로 입술을 가져다 대는 행동에 이렇게 땀이 날 줄은 몰랐다. 조금 전과는 달리 이마에 땀이 송골송골 맺혔다. 뭐야, 나 지금 긴장하는 거야?

이상하게 숨을 쉬기가 버거워 미간을 좁히다 얼른 그의 입술에서 떨어져 나왔다. 차원우는 묘한 눈으로 나를 응시하고 있었다. 붉어진 것이 틀림없는 얼굴을 옆으로 돌려 차원우의 시선을 피하던 나는 중얼거렸다.

"하, 하나."

입 밖으로 뱉어 내는 목소리가 세차게 떨려 왔지만 모른 척했다. 다시 후우, 숨을 뱉어 낸 나는 입을 다문 채 멀뚱히 서 있는 그를 응시했다. 천천히 그에게 다가가 발을 올리자 차원우가 살짝 무릎을 굽혀 주었다. 치, 친절하네. 혹시 배려를 해 준 건가 싶어 놀란 듯 그를 응시하다가 촉촉해진 입술을 그의 입술 위로 덮었다.

'으음.'

그에게 입을 부딪칠 때마다 느끼는 거지만, 차원우의 것은 참으로 부드럽다. 말랑말랑한 젤리에게 입술을 대는 느낌이랄까. 입술과 입술이 닿았을 때는 말로는 다 표현할 수 없는, 전기가 흐르는 것 같아서 온몸이 찌릿거리기도 했다. 그는 참으로 신기한 신체의 소유자임이 틀림없다.

"……둘."

고작 입술 박치기일 뿐이건만 처음 그에게 입술을 가져다 댔을 때와는 달리 점점 심장박동이 빨라지고 있었다. 의식을 해서 그런 건가. 미간을 좁히며 그에게서 떨어져 나온 나는 두 주먹을 불끈 쥐었다.

'좋아. 이제 일곱 개 남았어.'

각서의 조항을 열 개로 줄이려는 노력이 참으로 눈물겹다. 의지

151

를 다지며 고개를 들었다. 무슨 생각을 하는지 읽을 수 없는 차원우가 나를 집어삼킬 듯 응시하고 있는 중이다.

이봐, 그 눈빛은 심장에 무리가 가니까 좀 자제해 줘. 이글거리는 그의 검은 눈을 쳐다보다 한숨을 내쉬었다. 눈을 한 번 감았다 뜨며 차원우의 입술 위로 내 입술을 맞추려는 순간,

'어?'

갑자기 차원우를 향해 내 몸이 쏠렸다. 놀라 눈을 동그랗게 뜬 나는 내가 현재 그의 품 안에 안겨 있다는 사실을 인지했다. 차원우의 차가운 손이 허리를 감싸고 있는 것이 느껴진다. 뭐, 뭐 하는 거야! 입술을 파르르 떨며 그를 쳐다보자 그가 미소를 지으며 입을 열었다.

"그렇게 한 번씩 하다간 끝도 없겠어."

"네?"

"한 번에 끝내도록 해."

무ㅅ…… 헉!

영문 모를 소리를 늘어놓는 그에게 미간을 좁혀 보이던 나는 말을 맺자마자 차원우의 조각 같은 얼굴이 코앞까지 다가왔다는 걸 알아차렸다. 발버둥 치려 했으나 이미 차원우에게 입술이 먹혀 버린 상황. 가슴이 정신없이 뛰는 게 느껴졌다.

"훗."

내가 몇 번 달궈 놓은 그의 뜨거운 입술이 내 입술을 덮었다. 만약 여기서 그쳤다면 내가 했던 행동들과 다를 바가 없는 거겠지. 그러나 차원우는 거기서 멈추지 않고 입술을 벌렸다. 벌어진 틈 사이로 그의 강렬한 숨결이 느껴졌다. 이상할 정도로 달콤한 차원우

의 숨결에 눈을 크게 뜨며 입을 벌리자 그때를 노린 그의 혀가 내 안으로 들어왔다.

거침없이 밀려 들어온 차원우의 혀는 입안을 마구 휘저었다. 나 보고 진공청소기라더니 자기는 더했다. 제기랄. 얼마나 강하게 빨아 당기는지, 눈앞이 흐릿해질 지경이었다.

이러다가 혼이 빠져 버리는 건 아닐까. 말도 안 되는 상상을 이어 가며 내 혀를 옭아매는 그에게 끌려갔다. 단순한 입술 박치기와는 다른, 그 키스에 혈관을 흐르던 피가 들끓었다. 몸의 모든 신경이 입술에 집중되는 것 같았다. 미치겠다. 못…… 참겠어.

"흐응!"

내가 흘리는 것이 맞나 싶을 정도로 야릇한 숨소리가 터져 나왔다. 얼른 벗어나고 싶은데 쉽지 않았다. 벗어날 힘이 없었다는 말이 더 정확했다. 아찔한 감각이 전신으로 번져 갔다.

빌어먹을. 내가! 천하의 조연오가, 키스 한 번에 와르르 무너지다니! 머리에선 '지지 마!'를 외치고 있었지만 몸이 따라 주질 않았다. 내 것을 모두 쓸어 담는 차원우는 강적이었다. 이쯤에서 백기를…… 들어야 하는 건가. 전투불능 상태가 되기 직전이었다.

'……!'

이 얄미운 남자에게 쉽게 져 줄 생각은 없었는데, 하는 수 없이 인정을 해야겠다 여긴 순간, 정신이 번쩍 들었다. 여전히 내 혀는 차원우에게 잠식당해 발버둥 치지도 못하는 상황이었지만 눈에 힘까지 주던 나는 있는 힘껏 고개를 옆으로 돌렸다. 덕분에 내게서 얼굴을 떼게 된 그는 의아한 표정을 지으며 날 쳐다보는 중이다. 마치 왜 그러냐는 듯한 얼굴. 왜 그러는지 진짜 모르는 거야? 나는 인상을 쓰며 그를 노려보았다.

"손, 올라왔는데요."

그냥 올라온 것도 아니고, 아주 자연스럽게 올라왔다. 나는 내 몸의 특정 부위를 만지려는 차원우에게 경고하듯 말했다. 날카로운 내 반응에 흠칫하던 그는 곧 그는 태연하게 대답한다.

"알아."

"알면 내리시죠."

"싫다면?"

싫어?

대답 대신 빙긋 웃으며 그를 쳐다봤다. 차원우가 어리둥절한 표정을 짓는 것이 보였다. 나는 일말의 망설임 없이 그의 오른손을 향해 손을 뻗었다.

"윽!"

모든 것은 순식간에 일어난다. 상대가 방심한 틈을 타서, 재빨리 행해야 기술이 완벽하게 들어가게 된다. 업어치기의 기술 또한 그렇다. 상대는 내가 자신을 끌어당길 거라곤 생각하지 않는 듯했다. 덕분에 업어치기를 시전하는 건 쉬웠다. 전문 유도 선수가 아닌 일반인이라서 차원우는 눈 깜짝할 사이 쿵— 소리와 동시에 바닥에 드러눕게 되었다.

그는 이해가 되지 않는다는 얼굴이다. 분명 나를 품에 안고 있던 건 자신인데 왜 제가 바닥에 드러눕게 되었는지 모르겠다는 표정. 이해는 한다. 하지만 나는 유도 선수다. 차원우가 건장한 체격의 남자라고 할지라도 이 정도 기술을 구현하는 건 아무것도 아니라 이거지. 선수를 깔보지 말라, 이거야.

"하, 하하."

차원우는 바닥에 드러누워선 눈을 몇 번 깜빡이더니 허탈한 웃음을 터뜨렸다. 붉게 상기된 얼굴의 그는 부끄러워하는 건지 아니면 재미있어하는 건지 알 수 없었다. 나는 의미 모를 웃음소리를 흘리는 차원우에게 냉정하게 말했다.

"변태는 용납 못 해요."

눈앞의 남자를 물고 빤 전적이 있는 내가 말하기엔 어불성설이기는 하다. 차원우는 강경한 태도를 보이는 나를 향해 옅은 미소를 지었다.

"너무하네, 조연오 씨."

나름 단호한 태도를 보였음에도 불구하고 차원우는 고개를 절레절레 저으며 큭큭거렸다. 너무한 건 당신이야! 동요하지 않은 척 말하기는 했으나 사실 심장이 벌렁거려 미칠 지경이었다. 이 남자, 정말 제정신인지 모르겠다. 키스의 매력에 깊게 빠져도 그렇지! 그 상황에서, 가슴을 만질 생각을 하냐! 키스 한 번에 가슴까지 내어 준다면 완전 내 손해잖아!

나는 성난 콧김을 뿜어내며 이젠 아예 배까지 잡고 낄낄거리는 차원우를 내려다보았다.

"차원우 씨는 그렇게 안 생겨선 무척 능글맞네요."

피스트 위의 고귀한 귀공자는 무슨. 완전 변태구만. 다시 한 번 말하지만, 차원우의 몸을 덮친 내가 그에게 변태라고 언급하기는 이치에 맞지 않지만 사실이 그렇잖은가! 나는 입술을 씰룩였다. 차원우는 여전히 웃음을 그치지 않고 있었다.

"섹스는 처음이라고 했으면서 스킨십이 매우 자연스러웠어. 역시…… 처음이란 건 다 거짓말이야!"

곰곰이 생각해 보다 내 허리에서 가슴 쪽으로 올라오던 그의 손길이 물 흐르는 것처럼 능숙해 보였던 것이 떠올랐다. 얼굴을 일그러뜨리며 소리치자 방금 전까지 미친 사람처럼 웃고 있던 그는 얼굴에서 미소를 지운 채 결백하다는 듯 말했다.

"맞아, 처음!"

약을 팔아라.

"그걸 누가 믿어요. 완전 고수의 손길이었거든요? 아주 자연스럽게 손이 가슴 쪽으로 왔다고요!"

믿어 달라는 눈빛을 보내는 그에게 불신의 시선으로 답례하자 차원우는 중얼거렸다.

"남자의 본능인 거지."

뭐?

"만약, 조연오 씨가 원한다면…… 당신도 본능에 따라 행동해."

대체 무슨 소리를 하는 거야. 나는 어이가 없다는 얼굴을 하고 그를 노려보았다. 차원우가 야릇한 표정을 지으며 웃고 있는 게 보였다. 설마, 이 남자가! 뒤늦게 그의 말뜻을 알아들은 내 눈동자는 그의 다리 사이로 향했다. 얼굴이 화끈거렸다.

"난 그, 그거에 관심이 없거든요!"

차원우는 부정하는 나를 쳐다보다 바닥에서 일어나며 제 어깨를 돌렸다.

"이상한데. 내 기억으로는 조연오 씨는 여기에 엄청 관심이……."

"으악! 그만! 이, 일단 빠, 빨리 다시 써요, 각서!"

156

더 이상 들었다간 무슨 말을 뱉어 낼지 모른다. 그의 말을 끊어 내고 소리친 내 얼굴은 이미 빨갛게 익어 있었다. '가슴까지 만졌으니 조항은 10개로 줄일 거예요!' 라고 소리치는 나를 물끄러미 바라보던 그는 중얼거렸다.

"아쉽게 됐어……."

무엇이 아쉽다는 건지 알 것 같아서 나는 대답하지 않았다.

몇 번의 수정 끝에 드디어 빌어먹을 '책임 각서'가 완성이 되었다.

장장 2시간을 걸쳤던 끈질긴 작업이었다. 협의에 협의를 거친 우리의 각서는 다음과 같았다.

20XX년 10월 10일에 일어난 모종의 사건 때문에 조연오는 차원우를 책임져야 할 의무가 생겼다. 그리고 그런 조연오가 차원우를 책임지기 위해 반드시 지켜야 할 몇 가지 조항들은 다음과 같다.

1. 조연오는 탄산이 단 0.000001%라도 함유 된 모든 음료/음식 들을 마시지/먹지 않는다.

2. 위의 조항에 대한 예외로, 만약 차원우가 조연오의 곁에 있을 때는 탄산이 가미된 음료/음식 등을 마실/먹을 수 있다. (물론 차원우가 허락하는 양에 한해서. 차원우가 동석하지 않는 자리에서는 불가하다는 걸 명심할 것.)

3. 조연오는 일주일에 세 번 차원우와 데이트를 하며(대회 기간 제

외), 차원우와 지속적인 연락을 주고받도록 한다. (한 번 더 연락없이 잠적했을 시, 차원우와 재회를 하는 그날, 조연오는 차원우와 구청으로 향한다.)

4. 조연오는 휴가를 받으면 차원우와 반드시 동행한다. (휴가는 국내 여행지도 괜찮지만 국외를 격하게 환영한다. 당일치기도 상관은 없으나 숙박을 한다면 더더욱 좋다.)

5. 조연오는 차원우 외의 남자라는 생물체와 뽀뽀, 포옹 등등의 신체적 접촉을 하지 않는다. (가족 중 남자 형제나 아버지 정도는 너그럽게 제외해 준다.)

6. 조연오는 차원우 외의 남자라는 생물체와 5분 이상 대화를 하지 않는다. (감독, 코치 등등의 관계자나 가족은 역시 제외한다. 만약 제자를 들이게 된다면 그 정도는 용납할 용의가 있다. 그러나 제자는 여자를 선호한다.)

7. 조연오는 이성친구들이 누가 있는지 일일이 차원우에게 보고하도록 한다. 리스트를 만들어 와서 허락을 받아야 한다. (만약 차원우에게 알리지 않은 이성친구와의 만남을 들킬 시, 조연오는 곧바로 차원우와 구청으로 직행한다.)

8. 조연오는 차원우와 일주일에 1시간 이상 손을 잡으며, 일주일에 30분 이상 입을 맞춘다.

9. 조연오는 차원우와 만나면 만남의 키스를 하며, 헤어지기 전에 작별 키스를 한다. (위의 입맞춤 조항에 포함되지 않는 시간이다. 별개의 일.)

10. 조연오와 차원우는 오늘부터 1일이다. (인정하지 않는다면 곧바로 구청에 간다.)

*추가: 차원우는 만약 조연오가 '어쩔 수 없는 상황'에 처해 우연히 탄

산이 가미된 음료/음식을 마시게/먹게 되었다면 반드시 그녀의 뒤치다꺼리를 한다. (만약 단 한 번이라도 하지 못할 시, 위의 모든 조항들을 무시하고 두 사람의 관계는 없었던 일이 된다.)

이 사항들 중 단 한 가지 사항이라도 어길 시에 조연오는 그다음 날, 차원우와 혼인신고를 하기 위해 구청으로 간다.

20XX년 11월 18일

차원우 (인) & 조연오 (인)

공증인⋯⋯

내가 지켜야 할 열 개의 조항, 그리고 실랑이 끝에 추가하게 된 차원우가 지켜야 할 단 하나의 조항. 내 위주로 전부 바꾸지 못한 것은 아쉬운 일이나 잘못의 비중을 따지자면 내 쪽이 훨씬 컸으므로 하나의 조항이라도 추가하게 되었다는 것은 만족스러운 일이다.

괄호 안의 부분이 몹시 마음에 든다며 흐뭇한 표정을 짓고 있던 나는 내 어깨를 톡톡 치는 누군가의 손길에 고개를 돌렸다.

[조연오 선수. 그런데 제가 왜⋯⋯ 여기 있는 겁니까?]

내게 손이 잡힌 채 의아한 눈빛을 보내고 있는 사람은 바로 타키였다. 그는 '따라와요!'라는 내 말에 내가 머무는 여관까지 끌려온 상태였다. 헉헉거리며 숨을 몰아쉬는 그가 뱉어 낸 말을 전부 알아들을 수는 없어도 무슨 말을 하는 건지 짐작은 가능했다. 하얀 이를 드러내며 씨익 웃은 나는 입술을 열었다.

"나도 그쪽을 도와주고 있으니까, 타키도 나를 좀 도와줘요."

[예?]

"그냥 사인만 하면 돼요. 사인."

[사인? 무슨 소린…… 조연오 선수!]

이왕이면 다시 만나지 않을 사람에게 공증을 부탁하는 게 좋을 거라 생각했다. 나와 차원우의 구구절절한 사연을 일일이 읊어 줄 필요도 없었고, 감독님께 부탁하기는 낯 뜨거운 일이었으니까.

한글도 모르는 타키라면 각서의 내용이 무엇인지 알려고 하지 않을 것 같아 그를 이곳까지 데려온 후 드르륵, 미닫이문을 열었다. 그러자 여전히 내 방 안에서 나를 기다리고 있던 차원우가 고개를 드는 모습이 보였다.

"그건 뭐야?"

[저 남자는 누굽니까, 조연오 선수?]

두 남자는 동시에 말을 쏟아 냈다. 한쪽 귀로는 일본어가, 다른 한쪽 귀론 한국어가 들려왔지만 모르는 척했다. 타키의 손목을 붙잡고 있는 내 손을 빤히 바라보며 미간을 좁히는 차원우를 발견한 나는 얼른 손에 힘을 풀었다. 타키의 눈이 동그래졌지만 개의치 않고 차원우에게 걸어갔다.

"공증인을 데려왔어요."

"일본인?"

"요즘 알고 지내는 분이에요. 인사해요, 타키. 여긴 차원우 씨. 차원우 씨, 여긴 스즈하라 타키 씨."

두 남자를 각각 가리키며 이름을 말하자 서로 눈빛을 주고받던 남자들은 머뭇거리다 고개만 까딱거린다. 사교성 없긴.

"타키! 얼른 이리 와서 앉아요."

나는 멀뚱하게 서 있는 타키를 향해 손짓했다.

"그쪽도요."

그리고 차원우에게도 말했다.

"나는 왜 그쪽이야."

"……차원우 씨도요."

투덜거리는 차원우와 타키를 좌식책상 앞에 앉힌 나는 책상 위에 놓인 각서를 뚫어져라 응시했다. 이제 공증인란에 사인만 하면 되는 거다. 후우, 길게 숨을 내뱉었다. 길고 길었던 각서 작성이 끝나기 직전이다.

[저기, 조 선수.]

"응?"

[손을 잡아 주길래 조금 기대했었는데……. 이거, 데이트 아니었습니까?]

나를 부르는 것이 틀림없는 타키의 목소리가 조심스럽다. 나는 어리둥절해하며 그에게 펜을 쥐여 줬다.

"무슨 말인지 모르겠어요. 그것보다 여기 사인해요, 타키."

[사인?]

"오, 알아들었구나! 네, 사인. 플리즈 사인! 히어!"

한국어로 '스즈하라 타키'라고 적혀 있는 글자 옆에 위치한 (인) 자를 가리키며 외쳤다. 억지로 펜을 움켜쥔 타키는 재촉하는 내 얼굴을 빤히 바라보다 입을 쭉 내밀었다.

[내 마음…… 알아준 거라 생각했는데…….]

뭔가 계속 말하고 있기는 한데 내가 알아들을 수 있을 리 만무하다. 그것보다 왜 사인을 안 하는 거야?

"저기 타키, 이거 공증 서 준다고 그쪽한테 불리할 일 하나도 없어요. 장담해요. 그러니까 사인만 좀 어떻게 해 주면 안 되나요? 프, 플리즈!"

[조연오 선수는 날 어떻게 생각합니까?]

"아니 왜 사인을 안 하는 거야? 사인하는 거 싫어요?"

[나는 조연오 선수를……]

[잠깐.]

응?

일본어를 연신 뱉어 내는 타키를 노려보던 나는 그의 말을 끊어 버리곤 우리의 대화에 끼어드는 차원우를 응시했다.

"이, 일본어 할 줄 알아요?"

"조금."

그럼 진작 도와주지!

나는 빙긋 웃는 차원우에게 '이 남자한테 사인 좀 해 달라고 말해 줘요. 신분 걱정은 말아요. 믿을 만한 사람이거든요!' 라고 외쳤다. 그러자 미묘한 눈으로 나와 타키를 쳐다보던 차원우는 놀란 얼굴의 타키에게 말했다.

[조연오 씨는 그쪽에게 공증인이 되어 줄 것을 요구하고 있군요.]

오! 정말 일본어를 잘하네?

술술 외국어를 뱉어 내는 차원우가 타키의 협조를 얻어 낼 걸 기대하며 눈을 빛냈다. 타키는 내가 아닌 내 옆에 앉은 차원우를 쳐다봤다.

[공……증인? 아니, 그것보다 아까부터 거슬렸는데, 댁은 누굽니까?]

[그건 그쪽이 알 거 없고. 사인, 안 할 겁니까?]

[내가 공증을 서야 할 내용이 뭡니까?]

[그것도 그쪽이 알 필요가 없군요.]

[이봐요.]

[조연오는 당신을 꽤 신뢰하는 것 같던데, 공증도 못 서 줄 만큼 친하진 않나 보군.]

[조연오 선수가, 날 신뢰한다고?]

흥미진진한 얼굴을 하고 숨을 죽이던 나는 갑자기 내게로 집중되는 두 남자의 눈동자에 움찔거렸다. 갑자기 왜 이러지? 한 몸에 시선을 받게 되자 어찌할 바를 모르다 그냥 배시시 웃는 걸로 대처했다. 타키는 하얀 이를 드러내는 나를 향해 미간을 좁히더니 길게 한숨을 흘렸다.

"오!"

그가 펜을 슥슥 움직이며 제 이름을 써 내려가는 것이 보였다. 입이 찢어진 것은 당연한 일이었다. 나는 제 이름을 쓰고, 마치 '됐습니까?' 라는 시선을 보내는 타키를 향해 얼른 고개를 끄덕였다. 되고말고! 나는 벌떡 자리에서 일어났다.

"고마워요, 타키! 감사의 의미로 내가 밥을 사죠!"

[이 글이 무슨 내용인지는 말해 줄 수 없나요?]

"타키는 저번에 보니 우동을 좋아하는 것 같던데, 우동이면 오케이죠?"

[우동? 그 말은 알아들을 수 있을 것 같군요. 먹자는 말이죠? 오케이!]

"좋아요, 가요!"

[연오 선수는 우동을 참 좋아하시는군요.]

타키는 그를 잡아당기는 내게 끌려 일어났다. 자세한 건 묻지도 않고 공중을 서 준 고마운 타키와 이 방을 나서기 직전 각서를 제품으로 갈무리하는 차원우의 모습이 시야로 들어왔다. 하여간 철저한 인간. 그걸 또 챙기네. 혀를 끌끌 차며 그에게서 시선을 돌리기 직전,

"말은 안 통하는데 대화는 되는군."

차원우가 우리 두 사람을 빤히 응시하며 중얼거리는 소리가 들려왔지만 모르는 척 방을 벗어났다.

⋮

그로부터 일주일 후,

[단독]펜싱 남자 사브르 국가대표 출신, 차원우 선수의 '먹튀녀'에 대한 진실! 본지 독점 공개!

라는 기사가 대한민국의 아침을 들썩였다.

5.
밝혀진 먹튀녀의 진실

[단독]펜싱 남자 사브르 국가대표 출신, 차원우 선수의 '먹튀녀'에 대한 진실! 본지 독점 공개!

단순한 '공개'도 아닌 '독점 공개'. 이 말의 파급력은 엄청났다. 일단 댓글이 한두 개가 아니다. 무려 2,000개. 포털 사이트에서 2,000개를 기록하기란 쉽지 않은 일이니 대단하다고도 볼 수 있지.

기사의 내용을 읽기도 전 제목 옆에 달린 댓글 개수를 바라보며 입을 쩍 벌렸다. 온몸이 파르르 떨리는 것 같기도 해서 나는 마우스 스크롤을 내리는 걸 고민했다.

'일단은 읽어 보자.'

어쩐지 컴퓨터를 켜자마자 '차원우'라는 단어와 '먹튀녀'라는 단어가 검색어 상위를 달리더니.

침을 꼴깍 삼키며 후우 숨을 뱉어 낸 나는 천천히, 아주 천천히 스크롤을 내렸다. 딸깍거리는 소리와 함께 휘황찬란한 제목 아래 차원우의 얼굴이 드러났다. 매우 잘생긴 얼굴이었다. 얼굴 하나는 참으로 타고났도다. 부러운 인간.

냉랭한 카리스마를 뿜어내는 차원우의 훤칠한 사진 밑으로, 기사는 시작되고 있었다.

지난 로마 올림픽과 이번 울산 아시안게임에서 많은 여성 팬들을 홀린 스포츠 스타가 있다. 대한민국 펜싱을 이끌어 나가는 남자 사브르 부문 국가대표 차원우(28)의 이야기다.

그간 유럽대륙이 독식하던 펜싱의 패권을 가지고 온 차원우는 처음으로 세계에 모습을 드러낸 이후 왕좌를 거의 놓쳐 본 적이 없는 제왕 중의 제왕이다. (물론 지난 올림픽에서는 딱 한 번, 그의 왕좌를 내려놓은 적이 있었지만 그것은 국제 펜싱계를 들썩이게 할 만큼 오심 논란이 일었기에 논외로 하도록 한다.)

차원우의 등장으로 펜싱이라는 낯선 스포츠에 대한 국민들의 관심은 커져 갔고, 지금은 차원우 키즈가 생길 정도로 전도유망한 종목이 되고 있다는 소리도 심심찮게 들려오고 있다.

현재 대한민국에서 가장 사랑받는 스포츠 스타 중 한 명인 차원우가 모 일간지와 가졌던 뜻밖의 인터뷰가 지난 몇 주간 대한민국을 들끓게 만들었다는 이야기는, 결코 과언이 아니다. 그가 언급했던 그 단어가 과연 무엇을 뜻하는지 여전히 갑론을박이 일 정도로 충분한 화제를 낳았었는데, 본 기자는 차원우 선수의 초청에 의해 그와 만남을 가졌다 이번 일에 대한 그의 해명을 듣게 되었다.

지금부터의 대화는 본 기자가 차원우와 가진 만남에서 들었던 그의 말을 글로써 옮긴 것들이다. *이하 본 기자를 [이], 차원우 선수를 [차]로 칭한다.*

　　[이] 차원우 선수, 오랜만입니다. 그동안 잘 지내셨습니까?

　　[차] 예, 기자님도 오랜만에 뵙습니다.

　　[이] 일단 먼저, 오늘 초대해 주셔서 감사하다는 말씀을 드리고 싶네요. 사실 먼저 찾아가 이것저것 묻고 싶었는데 여행을 떠나셨다는 이야기가 있어서 말이죠.

　　[차] 아, 네. 아시안게임도 끝났고 해서 동료들과 온천 여행을 다녀왔습니다.

　　[이] 우와, 온천! 듣기만 해도 매우 부러운 일입니다. 즐거운 시간을 보내다 오셨겠군요?

　　[차] 예, 뭐. 아주 즐거웠습니다.

　　그랬겠지. 매우 즐거웠겠지. '누구'는 덕분에 하나도 즐겁지 않았지만, 그는 분명 즐거웠을 거다. 그가 원하는 대로 차근차근 일이 진행되었을 테니까. 쳇. 괜히 입술이 삐죽여졌다. 흥, 하고 콧방귀를 뀌던 나는 다시 모니터에 집중했다.

　　[이] 오늘 제가 차원우 선수를 만나고 싶었던 것은, 음, 그냥 직설적으로 말해도 될까요?

　　[차] 물론이죠.

　　[이] 지난 몇 주 동안 차원우 선수가 모 신문과 가졌던 인터뷰에서 뱉어 낸 폭탄 발언으로 인해 대한민국이 들끓었던 건 알고 계시죠?

[차] 아아, 듣기는 들었습니다. 그게 그렇게 화제가 될 줄은 몰랐는데 말입니다. 하하.

차원우는 이 부분에서 겸연쩍게 웃었다. 쑥스러워하는 피스트 위의 귀공자는 정말로 그 말이 논란이 될 줄은 몰랐던 얼굴이었다.

거짓말.

틀림없이 알고서 그런 말을 흘린 거다. 나는 알고 있다. 그런데 왜 기자는 모르냔 말이지! 가슴이 답답해졌다. 모두들 속고 있다고!

[이] 그럼 단도직입적으로 묻겠습니다. 차원우 선수, 대체 그 '먹튀녀'가 누굽니까?

"헉!"

'먹튀녀'라는 글자를 보자마자 숨이 멎었다. 심장이 멋대로 벌렁거려 참을 수 없을 지경이다. 식은땀이 줄줄 흘러내리는 것을 느꼈다.

침착하자, 조연오. '거래' 대로라면 문제가 없을 거야. 그래, 문제없어. 말라 버린 목구멍 사이로 침이 넘어갔다. 후우후우, 호흡을 길게 내쉰 나는 다시금 기사에 집중했다.

[차] 솔직하게 털어놓는다면 많이 허탈해하실지도 모르는데. '먹튀녀'는 제 애완동물의 이름입니다.

[이] 애완……동물이요?

[차] 예. 제가 키우고 있는 햄스터가 한 마리 있거든요. 그 녀석이 인

터뷰 당시 가출을 한 상태였던지라.

[이] 아! 그럼, 차원우 선수와 관련된 '여자'라는 추측은 모두 틀린 거네요? 이야. 생각했던 것과 매우 달라서 놀랐습니다. 왜, 세간엔 그런 소문이 있지 않았잖습니까. 차 선수에게 빚을 진 여자가 몇 억을 떼어먹고 도망갔다든가, 차 선수를 꼬셔 놓고 홀라당 도망갔다든가 하는 그런 이야기.

이 대목에서 흠칫하지 않을 수가 없었다. 그에게 '몇 억'을 떼어먹고 도망간 건 아니지만 본의 아니게 '꼬셔 놓고' 도망간 건 사실이었으니까.

나는 정확한 실상을 파악한 기자의 질문에 탄복하며 다음 차원우의 답변을 읽어 내려갔다.

[차] 루머는 그렇게 만들어지는 건가 봅니다.

[이] 하하. 그러네요! 그나저나 '먹튀녀'가 애완동물의 이름이라니, 차선수의 작명센스가 아주 특이한데요?

[차] 제 마음을 홀리고 도망을 쳤던 녀석이어서 그런 이름을 붙여 버렸습니다. 원래는 이름이 따로 있는데, 이젠 그 이름이 더 익숙해졌네요.

[이] 물론, 가출한 '먹튀녀'는 돌아왔겠죠?

[차] 예, 무사귀환했습니다. 알고 보니 서재 쪽에 숨어 있더라고요.

[이] 무척 다행이네요. 재미있는 인터뷰였습니다. 이렇게 저희 신문과 인터뷰할 시간을 내 주셔서 정말 감사합니다. 차원우 선수, 차원우 선수를 좋아해 주고 응원해 주시는 많은 팬분께 하실 말씀 없으십니까?

차원우는 본 기자의 질문에 잠시 머뭇거리더니 곧 고개를 끄덕였다. 그는 메달을 움켜쥐었을 때와 같은 환한 미소를 지으며 팬들에게 말했다.

[차] 안녕하세요, 펜싱을 사랑해 주시는 팬 여러분. 사브르 국가대표, 차원우입니다.

우리나라에서 열린 아시안게임이 끝난 지 한 달하고도 보름 정도가 더 흘렀는데 여전히 관심을 가져 주셔서 정말 감사드립니다.

여러분의 응원 덕분에 우리 펜싱 팀뿐 아니라 다른 종목들도 이번 대회에서 괄목할 만한 성과를 얻어 낸 것 같습니다. 앞으로도 대한민국 펜싱을 많이 사랑해 주시고, 연말에 열릴 세계선수권 대회에서도 저희를 많이 응원해 주셨으면 좋겠습니다. 더욱 정진하여 대한민국 국가대표의 이름을 빛내는 선수가 되도록……

그 이하의 기사 내용은 더 이상 읽을 필요도 없었다. 사색이 된 얼굴로 차원우의 인터뷰를 한 번 더 훑어본 내 입은 다물어질 줄 몰랐다.

햄스터…… 라니. 이걸 인터뷰라고 한 건가!

'해명은 하지.'

오키나와를 떠나기 전, 먹튀녀 사건은 어떻게 할 거냐 묻는 내게 차원우는 당당하게 말했었다.

무척이나 자신감 넘치는 표정을 짓길래 뾰족한 방도가 있는 것 같아 은근히 기대했건만! 대한민국을 몇 주 동안이나 시끄럽게 만들어놓고선 '사실 그 단어는 저의 햄스터의 이름입니다.' 라고 말하면 모두 해결이 되는 줄 안 거야?

나는 황당하기 그지없는 얼굴로 스크롤을 내렸다. 댓글은 안 봐도 뻔했다. 말도 안 되는 소리라며 그를 비난하고 있을 테지. 분명 그럴…… 어?

82**** 내 그럴 줄 알았어! 여자라니, 말도 안 되지!

ti**** 우리 원우 선수, 여자한테는 관심도 두지 말아요! 여자는 적이에요, 젝!

kw**** 누가 먹튀녀가 여자라고 했었나! 햄스터라잖아! 차 선수 말을 믿자!

dd**** 먹튀녀란 이름을 가진 햄스터라도 좋으니…… 원우 선수, 나도 키워 주면 안 돼요?

2,000개 이상이 달린 댓글의 내용은 하나같이 이러했다. 그의 말을 부정하는 댓글은 없나 싶어 전체 댓글을 훑어보았으나 놀랍게도 모두 차원우의 해명을 철석같이 믿고 있었다.

나는 크게 당황했다. 이것이 꿈인가 생신가. 내가 대한민국에 있는 거 맞아?

"아, 누나도 그거 읽고 있어?"

믿을 수 없는 현실에 놀라며 댓글을 몇 번씩이나 읽어 보던 내 뒤로 누군가가 다가왔다. 태윤이와 해수였다.

내가 인터넷 기사를 보는 걸 아무렇지 않게 생각하며 픽 웃음을 흘린 태윤이는 저도 그 기사를 읽은 듯한 표정을 지었다. 나는 미간을 좁히며 그에게 물었다.

"태윤아, 너는 이 말을…… 믿어?"

"그럼 안 믿어?"

"선배, 선배는 설마 못 믿는 거예요?"

태윤이는 당연하다는 듯 되물었다. 해수까지 말을 덧붙이자 순간 흠칫했다. 못 믿으면…… 이상한 상황이 되는 건가. 바로 대답하지 못하고 우물쭈물거리고 있을 때, 해수는 검지를 까딱이며 말했다.

"선배, 차원우잖아요. 차원우의 해명이라면 콩이 팥이래도 믿는 거죠, 뭐."

"맞아, 맞아."

해수의 말에 태윤이는 비유 한번 좋다며 큭큭거렸다. 고개를 끄덕이는 두 남녀를 응시하던 나는 머리를 스치는 생각에 입을 다물었다. 역시, 사람이란 신뢰가 중요한 것이다. 한 번 누군가에게 신뢰감을 안겨 주면 해수의 말대로 그 말이 콩이 팥이래도 믿게 되는 법.

그의 해명에 어이없어하던 나와는 달리 맹목적인 두 남녀의 태도가 일반적인 건가, 라는 생각이 든다.

'대체 어떤 인상인 거야……'

대한민국 국민들에게 차원우라는 존재는 내가 생각했던 것 이상으로 바르게 자리 잡은 것이 틀림없었다. 그의 실체를 알게 된다면 모든 이들이 까무러치겠지. 불현듯 그가 오키나와를 떠나기 전 있었던 일이 떠올랐다.

'구청 가자.'

그러니까 언제더라. 그래, 내가 흔쾌히 공증을 서 준 타키와 우동을 먹고 여관으로 돌아오는 길이었다. 말은 통하지 않지만 즐거운 시간을 보내 매우 만족했던 나는 콧노래까지 흥얼거리며 가벼운 발걸음을 옮기고 있었다.

그런 내가 여관에 도착하자마자 가장 먼저 본 사람은 바로 문 앞에서 나를 기다리고 있던 차원우였고, 그는 나를 보자마자 대뜸 말했다.

'구청'이라는 단어에 내가 경기를 일으킨 것은 당연했다.

'구, 구청이라뇨! 가, 갑자기 왜!'

'조연오 씨, 당신은 우리 각서의 내용 중 정확히 5번째와 6번째 조항을 어겼어. 이건 되돌릴 수가 없는 일이지.'

'네? 그게 무슨 소리예요! 내가 언제 어겼다고 그래요!'

'그래? 그럼 내 시력이 잘못됐다는 말이야? 이상하군. 내 시력은 우리 어머니를 닮아서 아주 뛰어난 편에 속하는데.'

'이, 이봐요. 대체 무슨 소리를 하는 건지 모르겠는데 난 각서를 어기는 짓 따위 하지 않았거든요? 내가 언제 차원우 씨 외의 남자랑 스킨십을 하고 5분 이상 대화를 했······.'

'했?'

'······했네요. 했어. 해 버렸네. 그랬네······.'

각서를 완성한 지 겨우 1시간. 1시간 만에 나는 각서 중 무려 두 가지 조항에 반하는 짓을 해 버렸다. 무심코 말을 흘리던 내 얼굴이 하얗게 질려 갔다.

그는 넋을 놓고 중얼거리는 나를 향해 한 걸음 다가왔다. 나는 얼른 고개를 들어 '구청 가려면 귀국해야겠네. 지금 이 시간에도 비행기 티켓이 남아 있으려나.'라는 말을 뱉어 내는 차원우의 옷깃을 움켜쥐었다.

'차, 차원우 씨!'

'왜.'

'하, 한 번만 봐줘요! 한 번만. 네? 제발.'

그의 옷깃을 길게 늘어뜨리며 애절하게 빌었다. 그만큼 비굴했던 적이 또 있었나 생각해 볼 정도로 처절하게, 빌고 또 빌었다.

그렇잖은가. 각서를 쓴 지 얼마나 됐다고 벌써 구청행이냐고. 아직 그를 받아들였다는 실감도 나질 않는데. 마지막 기회를 달라며 엉엉 울 태세로 외치는 나를 물끄러미 응시하던 차원우는 길게 숨을 뱉어 냈다.

'좋아. 그럼 처음이자 마지막으로 기회를 주지.'

'차원우 씨!'

'대신, 내일 당장 귀국해.'

'……예?

'나 곧 한국으로 돌아가야 해. 그리고 그 일본인이 당신이랑 같이 있는 것도 별로 마음에 안 들어. 비행기 티켓은 내가 알아봐 줄 테니까 내일 나 떠날 때 당신도 함께 떠나.'

'그, 그건……'

'왜? 그럼 구청 갈까?'

씨익 입꼬리를 말아 올리는 남자는 진정한 악의 화신이었다. 다른 이에겐 몰라도 내 눈엔 그러했다. 심장이 벌렁거리는 말을 아무렇지도 않게 흘리는 그를 멍하게 바라보던 나는 잠깐의 고민 끝에 고개를 끄덕일 수밖에 없었다.

감독님께 죄송스러운 일이지만 내 안위가 더 중요했다. 이렇게 한 번의 실수로 꼼짝없이 구청을 갈 수는 없는 노릇이잖아!

차원우를 포함한 그의 일행과는 시간대가 다른 비행기지만 같은 날 오키나와에서 서울로 돌아왔다. 최 감독님께 나를 대체할 선수를 보내 주겠다는 말과 죄송하다고 머리까지 조아린 후 타키와 그의 제자들에게 인사도 하지 못하고 귀국을 해야만 했다.

빌어먹을 각서 같으니. 언젠가는 그 각서를 꼭 무효로 만들고 말겠다며 의지를 불태우던 나는 안락한 내 집으로 돌아온 후 어떻게 알았는지, 우리 집으로 쳐들어온 세 명의 동료들 덕분에 잠시도 혼자서 생각을 정리할 틈도 만들지 못하고 있었다.

"어? 누나 어디 가!"

귀신같이 나의 귀국 소식을 듣고 내 휴식처를 침범해 버린 동료들에게서 벗어나고자 컴퓨터 의자에서 일어났다. 태윤이가 그새 비어 버린 자리에 엉덩이를 붙이며 마음에도 없는 말을 뱉어 냈다. 나는 심드렁하게 '물 마시러.' 라 대답한 후 부엌으로 걸어갔다.

"하아아."

해명 기사를 본 것 같지만 어찌 된 셈인지 더 마음이 복잡해졌다. 차원우가 언급했던 그 '햄스터' 가 마치 나를 빗대어 말하는 것 같아서 더욱 그러한 건지도.

'연락할게.' 라는 말을 끝으로 지금까지 연락 한 번 없는 차원우를 떠올려 보던 나는 입술을 씰룩이며 냉장고 문을 열었다. 차가운 냉기가 온몸으로 전해져 온다.

"저기, 연오야."

꿀꺽꿀꺽. 시원한 물이 목구멍을 타고 넘어갔다. 복잡했던 머리가 조금은 정리가 되는 것 같아 통쾌해지는 걸 느끼던 나는 조심스럽게 말을 걸어오는 진영 언니를 응시했다. 언니는 곤란하다는 얼굴을 하고 있었다. 왜 저러는 거지?

"저기 말이야."

"응?"

"너……."

"언니, 왜 그래? 하고 싶은 말이라도 있어?"

그러고 보니 진영 언니는 우리 집으로 들어올 때부터 뭔가 걸리는 표정을 하고 있었다. 나는 의아해하며 물었다. 그러자 에라, 모르겠다는 듯 눈을 반짝이던 그녀는 속에 든 말을 쏟아 내기 시작했다.

"너, 차원우랑 무슨 사이야?"

컥!

하마터면 물컵을 아래로 떨어뜨릴 뻔했다. 가까스로 컵을 움켜쥔 나는 언제 동요했냐는 듯 아무렇지도 않은 얼굴로 그녀를 바라봤다. 진영 언니의 말은 이어졌다.

"저번에 소개팅에서 아무 일도 없었다고 했잖아."

"그, 그랬지!"

"그런데 네가 없는 동안 차원우가 나한테 몇 번이나 전화를 했어."

"그, 그래?"

"널 무지 찾던데."

"흐음."

"그때가 마침 그 '먹튀녀'로 한창 시끄러울 때였는데. 설마, 그먹……."

"언니! 탕수육 시킬까?"

위기를 벗어나기 위해서는 임기응변이 필요했다. 진영 언니는 탕수육에 환장한다. 그 어떤 일이 있어도 탕수육을 생각하면 모든 일을 지워 버릴 정도로 집착하는 편이었다. 나는 결론을 도출해 내려는 그녀의 사고회로가 열심히 움직이는 걸 막아야만 했다. 예상대로 진영 언니는 탕수육이라는 단어에 멈칫했다.

"언니, 탕수육 좋아하잖아. 내가 오늘 탕수육 쏠게! 한 개, 아, 아니, 두 개 시키면 되겠지?"

진영 언니의 눈이 탕수육을 그리는 듯 흘려 가는 걸 지켜보며 안도의 한숨을 내쉴 사이도 없이 다급한 내 목소리를 들은 태윤이와 해수가 반응했다.

"오! 이게 무슨 소리야! 연오 누나가 탕수육을 쏜다고?"

"선배! 그럼 나는 류산슬이요! 게살볶음밥도 추가!"

"나는 깐풍기!"

저것들이……

이를 부드득부드득 갈았지만 그들을 말릴 뚜렷한 방법이 없었던 나는 눈물을 머금고 주문을 할 수밖에 없었다.

★☆★

"인터뷰…… 봤어?"

오늘도 수많은 선수들이 구슬땀을 흘리는 펜싱 훈련장.

짧지만 강렬했던 오키나와 온천 여행에서 돌아오자마자 훈련에 매진하는 원우를 지켜보고 있던 세 남자, 강준과 이석, 그리고 재운 중 불쑥 말을 던진 건 강준이었다. 재운은 멍한 눈으로 펜싱 검을 쥔 채 허공을 가르는 원우를 응시하다 고개를 끄덕였다.

"어."

"형도?"

"아침에, 스마트폰으로."

무표정한 얼굴로 앉아 있던 이석까지 대답하자 멈칫하던 강준은 중얼거렸다.

"먹튀녀 말이야. 그 햄스터, 아니지?"

원우의 집에 몇 번이나 방문했던 강준은 똑똑히 기억했다. 원우는 단 한 번도 그 햄스터를 '먹튀녀'라고 부른 적이 없었다. 강준의 기억에 의하면 단 한 번도. 혹시나 싶어 저와 비슷하게 원우의 집을 방문했던 두 남자에게 질문을 하자 이석과 재운 역시 얼빠진 얼굴을 하고 말했다.

"아냐. 절대."

"맞아. 내가 알고 있는 그 햄스터 이름은…… 절대로 '먹튀녀'가 아니야."

역시나.

뻔뻔하게도 전 국민이 보는 인터뷰에서 거짓말을 한 차원우의 간은 참으로 대담하다며 강준은 속으로 생각했다. 하긴, 그러니까 딱 한 번 빼고 세계 1위 자리를 놓치지 않는 거겠지. 그 대담한 담력 덕분에, 지금까지.

"그럼 아무래도 그 먹튀녀는……."

굳이 생각할 필요가 있나.

강준은 어렵게 말을 꺼내는 재운을 응시했다.

천하의 차원우가 오키나와까지 가서 한 여자를 만났다. 저만 생각한다고 해도 과언이 아닌 그가 뭔가에 '취한' 그 여자의 수발을 들었고, 그 여자에게 직접 비행기 티켓까지 쥐여 주며 귀국을 종용

했다. 게다가 그 여자는 아시안게임이 열리던 어느 날, 그의 숙소에 침범했던 전적이 있는 여자. 아마도 예의 '먹튀녀'는 분명,

"조연오 씨지."

확신할 수 있었다. 강준의 말을 들은 이석과 재운은 일말의 주저함 없이 동의하듯 고개를 까딱였다.

조연오. 유도 국가대표 선수이자 이번 아시안게임의 금메달리스트. 앳된 얼굴을 하고 있으면서도 힘이 장난이 아닌 무서운 여자. 강준은 그녀에게 잡혔던 오키나와에서의 밤을 떠올리며 전신을 부르르 떨었다. 아직도 그때를 생각하면 아찔했다. 여러 가지 의미에서.

"아, 끝났다."

원우의 훈련을 하염없이 지켜보던 세 남자는 대련 상대와 인사를 나눈 후 마스크를 벗는 그를 응시했다. 재운의 말이 끝남과 동시에 무척이나 상쾌한 표정을 지으며 원우는 그들이 있는 곳으로 다가오고 있었다. 땀을 줄줄 흘리고 있음에도 그 땀마저 반짝이는 원우는 '피스트 위의 귀공자'라고 불릴 만큼 아름다웠다.

"뭐 좋은 일이라도 있냐?"

강준은 평소와는 달리 입가에 미소까지 달고 있는 원우를 올려다보며 물었다. 차원우가 저렇게 웃을 때는 가끔 무서운 일이 벌어지곤 했다. 원우는 의미심장한 눈빛으로 강준을 비롯한 그의 동료들을 훑었다. 그리고는 어깨를 으쓱이며 이석이 내민 수건을 받아 들었다.

"나 먼저 간다."

"훈련 다 끝났어?"

"오늘은 약속이 있어 여기까지만."

"약속?"

그 약속이 무엇인지 말할 생각이 없다는 듯 원우는 샤워장으로 직행했다.

"우리도 슬슬 시작하자."

며 그의 등을 응시하던 재운이 자리에서 일어나자 이석과 강준도 몸을 일으켰다. 강준은 이미 샤워장으로 들어가고 없는 원우를 흘끔거리며 낮게 중얼거렸다.

"무운을 빕니다, 조연오 씨."

★☆★

'어색하군.'

거울 앞에 선 내 모습이 이렇게 적응이 되지 않는 건 처음이다. 다른 것도 아닌 하늘거리는 레이스 원피스라니. 추운 겨울이 다가오고 있건만, 이게 말이나 되는 소리냔 말이지.

하지만 그런 말을 들었는데 트레이닝복 차림으로 만날 순 없잖아. 젠장.

후우, 숨을 고르며 나는 내 곁에서 생글생글 웃고 있는 점원에게 물었다.

"정말 괜, 괜찮은 거죠?"

이번이 정확히 열 번째 질문. 내 질문에 질릴 법도 한데 이 옷가게의 점원은 여전히 미소를 지으며 고개를 끄덕였다.

"아주 잘 어울리세요. 진심으로요!"

"……."

"저희 어머니를 걸고 맹세해요!"

아, 아니. 꼭 그쪽 어머니를 걸 필요는 없는데. 그것보다 어머니는 아무 데나 거는 게 아니라고, 이 여자야.

"이걸로 할게요. 얼마죠?"

따라오라고 손짓하는 점원의 뒤를 따라 걸음을 옮겼다. 카운터 앞에 서선 카드를 내미는 내 마음은 심란하긴 하나 아주 솔직하게 말해서, 들뜨는 것도 사실이다.

그러니까 이게 어떻게 된 일이냐면 사정은 다음과 같았다. 진영 언니의 화제를 돌리기 위해 탕수육을 시켜 먹고 뒷날까지 늘어져 있던 나는 오후쯤에 걸려온 전화 한 통에 온몸의 털이 쭈뼛거리는 걸 느꼈다.

—뭐 해.

전화를 걸어온 사람은 당연하게도 차원우였다. 내 번호를 암기해 간 차원우의 목소리가 핸드폰 너머로 들려오자 침대에 누워 있던 나는 벌떡 일어났다.

'아무것도 안 하는데요.'

실제로 바빴다면 좋았을 테지만 이 남자에게 거짓말을 해서 좋을 건 없었다. 귀국한 지 얼마 되지 않아 빈둥거리고 있던 건 사실이었기에 답하자 그는 말을 이었다.

—그럼 데이트나 할까.

'예?'

—7시쯤 데리러 갈게. 집 앞으로 가면 되지?

'우리 집 알아요?'

―어. 그럼 그때 봐.

'아니, 저기!'

뭐라 말할 틈도 주지 않고 제멋대로 전화를 끊어 버린 그에게 다시 전화를 걸 시간이 없었다. 내가 그의 전화를 받은 건 오후 5시. 차원우와 만나기까진 고작 두 시간밖에 주어지지 않았다. 각서의 조항에 의해 그와 일주일에 몇 시간 이상 만나야 할 의무가 있었던지라 다급해졌다.

'명색이 첫 데이튼데……'

딱히 '처음'에 연연하는 건 아니었다. 이미 그 남자와 입을 맞추다 못해 거사까지 치른 몸이다 보니 더더욱. 그러나 '데이트'라는 단어가 주는 파장은 컸다. 이상하게 가슴이 쿵쾅거려 미칠 지경이었다.

'나 데이트 한다!'

소개팅이 아닌, 강제적이나 '연인'이라는 타이틀하에 이뤄지는 첫 데이트였기에 흥분이 되었다. 얼른 옷장을 열어 입을 만한 옷을 확인해 보았다.

저번 소개팅 자리에서 입었던 옷이 눈에 들어왔지만 그 옷을 입을 수도 없는 노릇. 말로만 듣던 데이트에 딱딱한 정장을 입고 나가는 건 아니잖아. 결국 한참 동안 옷장을 서성이던 끝에 집 근처의 옷가게로 직행했다. 그리고,

'저기요! 혹시 저한테 어울릴 만한 워, 원피스…… 있나요?'

초등학교 시절 이후 원피스와 같은 종류의 옷은 입지 않았다. 짧은 치마도 마찬가지. 왠지 불편하고 거추장스러워 입는 걸 거부해 온 그 옷을 내가 입게 될 줄은.

'나도 여자라 이건가.'

고작 데이트라는 말 한마디에 설레서 금메달 상금으로 옷까지 사 입은 나는 영락없는 소녀였다. 이상한 일이지. 이런 감정은 여태껏 느껴 본 적이 없었는데. 묘하게 두근거리는 가슴을 진정시킬 수 없어서 열심히 숨을 골랐다. 약속했던 일곱 시에 가까워질수록 심장의 박동은 점점 빨라졌다. 옷가게를 나서 집으로 향하는 발걸음이 깃털처럼 가벼웠다면 과장된 표현일까.

그러다 문득, 생각한다. 대체 차원우는 왜 이토록 내게 집요하게 구는 것일까. 나의 어디가 그의 마음에 든 걸까. 정말로 내 흡입력에 빠져든 건가? 이 입술이 그렇게 매력적인가?

"네."

집 앞의 벤치에 앉아 이런저런 생각을 하고 있을 때, 요란하게 핸드폰 벨소리가 울렸다. 액정에 뜬 글자가 차원우길래 대수롭지 않게 전화를 받아 든 나는 코앞에서 들리는 소리에 고개를 들었다.

"당신이었어?"

응?

깊은 상념에 빠져 있느라 어느새 그가 내 앞에 서 있는 걸 인지하지 못했다. 차원우는 벤치에 앉아 저를 올려다보는 나를 뚫어져라 응시하고 있었다. 약간은, 놀란 표정이었다.

"언제 왔어요?"

태연하게 몸을 일으키며 그에게 물었다. 차원우는 말을 잇지 못하고 나를 쳐다보고 있었다. 왜 저래? 나는 멍한 그의 얼굴을 향해 물었다.

"왜 그래요?"

"……."

"차원우 씨?"

"못 알아봤어."

넋이 나간 음성을 뱉어 내는 그는 꽤나 충격을 받은 듯했다. 입가가 간질거려 나는 슬며시 말했다.

"왜요. 너무 예뻐서요?"

그러자 그는 단호하게 대답했다.

"의외라서."

그냥 예쁘다고 해 주면 안 되냐.

기대했던 대답이 아니라 괜히 심통이 났다. 입술을 씰룩거리며 중얼거렸다.

"흥. 나도 예의는 차리는 사람이라고요."

"예의?"

"그래도 첫 데이튼데, 트레이닝복 차림으로 만날 순 없잖아요. 화장할 시간은 없었어요. 난 생얼도 괜찮으니까, 대충 원피스로 만족해요."

퉁명스레 말을 잇는 나를 물끄러미 내려다보던 차원우가 풋, 웃음을 터뜨렸다. 그 소리를 놓치지 않은 나는 미간을 좁혔다.

"왜 웃어요."

"조연오 씨는 많이 귀엽네."

얼굴이 화르륵 달아올랐다.

"귀, 귀엽기는 무슨."

"옷까지 차려입고 만나 줄 줄은 몰랐어."

"……마음에도 없다면 만나지도 않거든요?"

"······!"

"게다가 빼도 박도 못 할 각서도 썼는데 계속 도망치는 것도 우습잖아요."

그의 눈동자가 크게 일렁이는 것이 보인다. 꽤나 예쁜 눈동자다, 보고 있으면 홀려 버릴 만큼. 잘생기긴 했지. 그것도 그냥 잘생긴 것도 아니다, 매우 잘생긴 편에 속하니 내 눈은 매우 호강을 하고 있다.

차원우가 말없이 나를 내려다보는 것이 묘하게 신경 쓰였다. 그의 시선이 머물면 머물수록 가슴속에서 뜨거운 기운이 올라오는 것 같아서 견디지 못하겠다. 눈을 돌리면 안 되냐고 말을 하려고 마음을 먹을 때였다.

"잘 어울려, 원피스."

추운 겨울이 다가오기 직전의 계절. 오직 데이트를 위해서 원피스라는 모험을 한 내가 듣기 가장 원했던 말이었다. 쿵쿵, 가슴이 미친 듯이 뛰었다. 나는 빙그레 웃는 차원우를 멍하게 응시했다.

"갈까?"

그는 그런 나를 향해 팔을 내밀며 속삭였다. 마치 자신이 에스코트를 하겠다는 행동이었다. 주저했다. 이 팔에 팔을 걸까 말까.

'뭐······.'

고민할 필요가 있는가. 이미 그와는 갈 데까지 간 몸이다. 팔짱을 끼는 게 무엇이 두려울까. 먹튀녀 사건도 해명해 준 데다 데이트를 하기 위해 원피스까지 사서 입었다. 잘생긴 남자의 에스코트 정도는 받아도 되겠지. 나는 흔쾌히 그에게 팔을 뻗었다.

"좋아요!"

이왕 이렇게 된 거, 즐길 수 있을 만큼 즐겨야겠다 싶어 활짝 웃으며 소리쳤다.

그러나 몇 분 후,

나는 얼굴 가득하던 웃음을 모조리 지웠다.

"……차원우 씨."

"응."

그리고 차마 열리지 않는 입술을 억지로 움직이며,

"여긴 어딘가요."

물었다.

차원우는 내 질문에 대답했다.

"우리 집."

무척이나 태연한 답변에 반사적으로 소리쳤다.

"왜 내가 차원우 씨 집에 와 있는 거죠?!"

차원우는 당연하다는 듯 미소 지었다.

"데이트 하러."

문을 여는 그의 손길이, 힘차다.

★☆★

시작하는 연인들의 첫 데이트 장소는 근사한 레스토랑이나 서로의 체취를 가까이 느낄 수 있는 영화관, 찬란하게 빛나는 별들이 박혀 있는 밤하늘 아래의 공원, 그것도 아니라면 유명 관광지 등등이 보통이다.

지금껏 한 번도 경험해 보진 않았지만 어디서 주워들은 건 많았기에 나도 그 정도는 알고 있다 이거야.

그래서 나름 멋을 냈다. 생전 입지도 않았던 원피스를 거금을 주고 사선 둘러 입고 치장까진 아니었지만 단정한 차림으로 그 남자를 기다렸다.

쉽게 가시질 않는, 잔잔한 흥분이 얼굴을 빨갛게 붉히기 시작할 시점. 내 앞에 나타난 차원우는 충분히 매력적이었다. 눈앞의 남자가 왜 인기가 있는 건지 충분히 짐작할 정도로 그는 아름다움을 뿜어내고 있었다.

은은한 달빛에 반사되는 그의 얼굴을 자꾸만 흘긋거리며 차원우의 팔짱을 끼고 터벅터벅 앞으로 걸어가던 나는 이상하게 심장의 박동이 멎지 않는 걸 알아차렸다.

가만히 좀 있어. 이러다 들으면 어떡해.

그와의 거리는 너무도 가까웠다. 고개를 돌리면 그의 얼굴이 코앞에 있을 정도로. 미친 듯이 뛰는 가슴의 진동 소리가 차원우의 귓가에 들릴까 싶어 몇 번이고 속으로 스스로를 진정시켰는지 모른다. 덕분에 그가 나를 어디로 이끄는 건지 전혀 신경 쓸 겨를이 없었다.

두근두근. 오늘따라 무척이나 건강한 내 심장은 계속해서 빠르게 뛰었고 차원우는 아무 말도 하지 않았다. 안절부절하는 건 나뿐인 것 같아 등 뒤로 식은땀이 주르륵 흘러내리는 걸 느끼고 있을 때, 나는 알아차렸다. '다 왔어.' 하고 작게 귓가로 속삭이던 그의 달콤한 목소리에 고개를 든 내 눈에 보이는 장소는 결코 상상하던 곳이 아니라는 것을.

헛것을 보나 싶어 눈꺼풀을 아래로 내렸다 들었다. 701호라고 적혀 있는 선명한 글자는 사라지지 않는다.

영화관? 개뿔. '1관'도 아니고 '701호'라고 적혀 있는 영화 상영관은 없다.

근사한 레스토랑? 레스토랑의 문이 이렇게 좁지는 않겠지.

유명 관광지? 701호에 볼 것이 뭐가 있겠나. 그냥 사람 사는 집일 뿐인데.

찬란한 별이 수놓고 있는 아름다운 밤하늘 아래의 공원? 701호 주변엔 나무 하나 보이지 않는다. 이 문을 열고 들어가도 있을지 장담은 못 해.

"안 들어와?"

차원우가 말한다.

어느새 문을 활짝 열어 버린 상태로, 나를 향해.

'역시.'

아무리 생각하고 또 생각해 보아도 이곳이 누군가가 살고 있는 집이라는 건 변함이 없다. 혹시나 싶어 이곳이 어디냐 묻는 내게, 아주 뻔뻔스럽게도 '우리 집.'이라는 말을 서슴없이 날린 남자는 '데이트 하러' 그의 집으로 들어가자며 나를 응시하고 있었다. 속이 철렁거려 차원우를 바라보는 내 눈은 가늘어졌다.

"차원우 씨, 마지막으로 묻겠어요."

그는 열린 701호의 문 앞에서 미동도 않고 불신의 눈빛을 보내고 있는 내게 얼른 물으라는 듯 빙긋 웃었다. 침이 말라 버린 목구멍 사이를 꿀꺽, 넘어갔다.

"우리의 '첫' 데이트 장소가, 정말 차원우 씨네 집인가요?"

'첫'이라는 단어를 강조했다. 그가 내 의도를 제발 알아차리기를 바라며.

차원우는 묘한 눈으로 내 전신을 훑더니 은은한 미소를 지었다.

"그래. 그러니 그러고 있지 말고……."

억!

"빨리 들어와."

얼굴을 일그러뜨리는 내게 손을 뻗은 그는 내가 방심한 사이 나를 잡아당겼다. 단말마의 외침과 함께 701호 현관 안으로 들어서자마자 쾅 닫히는 문소리가 들렸다. 그는 주도면밀하게 문이 닫힌 걸 확인하자마자 눈꼬리를 휘었다.

"어서 와, 우리 집에."

갇혔다.

꼼짝없이.

"내 의지로 들어온 건 절대 아니에요."

나는 강조했다.

"알아. 내가 조연오 씨를 잡아끌었어."

차원우는 심드렁하게 대답했다.

"나는 차원우 씨네 집에 딴마음을 품고 온 게 아니라는 걸 알아줘요."

눈을 빛내며 그에게 말했다.

"그것도 알아. 조연오 씨는 우리 집에 올 마음이 없었어. 내가 데리고 온 거야."

차원우는 역시 심드렁하게 답했다. 너무 빨리 긍정하는 걸 보니 더 심장이 벌렁거린다. 제길.

"잠깐만 있다 나갈 거예요. 진짜 잠깐만!"

불안한 듯 주위를 두리번거리며 말하자 차원우는 그제야 뒤를 돌아보았다. 왜, 왜 저래? 미간을 살짝 좁히고 있는 그의 모습에 눈을 크게 떴다. 차원우는 흐응, 하고 묘한 콧소리를 흘리더니 어깨를 으쓱였다.

"그래. 그럼 잠깐만 있어."

'그 잠깐이 얼마나 길지는 모르겠지만.' 이라 중얼거리는 그의 낮은 음성을 똑똑히 들었다. 이 남자야, 그런 중얼거림은 내가 못 듣도록 하란 말이야.

내게서 시선을 돌리고 거실로 보이는 곳으로 성큼성큼 걸어가는 차원우의 커다란 등이 보인다. 그와의 거리가 멀어지기 전에 더 크게 외쳐야만 했다.

"저…… 차원우 씨!"

그는 있는 힘껏 자신을 부른 내 목소리에 걸음을 멈추었다. 서서히 뒤를 돌아보는 그의 얼굴은 마치 '이번엔 또 뭐?' 라고 말하는 듯하다. 나는 후우후우, 숨을 고르며 그에게 말했다.

"집에 부모님은, 안 계시는 거예요?"

이마에 송골송골 맺힌 땀방울이 또르르 흘러내렸다. 바닥을 향해 툭 떨어지는 소리가 유독 크게 느껴져 온몸을 부르르 떨었다. 차원우는 조심스럽게 묻는 내게 천천히 다가왔다. 옅은 미소를 입가에 걸고 있던 그가 내 앞에 서선 아무 말 없이 눈동자만 응시하고 있자 심장이 미친 듯이 뛰었다.

이, 이봐. 그렇게 쳐다보고만 있지 말고 말을 해, 말을!

숨이 막혀 왔다. 그를 덮치고 얼마 지나지 않아 차원우의 아버님을 만났던 기억이 떠오른다. 미중년의 그는 차원우와 비슷한 성격으로 보였다. 사람을 겉모습만으로 판단하기엔 이르지만 차원우와 그의 아버지가 나누는 대화를 지켜보았던 나는 확신할 수 있었다. 이번에 또 마주친다면 영락없이 잡혀 버리겠지. 물론 지금도 빼도 박도 못 할 상황이긴 하지만 그렇게 된다면 거스를 수 없을 거다, 분명.

입술을 파르르 떨며 그의 입이 열리기만을 기다리고 있을 때, 차원우는 말했다.

"독립한 지 오래야."

"하아!"

반사적으로 숨이 터져 나왔다. 얼굴을 아래로 떨구며 안도의 숨을 고르고 있는 나를 물끄러미 직시하던 차원우는 고개를 갸웃거렸다.

"조연오 씨가 그렇게 우리 부모님을 만나고 싶어 하는 줄은 몰랐어."

뭐?

"이럴 줄 알았으면 부모님도 집으로 초대할 걸 그랬나. 어머니께서 조연오 씨를 만나고 싶어 하시던데."

"예?"

"아. 지금이라도 늦지 않았으니 전화를……."

"으악! 됐어요, 됐어!"

"됐어?"

"네! 그냥 우리끼리 있어요! 여기, 우리만 있자고요!"

차원우는 행동이 빠른 남자였다. 그는 말을 뱉어 냄과 동시에 어디서 났는지 핸드폰을 꺼내 들어 어디론가로 전화를 걸려 했다. 기겁한 나는 당연히 그에게서 핸드폰을 낚아채곤 하하, 웃으며 외쳤다.

"그럼 조연오 씨 말대로 이곳엔 우리끼리만 있도록 하지. 당신과 나, 단둘만."

그 말이 곧, 차원우가 던진 미끼라는 건 웃음 섞인 그의 음성을 듣고 뒤늦게 알아차렸지만.

뱅그르르.

귀에 거슬리지 않을 만큼의 소음을 내며 돌아가는 쳇바퀴를 뚫어져라 응시했다. 열심히 쳇바퀴 위를 달리고 있는 통통한 햄스터가 보인다. 살이 잔뜩 오른 햄스터 한 마리는 아무 생각 없이 운동을 하고 있는 중이다.

불현듯 차원우의 해명 인터뷰가 떠올랐다. 나는 쳇바퀴 위를 뛰는 햄스터를 멍하니 응시하며 입술을 삐죽였다. 그러니까 이 녀석이, 예의 그 '먹튀녀'인 건가.

"그 녀석, 원래 이름은 연오야."

남자 혼자 살기에는 꽤 널찍한 그의 집 거실에서 가빠진 숨만 내쉬고 있던 나는 차원우가 마실 걸 내어 오는 사이 시야로 들어온 햄스터 집을 응시하고 있었다. 이젠 전국적으로 '먹튀녀'라는 이름이 되어 버린 햄스터의 불운을 속으로나마 위로하며 혀를 끌끌 차고 있던 나는 등 뒤에서 들리는 그의 음성에 뒤를 돌아보았다. 연오? 내가 잘못 들은 거겠지?

"지금은 먹튀녀가 됐지만."

아쉽다는 듯 고개를 절레절레 흔드는 차원우는 매우 진심 같아 보였다. 만약 내가 먹튀짓을 하지 않았다면, 이 햄스터의 이름이 끝까지 '연오' 였을 거라 믿어 의심치 않아 보이는 그 모습에 반사적으로 발끈했다.

"처음부터 연오라는 이름은 아니었을 거 아니에요!"

버럭 외치는 나를 응시하던 차원우는 의외로 쉽게 고개를 끄덕였다.

"그래. 처음 이름은 라바였지."

"라바?"

"무슈 라바. 17세기 후반, 프랑스의 펜싱 마스터야. 이 녀석이 연오라 불리기 시작한 건……."

"날 만난 후부터?"

그는 대답 대신 미소 지었다. 그리고는 '뭐 마실래?' 라 물으며 화제를 전환한다. 한때 '무슈 라바' 였지만 지금으로부터 한 달하고도 보름 전부터 '연오' 라 불리기 시작하다 현재는 '먹튀녀' 가 되어 버린 햄스터가 마치 내 모습과 흡사해 보여 시선을 떼지 못하던 나는 그를 바라보지도 않고 답했다.

"물 주세요."

차원우는 답했다.

"물은 없는데."

없어?

"그럼 뭐가 있어요?"

고개를 들어 그의 답변을 기다리는 내게 차원우는 묘한 시선을 보냈다.

"사이다."

"이봐요."

이 남자, 정말 작정을 했군.

무의식적으로 가늘어진 눈으로 그를 응시하자 차원우는 손을 절레절레 흔들었다.

"조항 어기는 거 아니야. 내가 있잖아."

당당하게 말하는 그의 얼굴은 뻔뻔스럽다. 낯짝도 두껍지. 순간적으로 예의 각서가 떠오른다.

단, 차원우가 곁에 있을 때는 탄산음료를 마실 수 있다.

라는. 빌어먹을 각서.

"그거랑 이거랑 다르잖아요! 비켜요, 내가 직접 고를래요!"

아무리 그의 집에 왔다지만 도저히 참을 수가 없다. 대놓고 잡아먹겠소―라는 기운을 폴폴 풍기는 남자에게 모든 걸 맡길 순 없었다. 이젠 물도 직접 마셔야겠다며 햄스터 집을 구경하는 걸 그만두고 부엌으로 보이는 곳으로 걸어갔다.

멀지 않은 곳에 커다란 냉장고가 보였다. 얼른 문을 열고 물병을 꺼낼 생각으로 손을 뻗은 내 얼굴은 딱딱하게 굳어졌다. 등 뒤로 그가 내게 걸어오는 소리가 들리자 고개를 돌렸다. 그리고는 불신의 눈빛을 보내며 물었다.

"왜 이렇게…… 해 놨어요?"

냉장고 속은 놀라웠다. 눈을 의심해서 몇 번이나 눈을 깜빡였지만 현실은 변하지 않았다. 그에게 해명을 요구하자 차원우는 일말의 망설임도 없이 답했다.

"조연오 씨가 올까 봐."

혹시나 해서 한 번 더 물었다.

"차원우 씨, 탄산 좋아해요?"

그는 쿨 하게 답했다.

"별로 안 좋아해. 정확히는 싫어하는 편이지."

그런데 왜 냉장고 속엔 탄산음료밖에 없냐고!

사이다를 시작으로 콜라, 환타 등등의 탄산음료가 가득 차 있는 냉장고를 가리키며 소리쳤다. 이건 작정을 한 거다. 그래서 나를 자기 집으로 데리고 온 거야! 온몸을 부르르 떨며 그를 쳐다봤다.

"데이트에도 순서가 있는 법이잖아요!"

아무리 우리가 처음 만난 날 만리장성을 쌓은 관계라지만 정말 해도 해도 너무한다. 나는 그의 전화를 받자마자 크게 마음을 먹고 원피스를 샀다. 추운 겨울이 가까워진 시점에도 아랑곳 않고 원피스를 입었다. 나를 아는 사람들이라면 믿지 못할 일이다.

그런데 눈앞의 남자는 우리의 첫 데이트임에도 불구하고 이 원피스를 벗기려 들 생각만 하고 있다. 제집 냉장고엔 탄산음료만 가득 쌓아 둔 채! 젠장!

"순서?"

괜히 서러워졌다. 이건 내가 생각했던 '첫' 데이트가 아니라고. 이글거리는 시선으로 그를 응시하며 외치자 차원우가 조심스레 되묻는다. 답답해져, 힘껏 외쳤다.

"다른 것도 아니고 첫 데이튼데! 근사한 레스토랑이나 뭐, 이런 데 데려갈 수도 있잖아요. 하지만 왜 하필 당신의 집이냐고요! 게다가 이 탄산은 뭐예요. 차원우 씨 머릿속엔 침대에 눕는 것밖엔 없어요? 음흉해요, 정말!"

그는 저를 타박하는 나를 물끄러미 내려다보았다. 차원우의 잔잔한 검은 눈동자는 그 말을 뱉어 낸 날 탓하는 것 같았다. 뭐, 내가 틀린 말을 한 것도 아닌데 왜 그렇게 보는 거야! 아무 말도 하지 않고 그저 시선만 보내는 그를 향해 입을 삐죽이자 차원우는 후우, 한숨을 내쉬며 중얼거렸다.

"그게 최선이니까."

차원우는 쓸쓸함을 가득 담은 음성을 흘렸다. 놀라 그의 눈동자를 마주하자 말을 이었다.

"나는 조연오 씨와의 데이트에서 우리가 동물원의 동물처럼 취급당하길 원치는 않아."

뭐?

"조연오 씨가 꽤 기대했다는 건, 당신의 옷차림으로도 충분히 짐작할 수 있었어. 그래서 많이 미안하게 생각은 해."

"내, 내가 언제 기대했다고……."

변명하듯 중얼거리는 내 말은 무시하고 차원우는 말했다.

"하지만 조연오 씨가 원하는 데이트는 지금은 할 수 없어."

"……!"

"본의는 아니지만 지금 나는 조연오 씨 덕분에 엄청 주목받고 있는 몸이라서. 만약 우리가 밖에서 만난다면 의심을 사는 건 한순간이라고. 해명 인터뷰고 뭐고, 물거품이 되는 거지."

그게 왜 나 때문이야? 따지고 보면 자기가 먹튀녀라는 말을 인터뷰에서 흘려서 이렇게 된 거잖아! ……라고 대꾸하고 싶었지만 근원을 밝히자면 확실히 나 때문이다. 게다가 그의 말이 꽤나 조리 있었기에 그저 입술만 물으며 그의 이어질 말을 기다릴 뿐이다. 차원우는 불만을 표하고 있지만 입을 다무는 내게 속삭였다.

"게다가 조연오 씨는 탄산 좋아한다며."

어?

"다 조연오 씨를 생각해서 준비해 둔 건데, 나를 무슨 굶주린 늑대 취급하니 섭섭하군."

그는 진정으로 상처받았다는 표정을 지으며 고개를 아래로 떨어뜨렸다. 푹, 숙인 얼굴을 쉬이 들지 않는 차원우를 바라보자니 이상하게 속이 욱신거렸다.

제길. 또박또박 대꾸를 하고 싶은데 이상하게 뱉어 낼 말이 생각나질 않는다. 하나같이 다 맞는 말 같아서 더더욱. 무슨 말발이 이렇게 세. 이 남자의 언변 능력에 또 한 번 감탄하는 바이다.

"그리고 난 조연오 씨의 허락 없이는, 조연오 씨와 한 침대에 갈 생각은 없어."

제 발 저린 도둑마냥 차원우는 말을 덧붙였다. 그를 향한 불신을 살짝 거두긴 했지만 여전히 의심스러운 표정을 짓고 있던 나는 툴툴거렸다.

"두 번이나 상대 동의 없이 함께 침대에 누운 남자의 말이라곤 믿어지지 않는 소리네요."

"조연오 씨는 동의했어, 분명."

내가 언제!

"물론, 탄산에 취한 상태긴 했었지만."

귀에 들리지도 않을, 아주 작은 목소리로 중얼거리는 그를 가만히 응시했다. 그러다 길게 숨을 뱉어 냈다.

'어쩌겠어.'

확실히 밖으로 나가 데이트를 즐기기엔 위험부담이 크다는 차원우의 말에 일리가 있는 건 사실이고, 나는 이미 그가 혼자 사는 집에 들어온 상태. 이렇게 된 이상 시작된 첫 데이트를 망치지 않는 것밖에는 어쩔 도리가 없다.

나는 왠지 처량해 보이는 포즈를 취하고 있는 차원우를 불렀다.

"차원우 씨."

목소리에서 노기가 사라졌다는 걸 확인했는지 슬며시 고개를 든 그의 눈동자엔 기대가 가득했다. 그런 표정은 부담스러우니까 짓지 말라고, 이 남자야. 속에 든 말을 뱉어 내고 싶었지만 꾹 참으며 물었다.

"술은, 잘해요?"

탄산음료로 가득 차 있는 냉장고 속에서 단번에 눈에 들어왔던 소주병을 떠올렸다. 그 말에 그가 살짝 몸을 움찔거리긴 했지만 이윽고 고개를 끄덕이는 게 보인다.

"못하지는…… 않지."

나는 대답하는 그를 응시하다 어느새 닫힌 냉장고 문을 활짝 열며 중얼거렸다.

"그럼 우리 대작이나 해요."

"어?"

놀라는 그에게 씨익 웃어 주었다.

"저 탄산 들어간 건 못 마셔도 소주는 괜찮거든요."

★☆★

보통의 사람들은 술을 마시면 속에 든 말을 무의식적으로 흘리곤 한다. 그것이 취중진담이라 하던가. 나 같은 경우는 술 대신 탄산이 들어간 모든 음료가 그에 해당하지만.

나는 탄산 한 모금만 마셔도 고꾸라지는 특이체질이지만 의외로 소주는 웬만한 성인 남성 못지않은 주량을 가지고 있었다. 허니 차원우와의 대작 정도야 식은 죽 먹기지.

어차피 밖으로 나가지 못한다면 단둘만 있게 된 그의 집에서 차원우라는 남자에 대해 속속들이 알 수 있는 좋은 기회를 얻고 싶었다. 매번 날 놀라게 만들기만 할 뿐인 차원우의 속을 들여다보고 싶어졌다. 궁금했다. 무엇을 생각하는지 읽을 수가 없는 남자라서, 더더욱. 내가 생각했던 첫 데이트는 이런 식으로 흘러가는 것이 아니었지만, 아무럼 어때.

달그닥, 달그닥 소리를 내며 돌아가는 햄스터 집 내의 쳇바퀴 소리는 일정하다. '먹튀녀'는 여전히 열심히 운동을 하는 중이었다. 매우 성실한 녀석이다. 주인을 닮아 아주 쉬지를 않네.

그리고 그렇게 쳇바퀴가 돌아가는 소리가 가득 울려 퍼지는 거실 한가운데서 나는 한 남자와 대작을 하는 중이다.

방금 전 소주 1병을 비웠기에 아직 정신은 멀쩡했다. 물론 술잔을 나누는 상대는 세 잔을 마신 이후로 줄곧 얼굴을 숙인 상태이기에 어찌 된 상황인지 가늠할 수는 없었지만 붉어진 귀로 짐작해 보건대 취한 것이 확실하다.

'못하지는…… 않지.'

이제야 그가 왜 대답하길 머뭇거렸는지 이해할 수 있었다. 못하지는 않는다 했지만, 잘한다고 말한 적은 없었다. 싱긋 웃으며 '한 잔해요!' 라고 술잔을 건넨 나를 향해 미간을 좁히던 그는 눈을 꽉 감고 술잔에 담긴 술을 입에 털어 넣은 후로 말이 없었다. 덕분에 재잘거려려 했던 나는 몇 초 전부터 고개를 아래로 떨군 그의 얼굴을 살폈다.

'취한 건가?'

심장이 벌렁거렸다. 나쁜 짓을 하는 것도 아닌데, 왜 이러나 몰라. 쿵쿵, 정신없이 뛰는 가슴의 박동 소리를 느끼며 조심스럽게 물음을 던졌지만 차원우는 말이 없었다. 고개를 숙이고 있는 것밖에는.

"차원우 씨."

"……."

"차원우 씨?"

"으응……."

"저기요, 차원우 씨!"

'아!' 하고, 짧은 외침과 함께 고개를 든 그의 눈동자는 흐렸다. 정말 소주 세 잔에 취해 버린 거야? 믿을 수 없는 사실에 입을 벌린 채 차원우를 응시했다. 그러자 흐흐, 하고 낮게 웃기까지 한다. 나는 물었다.

"혹시 말이에요, 차원우 씨…… 취했어요?"

취해도 말은 알아듣는 건지 그는 대답했다.

"응? 아니……. 안 취했어!"

혀가 꼬이진 않았지만 답변이 느렸다. 능글맞은 표정은 어디다 뒀는지 지워 버리곤 헤헤, 웃기만 하는 남자는 새롭다. 그러니까 그는 취한 게 확실했다. 나는 장담했다. 이유? 간단하다.

"그건 내가 아니라 햄스터예요. 난, 여기 있고요."

내게 해야 할 답을 '먹튀녀'에게 하고 있었으니까. 실실 웃으며 햄스터 집을 바라보는 그에게 소리치자 차원우는 '미안, 미안.' 하고 웃으며 뒷머리를 긁적였다. 서서히 내가 있는 곳을 응시하는 차원우의 얼굴은 빨갛게 붉어져 있었다.

역시나, 취했군. 소주에 빨리 취하는 사람이 있다고 듣기는 했는데 설마 그일 줄은 예상하지 못했다. 이렇게 잘 취하는 사람이 왜 소주병을 냉장고에 놔둔 거야?

"차원우 씨, 술 약한 거예요?"

"어? 아…… 약하지는……."

"약하네."

"……으응. 조……금."

방글방글 웃으며 해맑게 미소 짓는 남자는 부끄럽다는 듯 큭큭 거렸다. 위로 올라가는 그의 입꼬리가 평소보다 얄밉게 보이지 않아 가슴이 두근거렸다. 꽤 귀엽잖아.

'정신 차려, 조연오!'

그러다 문득 고개를 흔들었다. 어쩌면 이게 다 계략인지도 모른다. 그는 전략가니까. 얼굴이 빨갛게 물들어 있었고 눈도 흐리멍덩했지만 차원우는 차원우기에 경계를 늦출 순 없었다. 나는 침을 삼키며 속에 든 말을 내뱉기 위해 숨을 골랐다.

"차원우 씨."

"으응……."

"나, 사실 전부터 계속 묻고 싶은 게 있었거든요?"

"……으응."

"지금, 물어도 돼요?"

그가 내 물음에 배시시 웃었다. 자꾸 웃지 마, 정드니까—라 속으로 중얼거리던 나는 대답이 이어지길 기다렸다. 차원우는 멍하게 내 눈을 들여다보다 웃었다. '그래.' 라는 짧은 그의 답변에 주먹을 불끈 쥐었다. 그리고 작게 호흡을 고른 뒤 말했다.

"대체 나한테 왜 이렇게 집착하는 거예요?"

이해할 수 없었다. 그 정도 되는 사람이라면 내가 아니라도 줄을 설 여자들이 많을 텐데, 왜 굳이 나를 잡으려 애쓰는 건지. 언젠가 물어봐야 한다고 생각하긴 했지만 이렇게 빨리 기회가 올 줄은 몰랐다. 나는 다가온 기회를 놓치는 사람이 아니었기에 궁금증을 풀기로 했다.

"집차악?"

슬슬 혀가 꼬이기 시작하는 건가. 얼른 다음 말을 덧붙여야 제대로 된 대답을 들을 수 있을 것 같았다. 나는 다급하게 외쳤다.

"네! 집착! 그렇……잖아요. 내가 뭐 뛰어나게 예쁜 것도 아니고……."

물론 귀엽긴 하지만.

"할 줄 아는 건 유도 밖에 없는 데다……."

매우 잘하지만.

"그 종목도 차원우 씨의 종목과는 많이 다르잖아요. 아! 호, 혹시?"

"……응?"

"혹시…… 차원우 씨, 정말 내 스킬에 끌린 거예요? 그것 때문이에요, 진짜?"

과거 그가 내게 말했던 진공청소기 어쩌고저쩌고하던 말이 떠올랐다. 설마 했지만 혹시나 해서 물었더니 그가 피식 웃어 버렸다. 소주 세 잔에 잔뜩 취하긴 했으나 아직 정신은 있나 보지? 그 말에 웃을 만큼. 나는 그 태도에 입을 쭉 내밀었다. 그러자 홀로 큭큭거리던 그가 나지막하게 음성을 흘렸다.

"어쩌면…… 그럴지도."

그는 몽롱한 눈빛을 발산하며 말했다.

"그날 밤…… 당신은…… 강했지."

묘한 미소를 지으며 꿈을 꾸듯 중얼거렸다. 마치 그때를 그리워하는 것처럼. 눈을 크게 뜨며 그를 바라보고 있을 때, 차원우가 말을 이었다.

"그치만…… 꼭 그것 때문만은 아니야."

……뭐?

흐리게 미소 지으며 중얼거리던 그는 말을 뱉어 내자마자 고개를 푹 숙였다. 나는 큼지막해진 눈으로 그를 직시하며 입을 열었다.

"차원우 씨?"

하지만 차원우는 대답이 없다.

"차원우 씨? 자요?"

여전히 답변은 들려오지 않는다.

"이봐요, 차원우 씨!"

탁탁, 그의 어깨를 쳐 봐도 한번 떨어뜨린 고개를 들지 않는다. 얼른 손을 뻗어 그의 얼굴을 부여잡았다. 스윽 눈을 감고 있는 그의 뺨을 철썩철썩 때리며 외쳤다.

"이봐요, 차원우 씨! 정신 차려요! 다음 말은 이어야죠!"

궁금하단 말이야!

그게 다가 아니라니!

"그것 때문만은 아니라 뭐요? 또 다른 이유가 있어요? 내게 집착하는 이유가 있냐고요!"

"으음……."

"으음―이 아니라고! 일어나 봐, 차원우! 어서 일어나 보라니…… 헉!"

6.
변태와 짐승의 뜨거운 밤

타인에게 활짝 열어 주기엔 꽤나 민망한 그 부위 위로 커다란 손이 내려앉았다. 손바닥이 어찌나 큰지 민감한 그 부분을 완전히 덮어 버릴 정도다.

따뜻한 온기가 전해졌다. 손바닥과 그 부위가 맞닿은 부분에서 점점 빠르게 찌릿, 전기가 통하는 것 같기도 하다. 자연스럽게 눈이 동그래졌다. 예상치 못했던 상황에서 불의의 일격을 당했는데 그 누가 당황하지 않을까.

만약 그의 손이 더 이상 움직이지 않고 그대로 부위를 덮고만 있다면 그나마 다행이라 생각할 수도 있었겠지만…….

'흑!'

미세하게 움직인다는 것이 문제다.

술에 취한 남자에게 집착의 이유를 물었던 것이 화근이었을까?

흐릿해진 눈동자를 내게 고정시키며 헤헤, 웃던 차원우는 내 궁금증을 풀어 주지 못하고 앞으로 고꾸라졌다. 그리고 입술은 파르르 떨렸다.

하필 그가 쓰러진 곳이 내 품속이었다는 것이 얼굴을 붉어지게 만든 1차적인 이유였다. 그러나 내 머릿속을 더 하얗게 물들게 한 원인은 그의 손이 볼록 솟아 있는 내 가슴에 닿았다는 점에 있었다.

전율이 느껴지는 따뜻한 손.

적어도 가슴 언덕을 덮고도 남을 차원우의 손 덕분에 눈앞이 아찔해졌다.

'빌어먹을.'

욕설이 흘러나온 것은 당연했다. 물론 입 밖으로 내뱉진 않았지만.

얼굴을 일그러뜨리며 내 가슴 위로 손을 맞대고 있는 차원우를 내려다보았다. 의식이 없는 건지, 아니면 없는 척을 하는 건지 그는 미동도 않은 채 내 어깨에 얼굴을 파묻고 있었다. 손은 여전히 내 가슴에서 떨어지지 않고 있다. 정확히 왼쪽 가슴 위에 얹어진 그의 손바닥으로 인해 입술이 파르르 떨렸다.

"차원우 씨."

목소리가 가라앉는다. 딱딱하게 굳어진 얼굴로 그를 내려다보았다. 술에 취해 곯아떨어진 남자에게선 움직임이 없었다. 대신 색색거리는 얕은 숨소리가 귀를 자극한다. 어찌할까 고민하다 한 번 더 그의 이름을 불렀다.

"저기, 이봐요, 차원우 씨."

예상대로 대답은 들려오지 않았다. 하지만 나도 오기가 있는 여자라 이거야.

"차원우 씨, 대답 좀 해 봐요. 네?"

"……."

"자는 척하지 말고요. 나 무겁다고요. 언제까지…… 이러고 있을 거예요?"

"……."

"아, 진짜. 야, 차원……."

"으음."

눈에는 눈, 이에는 이. 자는 척을 한다면 어떻게 해서든 그를 깨울 생각이었다. 연신 차원우의 이름을 불렀다. 그러나 그런 내 목소리가 화근이었을까. 내가 자신을 부르는 것을 꿈결에 들은 건지, 몸을 뒤척이던 차원우가 마침 내 왼쪽 가슴이 닿아 있는 자신의 손바닥에 강한 힘을 주었다.

"헉!"

덕분에 그의 커다란 손에 가슴이 가득 들어찼다. 얼굴을 구기며 인상을 쓰려던 입술 사이로 얕은 숨소리가 터져 나왔다. 지금, 이게 뭐하는 짓이야?

짝─!

반사적으로 그의 뺨 위로 내 손바닥이 내려앉았다. 눈을 감고 있던 그가 미간을 좁히는 것이 보였다. 왼쪽 가슴을 움켜쥐던 그의 오른손도 떨어져 나갔다.

붉어진 내 얼굴은 좀처럼 가라앉지 않는다. 나는 으으, 하고 낮은 신음을 흘리며 내 무릎 위로 쓰러져 버린 차원우를 노려보았다.

"노, 노린 거죠?!"

버럭 소리를 쳤지만 차원우는 끙끙거리기만 할 뿐 대답하지 않는다. 너무 당황한 나머지 흥분을 감추지 못했던 나는 이를 갈며 외쳤다.

"당신 술 취한 거 아니잖아! 수, 술 취한 척하며 내 가슴 만진 거지? 그렇지?"

큰 손 안에 들어찼던 왼쪽 가슴이 아직도 얼얼하다. 얼마나 세게 만진 거야! 홍당무처럼 변한 얼굴을 일그러뜨리며 소리쳤다. 그럼에도 불구하고 그는 내 무릎 위에 얼굴을 파묻고 있었다. 참 뻔뻔한 작자로다.

이봐, 이봐. 정말, 소주 세 잔에 정말 가 버린 거야? 의심스러운 눈으로 인상을 쓰고 있는 잠자는 남자를 응시했다. 아냐. 남몰래 흑심을 품은 건지도 모른다. 쉽게 믿을 순 없는 남자니까.

하지만 그렇게 태연히 잠을 청하기엔 무리가 있었다. 내게 그렇게 세게 뺨을 맞고도 제정신을 차리지 못할 리 없었으니까. 나는 그냥 여자도 아닌, 유도를 하는 여자. 때문에 힘 하나만큼은 자신이 있다 이거지. 그런 내 손바닥 스매싱을 맞아 놓고도 이리 무덤덤하게 견딜 리는 없었다. 그럼 진짜로 술에 취해서 잠에 빠진 건가? 으으, 모르겠다, 정말!

'취한 거 맞아.'

시험을 치르는 것도 아닌데 사고회로가 빠르게 돌아갔다. 오랜만에 머리를 굴리니 짜증이 치밀어 올랐지만 내색 않고 결론을 냈다. 비록 눈앞의 남자가 내 가슴을 만지긴 했지만 의도적인 것은 아니다, 라는.

아무리 생각해도 나의 강 스매싱을 맨정신에 견디는 건 어려울 것이다. 제정신이 아닌 게 분명해. 내 무릎이 마치 제 베개인 양 얼굴을 대고 잠을 청하는 남자의 빨갛게 부어오른 뺨을 멍하니 응시하던 나는 미간을 좁혔다.

"이제 어떡하냐."

일이야 어찌 되었든 '남자친구' 가 된 남자와의 첫 데이트.

놀랍게도 그가 혼자 사는 집에 초대되어 온 나는 그 남자의 속내를 알아보려다 난처한 상황에 처하게 되었다. 술에 약한 줄 몰랐던 남자는 고작 소주 세 잔에 내 품속으로 고꾸라져 버린 상태. 자극적인 그의 손길로 인해 온몸이 화끈거리게 된 나와는 다르게 세상 모르고 쿨쿨 자고 있는 남자를 내려다보자니 머리가 지끈거렸다.

"후우."

긴 숨이 터졌다.

"좋아요, 차원우 씨."

빠르게 생각을 정리하고 눈을 감고 있는 그에게 말했다.

"허락 없이 가슴을 만진 건, 그냥 넘어가도록 하죠."

아무리 나라도 술에 취한 사람에게 폭력을 가할 순 없으니까.

"문제는……."

이 남자를 어떻게 처리하느냐인데.

내가 국가대표 유도 선수이고, 아시안게임 금메달리스트라 할지라도 이렇게 장성한 남자를 번쩍 안아 드는 데는 무리가 있었다.

그렇다고 해서 차가운 거실 바닥에 그를 내버려 두고 이 집을 나선다면 의리가 없는 거겠지. 보일러를 틀어 주더라도 딱딱한 바닥에서 자는 것보다는 침대로 옮겨 주는 것이 그에게 있어서도 훨씬 나은 일이 될 터.

"하아."

고개를 절레절레 저으며 차원우를 응시했다.

'내버려 둘 수는 없으니까.'

그리고 주먹을 불끈 쥐며 낮게 중얼거렸다.

"여자친구가 나라서, 운 좋은 줄 알아요."

다른 여자였다면 그대로 내버려 뒀을 거라고.

"곧 겨울인데 차가운 바닥에서 자 봐요. 입 돌아가잖아."

내가 생각해도 나는 참 착하단 말이지.

"침대가 어디 있나?"

그의 침실을 찾기 위해 주위를 두리번거리던 내 시야로 햄스터 집이 들어온다. 달달달. 요란한 소리를 내며 돌아가고 있는 쳇바퀴 위로 먹튀녀는 끊임없이 달리고 있는 중이다.

고놈 참, 쉬질 않아.

★☆★

질질.

머리 하나는 더 큰 남자를 업는 덴 확실히 무리가 있었다. 자칫 하다간 허리가 나갈 수도 있었기에 크게 무리를 하지 않기로 했다.

곯아떨어져 내 무릎 위로 얼굴을 파묻고 있는 남자를 잠시 떼어 낸 뒤, 그를 옮길 장소를 먼저 물색했다. 다행히 거실과 침실의 거리는 멀지 않았기에 바닥에 얼굴을 대고 있는 남자를 부축하며 겨우겨우 침실 안으로 들어섰다.

"웃차!"

슬림한 체격을 가지고 있으면서도 왜 이리도 무거운 건지. 역시 남자는 남자인 건가. 끙끙거리면서 차원우를 침대 위로 눕히자 입술 사이로 신음이 터져 나왔다. 술에 취해 늘어진 그를 옮기느라 식은땀이 줄줄 흘러내렸다.

그런 내 노고를 아는지 모르는지, 눈을 꼭 감고 침대에 누운 남자는 색색거리며 잠에 빠져 있었다. 그에게 이불을 덮어 주기 위해 주변을 돌아보던 나는 마침 침실 벽에 걸려 있는 거울을 발견했다.

"아!"

그러다 거울 속에 비친 내 모습을 발견하고 행동을 멈춘다.

"장난, 아니네."

오늘 큰맘을 먹고 장만한 원피스는 이미 난장판이 된 지 오래. 아슬아슬하게 허벅지 위까지 올라간 원피스 자락을 아래로 내리며 인상을 쓰다 대大 자로 뻗은 차원우를 응시했다. 반사적으로 고개를 절레절레 흔들게 된다.

스물네 해를 살아오며 그리 많은 데이트를 해 보진 않았지만. 아니, 거의 처음이나 다름없었지만 이번 데이트는 내 인생에 있어 길이길이 기억될 만한 데이트가 분명했다. 무려 첫 데이트에 남자 혼자 사는 집에 얼떨결에 들어왔다가 함께 대작을 하던 도중 상대는 겨우 소주 세 잔에 정신을 잃고, 그 남자를 질질 끌다시피 해서 침대에 눕혀 버리다니.

'참나.'

픽 웃음이 흘러나왔다.

술이 약하다면 약하다고 할 것이지, 괜히 센 척하기는.

혀를 끌끌 차며 몸을 돌리려다 눈을 감고 있는 그를 빤히 직시했다.

"……."

이불을 덮어 주긴 해야 하는데, 이상하게 계속해서 쳐다보게 된
다. 매번 능글맞은 표정을 짓거나 당혹스러운 말을 뱉어 낼 때와는
달리 쿨쿨 자고 있는 남자는 꽤나 순진해 보이는 얼굴을 하고 있었
다.

"뭐…… 나름 귀여운 것 같기도 하고."

술에 취해 헤픈 웃음을 흘리던 차원우의 얼굴이 눈앞을 아른거
렸다. 절대로 내 취향이 아닌 것 같았지만 의외로 내 취향일지도
모른다는 생각이 들었다. 헤헤, 웃는 남자는 무척이나 예쁜 미소를
가지고 있었으니까. 나는 예쁜 것에 약한 사람이다.

침대 옆에 서서 한참 동안 그를 들여다보다 천천히 걸음을 옮겼
다.

"흐응."

오뚝 솟은 코, 꾹 다문 붉은 입술, 잡티 하나 없는 매끈한 피부,
짙은 눈썹과 긴 속눈썹까지.

차원우는 인정하기 싫지만 대한민국의 스포츠 팬들이 환호할 만
큼의 스타성을 지닌 귀공자임은 분명했다.

일단 소녀 팬들이 존재한다는 것이 그 증거였고, 그의 말 한 마
디 한 마디가 화제를 일으키니 입증은 된 셈이지. 비록 성격에 문
제가 있는 듯싶었지만 그걸 제대로 아는 사람이 없으니 현 인기를
유지하고 있는 건지도.

"입만 안 연다면……."

참, 괜찮을 텐데.

만약 차원우가 나에게 '책임져.' 라든가 '탄산 마실래?' 라는 말을 뱉어 내지 않았더라면, 조금 더 빨리 그에게 마음을 열었을지도 모르겠다. 그는 무의식적으로 사람을 홀리게 하는 재주가 있었으니 아마도. 뭐야, 그럼 나 홀린 거야, 지금?

어느새 침대에 누워 있는 그의 옆에 팔을 괴고 앉아 뚫어져라 차원우의 얼굴을 들여다보던 내 가슴에 미약한 진동이 느껴졌다. 두근두근. 한번 의식하자 심장은 점차적으로 빠르게 뛰기 시작한다. 어쩐지 얼굴이 붉어지는 것 같기도 했다. 제길. 왜 이렇게 두근거리는 거야.

누군가의 얼굴을 이렇게 자세하게 들여다본 적은 처음이다.

노골적인 시선을 그가 눈치채지 못한다는 것이 다행으로 여겨질 정도다. 눈을 돌려야 하는데 고정이나 된 듯 그에게서 벗어나지 못했다. 쿵쿵쿵. 이상하게 호흡이 가빠져서 진정시키기 위해 입술을 삐죽거리던 나는 '으음.' 하고 작게 신음을 흘리는 차원우의 음성에 정신을 차렸다.

'어?'

술에 취해 잠든 남자를 눈앞에 두고 이런저런 상상을 하고 있었다는 것을 들켜 버릴까 두려워하고 있을 때 들린 음성으로 인해 그를 쳐다본 나는 깜짝 놀랐다. 차원우는 뭔가 불편한 듯 미간을 좁히고 있었다. 뭐 문제가 있나? 자꾸만 신음을 흘리며 잘생긴 얼굴을 구기는 그를 바라보다 닫혀 있던 입술을 열었다.

"더, 더워요?"

깨어 있을 땐 괜찮아 보였지만 침대에 누워 있으니 답답해 보이는 셔츠의 첫 단추가 거슬렸다. 혹시 숨이 막히는 걸까. 얕은 신음을 뱉어 내며 인상을 쓰는 남자를 내려다보며 조심스레 말했다. 내 말에 그는 대답 대신 숨을 흘렸다.

어쩌지.

갈등이 일었다.

셔츠의 단추 때문에 고통스러워하는 것 같기는 한데, 자고 있는 남자를 건드린다는 건 왠지 꺼려졌다. 그렇다고 계속 무시하기에는 그의 찡그린 얼굴이 신경이 쓰이고. 이런 고민들을 하지 않기 위해서라면 침대에서 벌떡 일어나야 하는데 이상하게 몸이 움직여지지 않는다.

"하아."

기나긴 고민 끝에 결정을 내린 나는 한숨을 내쉬었다.

'결코…… 속살이 보고 싶어서가 아니야.'

스스로에게 자답하며 몇 번이고 숨을 고른 뒤, 몹시 불편해 보이는 그의 셔츠를 벗겨 주기 위해 손을 뻗었다.

'……!'

덜덜 떨리는 손가락을 느릿하게 그의 목 부분에 가져다 대자 찌릿, 전기가 통했다. 고작 살갗을 스치고 지나갔을 뿐인데 왜 이렇게 눈앞이 어지러운 건가. 진정해라, 조연오. 호흡을 가다듬으며 숨을 고른 뒤 셔츠의 첫 단추를 끄르는 데 집중했다.

꼴깍, 침이 넘어간 건 의식했던 일이 아니다. 그저 긴장해서 그런 행동이 이어진 것뿐. 그래, 이건 호의라고. 내가 변태라서 이렇게 집중하는 것이 아니야.

단순한 호의, 그 이상 그 이하도 아니라고.

첫 번째 단추를 끄르자 구겨졌던 그의 얼굴이 펴졌다. 이쯤에서 그만둘까 하다가 왠지 하나 정도는 더 풀어 줘도 될 것 같아서 두 번째 단추도 풀었다. 차원우의 얼굴에 점점 혈색이 도는 걸 인지했다. 그럼 세 번째 단추를 끌러 주는 것도 괜찮을 거라는 생각이 들었다. 그래, 이왕 풀어 주는 거 잠자는 데 조금 더 편하게 해 주는 것도 나쁘진 않겠지.

그렇게 하나둘씩 단추를 끄르다 보니 어느새,

"……."

그의 셔츠를 몽땅 다 풀어헤친 나를 발견했다.

잠잠하던 내 입꼬리는 스윽 위로 올라간 상태. 나는 셔츠 사이로 보이는 차원우의 탄탄한 가슴근육에서 시선을 떼지 못했다.

"흠흠."

말없이 그의 가슴을 내려다보던 내 얼굴에 순간적으로 화끈거리는 열기가 번졌다.

인정하고 싶지는 않지만, 참 마음에 드는 가슴근육이 아닐 수 없다. 너무 과하지도 않고, 그렇다고 덜하지도 않은. 이상적인 가슴근육. 그러고 보니 어렴풋한 기억이 나는 오키나와에서 차원우의 가슴 위로 내 얼굴을 마구 문질렀던 기억이 떠오른다.

'꽤…… 좋은 촉감이었지.'

딱딱하지만 뺨을 대기엔 충분히 부드러웠던 가슴근육.

반할 만한 그 가슴에 얼굴을 가져다 대며 낄낄 웃었던 내 모습은 괴기스러웠다. 차원우가 그런 나를 떼어 내지 않았다는 것은 아직까지도 미스터리다. 나 같았으면 떼어 내고도 남았을 거야.

탄산에 취한 여자가 제 가슴에 들러붙어 떨어지지 않는다니. 얼마나 무서운 일이냔 말이지. 아님 그도 느끼고 있었던 건가. 의외로 가슴에 얼굴을 문지르는 걸 좋아하는 건지도. 흠. 그렇다면 한 번…… 해 볼까.

무언가에 홀린 듯 차원우의 탄탄한 가슴에서 시선을 떼지 못하던 나는 무의식적으로 그에게 뻗어 가는 손의 움직임을 알아차렸다.

"벼, 변태냐!"

자고 있는 남자를 상대로 대체 무슨!

조금만 늦었더라면 차원우의 가슴 위로 손을 대 버릴 뻔했다. 물론 그의 가슴근육은 아찔할 만큼 유혹적이었지만 상대는 정신없이 자고 있지 않은가. 굶주린 것도 아닌데 자는 사람을 건드릴 수는 없는 노릇이다. 화들짝 놀라며 그에게서 시선을 뗀 나는 벌렁거리는 가슴을 진정시켰다.

침착해라, 조연오. 너는 변태가 아니야. 참아야 해. 이 남자의 가슴근육이 아무리 매력적이라도 건드리면 안 돼.

"흐응."

계속 차원우의 옆에서 그를 응시하고 있다간 나도 그와 똑같은 사람이 될 것 같아서 얼른 침대에서 벗어나기로 했다. 방법은 그뿐이었다. 조금이라도 빨리 이 남자의 곁에서 멀어져야 한다. 결론에 도달하여 고개를 돌리려 할 때, 차원우의 벌어진 입술 사이로 신음이 흘러나왔다. 얼굴을 일그러뜨리며 그에게 외쳤다.

"이, 이번엔 또 뭐요!"

신경질적인 목소리에 차원우가 몸을 움찔거렸다. 정신이 든 건가 싶어 가만히 살펴보았지만 단순한 무의식적인 행동이었다. 도둑질을 하다 들켜 버린 사람처럼 숨을 몰아쉬던 나는 셔츠를 풀어헤친 상체 밑을 움직이는 차원우를 시야에 담았다. 길쭉한 다리를 이리저리 뒤척이며 인상을 쓰는 그는 아무래도 바지가 불편한 듯했다.

"설마…… 그거 벗겨 달라는 건 아니죠?"

그 말이 끝나기가 무섭게 차원우의 긴 다리가 허공을 가른다. 어이없는 숨이 터져 나왔다. 나는 실눈을 뜨며 차원우의 곁으로 다가갔다.

"이봐, 차원우 씨."

"……."

"당신 술 안 취했지?"

그러며 손을 들어 그의 뺨을 철썩 때려 보았다. 아까 그의 뺨을 때렸던 부위와 같은 부위다. 내 손바닥이 얼얼한 걸 보니 그도 꽤 아팠을 텐데, 놀랍게도 눈을 뜨지 않았다. 정말 자는 건가?

"차원우!"

한 번 더 차원우의 뺨을 내리쳤지만 그는 미간만 좁힐 뿐이었다. 이쯤에서 다시 한 번 결론을 냈다.

'취한 건 맞아.'

확실해.

취한 게 아니라면 버틸 수가 없어.

왜냐하면 내 손바닥은 정말로 강하게 그의 뺨 위로 내려앉았으니까. 만약 제정신이라면 정말 엄청난 인내력인 거지.

하지만 여전히 의심이 된단 말이야.

눈을 가늘게 뜨며 퉁퉁 부은 차원우의 뺨을 응시하던 나는 작게 중얼거렸다.

"그래도 바지까지 벗겨 줄 순 없잖아요. 이미 셔츠를 벗겨 준 것만으로도 충분히 변태가 되었다고요."

"으으."

"그러니 답답해도 좀 참……."

"크으."

"제길!"

인정한다. 전생에 나는 천사였던 것이 분명하다. 고통스러워하는 남자를 이리도 내버려 둘 수 없는 걸 보면. 작게 욕설을 흘리긴 했지만 인상을 찡그리는 남자를 무시하지 못했다. 도와주어야 했다. 머릿속의 자아가 그렇게 외치고 있었다.

하는 수 없이 나는 그의 하체로 시선을 옮겼다. 꽤나 답답해 보이는 그의 길쭉한 다리가 시야로 들어왔다.

"나중에 일어나면 다리 저릴까 봐, 배려해 주는 거예요. 그거, 분명히 알아 둬요!"

차원우를 바라보며 소리치긴 했지만 이건 분명 내 자신에게 외치는 말이었다. 그렇게 스스로를 이해시키며 그의 바지 지퍼 쪽을 응시했다. 꿀꺽, 아까보다 훨씬 더 큰 소리로 침을 삼켜 버렸다. 고요한 침실 한가득 울리는 그 소리에 몸을 움찔거리던 나는 파르르 떨리는 입술을 앙 다문 채 눈을 찔끔 감았다 떴다.

그리고 서서히, 느릿하게 손을 옮긴다. 최종 목표지는 그의 바지 지퍼. 이대로 직행한다면 아무 문제 따위 없었다. 그래, 바지 지퍼만 내려 주고 두 눈을 감고 바지를 벗겨 준 뒤 이불을 덮어 주자고. 그러면 아무 일도 없을 거다. 술에 취한 사람을 배려하려면 이 정도는 해 줘야지. 후우. 별거 아니라고. 흥분하지 말라니까? 이건 흥분할 만한 일이 아니라고.

지이익—!

살짝 닿기만 해도 민감해질 것 같은 바지 앞섶으로 손가락을 가져다 댄 나는 있는 힘껏 지퍼를 내렸다. 차원우가 흠칫거리는 게 보였지만 잠에서 깬 것 같지는 않았다. 안도의 한숨을 내쉬며 숨을 골랐다. 주먹을 불끈 쥐고 호흡을 가다듬은 뒤 손을 뻗어 그의 바지를 잡아당겼다. 눈 깜짝할 사이에 브리프를 입고 있는 남자의 기다란 다리 속살이 만 천하에 드러났다.

'아.'

말 근육 못지않은 허벅지가 눈에 들어온 것은 우연은 아닐 테지. 역시 펜싱 선수라 그런지 허벅지가 매우 튼실해 보였다.

바지를 벗기느라 허공으로 살짝 들려진 그의 다리근육이 자극적이었다. 말라 버린 목구멍 사이로 침이 넘어갔다. 눈앞이 아찔해졌다. 가슴근육에 이어 다리근육이라니. 2차 쇼크다.

'맞아.'

떠올리고 싶지 않은 기억들이 몽글몽글 샘솟는다.

'이 허벅지, 정말 힘이 좋았지⋯⋯.'

그러니까 오키나와에서의 일이다. 쉬지 않고 움직이던 그의 허리와 그 허리를 지탱해 주던 굵은 허벅지는 선명하게 뇌리에 각인되었었다. 차원우에게 안긴 채 가쁜 숨을 몰아쉬던 나는 그의 허벅지에 엉덩이를 대며 입술을 잘근잘근 깨물기도 했었다. 그래, 그랬었지. 참 튼튼한 허벅지였어. 매우 튼튼했던, 마치 말과도 흡사한 굵은 허벅⋯⋯

"헉!"

내가 또 무슨 생각을!

틈만 나면 오키나와에서의 일이 떠올랐다. 깊은 밤이라서 그런가. 괜스레 숨이 막혀 왔다. 젠장. 섹스에 굶주린 것도 아닌데 대체 왜 이러는 거야!

고개를 휘휘 저으며 시선을 돌리려 했다. 계속해서 저 허벅지나 가슴을 바라보고 있으니 이런 이상한 생각을 하게 되는 거다. 망상을 이어 가지 않으려면 차원우에게서 눈을 떼면 된다.

미친 듯이 뛰는 심장을 진정시키려 노력하던 나는 얼른 그에게서 떨어져 나오려 애썼다. 그러나 재빨리 얼굴을 돌리려던 내 시선은 그의 다리 사이에 위치한 세 번째 다리에 박혀 버렸다.

"⋯⋯."

나는 차원우의 제3의 다리가 얼마나 위용 넘치는지 잘 알고 있었다. 아니, 그냥 잘 알고 있겠는가, 몸소 경험하기까지 했다. 굵고 길쭉한 그것이 엄청난 기운을 뽐내며 내 안을 비집고 들어올 때, 온몸에 전율이 일어나는 감각을 경험했으니까. 전기가 통하듯 찌릿거렸던 그때를 잊지 못한다.

'하윽!'

내 것이라곤 생각되지 않을 만큼 야릇한 숨을 토해 냈다. 여성 안으로 파고들던 그의 세 번째 다리는 꿈틀거렸다. 전신을 파르르 떨리게 만드는 걸로도 모자라 혈관 내의 피를 들끓게 했다. 퍽퍽거리는 살과 살이 맞닿는 소리가 신경을 자극했고, 힘에 겨워 헐떡이는 내 입술을 삼킨 그의 눈동자가 미친 듯이 빛났던 걸로 기억하고 있다.

누군가와 하나가 되어 가는 그 느낌이 싫지 않아서 정신없이 교성을 흘렸다.

탄산에 취했었지만 그것만큼은 똑똑히 기억이 났다. 내 안을 파고드는 그의 남성이 미친 듯이 부풀어 오르는 감각에 기분이 좋았다는 것. 그래서 비좁은 공간 안을 강하게 채워 버려 아무 생각을 할 수 없게 만들었다는 것. 오로지 나를 안고 있는 남자에 대한 생각만 이어 가야 했던 그 당시의 내 모습은 환희에 가득 차 있었다. 마지막엔 내게서 떨어지려는 그를 억지로 붙들고 있기까지 했으니.

이건 절대로 인정하지 않을 테지만 그와 하나가 되는 행위는 뇌리에 각인될 만큼 강렬했다.

잠시 생각이 삼천포로 흐르긴 했지만 어찌 되었든 내가 하고 싶은 말은, 차원우의 세 번째 다리는 매우 튼실하다 못해 위압적이라는 소리.

그렇게 눈길을 옮기던 도중 발견한 차원우의 세 번째 다리가 매우 작은 천 조각 안에 가려져 있는 것이 거슬렸다. 볼록 솟아 있진 않았지만 은근한 실루엣이 보여서 더더욱. 왠지 불편해 보이는 건 내 착각일까.

'힘들겠어.'

브리프 안에 다 들어가지도 않을 저 커다란 것을 억지로 밀어 넣은 걸 보자니 안쓰러워졌다.

저것도…… 벗겨 줄까.

잠시 고뇌했다.

꿈틀거리던 내 손이 그의 브리프 쪽으로 서서히 다가간 것은 순전히 무의식적인 행동에서 비롯된 일이었다. 그래, 결코 내 의식이 그의 브리프를 벗기라고 명령한 일은 없었다. 몹시 불편해 보이기는 하나 정말 저걸 벗겨 버린다면 내가 변태가 되는 건 확실한 일이니까.

나는 변태가 아니니 허락 없이 브리프를 내리거나 하지는 않을 거라고. 그러나 이 손은 왜 멈추지 않는 거지? 차원우의 브리프 밴드 위로 꿈틀거리던 손가락이 막 착지하기 직전, 겨우겨우 행동을 멈춘 나는 가슴을 쓸어내렸다.

"미, 미쳤어!"

뒤늦게 스스로가 어떤 짓을 저지르려 했는지 자각했다. 굳어 버린 얼굴로 소리쳤다. 그리고는 손으로 두 뺨을 철썩철썩 때리며 외쳤다.

"정신 차려, 조연오!"

인정하고 싶지는 않은 일이나 이젠 더 이상 회피할 수 없었다. 그래, 솔직해지기로 하자. 아마도 나는 굶주린 것이 분명하다. 몇 번의 경험을 통해 이젠 익숙해져 버린 것이 틀림없다. 육체가 익숙해지니 자연스레 움직이게 된 것이다.

그래, 그런 거야. 그래서 며칠 동안 하지 않은 나머지 반사적으로 손이 움직인 거다. 이해할 수 없는 행동에 기겁하며 나는 그에게서 벗어나려 했다. 위험했다. 이대로 차원우의 곁에 있다간 내가 무슨 짓을 저지를지 장담할 수 없……!

"조……연오……."

야수가 먹잇감을 앞에 두고 흘리는 으르렁거리는 음성. 낮고 차분해서 전신의 털이 쭈뼛거리는 목소리. 정확하게 내 이름을 부르는 그 목소리에 온몸이 굳어졌다.

"차……원우 씨?"

침대가 아닌 침실의 출입구 쪽을 향했던 내 얼굴은 아주 천천히,

천천히 옆으로 돌아갔다. 분명 몇 초 전까지만 하더라도 미동도 않던 차원우의 눈꺼풀이 놀랍게도 위로 올라가 있었다. 초점이 없어 보이기는 했지만, 묘한 위압감을 주는 것도 사실이다.

솔직히 긴장했다.

"차, 차원우 씨!"

목청껏 그를 부른 나를 차원우는 가만히 올려다보았다.

그의 몰골은 말이 아니었다. 술에 취하기 직전까지 입고 있던 상의는 모든 단추가 풀어헤친 채 벗겨진 상태. 셔츠 사이로 보이는 가슴근육이 꿈틀거리고 있었고, 좀 전에 끝까지 내리려다 실패한 그의 바지는 차마 다 벗기지 못하고 발목쯤에 걸쳐져 있는 상황이다. 그것도 모자라 뱀 같은 내 손은 그의 브리프를 벗기기 위해 밴드로 향하고 있었다.

어떻게 보아도 설명이 불가능한 지금 이 상태를 해명해야만 했다.

"그게 그러니까…… 의도한 건 아니고요! 그냥, 당신이 매우 더워 보이길래 도, 도와준 거예요!"

처음엔 그렇게 시작했다. 더워 보여서 단추를 끌렀고 갑갑해 보여서 바지를 벗겼다. 그리고 불편해 보여서 브, 브리프를…… 결과적으로 나는 떨고 있었다.

그것도 엄청.

"나…… 변태 아니거든요?"

변태라고 확신해도 무리가 없는 상황이다.

제기랄.

누가 봐도 변태잖아, 이거.

"저기, 믿어 줄래요?"

"……."

"차원우 씨?"

흐릿한 눈동자.

꾹 다문 입술.

무슨 생각을 하는지 알 수 없는 얼굴.

파르르 떨리는 내 입술을 뚫어져라 응시하던 그를 향해 어색한 미소를 흘리며 말을 뱉어 냈다.

"……."

무어라 말이라도 해 준다면 좋을 텐데. 내 속이 타들어 가는 건 아랑곳 않고 벌러덩 드러누운 채 나를 쳐다보던 차원우가 움직인 것은 바로 그때였다.

'응?'

순식간이었다.

방심한 내가 벌떡 일어난 차원우에 의해 침대에 눕혀진 것.

그가 그런 내 위를 점령한 것.

놀란 내 눈이 동그래진 틈을 타, 차원우의 입술이 내 입술 위로 내려앉은 것.

그리고……

"흐읏!"

그 남자가 한 마리의 굶주린 짐승처럼 변하기 시작한 건,

모두, 순식간.

쪼오옥, 빨아 당기는 입술의 흡입력은 엄청났다. 반쯤 풀린 표정으로 날 쳐다볼 때부터 알아봤어야 하는 건데. 두 눈을 붉게 충혈

시키고선 내 입술 위에서 떨어지지 않으려는 차원우로 인해 현기증이 일 정도다.

아, 제길. 속에서 욕설이 맴돌았다. 잠식당할 것만 같다. 아니, 진짜 왜 이렇게 세! 나보고 진공청소기다 뭐다라 놀리더니, 저는 더하잖아! 내 안에 든 모든 것을 빨아들이겠다는 듯 입술을 붙여선 강하게 흡입하는 그로 인해 심장이 마구 벌렁거렸다. 두근두근. 심장이 쉴 새 없이 뛰었다.

'정신 차려, 조연오.'

몇 번이고 눈을 깜빡이며 그를 응시했지만 눈앞의 남자에겐 이성이라곤 없어 보인다. 그저 욕망에 물든 한 마리의 짐승만이 존재할 뿐.

낮게 으르렁거리는 것이 정말로 짐승 같아 보이기도 한다. 빌어먹을. 진짜 제정신이 아닌 거야?

"으흡!"

일렁이는 눈을 내게 고정시키고 위에 올라타선 입술을 맞대고 있던 남자는 내가 하아, 숨을 뱉어 내기가 무섭게 안으로 파고들었다. 뱀 같은 그의 혀가 가지런한 치열을 쓸고 난 후 놀란 내 혀를 붙잡고 옭아매는 바람에 움직이는 쉽지 않은 상황.

투명한 타액이 입안에서 얽혀 하나가 되어 흘러내렸다. 어찌나 거칠게 들어왔는지, 알싸한 피 맛이 입술을 적셨다.

숨이 막혔다. 시야가 점점 흐려져서 온몸에 힘이 풀린다. 그럼에도 불구하고 진한 키스를 퍼붓는 짐승은 본능대로 행동할 뿐이다. 꼼짝달싹 못하게 입술을 막아 버린 그는 내가 방심한 틈을 타서 손을 아래로 내렸다.

"흐응······!"

반사적으로 묘한 콧소리가 입 밖으로 터져 나왔다. 올라간 원피스 사이를 파고 든 커다란 손이 봉긋한 두 개의 언덕 중 하나를 더듬었기 때문이다. 순간 멀어지려던 이성의 끈을 확 잡아당겼다.

여전히 으르렁거리는 기세를 멈추지 않은 남자는 눈을 크게 뜨는 나 따윈 아랑곳 않고 제 행동에 열중하고 있었다. 피가 쏠릴 정도로 가슴 한가운데 솟은 돌기를 지분거리던 남자의 기다란 손가락으로 인해 입술이 바짝 말랐다. 조금 전까지만 하더라도 타액이 넘치던 상황과는 다르다.

"으으, 홋, 흐으······!"

몇 번의 경험으로 인해 이젠 익숙해질 만도 한데 희롱하듯 자극만 하는 손길이 아직까지 낯설다. 퉁퉁 부어 버린 입술 틈 사이로 야릇한 신음이 쏟아졌다. 겨우 붙든 이성의 끝이 다시금 스르륵 풀려 간다.

하아, 안 돼.

여기서 백기를 든다면 넌 정말 변태가 되는 거야.

조금만 더 참아, 조연오.

조금만 더 참아, 조금만······

'참기는 무슨!'

내 눈동자를 빤히 응시하는 차원우의 깊은 동공을 보자니 간신히 붙잡은 이성이 와르르 무너진다. 내 위에 자리를 점하고선 이글이글 눈빛을 불태우는 그의 팔을 덥석 잡았다.

술에 취해 아직 제정신이 아닌 남자가 손에 강한 힘을 주는 나를 향해 미간을 좁히는 게 보였다. 나는 입술을 파르르 떨며 겨우겨우 말을 뱉어 냈다.

"후우, 좋아요."

체념하듯 소리 내는 내 얼굴을 바라보며 남자는 인상을 썼다. 이젠 아예 완전히 짐승화됐는지 크으윽, 하고 묘한 소리를 흘리는 그를 똑바로 직시했다.

알아, 이 남자야. 당신 급한 거.

하지만 옷은 벗어야 하잖아. 이 원피스가 얼마나 비싼 건데.

피땀 흘려 모은 돈으로 산 고가의 원피스. 벗으면 그뿐인 이 원피스가 술에 취해 이성을 잃은 짐승의 손에서 갈기갈기 찢어지기를 원하지는 않는다. 나는 엄청난 내 손아귀에 으윽, 하고 신음만 뱉어 내는 그에게 혀를 끌끌 차 주곤 나머지 한 손으로 그를 밀쳤다. 이런 공격을 예상하지 못했는지 그가 뒤로 벌러덩 나가떨어지자 숨을 돌린 후 입고 있던 원피스의 지퍼를 지이익, 내렸다.

다시 공격의 태세를 취하던 차원우가 브래지어와 팬티를 남겨두고 다 벗어 버린 나를 발견하곤 눈을 동그랗게 뜬 것이 보였다. 나는 그런 차원우를 바라보며 주먹을 불끈 쥐었다.

이왕 변태가 된 거……

'제대로 변태가 되어야겠다.'

나는 손해 보는 걸 싫어하는 여자다.

"큭!"

아까부터 줄곧 신경 쓰이던 곳으로 손을 움직여 살짝, 건드리자 놀라울 정도로 빠르게 반응을 보인다. 가슴이 쿵쾅거렸다. 생각했던 것보다 훨씬 자극적이다. 고개를 돌려 멍하니 그것을 바라보며 한 마리의 팔딱이는 물고기 못지않다고 생각해 버렸다.

그대로 거추장스럽기 그지없는 브리프를 휙 내려 버릴까 고민했지만 마음을 돌렸다. 그간 제 맘대로 날 이리저리 요리했던 남자가 꽤나 얄미운 상황이니 이번엔 천천히 그를 무너뜨려 주기로 결심했다.

서서히 얼굴을 앞으로 돌려 시선을 아래로 내리깔자 미간을 좁히고 있는 남자의 두 뺨 위로 홍조가 드리워지는 것이 보인다. 특히 한쪽 뺨은 놀라울 정도로 달아올라 있었다.

아마도 저건 지금으로부터 몇 분 전 내가 그에게 날린 강 스매싱 때문이겠지. 왠지 미안해져서 옅게 웃어 주었다.

"크으으."

또, 그의 입술 사이로는 계속해서 짐승 울음소리가 흘러나온다. 확실히 술에 취하긴 했나 보다. 이를 갈며 이 상황이 반대가 되기만을 기다리고 있는 남자는 어떤 식으로 자신을 잡아먹을지 구상하는 나를 노려보고 있었다. 그렇게 응시해도 리드는 내가 할 거라고. 가소롭다는 듯 훗, 웃어 준 나는 입꼬리를 올린 채 고개를 숙였다.

"흐으."

코끝을 간질이는 숨결. 차원우가 뿜어내는 강렬한 숨이 느껴졌다. 그의 눈동자는 내게 꽂힌 채 떨어질 줄 몰라서 온몸이 더욱 달아올랐다. 어떻게 요리를 해 줄까. 제대로 된 변태가 되기로 결심한 이상 단순한 행동으로는 부족했다. 나는 그의 벌어진 입술 위로 내 입술을 가져다 댔다.

뜨거운 입김이 삼켜진다. 그의 안을 비집고 들어가는 내 혀의 놀림은 거침없었다. 도망치지 않고 오히려 반겨 주는 차원우의 혀를 옭아매며 세게 빨아 당겼다. 으윽. 덕분에 시야가 흔들렸다. 역시 제정신으로는 진공청소기 모드가 되기는 힘든가 보다. 그래도 최선을 다해 입안을 휘젓자 그르렁거리던 남자가 가쁜 숨을 흘리는 게 느껴졌다. 좋아, 이쯤에서 점점 아래로.

만족한 미소를 지으며 그의 입술에서 벗어났다. 은빛 실타래가 진한 키스의 증거처럼 길게 늘어지는 게 보인다. 툭 끊어 내자 차원우가 그윽한 눈빛을 보내왔다. 안달난 거 아는데, 아직은 아니야. 나는 검지를 좌우로 흔들며 고개를 아래로 내렸다.

볼록 튀어나온 성대를 지나 드러난 직각의 훤한 어깨는 눈앞을 어지럽혔다. 참 보기 좋은 어깨야. 나도 모르게 고개를 끄덕였다. 이윽고 드러난 아찔한 쇄골 라인은 어쩔 줄 모르는 혀를 가져다 대고 싶을 만큼 눈부셨다. 꿀꺽, 침이 넘어갔지만 내 시선이 머무른 곳은 조금 더 아래쪽이었다.

'아아!'

그래, 이거였어.

무의식적인 감탄사가 터져 나왔다. 몇 번이고 더듬고 싶었지만 참아야 했던 그 탄탄한 가슴근육. 얼굴을 파묻고 싶을 만큼 유혹적인 가슴근육이 이제야 완벽히 모습을 드러냈다. 나는 결국 유혹을 이기지 못하고 그의 단단한 가슴근육을 향해 왼쪽 뺨을 가져다 댔다.

따뜻하다 못해 뜨거운 뺨이 제 오른쪽 가슴에 닿자 차원우가 전신을 부르르 떨었다. 흠칫 놀라는 그를 올려다보며 씩 미소 짓던 나는 솟아 있는 그의 돌기를 톡 건드렸다. 가라앉으려던 남자의 눈이 욕망에 물들었다. 잠깐만 더, 남자의 가슴에 얼굴을 파묻고 싶었지만 그가 기다려 주지 않을 것이라는 걸 알고 있었기에 빠르게 아래로 내려갔다.

보기 좋게 각진 초콜릿 모양의 복근을 따라 혀를 움직이자 한계에 다다른 짐승이 입술을 악무는 게 보였다. 내게 시간이 얼마 남지 않았다는 게 느껴졌다.

괜스레 다급해져서 손을 아래로 내렸다. 불룩한 무언가가 손바닥에서 느껴졌다. 희미하게 미소를 지은 뒤 손가락을 크게 벌려 브리프의 밴드를 잡았다. 그리고는 망설이지 않고 스윽, 아래로 브리프를 내렸다.

"······!"

엄청난 위용의 그것이 모습을 드러낸 것은 바로 그때였다. 흐트러지려는 내 시선을 단번에 사로잡은 차원우의 제3의 다리가 빌어먹을 천 조각이 벗겨지자마자 하늘 높이 치솟는 게 보였다. 정말 대단한 크기다. 혀를 내두르며 고개를 절레절레 젓다가 느릿하게 그것을 향해 다가갔다.

"흡!"

손을 크게 펼친 다음 요동치는 불기둥을 잡아 버리자 차원우가 숨을 들이마셨다. 눈을 찔끔 감아 버리는 그를 흘깃거린 나는 씩 웃으며 하얀 이를 드러냈다.

소원을 성취한 기분이 바로 이런 걸까.

이렇게 맨정신으로 그의 또 다른 다리를 한 번쯤 잡아 보고 싶었던 나는 입꼬리를 올릴 수밖에 없었다.

지금까지는 줄곧 탄산에 취했던, 제정신이 아닌 상황이었던지라 긴가민가했다. 가끔 꿈속에서 이것을 잡고 슥슥 문질렀던 기억은 있었는데 말이지. 그게 현실인지 꿈인지 구분이 안 갔으니까. 물론 그의 분신이 내 안으로 들어올 때의 기억은 선명했지만 잡고 흔들 때의 기억은 애매해서 항상 거슬렸다. 후후, 웃음을 멈출 수 없어 부풀어 오르는 불기둥을 붙잡은 채 어깨를 들썩였다.

그렇게 한동안 차원우의 붉은 아이스크림을 움켜쥔 채 묘한 웃음을 흘리던 나는 말라 버린 목구멍 사이로 침을 꿀꺽 삼킨 다음 고개를 아래로 숙였다.

"크윽!"

입을 벌려 아이스크림을 머금었다. 길쭉하고 굵은 그것이 입안에 가득 찼다. 목구멍을 찌를 듯 입안을 파고들자 미간이 좁아졌다. 후우웁, 힘껏 빨아 당기자 몸을 부르르 떠는 그의 흐려지는 눈동자가 시선을 자극했다. 심장이 펄떡거려서 정신이 없다. 혈관을 흐르는 세포가 왕성하게 움직였다. 어서 하나가 되고 싶다고 아우성치는 것만 같았다.

그러나 이쯤에서 멈출 순 없지. 확실한 변태가 되기로 결심한 이상 끝은 보아야 했다. 빳빳하게 솟은 불기둥을 꽉 움켜쥔 채 이곳저곳을 할짝였다.

남자의 욕망이 한계에 다다른 것은 순식간이었다.

"핫!"

기다란 기둥의 끝으로 투명한 액체가 뿜어져 나오기가 무섭게 놀란 내 팔을 잡아끈 짐승은 다시금 나를 침대로 눕혔다. 이글거리는 그의 시선이 정신을 장악한다고 생각하던 중, 스스스 기운을 잃던 불기둥이 촉촉이 젖은 내 안을 파고들었다.

★☆★

"으훗…… 흐읏!"

참으려 했지만 쉽지는 않은, 어떻게 해서든 소리를 내지 않으려 노력했지만 결국은 터져 버린 야릇한 신음 소리가 귀를 자극했다. 덕분에 반응하는 그의 것을 느낄 수 있었다. 나도 모르게 인상을 썼다.

'단단히 화가 났네.'

인내가 바닥이 났다는 걸 단번에 알 수 있었다. 어디까지 가는가 싶어 기다리려 했지만 한계점을 돌파해 버린 지 오래인 듯했다. 살살 좀 해 줘요. 애원하는 눈으로 그를 응시했지만 소용없다는 걸 알고 있다.

대놓고 잡아먹겠다는 듯 으르렁거리는 그로 인해 침을 꿀꺽 삼켰다. 가쁘게 호흡하며 용솟음치는 그의 다리 사이에 위치한 분신을 한 번 응시하자 팔을 뻗어 내 두 다리를 붙잡았다.

"으웃!"

양팔을 사용하여 다리를 벌리는 바람에 교태로운 음성이 터져 나왔다. 뒤늦게 입술을 악물어 봤지만 소리는 나와 버린 지 오래. 태양보다 열정적으로 타오르는 남자의 눈동자가 은밀한 곳으로 향하는 게 느껴졌다.

'뜨거워.'

검은 숲에 자리 잡은 시선으로 인해 부끄러워 견딜 수가 없을 정도다. 아무리 내가 변태라도 그런 시선에 대한 내공은 아직 적단 말이지. 반사적으로 다리를 오므리려 했지만 더 이상 기다릴 수 없었는지 짐승은 고개를 휘휘 저으며 행동을 저지했다.

"하악!"

그리고는 일말의 주저함도 없이 꼿꼿하게 솟은 자신의 남성을 젖어 있는 은밀한 곳으로 쑥 밀어 넣었다.

"으흥!"

처음 몇 번과는 달리 수월하게 내 안으로 들어온 그의 분신은 금세 부풀어 올랐다. 낯선 존재의 침범으로 인해 힘을 주게 되자 그가 인상을 쓰며 으르렁거렸다. 알겠어, 풀면 되잖아. 마치 나를 탓하는 듯한 그 소리에 서서히 힘을 풀자 미끄러지듯 더욱 깊숙한 곳으로 밀려 들어왔다.

"하아아……."

숨을 쉬기가 힘들었다. 눈앞이 어질어질해서 견딜 수가 없을 정도다. 빌어먹을. 항상 느끼는 거지만 그를 받아들이는 건 웬만한 국가대표 선수와 대련할 때만큼 강한 정신이 필요했다. 흐려지려는 정신을 꽉 움켜쥔 채 내 허리 양옆을 잡는 그를 올려다보았다. 입술을 잘근 깨물며 헐떡이는 나를 직시하는 남자가 보였다.

'나를 봐.'

라고, 마치 말하는 것 같아 내 몸은 커다란 손으로 내 허리를 감싸는 그의 품 안으로 쏟아졌다.

"하아, 훗, 흐으……!"

그의 목에 팔을 두르고, 위아래로 일정하게 몸을 움직였다. 퍽퍽거리는 살갗의 마찰 소리와 더불어 신경을 마비시키는 내 신음 소리가 방 안을 울린다. 손안에 가득 들어오는, 적당한 크기의 가슴을 움켜쥔 그가 속도를 내다가 힘겨워하는 나를 보곤 느릿하게 움직이는 걸 발견했다.

"더…… 흐읍, 조금, 더……으읏."

멈추지 마.

안에서 꿈틀거리는 그가 멈추질 않길 바라며 남자의 등을 짧은 손톱으로 벅벅 긁었다. 그런 내 심정을 알아차렸는지 느려지려던 그가 다시금 반동 속도를 높이기 시작하자 호흡이 점점 가빠졌다.

깊숙이, 더…… 깊숙이.

아직 다다르지 않은 목적지를 향해 달려가는 남자가 느껴진다. 내 안에 가득 들어차선 빠르게 움직이는 그의 몸짓은 남녀가 하나가 된다는 것이 무엇인지 깨닫게 해 준다. 그래서 더욱 떨어지고 싶지 않다는 생각이 들 만큼 강렬하게, 짜릿하게, 각인시킨다.

★☆★

"여기가 아파."

두 눈을 동그랗게 뜬 내게 차원우가 속삭였다. 힘이 하나도 없는 나와는 달리 너무도 쌩쌩해 보이는 남자는 번들거리는 입술을 달싹이며 중얼거렸다. 가슴이 철렁거렸다. 그가 만지고 있는 부위가 왜 저런 건지 나는 너무도 잘 알고 있었기 때문이다.

"부은 건가."

나지막한 음성에 뭐라 대답해야 할지 막막해졌다.

그래요. 내가 당신을 때렸어요. 그래서 아마 그렇게 큼지막하게 부어오른 건지도 모르겠네요, 라고 사실대로 말해야 할까?

침을 꼴깍 삼켰다.

"대체 왜 이렇게 된 건지 모르겠어. 기억이 안 나, 왜 아픈 건지."

내게 해명을 요구하는 걸까. 나는 하아, 한숨을 내쉬는 그를 멍하니 바라보다 말라비틀어진 입술을 떼기 위해 힘을 줬다. 일단 발뺌부터 해 보자. 밑져야 본전이니까.

"그, 그걸 저한테 물으면 어떡해요?"

"……."

"뭐, 뭘 그렇게 봐요."

목소리가 떨린 걸까.

떨렸겠지. 떨렸을 거라 확신한다.

꿀꺽 침을 삼키며 대답했다. 그러자 내 얼굴을 빤히 응시하던 차원우의 눈동자가 살짝 일렁였다. 이봐, 괜히 긴장되게 왜 갑자기 입은 다물고 그래. 나는 갑자기 내 얼굴을 찬찬히 들여다보는 그로 인해 소름이 오소소 돋아나는 것을 느꼈다.

"그러게."

그렇게 한동안 나를 응시하고 있던 차원우가 쇳소리 섞인 음성을 뱉어 낸 건 그 시점이었다. 그는 이해가 가지 않는다는 얼굴을 하고 말을 이었다.

"내가 왜 조연오 씨한테 물은 걸까."

그, 글쎄요.

"눈을 뜨니 조연오 씨가 있어서였을까."

하하.

"그래. 어쩌면 벌거벗은 조연오 씨가 내 품에 안겨 있어서 그렇게 말한 건지도 모르겠군."

……뭐?

"번쩍 눈을 떴는데 이상하게 한쪽 뺨이 누구한테 맞은 것처럼 얼얼해서 의문을 느끼던 참에 고개를 숙여 보니, 실오라기 하나 걸치지 않은 조연오 씨가 침까지 질질 흘리며 내 품에서 자고 있어서…… 그래서 당신에게 물었던 건지도."

헉!

씨익 올라가는 입꼬리는 '범인은 너지?' 라 말하는 듯했다. 움찔거리던 나는 방법을 달리하기로 했다.

"……!"

이렇게 부은 뺨을 어떻게 책임질 거야? 라는 시선으로 바라보는 차원우의 입술 위로 내 입술을 덮었다. 촉, 소리와 함께 그의 입술에 닿았다 떨어지는 내 입술은 간밤의 일로 인해 두툼해진 지 오래.

차원우는 생각지도 못했던 일격을 당한 나머지 눈을 크게 떴다. 나는 어색하게 웃으며 말했다.

"이, 이걸로 퉁 쳐요!"

"퉁?"

제길.

"어, 어쩔 수 없었다고요! 차원우 씨가 기억 못 하는 것 같아서 하는 말이지만 어제 차원우 씨는 제정신이 아니었으니까요. 당신을 깨우려고 내가 무슨 짓을 했는지 모르죠? 차원우 씨의 뺨이 그……

렇게 된 건 정말 불의의 사고였어요."

사실 불의와는 전혀 관계가 없었지만 기억을 못 하는 것 같으니 진실은 묻어 두기로 하자.

차원우는 다급하게 외치는 나를 그저 바라보고만 있었다. 여전히 그의 품에 안긴 채 차원우가 내쉬는 숨결을 고대로 받아들이고 있던 나는 눈을 빛내며 물음을 던졌다.

"그런데…… 차원우 씨."

"응."

"정말로, 어젯밤 일…… 하나도 기억 안 나요?"

'눈을 떠 보니' 어쩌고저쩌고한 걸로 보아선 간밤의 일을 제대로 기억하지 못하는 것 같았다. 적잖이 물고 빨고 한 일들이 괜히 아쉬워서 말을 건네자 그가 묘한 눈빛을 보내며 내 얼굴을 훑는다. 이 시선은 대체 뭐야. 인상을 쓰자 픽 웃음을 흘리던 그는 말하려는 듯 입술을 달싹였다.

"조연오 씨와 내가, 왜 이 침대에서 알몸으로 껴안고 있는지 정말 기억 못 하냐고 묻고 싶은 건가?"

정확하다.

"네."

"어. 기억 못 해."

너무 쉽게 긍정하기에 놀랐다. 아, 하고 탄성을 흘린 내가 말을 잇지 못하는 사이 그가 다음 말을 뱉어 냈다.

"그러니 기억하게 해 줘."

"네?"

"다시 하자고."

뻔뻔하게 말한 남자는 눈 깜짝할 사이에 내게서 등을 돌려 침대를 벗어났다. 뒤늦게 정신을 차리자 그는 놀란 나를 안아 들기 위해 손을 뻗고 있었다.

"차, 차원우 씨?"

방어할 틈도 없이 그에게 공주님 안듯 안겨 버린 내가 서둘러 그의 이름을 불렀지만 차원우는 아랑곳 않고 침실 밖으로 발을 내딛었다.

"온전한 정신으로, 다시 하는 거야."

차원우는 각오라도 다지는 사람처럼 눈을 부라리며 낮게 중얼거렸다.

"다, 다시는 무슨! 간밤에도 충분히 많이 했거든요?"

이대로 끌려갔다간 뼈도 못 추릴 것 같아 소리쳤지만,

"그 정도론 부족해."

하고 그는 대답했다. 뭐야. 정력왕인 거야? 왜 이렇게 쌩쌩해! 누군 기가 빨려 몸에 힘이 하나도 없…… 잠깐. 뭐라고? 부족?

성큼성큼, 침대가 아닌 욕조로 걸음을 옮기는 그의 발걸음은 거침없다.

"차원우."

그의 품에 안긴 채로 나는 얼굴을 굳혔다.

"당신, 다 기억나지?"

음산한 목소리를 뱉어 냈다. 차원우가 몸을 움찔거렸다.

"부족하다니! 다 기억하잖아!"

나는 소리쳤다. 그러자 잠시 멈췄던 남자는 욕실의 문을 활짝 열며 태연하게 고개를 젓는다.

"무슨 기억? 하나도 안 난다니까."

"기억하는 얼굴인데!"

그의 손길에 의해 욕조에 앉게 된 내가 빙긋 웃는 남자를 향해 소리쳤지만 차원우는 어깨를 으쓱이며 대답할 뿐이다.

"날 깨운답시고 조연오 씨가 내 뺨을 열 번 넘게 때린 건, 절대 기억 안 나."

"많아 봤자 일곱 번이었…… 뭐야! 기억하네!"

속은 느낌이었다. 그럼 술이 약하다는 것도 다 거짓말인가? 짐승화되었던 것도 의도한 거였어? 덕분에 본의 아니게, 변태가 되었던 나는 씩씩거리며 그를 쳐다봤다.

그런 나를 웃으며 응시하던 남자는 슥 얼굴을 아래로 내려 내 귓가에 입술을 가져다 대었다.

"조연오 씨."

"왜요!"

화났다는 기색을 숨기려 하지 않는 나를 향해, 그는 부드럽게 속삭인다.

"나, 조연오 씨 엄청 좋아하는 것 같아."

욕조 안에 앉아 있는 여자를 향해 좋아한다는 말을 아무렇지도 않게 뱉어 낼 사람은 눈앞의 이 남자일 뿐일 거다. 그에게 안기기 직전 겨우 몸에 둘렀던 얇은 이불을 목 끝까지 끌어 올리며 고개를 푹 숙일 수밖에 없었다.

'뭐가 이리…….'

뻔뻔해.

좋아한다는 확신도 아닌 좋아하는 것 같아, 라는 추측성 발언에도 심장이 미친 듯이 벌렁거리는 걸 보면 나는 연애 초보가 맞기는 한가 보다.

스윽 눈꺼풀을 들어 올려 차원우를 흘겨보았다. 그의 촉촉한 검은 눈동자가 일렁이는 게 보인다. 단 한 치의 거짓도 없어 보이는 남자의 시선에 얼굴이 화끈 달아올랐다. 입술이 바싹 말라 갔다. 미간을 좁히며 두근거리는 가슴을 움켜쥐던 나는 싱긋 웃으며 그런 내 반응을 지켜보고 있는 차원우에게 말하기 위해 고개를 들었다.

동시에 싱싱한 먹잇감을 어떻게 잡아먹을 건지 고민하는 짐승의 눈이 번뜩였다. 입을 쭉 내밀고 꼭 무언가 말할 것처럼 그를 쳐다보는 내 시선에 차원우가 고개를 갸웃거렸다. 목구멍이 간지러웠다. 소리가 나올 듯 말 듯 망설이기를 멈추질 않아 괜히 다급해졌다. 그래도 말을 하려는 시도는 계속했다. 몇 번의 시도 끝에 목소리는 터져 나왔다.

"나……."

"나?"

"나는, 차원우 씨 별로 안 좋아하거든요!"

상황과 맞지 않은 외침이었지만 놀란 듯 나를 내려다보는 차원우의 눈길을 피하지 않았다. 그는 씩씩거리며 이불을 더욱 위로 끌어 올리려는 내 눈동자에 시선을 박은 채 한동안 아무 말도 하지 않다가 풋, 웃음을 터뜨리며 다가왔다.

왜, 왜 이래, 이 남자.

말을 뱉어 내기가 무섭게 빛나는 얼굴을 들이미는 차원우가 부담스러워 뒤로 물러나려 했지만 그럴 수가 없었다. 나는 욕조 안에 갇힌 몸이었으니까.

차원우는 눈을 동그랗게 뜨는 내게로 빌어먹을 잘생긴 얼굴을 들이밀더니 미소 지으며 속삭였다.

"정말로…… 안 좋아해?"

싫지는 않지만 좋아하는 건 아니라니까!

"다, 당연하죠!"

"흐음."

말을 조금 더듬기는 했지만 재빨리 긍정한 나를 빤히 직시했다. 그 눈빛에 얼굴이 타들어 갈 뻔한 건 비밀 아닌 비밀이다. 낮게 신음마저 흘리는 그로 인해 긴장해 버려서인지 침이 꼴깍 넘어갔다. 차원우는 그의 이어질 말을 노심초사하며 기다리는 나를 향해 작게 중얼거렸다.

"하지만 조연오 씨는……."

응?

"여긴, 좋아하잖아."

헉!

아무렇지도 않게 기다란 손가락으로 자신의 탄탄한 가슴근육을 가리키던 그는 간밤의 일을 똑똑히 기억하는 사람 같았다.

뭐야, 이제 완전히 인정한 거야? 어젯밤 일 기억하고 있다는 거 인정한 거 맞지? 버럭 소리치고 싶은 마음이 굴뚝같았으나 얼굴이 완벽히 익어 가다 못해 입술마저 파르르 떨려서 대답을 할 수가 없었다. 이유인즉 간단하다. 그의 말이 사실이었으니까.

'젠장!'

차원우의 저 드넓은 가슴에 얼굴을 파묻고, 입술을 가져다 대어 쪽쪽거린 걸로도 모자라 바보처럼 뺨을 맞대어 슥슥 비빈 것은 분명 나였다. 문어 빨판처럼 들러붙어선 그에게서 떨어질 줄 몰랐던 나는 확실히 그의 가슴근육을 사랑했다. 아니, 사랑하지 않을 수가 없잖아! 저렇게 단단하고 튼튼해 보이는데! 어딜 가도 저런 가슴근육을 가진 사람을 만난 적이 없었단 말이다, 지금까지의 나는!

"뭐……."

때문에 부정하지 못했다. 또 한 번 물어도 아마 마찬가지일 것이다. 필요한 상황 외에는 거짓말을 하는 걸 즐기는 편이 아니었으므로 진실을 말할 수밖에 없었다. 놀랍게도 나는, 차원우의 가슴근육이 좋다. 그것도 너무.

"게다가 조연오 씨는 여기도 좋아하잖아."

방심했던 걸까, 순순히 수긍하며 말을 흐리는 나를 바라보던 차원우는 이번엔 자신의 다른 신체 부위를 가리키며 속삭였다. 그의 붉은 입술이 달싹거리며 흘러나온 말에 나는 '흡!' 숨을 들이켰다.

차원우의 기다랗고 가는 검지가 가리킨 곳은 다름 아닌 그의 굵은 허벅지. 웬만한 말도 저리 가라 싶을 정도로 튼실한 그 허벅지에 시선을 빼앗긴 나는 숨이 막히는 걸 느꼈다.

'큰일 날 뻔했어!'

하마터면 차원우의 말에 반사적으로 '네!' 라고 소리치려 했던 스스로를 책했다. 정신 차려, 조연오야. 그렇게 쉽게 넘어가면 어떡하니! 손으로 입을 틀어막으며 내가 무슨 짓을 저지를 뻔했는지 되새기며 앞으로는 그래선 안 돼—라고 다짐하는 사이 차원우가 아래에 두르고 있던 수건을 휙 던졌다. 뭐, 뭐 하는……!

눈이 튀어나올 것만 같다. 이 남자는 이젠 내 앞에서 완벽한 누드인 게 아무렇지도 않은 것인가. 그래, 못 볼 꼴 다 본 사이라 이

거지? 그럼 나도 똑바로 봐 주겠다, 이거야! 얼마나 잘난 몸인지 다시 한 번…… 제길.

눈동자를 움직일 수가 없었다. 그가 허리 밑에 두르고 있던 수건을 바닥으로 내던지자마자 드러난 그것의 존재감에 시선을 빼앗겼다. 압도당하는 것 같은 그 기분을 보지 못한 사람은 알 수 없을 것이다. 나는 벌어진 입을 다물지 못하고 한동안 차원우의 두 다리 사이에서 눈을 떼지 못했다.

"역시 조연오 씨는 여길 제일 좋아하는 것 같군."

그가 나지막하게 중얼거리는 목소리가 욕실 안 공기를 타고 흘러와 귓가를 간질였다. 볼록하게 솟아 있는 굵고 기다란 그의 똘똘이를 멍하니 응시하던 나는 화들짝 놀라 정신을 차렸다.

"마, 말만 들으면 내가 엄청 변탠 줄 알겠어요! 조, 좋기는 무슨!"

그러나 사실 나는 변태가 맞다. 어젯밤의 일로 이미 인정하지 않았던가. 애써 부정하면서도 차원우의 얼굴을 바라보던 시선을 아래로 내리며 입꼬리까지 올렸다. 이젠 빼도 박도 못 하는 변태가 되었다. 이왕 이렇게 된 거 변태라고 인정한 후 내 마음대로 쳐다봐야겠다.

아니, 그렇잖아. 저 위용 넘치는 걸 어떻게 무시하냐고. 그것은 내 눈동자에 대한 모욕이다!

"정말…… 아니야?"

차원우는 그의 세 번째 다리를 노골적으로 응시하고 있는 내게 물음을 던졌다. 나는 슬렁슬렁 대답했다.

"네! 아니에요! 안 좋아해요, 정말!"

"그런데 조연오 씨의 눈은 여길 향해 있어."

"그냥 눈동자를 움직이기 귀찮아서 보고 있는 거예요. 사실은 보기 싫다고요."

그도 뻔뻔한 행동을 일삼고 있으니 나도 조금 뻔뻔해지기로 했다. 속마음과는 전혀 다른 말을 흘리며 한 마디 한 마디에 움찔거리는 그의 똘똘이를 쳐다봤다. 내 말에 심적 타격이 컸는지 살짝 늘어지는 그의 세 번째 다리가 보였다. 아, 내가 너무했나. 약간의 양심의 가책도 느꼈다.

"보기 싫어?"

줄곧 태연함을 유지하던 차원우의 목소리가 떨렸다. 이쯤에서 그만두어야겠지만 나는 여전히 태도를 고수했다.

"당연하죠! 누가 그걸 계속 보고 싶어 하겠어요? 변태도 아니…… 잠깐. 차원우 씨, 지금 뭐 하는 거예요?"

정도가 지나쳤던 걸까. 눈은 그의 다리 사이에 꽂혀 있으면서 흥, 콧방귀를 뀌면서까지 칼바람을 흘리던 나는 깜짝 놀라 소리쳤다. 차원우가 냉랭한 내 반응에 바닥에 떨구어 놓은 수건으로 자신의 허리 밑을 가리려 했기 때문이다. 그는 당황하며 입까지 벌린 나를 향해 풀 죽은 목소리로 대답했다.

"뭐 하긴. 조연오 씨가 보기 싫다니까, 가려야지."

뭐?!

"미안. 보기 싫은 걸 자꾸 보여 줘서. 그렇게 싫어할 줄은…… 몰랐어."

연기다. 이건 분명한 연기야. 내 손바닥이 선사한 강 스매싱까지 무려 일곱 번이나 견뎠던 남자가 아닌가. 지금 당장 연예계에 데뷔를 해도 신인 남우상 정도는 쉽게 손에 쥘 차원우는 가련한 여주인 공과 같은 표정을 지으며 허리에 수건을 두르려는 연기를 하고 있었다.

'속지 마라, 조연오. 속지 마!'

이성이 소리쳤다. 내 마음을 흔들기 위해 연기를 하는 차원우에게 쉬이 넘어가지 말라고, 쉴 새 없이 소리쳤다. 지금 넘어간다면 너는 또 이 남자에게 마구 먹혀 버릴 거야, 라고 계속해서 외치는 이성의 목소리가 머리를 울렸다.

차원우는 인상을 쓰며 고뇌하는 나를 아랑곳 않고 완벽히 수건을 두르기 위해 과장된 행동을 이어 가고 있었다. 예를 들어 일부러 허공으로 수건을 몇 번 턴다든가 하는 그런 계획된 몸짓들을…… 제기랄!

"그래요! 나 차원우 씨 '몸' 좋아해요!"

인정해 버렸다. 이성의 끈질긴 설득에도 불구하고 뱀처럼 속삭이는 유혹에 백기를 들었다.

일부러 수건을 펄럭거리던 차원우의 행동이 멎었다. 그는 스윽 눈동자를 움직여 입술을 악물고 있는 내게 빙긋 미소 지었다.

"그럼 날 좋아하는 게 맞군."

기분이 좋아 보이는 얼굴이었다. 그런 그를 못마땅하게 응시하며 나는 최후의 발악이란 걸 했다.

"몸만 좋아하는 거죠, 몸만!"

그의 가슴근육도 좋아하고, 볼록 솟은 성대도 좋아한다. 오똑 솟은 코는 신이 빚은 것 같아서 동경하기도 했고, 우수에 젖은 촉촉한 눈동자도 표현하진 않았지만 좋아한다. 가장 좋아하는 건 역시

나 굵은 허벅지려나. 살짝만 움직여도 근육들이 용솟음치는 그 허벅지에 넋을 놓은 적이 한두 번이 아니다. 그리고 예의 그것. 차원우가 자랑하는 그 세 번째 다리를 응시하고 있으면 온몸에서 오소소 소름이 돋아난다.

그러니까 이것도 좋아하는 게 맞는 거지. 전율이 일어날 정도면, 말은 다 했으니까.

결론적으로 내가 차원우의 몸을 좋아하는 건 부정할 수 없는 사실이다. 쿨 하게 인정할 땐 인정하는 게 바로 나, 조연오가 아니겠는가. 물론 차원우에게 '몸'이라는 단어를 특히 강조하기는 했었지만 가끔은 뻔뻔하기도 해야 하는 거니까.

"얼굴은?"

제가 답해 놓고도 뿌듯했는지 입꼬리를 올리는 나를 말없이 직시하던 차원우는 불의의 일격을 날렸다. 순간 숨이 멎었다. 설마 그 말을 뱉어 낼 줄은 예상하지 못했다. 역시 고단수의 남자군. 나는 속으로 혀를 내둘렀다.

엄밀히 말해선 얼굴도 몸의 일종이니 당연히 고개를 끄덕여야 하지만 얼굴도 좋아하고 몸도 좋아하면 차원우 전부를 좋아하는 거니 내 주장과 달라진다. 짧은 시간 동안 열심히 사고회로를 굴리던 나는 머뭇거리다 한숨을 내쉬며 답했다.

"얼굴도…… 좋아요."

망할. 입안에 뱉어 내지 못하는 욕설이 가득 들어찬다. 차마 차원우의 얼굴이 싫다고는 하지 못하겠다. 내 취향과는 전혀 다른 외모였지만 전 국민을 홀린 걸로도 모자라 내 취향까지 바꾸려 드는 저 외모를 어찌 싫다고 할 수 있을까. 눈물을 머금고 답하자 차원우는 또다시 웃었다. 왜 자꾸 웃어, 정들게.

"그럼 다 좋아하는 거네. 내 얼굴도, 몸도 전부."

그가 툭툭 던지는 말에 전신이 화끈거린다.

"아, 글쎄, 차원우 씨를 좋아하는 건 아니라니까요!"

어떻게 해서든 내가 그를 좋아하는 건 아니라는 사실을 피력하려 했지만,

"그만 부정해."

차원우는 끄떡도 않는다. 포기를 모르는 남자다.

"안 좋아해!"

그러나 나도 포기를 모르는 여자다. 고집이 센 편이기에 주장을 굽히지 않고 외쳤다. 차원우는 고개를 절레절레 흔들며 중얼거렸다.

"결국은 다 좋아하게 되는 거야."

"아니야! 절대로 그럴 일은……!"

슬며시 다가온 입술의 촉감은 부드러웠다. 달콤한 생크림이 내려앉듯 살포시 내 입술을 덮은 그의 입술이 말랑거린다. 눈을 동그랗게 뜬 채로 꺼내려던 말을 삼켜 버린 나는 멍하니 두 눈만 깜빡였다. 차원우는 내 입술을 새빨간 혀로 훑고 지나가며 속삭였다.

"이래도?"

심장이 쿵쾅거린다. 우수에 찬 그의 눈동자가 내게로 향해 있다. 욕실의 은은한 불빛에 반사되어 더욱 번들거리는 입술이 미세하게 들썩이는 것도 보였다. 마른 목구멍 사이로 침이 넘어갔다. 툭, 이성의 끈이 끊어지는 소리가 느껴졌다. 나는 어금니를 세게 악물다 고개를 아래로 내렸다.

'돌겠어.'

대놓고 유혹하는 데 버틸 만한 여자는 없다. 나는 변태이기에 더 더욱 자신이 없었다. 이 빌어먹을 남자는 아마 내 성향을 눈치채고 노린 것이 틀림없다. 나쁜 남자 같으니. 정말로 약았어.

"차원우 씨."

나는 웃음을 머금고 있는 남자의 허리춤에 둘러진 수건을 향해 손을 뻗으며 으르렁거렸다.

"정말 가만 안 둘 거예요."

차르륵 그의 수건을 세게 잡아당기며 부드득, 이를 갈았다.

★☆★

변태를 무시한 대가를 반드시 치르게 해 주리라, 속으로 외치며 그에게 손을 내밀었다. 그런 내게 끌려 온 그가 쿡쿡거리는 게 보였지만 신경 쓰지 않았다. 결국은 날 좋아하네, 라고 중얼거리는 그의 말을 깨끗이 무시하며 차원우의 입술에 내 입술을 가져다 댔다. 이미 한번 훑고 지나갔던 터라 촉촉해진 입술은 머금기가 편했다.

양팔을 들어 올려 차원우의 머리를 감싼 뒤 미친 듯이 키스를 하는 사이 그가 손을 뻗어 내 몸에 둘러진 이불을 걷어 냈다. 자연스레 그의 아래서 나신이 된 내가 놀라 얼굴을 떼려 했지만 이번엔 반대로 차원우가 내 머리를 잡고선 뜨거운 키스를 퍼부었다.

코끝에서 흘러나온 강한 열기가 온몸을 불타게 만들었다. 간밤에 그렇게 서로를 탐했는데 아침이 되자마자 다시금 달아오르는 걸 보면 우리의 속궁합이 그리 나쁘지는 않은 모양이었다.

"흐응!"

정신없이 입안을 헤집던 차원우의 혀가 밖으로 나오자마자 한 일은 그가 남긴 키스마크 자국이 가득한 내 목덜미를 핥는 것이었다. 간지러운 그 느낌에 내 몸은 새우처럼 휘어졌다. 야릇한 숨소리가 입술 밖으로 터져 나와서인지 괜히 부끄러워졌다. 뒤늦게 입술을 악물며 소리를 내지 않으려 애썼지만 쇄골을 핥고 내려온 그가 봉긋 솟아 있는 가슴에 뜨거운 입김을 불어넣는 바람에 신음은 멎지 못했다.

"하윽! 으으읏……!"

신경을 건드리는 소리가 들려온다. 요란스레 움직이는 혀로 유두 근처를 맴도는 그로 인해 참기가 힘들어진다. 할짝할짝, 자극하는 차원우의 혀 놀림에 스르르 녹아 버릴 것만 같았다. 심장이 미친 듯이 두근거렸다.

"하아…… 홋!"

대화 따위를 주고받을 시간은 존재하지 않았다. 어느새 야수 모드로 들어간 그의 거칠어진 눈동자가 의식을 제압했다. 입술 사이로는 교태스러운 탄성 소리만 흘러나와 나는 그의 검은 머리 숲에 손을 집어넣었다. 풍성한 그의 머리카락이 가득 들어찰수록 몸이 뜨거워지는 게 느껴졌다. 그가 내 몸에 새기는 흔적들이 점점 짙어져 갔다. 눈앞이 흐려졌다.

"차, 차원우 씨……."

온 힘을 짜내어 차원우의 이름을 부르자 내 왼쪽 다리를 들어 올려 은밀한 곳을 적시던 차원우가 고개를 들었다. 미간이 좁혀졌다.

나는 숨을 크게 들이마시며 그에게 말했다.

"안으로, 흐으, 들어와요!"

가만히 두지 않을 거라고 말했던 건 바로 나였으면서 왜 내가 당하고 있는 건지 모르겠다. 아마도 그의 스킬이 장난이 아니어서 주도권을 빼앗겨 버린 건지도. 이렇게 마냥 잡아먹히기는 싫어서 인상을 쓰며 외쳤다. 그가 '아직 덜 됐는데?' 라고 중얼거리는 게 들려왔지만 개의치 않고 일어났다.

"큭!"

짧은 신음 소리와 함께 정반대의 상황으로 변해 버렸다. 욕조에 반쯤 누운 자세로 그의 애무를 받은 내가 앉아 있던 곳으로 눕게 된 그가 성난 표정을 짓고 있는 나를 올려다보는 게 보인다.

불끈 솟아 있는 차원우의 성난 기둥을 향해 손을 뻗었다. 크으—하고 갑작스런 내 행동에 놀란 그가 숨을 들이마셨다.

"경고했었죠. 가만두지 않을 거라고!"

히죽, 웃으며 차원우를 향해 경고한 나는 의지를 다졌다. 한 손에 다 들어오지도 않는 저것을 내 몸이 머금을 수 있을지 모르겠지만 한두 번 한 것도 아니니 이젠 익숙해질 만도 하다. 차원우가 또다시 픽 웃음을 흘리기 전에 후우, 숨을 고른 나는 우뚝 솟은 그것으로 천천히 다가갔다.

지금까지는 줄곧 누워 있던 자세로 차원우의 튼실한 세 번째 다리를 받아들인 적이 대부분이었기에 위에서 내려앉기란 힘들었다. 처음엔 잘못된 곳으로 그것을 밀어 넣을 뻔하여, 두렵기도 했지만 포기하진 않았다. 내가 누구야, 천하의 조연오가 아니겠나. 겨우 알맞은 입구에 그의 남성을 들이민 나는 서서히 아래로 내려앉았다.

비좁은 여성 안으로 차원우의 분신을 들이는 것은 역시 쉽지 않은 일이었다. 충분히 풀어 주었음에도 불구하고 내 몸이 아닌 이질적인 것을 받아들이는 건 어려웠다.

스윽 고개를 들자 차원우가 걱정스러운 듯 나를 응시하고 있는 것이 보였다. 나는 '할 수 있어요.' 하고 짧게 대답한 후 입술을 세게 악물며 그의 물건을 받아들이기 위해 힘을 풀었다.

"하아!"

내 안에 가득 들어차는 그의 분신이 느껴졌다. 눈앞이 뿌옇게 흐려질 만큼 아찔해졌지만 정신을 잃지는 않았다. 최대한 차원우의 것을 밀어 넣은 나는 터져 나오는 숨을 막지 않았다. 차원우가 커다란 손으로 힘겨워하는 내 허리를 부드럽게 감싸는 것이 느껴졌다.

"흐으, 읏!"

속에서 성난 황소처럼 요동치는 그의 남성은 제어하기 힘들었다. 강하게 조이긴 했지만 그럴수록 더욱 크게 반동하여 식은땀이 주르륵 흘러내렸다. 입술을 바들바들 떨며 움직이려 애쓰는 나를 지켜보는 차원우가 보였다. 본때를 보여 줘야 한다고 되뇌던 나는 그런 그에게 각인시켜 주기 위해 엉덩이에 힘을 줬다.

"크윽……!"

그때부터였다. 위로 올라갔다 아래로 내려오는 행위를 반복하는 나로 인해 차원우의 얼굴이 무너져 내린 것은. 아슬아슬하게 그의 기둥을 머금은 채 위아래로 움직이는 것이 꽤나 힘겨웠지만 쉬지 않았다. 태연하던 남자의 얼굴이 안달이 난 듯 달아올랐다.

그의 뻔뻔스러운 얼굴이 애원에 물드는 것이 보기 좋아 속으로 큭큭거리던 나는 조금 더 힘을 내기로 했다. 아까보다 빨리, 그가 혼을 뺄 정도로 쉴 새 없이 차원우를 받아들였다가 내보내며 그를 자극했다.

"조……."

펄펄 끓는 내 안에서 차원우의 분신이 미친 듯이 부풀어 오르는 게 느껴졌다. 조금만 더 애쓰면 그를 가 버리게 할 수도 있을 것 같아 숨까지 참아 가며 진동을 멈추지 않았다. 아마도 내 이름을 부르려 한 것 같았으나, 곧 그의 입술은 다물어졌다. 가빠 오는 숨을 입안에 머금고선 그의 입술 위로 내 입술을 내리꽂았다. 읍, 하고 나지막한 신음 소리와 함께 차원우의 미간이 좁아졌다.

하아, 후우, 하아, 크으……!

좁은 욕조 안에서 얽혀 있는 남자와 나는 피스톤이 움직이듯 아래위로 겹쳐지며 하나가 되어 갔다. 살과 살이 부딪히는 야릇한 소리가 욕실을 울린다. 그의 불기둥이 무언가를 뿜어낼 때까지 쉴 새 없이, 우리는 서로를 붙든 채 놓아주지 않았다. 시간의 개념이 흐려진다. 아득하게 멀어져 간다.

★☆★

"차원우 씨, 나 궁금한 거 있어요."

살다 살다 욕조 안에서 섹스를 할 줄이야. 불과 몇 달 전의 나라면 도저히 생각하지도 못했을 법한 일이다. 얼마나 이 남자의 몸이 좋았으면 욕조 안에서 이런 짓을 저질렀을까.

그의 몸을 무척 좋아하는 건 이미 확정적이었기에 나는 뻔뻔스럽게 그의 품에 안긴 채 입술을 열었다.

"뭔데?"

부드러운 그의 목소리가 내 귓가로 들려왔다. 따뜻한 욕조의 물이 찰랑거렸다. 앉아 있는 차원우의 몸 위에 내 몸을 포개고 있던 나는 고개를 뒤로 돌리지도 않고 중얼거렸다.

"어떻게 견딘 거예요?"

아주 궁금했다. 웬만한 사람이었다면 쉬이 견딜 수 없었을 텐데. 이젠 많이 가라앉긴 했지만 그래도 여전히 붉은 그의 뺨을 흘긋거리며 말을 이었다.

"내 손…… 되게 맵지 않았어요?"

만약 데뷔를 하게 된다면 차원우가 미래의 남우주연상을 꿰차리라 믿어 의심치 않은 까닭은, 그렇게 미친 듯이 맞고 있는 상황에서도 눈을 뜨지 않은 그의 연기력 때문이었다. 정말 대단한 남자가 아닌가. 어떻게 그 고통을 참아 낸 거지?

가끔 내가 잠에서 깨기 위해 내 뺨을 때린 적이 있어서 더더욱 그의 고통을 잘 알고 있다. 한 번 맞아도 아픈데 일곱 번씩이나 맞고 아무렇지 않은 척 잠든 연기를 이어 갈 수 있는 사람이라니.

진심으로, 그의 끈기에 박수를 쳐 주고 싶다.

그런 인내력이 있으니 대한민국의 국가대표 선수로 이름을 날리는 건가? 그래, 분명 그럴 거야.

"아아."

기억을 하고 있다는 걸 드러낸 이후론 스스럼없이 대답을 하던 차원우는 태연자약하게 말했다.

"매웠지."

아, 손이 매운 건 느낀 건가?

"난생처음 지옥을 경험했어."

차원우는 온몸을 부르르 떨었다. 나는 풋 웃었다.

"무슨 지옥씩이나."

"지옥이었어."

"……."

너무 단호하게 대답하기에 할 말을 잃었다. 차원우는 어색하게 웃는 내 어깨를 슥슥 쓸며 중얼거렸다.

"두 번 다시는 겪고 싶지 않아."

"그 정도였어요?"

왠지 미안해졌다.

"조연오 씨 손이 어디 보통 손인가."

하긴, 내 손은 보통 여자의 손은 아니었다. 유도 선수의 손, 그것도 국가대표 금메달리스트의 손이다. 평범한 남자가 견딜 리 만무하지.

"그래도 뭐, 가치는 있었으니까."

그의 술을 깨우기 위해 어쩔 수 없이 한 행동이긴 하지만 결과적으로 연약한 부위를 마구 때린 것은 사실이었던지라 고개를 아래로 떨구었다. 그 순간 들려온 차원우의 음흉한 속삭임이 정신을 번뜩 들게 만든다. 나는 휙 얼굴을 뒤로 돌리며 입을 쭉 내밀었다.

"엉큼해!"

"변태 여자 친구한테 익숙해지려면 엉큼하기라도 해야지."

"벼, 변태는 누가 변태예요!"

"아니야?"

"……쳇."

어젯밤 그에게 변태 짓을 한 건 나였고 오늘도 비슷한 짓을 저질 렀던지라 더는 부정하지 못했다.

"그런데 조연오 씨."

차원우는 입술을 삐죽이던 나를 꼭 끌어안으며 붉어진 귀에 입 술을 가져다 댔다. 호, 입김을 불어넣으며 속삭이는 그로 인해 미 쳐 버릴 것만 같다.

"정말, 대답 안 해 줄 거야?"

"무슨 대답이요?"

"나는 말했잖아."

그러니까 뭘.

"조연오 씨를 좋아하는 것 같다고."

심드렁한 표정으로 그를 흘긋거리는 내게 그가 달콤하게 말했다.

"나는 조연오 씨를 좋아해."

눈꺼풀이 파르르 떨릴 만한 말을 아무렇지 않게 날리는 남자가 꽤 무섭다. 가슴이 제멋대로 뛰어서 나는 숨을 삼켜야만 했다.

"그 말을 들은 조연오 씨도 이젠 대답을 해야 할 거 아냐?"

재촉하는 그가 얄밉다. 제길. 마음의 준비도 안 됐는데 벌써 대 답을 듣고 싶어 하는 거야? 얼굴이 화끈거려 입술을 악물었다.

"나, 나중에…… 말할게요."

"그렇게 말한 지가 벌써 3시간 전이야."

어지간히 성격도 급하다. 아니 그전에, 우리 욕조에 세 시간이나 있었어?! 나는 새로 알게 된 사실에 경악했다.

"조…… 조금만 더 기다려요."

그 말을 뱉어 내기엔 마음을 다잡을 필요가 있었다. 내가 차원우의 얼굴을 좋아하고, 몸은 더 좋아한다 하더라도, 아직은.

"난 참을성 없는데."

차원우가 심통 난 목소리를 뱉어 냈다. 무의식적으로 인상을 썼다.

"내 손 맞고도 견뎠잖아요!"

그는 대꾸했다.

"그거랑 이거랑은 다르지."

"같아. 그러니…… 기다려요."

어떻게 해서든 대답을 듣겠다는 듯 내 몸을 감싸는 차원우의 손을 뿌리치며 장장 3시간 만에 나는 욕조에서 벗어났다.

"좋아하면서."

쏜살같이 욕실을 나서기 직전 그가 툴툴거리는 게 들려왔다. 부정하진 않았지만 그렇다고 긍정도 하지 않은 내 심장이 최후의 발악을 한다.

두근두근.

쿵쾅쿵쾅.

세게 욕실 문을 닫을 때까지 붉어진 얼굴을 그에게 돌리지 못했다.

7.
그립고 그리워서

오전 여섯 시 반.

형가리 부다페스트에서 열리는 세계 펜싱 선수권 대회를 준비하기 위해 대한민국의 국가대표 펜싱 선수들은 오늘도 어김없이 비지땀을 흘릴 태세를 취하고 있었다.

하나둘씩 훈련장 안으로 들어오는 그들에겐 이번 대회를 준비하는 마음가짐이 남달랐다. 아시안게임이 끝난 지 비록 반년도 흐르지 않았지만, 세계선수권 대회는 한 해를 마무리 짓는 대회이자 세계의 우수한 선수들과 겨루는 큰 대회였기에 자신의 기량을 뽐내기 위해 그들은 그동안 숨겨 두었던 칼을 갈고 있었다.

"후우. 하아. 후우. 하아."

그중에서도 특히, 그 누구보다 이른 시각에 기상하여 가장 먼저 태릉의 불을 밝힌 사람이 있었으니, 본격적으로 훈련이 시작되는 오전 여덟 시에 맞춰 준비운동을 하고 있는 원우의 얼굴엔 어느 때보다 비장함이 가득했다.

"왜들 그러고 있어?"

하암, 길게 하품을 해 대며 훈련장 안으로 들어선 강준은, 앙 가르드(En garde:준비) 자세로 가볍게 제자리뛰기를 하며 전신을 이완시키던 원우가 이번엔 목 운동으로 넘어가려 하는 걸 흥미로운 시선으로 지켜보는 두 명의 남자들에게 다가갔다.

"어어, 왔냐?"

"왔어요?"

강준은, 원우를 따라 준비운동을 하지 않고 이석과 재운이 자신을 반기자 의아해하면서도 그들 옆에 자리를 잡으며 입술을 달싹였다.

"뭐 재미있는 일이라도 있어?"

"당연하지. 아니라면 우리가 왜 이러고 있겠어?"

이석은 강준의 물음에 망설임 없이 대답했다. 대체 어떻게 된 일이냐며 재운을 응시하자 하체 운동으로 돌입한 원우를 흘긋거리던 재운이 고개를 절레절레 저으며 어깨를 으쓱였다. 이석은 의아해하는 강준의 의문을 풀어 주기 위해 입을 열었다.

"저 녀석, 오늘 네 시부터 저러고 있었다더라."

네 시?

"새벽?"

강준이 놀란 듯 눈을 휘둥그레 뜨자 이석은 중얼거렸다.

"미쳤지? 평소보다 더 미쳤어. 미친놈이야, 정말."

"그냥 강철 체력인 게 아닐까요?"

"아니야. 표정 보니 무슨 일이 있었어. 저거 봐. 고작 훈련일 뿐인데 저만 비장하잖아."

강준은 이석의 지적에 대퇴근 강화운동을 하고 있는 원우를 쳐다보았다. 그러고 보니 원우의 얼굴이 유독 딱딱하게 굳어 있었다.

지난 기억을 더듬어 보면 원우는 요 며칠 계속 저런 얼굴이기도 했다.

'정말 무슨 일이 있긴 한가 보네.'

약간의 의문이 들었지만 괜한 신경을 쓰고 싶지 않았던 강준은 대수롭지 않게 여기며 자리에서 일어나려 했다. 그의 옷자락을 세게 잡아당기는 이석의 손짓이 아니었더라면, 아마 그는 제 훈련을 하러 움직일 수 있었을 거다.

"왜!"

"알아봐."

이석은 망설이지 않고 말을 뱉어 냈다. 강준의 얼굴이 일그러진 것은 당연한 일이었다.

"내가 왜!"

귀찮은 건 딱 질색이란 말이야!

근래 들어 원우와 얽혀서 일이 술술 풀린 적이 없었다. 오히려 더 꼬이지 않은 것이 다행스러울 정도였지. 저런 굳은 얼굴로 묵묵히 훈련에 매진하는 차원우의 모습은 평소와 크게 다를 바 없었지만, 분명 미묘한 분위기 차이는 있었다. 분명히 무슨 일이 있었다는 것을 온몸으로 피력하고 있는 그를 건드려서 귀찮아지고 싶지는 않았기에 강준은 주장했다. 그러자 이번엔 이석 옆의 재운이 이석의 손을 들어 주었다.

"형이 우리보단 원우 형이랑 친하잖아요."

"맞아. 우리보단 너한테 속을 잘 털어놓잖아."

물론 그들보다 강준이 원우와 더 친밀한 건 사실이었지만, 그렇다고 해서 그들이 묻는 말에 대답하지 않을 원우는 아니었다. 단순히 너네도 귀찮을 뿐이잖아! 라고 외치고 싶었으나 이석이 자신을 밀어 버리는 바람에 얼떨결에 원우의 앞으로 다가가게 된 강준은 '젠장!' 하고 작게 중얼거리며 입술을 씰룩였다.

"차원우."

허리를 펴고 팔다리가 지면에 수직이 된 상태로 엎드린 원우를 부르자 냉랭한 얼굴의 그가 고개를 들었다. 흠흠, 강준은 미간을 좁힌 채 '무슨 일이야?' 라는 표정을 짓는 원우를 향해 헛기침을 뱉어 냈다. 그리고 천천히,

"뭔 일 있냐?"

모두의 기대에 부응하기 위해 목구멍을 간질이던 말을 흘렸다. 강준은 놓치지 않았다. 원우의 눈동자가 아주 짧은 시간이었지만 크게 일렁인 것을. 금방 차가운 얼굴로 돌아오기는 했지만 미세한 변화를 포착해 냈다.

'망할.'

강준은 속으로 욕설을 뱉어 냈다. 원우가 동요할 정도의 일이 발생한 것이 틀림없었다. 귀찮은 일 확정이네. 그는 원망스러운 눈길로 헤헤, 웃으며 강준이 돌아오기만을 기다리고 있는 두 명의 원수들을 흘긋거렸다. 저 인간들을 가만두나 봐라.

남모르게 이를 갈며 강준은 원우의 대답을 기다렸다.

그때였다.

"인정을 안 해."

원우는 우아하게 검신을 닦으며 중얼거렸다.

"몸도 얼굴도 좋아하면서, 왜 날 좋아하는 건 인정을 안 할까. 이해가 안 되는군."

강준은 고개를 절레절레 흔드는 원우를 보며 눈을 동그랗게 떴다. 대충 짐작은 했었지만 설마 여자 문제로 골골거리는 것이 사실일 줄이야!

천하의 차원우가 뭔가에 대해 고민에 빠져 있는 것 자체를 처음 봤던 터라 쉬이 믿어지지는 않았지만 한숨까지 푹 내쉬는 걸 보니 꽤나 진지한가 보다. 약간 화도 나는지 뽀득뽀득 소리 나도록 검신을 닦는 원우를 향해 강준은 말했다.

"그럼 한번 떠보든가."

'결국 또 못 들었어.'

쏴아아ㅡ

쏟아지는 물줄기를 온몸으로 받으며 멍하니 서 있었다. 정신을 차렸을 땐 그 남자에게서 만족스러운 답을 듣지 못했다는 사실만 확인했을 뿐이었다. 빌어먹을. 하여간 언변 하나는 타고난 남자다. 빈틈을 찾아 미꾸라지처럼 빠져나가 호기심만 증폭시켰다. 덕분에 나는 요 며칠간 궁금해 죽을 지경이지만 차원우는 웃으며 또 다른 무언가를 요구했다.

'그럼 조연오 씨도 내가 듣고 싶은 말을 해 주든가.'

'네?'

'그럼 나도 조연오 씨가 궁금해하는 말을 해 줄게.'

'……!'

'주는 게 있어야 받는 게 있는 법이지.'

씩 올라가는 그의 입꼬리가 몹시 얄미워 보였지만 속 시원히 그 말을 뱉어 낼 수 없는 내 자신에게도 화가 났다.

차원우가 무슨 말을 듣고 싶어 하는 건지는 이미 알고 있었다. 마음을 먹는다면 쉽게 흘러나올 말이기는 하지만 이상하게 그 말을 뱉어 내려고 할 때마다 입이 얼어붙은 듯 움직이지 않아 나조차도 미칠 지경이다. 덕분에 본의 아니게 그 남자와 끈질긴 밀당을 하고 있는 꼴이 되어 버려서 머리가 지끈거린다.

물론 나는 차원우의 몸을 좋아하기는 했다.

관계라는 행위 자체를 처음 하는 내가 느끼기에도 우리 두 사람의 속궁합은 놀라울 정도로 잘 맞았다. 근래에는 그와 만날 때마다 침대에 직행할 정도로 뜨거운 활극을 펼치고 있는 중이기에 더더욱.

그래서 그런지 어쩌면 그와 하는 섹스 행위 자체를 좋아하는 것이 아닐까라는 고민도 해 보았지만 그의 말대로 나는 차원우의 얼굴 역시도 좋아한다. 그 반짝거리는 얼굴이 눈앞에 있으면 멋대로 가슴이 뛸 정도니 말은 다 했지. 이젠 익숙해져 버린 그 얼굴이 혼자 잠드는 밤엔 눈앞에 아른거려 심장이 제 맘대로 반응을 한다.

내가 쉬이 이러한 감정에 대해 판단할 수 없는 것은 나를 헷갈리게 하는 무언가가 존재하기 때문이다. 내가 좋아하는 것이 차원우와 함께하는 그 행위 자체나 외양적 요소 때문인지, 아니면 정말로 그라는 사람 자체를 좋아하는 것인지 지금은, 확실하지 않으니까.

제길.

"네."

명쾌한 답을 찾을 수 없었던 샤워가 끝이 나고 밖으로 나오자마자 핸드폰이 진동하고 있는 것을 발견했다. 액정에 보이는 익숙한 단어에 저절로 입꼬리가 올라가는 것을 느끼며 흠칫할 사이도 없이 전화를 받았다.

"지금요? 아, 아뇨…… 뭐, 나갈 수 있어요."

현재 시각 밤 10시. 내일 아침부터 훈련이 있었기에 일찍 잠에 들려 했지만 약간의 시간은 낼 수 있을 거라 여겼다. 고개를 끄덕인 후 전화를 끊고 얼른 외투 하나를 집어 들었다. 머리를 말릴 시간은 없었기에 대충 옷을 갖춰 입고 서둘러 아래로 내려갔다.

어둑한 밤하늘 아래 고고히 서 있는 가로등 밑을 서성이는 남자 한 명이 시야로 들어온다. 두근두근. 가슴이 크게 일렁였다. 웃으며 그에게로 달려가려다 말고 흠흠 헛기침을 하자 뱅글뱅글 한 자리를 돌던 남자가 시선을 돌렸다.

'아.'

차원우가 희미한 미소와 함께 내게 다가오는 모습이 보였다. 쿵쿵, 그와의 거리가 가까워질수록 심장이 제어 불능 상태로 뛰기 시작한다. 얼굴이 화끈거리는 것 같기도 하고. 빌어먹을. 좀 진정해라, 조연오.

"좋은 냄새 나네."

내가 그를 올려다볼 수 있는 거리까지 다가온 차원우가 아직 덜 마른 내 머리카락을 빤히 응시하며 옅게 웃었다. 일렁이는 그의 눈동자에 시선을 빼앗겨 버렸지만 곧 정신을 찾으며 중얼거렸다.

"샤, 샤워 했거든요."

"같이 할걸."

"이봐요."

자연스럽게 말을 뱉어 내곤 내가 눈을 치켜뜨자 작게 큭큭거리는 남자는⋯⋯ 꽤 귀엽다. 아, 어떡하지. 정말로 귀여운데. 이상하게 심장이 벌렁거려 속으로 그 감정을 삭이느라 고생을 해야 했다.

"그런데 이 시간에 갑자기 어쩐 일이에요?"

설마, 또 침대로 가자는 말을 하려고 온 건 아니겠지?

내심 긴장을 했다.

뭐, 싫다는 건 아니다. 이 남자와 침대에서 벌이는 행각들은 아주 즐거웠으니까. 주위에서 정기를 빨린 것 같다는 말을 몇 번 듣기는 했었지만 그만큼의 가치는 있었으므로 후회는 하지 않는다. 큰일 났네. 이젠 완전히 익숙해졌어.

"아아."

보드라워 보이는 앞머리를 뒤로 쓸어 넘기는 남자의 행동엔 우아함이 가득했다. 저러니 피스트 위의 귀공자라 불리는 걸까. 넋을 놓고 그 모습을 응시하던 나는 이어 들리는 그의 말에 정신을 차렸다.

"그냥. 떠나기 전에 조연오 씨 얼굴 좀 보고 갈까 해서."

⋯⋯떠나?

처음엔 잘못 들었나 했다. 가끔 알아들을 수 없는 말을 흘리는 남자였으니까. 대답하지 않고 눈을 아래위로 깜빡이자 빙긋 웃은 그가 말을 이었다.

"나 다음 주에 출국해."

"네?"

이번에는 반사적으로 반응을 해 버렸다. 대수롭지 않게 말하는 그에게 하이톤으로 대응하자 차원우는 친절하게 대답해 주었다.

"출국한다고."

"무슨…… 소리예요?"

지금까지 그런 말, 한 번도 하지 않았잖아!

훈련 때문에 만나지 못했던 날을 제외하고는 그와 적어도 일주일에 세 번 이상은 만났던 걸로 기억하고 있다. 그때까지 출국의 '출' 자도 듣지 못했던 나는 당연히 당황할 수밖에 없었다.

혹시 내가 '그 말'을 해 주지 않아서 심통을 부리는 건가 싶어 미간을 좁히기도 했지만 차원우의 얼굴엔 변화가 없었다. 그는 놀라 눈을 튀어나올 정도로 크게 뜨는 내게 말했다.

"12월에 세션 있잖아."

"세션?"

그러고 보니 그런 말을 어렴풋이 들은 것 같기도 하다. 나와 만나고 난 다음 날, 훈련에 가기 싫다며 내 허리를 붙들고 투정을 부리던 남자의 모습이 불현듯 떠오른다. 차원우는 나지막하게 탄성을 흘리는 나를 응시했다.

"부다페스트로 전지훈련 가."

부다페스트?

거긴…… 해외잖아!

"보름 정도 전지훈련을 하다가 바로 세션 대회장으로 향할 예정이야."

"아……."

"앞으로 2주 정도밖에 안 남았으니 빡세게 해야지. 아마 그동안은 연락하기 힘들 것 같아서, 얼굴 보러 온 거야."

뭐?

"그러니 조연오 씨."

"네?"

"나 없는 동안 바람피우지 마."

★☆★

슥슥.

검을 쥐는 커다란 손으로 덜 마른 머리카락을 쓰다듬던 남자의 감촉이 아직까지 남아 있다. 전혀 예상하지 못했던 말이었기에 그에게 하려던 말을 다 뱉어 내지 못한 나는 멍한 얼굴로 고개를 끄덕여야만 했다.

'이건 기회야!'

차원우가 같은 한국 땅 위에 없다는 것을 받아들인 것은 그가 부다페스트로 떠난 지 이틀째 되는 날이었다. 그와 어쩔 수 없는 상황에서 각서를 쓰고 본의 아니게 연인이 되기로 결정한 이후로 매일같이 이어지던 연락이 뚝 끊어졌다.

차원우는 제가 뱉은 말을 지키는 유형의 사람이었기에 정말로 내게 연락 한번 하지 않았다. 넋을 놓고 핸드폰을 들여다보던 나는 몇 번이고 코치님과 감독님께 꾸중을 듣다 생각했다. 어쩌면 둘도 없는 기회가 찾아온 것이 아닐까—라고!

해방이라고 여겼다.

얼굴과 몸만 내 마음에 쏙 든 남자가 한국을 떠난 지금 나를 감시할 사람은 아무도 없었다. 그와 연락이 되지 않는 2주 동안 차원우의 관리에서 벗어나 망나니처럼 행동할 수 있다고 생각하니 가슴이 붕 떴다.

솔직히 그동안 너무 힘들지 않았던가! 그 빌어먹을 각서 때문에 마음대로 움직일 수 없었잖아. 차원우와 만나기 전까지 친하게 지내던 남자 선후배들과 얘기도 제대로 나누지 못해서인지 입이 근질근질거렸다.

'두고 봐! 막 살 거니까!'

음흉한 미소를 지으며 킬킬거린 것은 그간 억눌려 왔던 나에 대한 보상과도 같았다. 차원우가 없는 이 한국에서 그 몰래 다른 남자도 좀 만나 보고 그래야겠다. 그래야 차원우와 비교도 해 보고 하지 않겠어? 나는 헛된 희망을 품으며 눈을 빛냈다.

그러나,

'……안 오네.'

그의 외양만을 좋아하는 건지, 아니면 그라는 남자 자체를 좋아하는 건지 제대로 판단할 수 없어서 다른 남자를 만나 보며 비교를 하겠다는 다짐은 울릴 생각을 않는 핸드폰만을 뚫어져라 응시하는 내 태도로 인해 온데간데없이 사라졌다. 그러니까 각서 따위 무시하고 그가 없는 동안 난동을 부릴 거라는 거창한 계획은 모두 물거품이 되었다는 소리.

'먼저 해 볼까?'

분명 떠나기 직전 연락을 하기 힘들 거라던 그였기에 충분히 이해는 한다. 나 역시 그처럼 정신없이 대회에 매진하기 위한 훈련을 한 적도 있었기에.

이렇게 답답하게 기다리기만 하는 것은 내 성격상 맞지 않아서 인지 뚫어져라 전화만 응시하는 행동 따위 내던지고 먼저 통화 버튼을 누를까 했지만 끝내 버튼을 누르지는 못했다.

"하아."

긴 숨이 터져 나왔다.

"돌겠네."

가슴이 답답해서 미쳐 버릴 것 같다. 집중도 잘 되지 않는다. 젠장. 이게 대체 무슨 증상이야.

"……제길."

낮은 욕설이 입술 사이로 흘러나오는 느낌은 딱히 좋지 않다.

내년 초에 있을 아시안 선수권 대회를 대비하며 이어지는 숨 가쁜 훈련의 브레이크 타임. 굵은 땀방울이 송골송골 맺힌 이마를 하얀 수건으로 슥 닦은 뒤 입술을 악물었다. 휴식 시간만 되면 가방 속의 핸드폰부터 살피는 건 지난 일주일간 이어져 온 무의식적인 행동이다. 은근히 '부재중 전화 001통'이라는 문구가 액정에 떠 있기를 바랐던 것인지 아무 일도 없는 핸드폰을 내려다보는 것은 기분이 나빴다.

미간을 좁히며 다시금 핸드폰을 집어넣던 나는 어느새 드리워진 어두운 그림자에 고개를 들었다.

"왜?"

진영 언니가 심각한 얼굴로 핸드폰을 내려놓는 나를 빤히 바라보고 있는 모습이 보였다.

"연오야, 너…… 요즘 무슨 일 있어?"

그녀는 걱정이 가득한 표정을 지으며 나를 쳐다보는 중이다. 순간 가슴이 철렁거렸다. 이런, 내가 남에게 심려를 끼칠 만큼 티 나게 행동했던 건가. 고작 그 남자와 연락이 되지 않는다는 그런 사소한 이유로?

헛웃음이 새어 나올 뻔했다.

"조연오?"

진영 언니는 입을 벌리는 나를 다시금 불렀다. 둔기에 맞은 듯 커다란 충격을 받은 나는 말했다.

"언니."

"응?"

스스로가 변태라는 것도 인정했는데, 그런 감정을 인정하는 것 정도야…… 어렵지 않다.

★☆★

"좋아해요."

단순히 외향적 측면에서 그에게 끌리는 게 내가 그를 좋아하는 것 같다는 결론의 첫 번째 증거라면, 차원우가 뱉어 내는 말 한 마디 한 마디, 그리고 행동거지 하나하나에 신경을 쓰는 자신이 스스로도 느껴질 만큼 뚜렷하게 변했다는 것이 그 두 번째 증거다.

그래. 분명히 나는 그를 좋아한다.

싫다, 싫다 하다 좋아하게 되어 버렸다.

이런 내가 모순 덩어리처럼 느껴지기는 하지만 어쩌겠나.

그냥 그 사람이 좋아져 버린 것을.

"좋아한다고요, 차원우 씨."

그의 기대에 부응하고 싶었다.

그래서, 크게 마음을 먹고 거울 앞에 서서 연습이라는 것을 해 보았다.

그 말을 꺼낼 때마다 얼굴이 빨갛게 달아오르고, 입술이 부들부들 떨리고 숨이 미친 듯이 막혀 왔지만 딱히 못 봐 줄 정도는 아니었기에 계속해서 연습하고 또 연습했다. 그 남자와 마주하면 쉽게 뱉어 내기 위해 그가 없는 동안 미친 듯이 연습하고 또 연습했다.

그러니 이제는 조금, 수월해진 것 같기도 하다.

아무렇지도 않게 내게 자신의 집 열쇠와 비밀번호를 알려 주던 남자는 떠난 지 열흘째 되는 날임에도 불구하고 여전히 연락이 없었다. 그동안 나는 그의 빈집에 들어와 차원우네 집 거울 앞에 서서 그를 가장 먼저 보면 할 말을 반복하고 있었다.

'내가 없는 동안 조연오 씨가 돌봐 줘.'

'제가요?'

'부탁할게.'

부드럽게 미소 지으며 내게 속삭이던 남자의 음성이 귓가에 맴돈다.

달그닥 소리를 내며 돌아가고 있는 쳇바퀴 쪽으로 시선을 돌렸다. 쉬지도 않고 움직이는 햄스터 '먹튀녀'가 보였다. 그가 떠난 직후 꼬박꼬박 집에 들러 이 녀석에게 먹이를 주던 나는 땀을 뻘뻘 흘리며 뛰고 있는 통통한 햄스터에게 말을 걸었다.

"네 주인은 지금 부다페스트에 있대."

먹튀녀는 그런 내 말에 반응하는 건지 조금 더 빠른 속도로 뛰기 시작했다.

"보고 싶다고?"

그런 녀석을 뚫어져라 응시하던 나는,

"······어쩌지."

길게 숨을 뱉어 냈다.

"나도 그런 것 같아."

사랑에 빠지는 건, 순식간이다.

세상을 하얗게 물들이는 순백의 눈으로 뒤덮이기 시작하는 헝가리 부다페스트의 12월.

지독하게 부는 날카로운 칼바람이 가느다란 손가락을 꽁꽁 얼려 버릴 기세로 달려드는 것을 끈질긴 정신력으로 이겨 내고 있는 사람들은, 이제 여드레 앞으로 다가온 세계 펜싱 선수권 대회에 참가하기 위한 각국의 펜싱 국가대표 선수들이었다.

이번에야말로 상위에 랭크되겠다며 칼을 가는 도전자들과 자신의 자리를 지키기 위한 챔피언들의 보이지 않는 신경전이 감도는 부다페스트 내의 한 펜싱 훈련장에서는 대한민국 펜싱 국가대표 선수들 역시 대회 준비에 한창이다. 그중에서도 대한민국의 에이스이자 세계 넘버 원 자리를 오랜 기간 동안 지키고 있는 '피스트 위의 귀공자'는 한국에서 그랬던 것처럼 어김없이 다른 선수들보다 일찍 기상을 하여 오전 훈련을 마치고 흘린 땀을 씻어 내기 위해 샤워장으로 향하고 있었다.

[차이저(Chaiser)!]

샤샥, 검을 피하기 위해 피스트 위를 바쁘게 뛰어다니는 다른 선수들의 움직임 소리를 뒤로한 채 걸어가던 원우는 등 뒤에서 들리는 귀 익은 음성에 걸음을 멈췄다. 슥 고개를 돌린 그의 눈에는 찬란하게 빛나는 금발을 휘날리며 제게 환하게 미소를 지어 보이고 있는 호남형의 외국인이 들어왔다.

원우는 이 훈련장에 도착한 이후로 줄곧 제게 친한 척을 하는 독일 국적의 선수를 똑바로 직시했다.

[막심, 그렇게 부르지 마라니까.]

막심 크루제.

세계 랭킹 3위이자, 독일을 대표하는 펜싱 선수인 그는 원우와 세계 대회에서 자주 부딪힌 선수였다. 자주 해외로 전지훈련을 떠났던지라 간단한 회화는 할 정도로 독일어를 배워 둔 원우는 생글생글 웃으며 어느새 제 앞으로 다가온 막심에게 미간을 좁히며 대답했다.

[샤워 하러 가는 거지?]

[이봐, 막심.]

[나도 같이 가, 차이저!]

'내 말, 듣고 있는 거냐?'

원우의 발음이 잘못된 것도 아니었고, 충분히 들을 만한 음성이었음에도 불구하고 막심은 밝게 웃기만 할 뿐 들은 척도 않았다. 원우는 막심이 자신을 부르는 호칭을 바꿀 생각이 없음을 자각하곤 길게 한숨을 내쉬었다.

차이저(Chaiser).

이는 차원우의 차(Cha)와 '황제'를 뜻하는 'Kaiser'를 합친 단어로서 데뷔를 하자마자 세계 정상을 차지한 원우를 칭하는 선수들만의 은어다. 몇 년 전의 올림픽에서 오심으로 인해 빼앗겨 버린 금메달을 제외하곤 줄곧 1위 자리를 놓치지 않았던 원우를 칭송하는 의미라지만 정작 듣는 원우는 그리 달가워하지는 않는 호칭이었다. 원우는 '샤워장, 안 갈 거야?'라고, 멈추어 버린 그를 재촉하는 막심을 흘긋거리다 고개를 절레절레 저었다.

쏴아아—

아직 많은 선수들은 훈련장 내에서 칼끝을 겨눈 채 구슬땀을 흘리는 중이어서 커다란 샤워장 내엔 오직 원우와 막심뿐이었다. 수도꼭지를 돌리자마자 샤워기 끝에서 쏟아져 나오는 물줄기를 받아내며 눈을 감고 있던 원우는 어디선가 느껴지는 끈덕진 시선에 번쩍 눈꺼풀을 올렸다.

'…….'

대수롭지 않게 생각하려 했으나 그를 향한 눈길은 끈질겼다. 원우는 하는 수 없이 스윽 고개를 옆으로 돌렸다. 그러자 자신의 옆자리에서 샤워를 하던 막심이 눈을 동그랗게 뜨고 제 몸 어딘가를 뚫어져라 쳐다보고 있는 모습이 보이는 게 아닌가. 젠장. 원우는 반사적으로 흘러나올 뻔한 욕설을 삼키며 하얀 이까지 드러내면서 웃고 있는 막심을 불렀다.

[막심.]

[왜, 차이저?]

모르는 척 눈을 깜빡이지 말라고. 다 알고 있으니까. 입안에서 맴도는 말을 차마 입 밖으로 뱉어 내지 못한 원우는 작게 숨을 흘린 뒤 입술을 움직였다.

[어딜 그렇게 보는 거야?]

[응?]

[날 보고 있는 거지?]

[하하, 뭐…….]

얼굴을 살짝 붉히는 막심의 표정 변화가 심상찮았다. 원우는 순
간 손을 들어 올려 제 몸을 가리려다 말고는 싸늘한 음성을 흘렸
다.

[막심. 설마 너…….]

[아니야!]

뭐가 아니야.

[난 아름다운 피앙세도 있다고!]

[흐응.]

[못 믿어? 봐, 여기! 이거!]

원우가 끝까지 말을 맺지 않았음에도 불구하고 제 발 저려 왼손
약지를 들이밀며 막심은 자신의 결백을 강력히 주장하고 있었다.
의심스러운 시선으로 막심을 쳐다보던 원우는 '믿어 줘, 차이저!'
라 외치는 그를 향해 고개를 끄덕여 준 뒤 다시 샤워에 집중하려
했다.

[저기, 차이저.]

그러나 막심은 제게서 눈길을 돌린 원우에게 아직 시선을 꽂고
있는 상태였다. 머리를 감기 위해 샴푸로 손을 뻗으려던 원우는 이
번엔 또 무슨 용건이냐며 막심을 응시했다. 막심은 원우의 날카로
운 눈빛에 흠칫 놀라다 곧 정신을 차렸다.

[차이저의 연인은…… 꽤 힘이 좋나 봐?]

……뭐?

이게 무슨 소린가.

원우는 두 눈을 동그랗게 떴다. 막심 크루제는 원우의 탄탄하고
도 아름다운 근육으로 이루어진 가슴을 응시하며 씩 미소 짓고 있
었다. 그는 반사적으로 고개를 숙였다.

'물론 그 여자가 힘이 좋은 건 사실이지만 이 녀석이 그걸……
헉.'

아무래도 국가를 대표하는 유도 선수인 만큼 힘 하나는 타고난
'그녀'를 떠올리며 속으로 중얼거리던 원우는 곧 시야로 들어온 뭔
가를 발견하곤 움찔거렸다. 누군가 새겨 놓은 것이 분명한 붉은 반
점이 보였기 때문이다.

그는 잠시 잊고 지냈던 '그녀'의 흡입력에 감탄하며 픽 웃음을
흘렸다. 마지막 잠자리를 가진 지 꽤 흘렀음에도 아직 흔적이 남아
있는 것을 보면 가공할 만한 흡입력이 아닐 수 없다.

막심은 피식거리는 원우를 향해 새끼손가락을 까딱이며 물었다.
원우는 살짝 고개를 끄덕였다.

[그런 셈이지.]

단순히 그냥 힘이 좋은 것도 아니고 침대 위에서만큼은 그를 사
르르 녹일 정도로 황홀할 만큼 힘이 좋다. 그래서 천하의 그가 단
번에 '그녀'에게 매료된 것이고 꽁꽁 묶인 듯 빠져나올 수도 없게
되어 버렸지.

순간, 전지훈련 기간 동안은 가급적 생각하지 않으려 했던 '그
녀'에 대한 기억이 물밀 듯이 밀려왔다.

'빌어먹을.'

생각하면 보고 싶고, 그리움 지수가 한계에 치달으면 전지훈련을 뒤로한 채 한국으로 달려갈 것 같아 일부러 잊고 있었는데. 막심으로 인해 '그녀', 그러니까 조연오가 그리워 미칠 지경이다. 원우는 연오를 떠올리자마자 자연스럽게 반응하는 제 다리 사이의 묵직한 것을 물끄러미 응시하며 낮게 한숨을 내뱉었다.

★☆★

[차이저! 이번 대회 끝나자마자 난 피앙세와 결혼할 거야. 그러니 차이저도 참석해 줘. 이왕이면 연인과 함께!]

본의 아니게 원우로 하여금 연오를 떠올리게 만든 막심은 샤워장에서 흥분을 가라앉히려는 원우를 향해 태양보다 밝은 미소를 지으며 외쳤다. 원우의 곤란함 따위는 안중에도 없다는 듯 제 할 말만 하고 사라져 버리는 막심을 향해 울분을 토해 내던 원우는 다행스럽게도 다른 선수들이 샤워장에 도착하기 직전 정상으로 돌아올 수 있었다.

그리고 돌아온 숙소. 오후 훈련이 시작되기 전에 옷을 갈아입을 생각으로 제 방에 도착한 원우는 침대 위에 고스란히 놓여 있는 자신의 핸드폰을 빤히 응시하는 중이다.

현재 시각 오후 12시.

부다페스트와 서울의 시간은 8시간 정도가 차이 나므로, 서울은 저녁 8시쯤이 될 터. 서울에 있을 그녀에게 전화 한 통을 걸기엔 최적의 시간인지도 모른다. 물론, 반대의 상황은 더더욱.

'…….'

하지만 원우의 간절한 바람과는 다르게 그의 핸드폰은 울릴 기미가 보이지 않는다. 일주일 넘게 울리지 않았던 전화였기에 기대하는 것이 사치스러울 정도다. 왠지 쓴웃음이 흘러나올 것만 같았다. 그는 길게 숨을 뱉어 냈다.

'전지훈련 떠나 있는 동안은 조연오 씨한테 연락, 안 할 거야.'

'네? 왜요!'

'훈련에 집중할 거니까. 조연오 씨가 전화하면…… 참을 수 없을 것만 같거든.'

'……!'

'그러니 조연오 씨도 가급적이면 전화하지 마.'

'아…….'

'물론, 특별히 하고 싶은 말이 있다면 연락해도 돼.'

'하고 싶은 말이요?'

'예를 들면, 좋아해요— 같은.'

'그럼 차원우 씨가 돌아올 때까지 연락은 안 할게요.'

'어?'

'꿈도 크지. 흥!'

은근히 전화를 걸어 주기 바란 것은 너무 큰 욕심이었나.

획 돌아서며 콧방귀를 뀌던 연오의 얼굴이 눈앞을 아른거렸다. 괜한 말을 뱉어 내서 연락 없는 그녀에 대한 그리움만 쌓이는 것을 보면 모든 것은 제 실수인지도. 원우는 입술을 삐죽였다.

'정말 이 여자는…… 내 몸만 좋아하는 건가?'

이젠 의문까지 들 정도니 말은 다 했다. 분명 저를 좋아하는 게 눈에 빤히 보일 정도로 확실한데, 그렇게도 '좋아한다'는 말을 해 주지 않으니. 굳이 그 말을 듣지 않아도 상관없기는 했지만 묘하게 망설이는 걸 보자니 오기가 생겼다. 어떻게 해서든 그녀의 도톰한 붉은 입술로 꼭 '좋아한다'는 말을 듣기로 결심까지 하지 않았던가. 원우는 쳇, 쓴소리를 흘렸다.

'생각을 말자.'

계속 쳐다보고 있으니 그리워지고, 그러다 보니 전화를 걸고 싶어진다. 그는 핸드폰 배터리를 꺼 두기 위해 핸드폰으로 손을 뻗었다.

바로 그 순간.

원우가 핸드폰을 쥐자마자 손끝에서 요란한 진동이 느껴졌다. 하마터면 핸드폰을 떨어뜨릴 뻔했다. 누구지. 그는 가까스로 핸드폰을 부여잡은 채 액정을 응시했다. 그리고 가슴이 덜컹 내려앉을 만큼의 충격을 느꼈다.

"여보세요?"

그가 통화 버튼을 누른 것은 순식간이었다. 경기 때도 그렇게 빠른 속도로 손을 움직여 본 적이 없을 만큼 초인적인 속도로 전화를 받은 그는 쿵쾅쿵쾅 미친 듯이 뛰는 심장의 반응을 느꼈다.

양반은 못 되는 것인가! 행여나 제 목소리가 떨렸을까 싶어 노심초사하던 그는 이어지는 상대의 대답을 기다렸다. 지지직. 전화 상태가 좋지는 않은지 노이즈가 발생했다. 설마 전화를 잘못 건 건 아니겠지. 원우는 침을 꿀꺽 삼키며 숨을 죽였다.

―차……원우 씨?

"어, 나야!"

너무…… 빨리 대답한 걸까.

그녀의 목소리에 반사적으로 반응한 자신을 자책하며 미간을 좁히던 원우는 입술을 잘근 깨물었다.

─우와, 엄청 오랜만인 것 같아요!

민감해하는 원우와는 달리 그의 통화 상대는 크게 개의치 않는 분위기다. 원우는 안도의 한숨을 뱉어 냈다. 그리고 천천히 입술을 뗐다.

"그건 알긴 아나?"

─네?

"……아니야. 아무것도."

묻고 싶은 게 한두 가지가 아니다. 한국은 춥지 않느냐부터 시작하여 옷은 따뜻하게 입고 다니는지, 식사는 어떻게 하고 있는 건지, 침대에서 혼자 자니 외롭지는 않은 건지까지. 목구멍까지 차오른 말을 다 흘리지 못해 인상을 쓰던 원우는 '뭐 해요?' 라 묻는 연오에게 답했다.

"오전 훈련이 끝나서 잠시 쉬는 중."

─오후 훈련은 몇 시부터인데요?

"3시."

─그렇구나.

"그런데 조연오 씨가…… 어쩐 일이야?"

이 말을 뱉어 내며 괜한 소리를 한 건 아닌지 스스로를 의심했다. 하지만 이어지는 그녀의 대답은 원우를 깜짝 놀라게끔 했다.

─꼭 일이 있어야 전화를 하나요?

어?

연오에게서 그런 말을 들을 줄은 상상도 못 했다. '그냥 전화해 봤어요.' 라고 덧붙이는 그녀의 음성이 핸드폰을 타고 살랑살랑 불어와 그의 귓가에 안착한다. 원우는 이상하게 위로 올라가는 입꼬리를 내리지 못했다.

'제길.'

두근거리던 심장이 이젠 터져 버릴 정도로 뛴다. 그가 알고 있는 조연오라면 아무 생각 없이 뱉어 냈을 말임에도 불구하고 고작 그런 말에 들뜨는 자신을 보면 확실히 그녀를 엄청 좋아하기는 하는 모양이었다.

원우는 가슴을 안정시키기 위해 손을 들어 올려 심장 위로 살포시 가져다 댔다. 쿵쾅쿵쾅. 멎을 줄 모르는 심장의 움직임은 더욱 거세졌다.

―참. 차원우 씨! 세션, 어디서 열린댔죠?

"파리."

―아아, 파리구나. 네, 알겠어요! 그럼 훈련 열심히 해요!

응?

"끊으……려고?"

망할. 이번엔 확실히 티가 났다. 왠지 끝이 나려는 전화가 아쉬워 목소리를 떨어 버렸다. 원우는 냉정을 유지하지 못한 자신을 책망하며 머리를 벅벅 긁었다. 그러자 '아쉬워요?' 하고, 깔깔 웃으며 되묻는 연오의 음성이 들린다.

얄미운 여자.

"어. 아쉬워."

―……!

"며칠 만에 듣는 조연오 씨 목소린데. 당연히 아쉽지."

—그럼 차, 차원우 씨가 전화를 하지 그랬어요!

당황하는 걸 보니 지금쯤 그녀의 얼굴은 붉게 익었을 거다. 원우는 연오의 얼굴이 생생하게 그려져 빙긋 웃었다.

"말하지 않았었나. 전지훈련 끝날 때까진 전화 안 한다."

—맞다, 그랬었지.

"그리고 이렇게도 말했어. 특별히 할 말이 없다면 연락하지 말라고. 그런데 조연오 씨가 친히 먼저 전화를 한 걸 보니…… 내게 할 말이 있는가 보군."

그는 다시금 기대했다. 조연오의 성격상 할 말이 없다면 먼저 통화 버튼을 누르진 않았을 텐데. 게다가 그냥 전화도 아니고 국제 전화가 아닌가. 원우는 슬그머니 입꼬리를 올렸다.

—사실은, 하고 싶은 이야기가 있긴 해요.

이윽고 머뭇거리다 얕은 숨결을 뱉어 내는 연오의 음성이 그의 귓등을 두드렸다. 드디어 올 것이 왔나! 원우는 눈을 반짝이며 핸드폰을 더욱 가까이 가져다 댔다. 어서 해 줘. 더 이상 애태우지 말고. 그는 발작처럼 뛰려는 가슴을 차분히 가라앉히며 그녀의 목소리가 들리기를 기다렸다.

—우승해요, 차원우 씨.

그러나 이내 들려온 말은 그의 예상과는 사뭇 달랐다. 원우는 기대를 뒤엎는 연오에게 한 마디를 하려다 덧붙인 그녀의 말에 입을 다물었다.

—우승하면 나와 같은 침대를 쓸 수 있는 권한을 줄게요.

"……뭐?"

―겨, 결코 내가 굶주려서 그런 거 아니에요!

연오는 흥분한 듯 말을 더듬었다.

―차원우 씨 그게 튼실해서 그런 것도 아니라고요! 그, 그냥……
동기부여 차원에서! 으흠!

"이봐, 조연오 씨."

―하여간 꼭 우승해요. 알았죠? 우승, 하는 거예요!

불운했던 올림픽을 제외하고는 단 한 번도 1위의 자리를 내준
적이 없었다. 그래서 '차이저'라고 불리는 거고, 이번 대회를 준비
하는 동안의 컨디션도 좋은 편이다. 당연히 우승을 목표로 대회에
참전할 생각이지만 이상하게 강조를 하는 연오를 보자니 뭔가 묘한
생각이 든다.

'다른 꿍꿍이가 있나.'

그는 계속해서 '우승해요!'라 외쳐 대는 그녀의 음성을 곱씹어
보다 피식 미소 지었다.

"난 이미 조연오 씨와 같은 침대를 쓸 수 있는 권한을 가지고 있
는데?"

―네?

"그래서 그런지 조연오 씨의 제안은 딱히 끌리지가 않아."

―그, 그게 무슨!

"그리고 그것보다 내게 필요한 건 다른 '말'이지 않나. 아마 그
게 동기부여는 확실히 될 듯한데."

―……!

그녀가 놀라 숨을 참는 게 느껴졌다. 자꾸만 내빼는 게 얄밉기는
하지만 생각이 겉으로 드러나 참 귀여운 여자였다. 원우는 쿡쿡 웃

으며 말을 이었다.

"조연오 씨가 지금 그 말을 해 주면 우승, 까짓 거 하지, 뭐."

─지, 지금은 안 돼요!

"왜?"

─……하여간 안 돼요.

쳇.

단호하게 부정하는 걸 보니 뭔가 숨기고 있는 것이 틀림없다. 더 궁금해하면 저를 애태울 것이 틀림없었으므로 원우는 캐묻지 않기로 했다. 연오는 입을 다무는 원우에게 외쳤다.

─어쨌든 우승해야 해요, 차원우 씨. 꼭이요!

"알겠어."

─꼭이요!

"그래."

─약속, 했어요!

"어."

그녀의 재촉 때문이라도 진짜로, 우승해야겠다.

"끄응."

나도 모르게 신음을 흘렸다. 깜짝 놀라 입을 다물긴 했지만 이미 흘러나온 소리가 공기 중으로 재빨리 퍼져 갔다. 덜덜. 아직도 긴장이 가시질 않았는지 손끝의 떨림이 멎지를 않는다. 정신없이 뛰고 있는 심장의 박동소리를 느끼며 살짝 눈을 감았다 떴다. 그래,

괜찮아. 스스로를 안정시키며 호흡을 가다듬은 뒤 손에 들린 핸드폰을 내려다보았다.

'결국…… 해 버렸네.'

그가 한국을 떠난 지 한 달이 지난 것도 아닌데, 결국 못 참고 전화를 해 버렸다. 마지막엔 심드렁하게 '그래'만을 반복했던 차원우의 목소리가 왜 이리도 듣기 좋았는지, 원. 못내 아쉬워서 전화를 끊고 싶지 않았다면, 그가 믿을까.

인정하자.

나는 차원우가 보고 싶어 미칠 지경이다.

그냥도 아니고 너무너무 보고 싶어 미치겠다.

그 능글맞고 제멋대로인 그 남자가 눈에 아른거려 돌아 버릴 것 같다.

텅 빈 그의 집에 들어가 오동통한 햄스터에게 밥을 줄 때마다 침대 위에서의 남자가 떠올라 심장이 마구 뛰고, 훈련을 하기 위해 훈련장에 나가 다른 선수들과 대련을 하던 도중 매트 위로 떨어지면 비슷한 자세로 침대 위에서 나를 내려다보던 그 남자의 깊고 어두운 눈동자가 선명해진다.

이건 아마도…… 굶주린 거겠지. 가공할 만한 위력을 지닌 그의 섹시한 허벅지가 자꾸만 눈에 밟히고, 그 사이에 독보적으로 자리 잡은 불기둥의 흔적이 내 몸 곳곳에 남아 있어서 더더욱. 차원우 특유의 낮지만 달콤하게 들리는 그 음성이 뇌리에 각인되어 그리워진 거다.

이유인즉슨, 하나뿐.

내가 그를 좋아하니까.

아주 좋아하니까.

국제전화 요금이 많이 나온다는 걸 뻔히 알고 있으면서도 덜컥 전화를 걸 만큼 매우 좋아하니까.

그래, 그래서…… 전화를 했다.

'나 여자 다 됐네.'

이런 게 '사랑'을 하는 여인의 마음일까. 이상하게 속이 간질거렸다. 꽤 오랫동안 그의 목소리를 듣지 못한 것 같은데 고작 5분 남짓 대화를 나눔으로 인해 갈증이 조금은 가라앉는 것 같았다. 물론 그 갈증이 전화를 끊은 지금 다시 샘솟기 시작했지만.

'전화 요금, 많이 나오겠지?'

뜨거운 핸드폰을 멍하니 내려다보는 눈동자가 떨렸다. 비행기를 타고 장시간 여행해야 도착할 그가 있는 곳을 상상해 보며 호흡을 골랐다.

이럴 줄 알았다면……

'사진이라도 찍어 놓는 건데.'

끊어져 버린 전화를 아쉬워하며 핸드폰을 세게 움켜쥐고 있는 내 모습은 사랑에 빠진 사람의 전형적인 패턴이다. 마음만 먹으면 차원우의 얼굴 정도는 인터넷에서 쉽게 찾아볼 수 있겠지만, 그의 은밀한 표정과 비밀스러운 몸의 부위는 오직 나만이 알고 있었다.

제길. 정말 안 되겠다. 다음에 만나면 그의 나신을 몰래 찍어 혼자 간직해야겠어. 나는 결의를 다졌다. 떨어진 지 고작 2주도 되지 않았는데 이 정도로 애타는 걸 보니 증상이 심각하다. 사진, 반드시 찍겠어.

'헉! 내가 지금 무슨 생각을 하는 거야. 네가 진짜 변…… 아,

나 변태지.'

장성한 남자의 나신을 핸드폰으로 찍을 생각을 하다니. 변태 중에서도 상변태인 게 틀림없다. 쓰게 웃으며 핸드폰을 근처 테이블에 내려놓은 나는 째깍째깍 움직이는 시계를 흘긋거렸다.

세계 펜싱 선수권 대회. 밥 먹듯이 금메달을 차원우였기에 딱히 걱정하지는 않지만 그가 우승하길 바라는 이유가 있기는 했다.

'너무 뜸을 들이는 것 같긴 하지만 그래도……'

직접 얼굴을 보고 말하고 싶은 말이 있었다.

그 남자가 그렇게도 원하는 그 말. 깨달은 순간 말하고 싶어 참을 수 없어진 그 말. 그 말을, 하고 싶으니까. 가급적 얼굴을 보고 당당하게 말하고 싶으니까. 그래야만 놀라 쓰러지는 그 남자의 얼굴을 볼 수 있을 거고, 하얗게 미소 짓는 그 남자의 기쁨을 함께 누릴 수 있을 테니까.

"꼭 우승해야 할 텐데……"

간절해졌다.

그 말을, 뱉어 내고 싶어서.

★☆★

시간은 빠르게 흘러간다.

정신을 차려 보니 일주일을 훌쩍 넘겨 버렸다.

오늘은 그가 참가하는 세계 펜싱 선수권 대회가 열리는 날.

그 때문인지, 아침부터 내 심장은 멈출 생각을 하지 않는다.

그에게 덜컥 전화를 걸어 우승을 다짐받은 이후로 간혹 메일을 주고받으면서 연락을 취하긴 했었다. 그렇게 다시 전화는 하진 않았으나 알 수 있다.

경기가 열리는 날, 차원우는 매우 좋은 컨디션으로 피스트 위로 오를 거다. 그리고 그 누구보다 빛나며 단상 위로 오르겠지. 꽃다발과 메달을 받은 후 내게 전화를 해 줄 거다. 그러면 나는 그가 생각지 못했던 말을 꺼내며 화답할 수 있겠지. 그러한 과정을 상상해 보니 입가에 웃음이 걸렸다.

"조연오, 그 음흉한 웃음은 대체 뭐냐."

내가 어떤 생각으로 이 자리에 있는지 알지 못하는 코치님은 미간을 좁히며 실실 웃는 내게 핀잔을 주었다. 나는 미심쩍은 시선을 보내고 있는 코치님을 향해 하얀 이를 드러냈다.

"헤헤. 아무것도 아니에요."

"아무것도 아닌 게 아닌데?"

"흐흐."

"⋯⋯이상해. 너 요 며칠간 진짜 이상했어."

"헤헤."

"우리가 지금 '파리'에 가는 거랑 관련 있는 거냐?"

순간 움찔했다. 그러나 곧 무슨 소리냐며 손을 휘휘 내젓는 내 연기력은 한창 물이 올라 있었다. 아마도.

"아뇨! 전혀요! 단순한 전지훈련일 뿐인 걸요!"

의심스럽다는 듯 가늘어진 코치님의 눈을 똑바로 응시하며 고개를 세차게 저었다. 그가 뭔가 더 말을 할 것 같은 기세로 나를 쳐다보자 화제를 돌리기 위해 근처에 있던 캐리어를 집어 들며 소리쳤다.

"태윤이 자식, 이걸 빼먹었네. 코치님! 저 이거 전해 주고 올게요!"

"······그거 기내용이다."

젠장.

사람을 민망하게 하시는 재주가 있으신 코치님은 팔짱을 낀 채 나를 내려다보신다. 코치님, 그런 눈길은 부담스럽습니다. 나는 그의 시선을 모른 척하며 입을 삐죽였다.

"조연오."

"네."

"너······ 흐음."

응?

"왜 그러십니까?"

갑자기 내 얼굴을 빤히 들여다보는 코치님을 쳐다볼 수밖에 없었다. 그는 나를 아래위로 훑어보더니 미간을 좁혔다. 왜 저래. 왠지 좋은 예감은 들지 않아 덩달아 인상을 썼다. 코치님은 주저하다 말했다.

"요즘 연애하냐?"

덜컹 가슴이 내려앉았지만 나는 외쳤다.

"무, 무슨 소리십니까! 연애라뇨!"

"아냐?"

일단은 발뺌하기로 했다. 들켜 봤자 좋은 게 없으니까.

"예! 제가 무슨 연애를 합니까!"

코치님은 버럭 소리치는 내 말에 고개를 끄덕였다.

"하긴, 그럴 리가 없지. 넌 조연오였어."

……그게 무슨 뜻입니까. 조연오였어―라뇨! 그리고 그 비웃음은 뭡니까? 내가 뭐 어때서요!

나도 꾸미면 괜찮은 여잔데 내 주위의 남자들, 그러니까 유도를 하는 남자들은 나를 '여자' 취급하지 않는다. 차원우는 '그게 좋아.'라고 말했지만 나는 그리 유쾌하지 않단 말이야. 코치님은 씩씩거리는 나를 보고 픽, 웃음을 흘리다 중얼거렸다.

"그런데 이상하단 말이야."

또 뭐가.

"내 밑에 있는 동안 전지훈련지엔 코빼기도 관심을 안 보이던 녀석이 돌연 장소를 물색해서 강력히 주장하지를 않나."

"……!"

"뭘 상상하는진 모르겠지만 음흉하게 웃지를 않나."

"그, 그건."

"게다가 요 몇 달은 조연오답지 않게 예뻐지고 있어."

코치님, 그거 칭찬이시죠?

"수상해. 꼭 한창 연애하는 녀석 같다고."

고개를 절레절레 흔들며 중얼거리는 코치님의 얼굴엔 근심이 가득했다. 모종의 이유로 인해 전지훈련지로 파리를 강력 주장한 것은 분명히 나다. 그런 끈질긴 주장 끝에 내 안건이 받아들여졌고 우리는 지금 파리로 전지훈련을 떠나기 위해 인천 공항에 나와 있었다. 이제 곧 탑승 수속을 받고 비행기에 오르기만 하면 누군가가 있는 파리에 도착하게 된다. 내 가슴이 쉴 새 없이 뛰는 것은 바로 그 까닭이다.

그 누군가를 눈앞에서 볼 생각을 하니 흥분이 감춰지지 않는다.

하지만, 일단은 코치님 앞에서는 모른 척해야지. 그러면 몰래 빠져 나올 나의 계획은 완벽히 틀어지게 되는 거니까.

"연애는 무슨. 제 몸 간수하기도 힘든데요."

"……그래?"

"예! 그러니까 얼른 탑승 수속하죠, 코치님! 파리, 어서 갑시다!"

"……흠."

"어서요!"

그의 등을 떠밀며 서둘러 비행기에 오를 것을 요구했다. 여전히 의심을 지우진 못한 코치님은 그런 나를 흘긋거리다 혀를 끌끌 찼다. 뿔뿔이 흩어진 국가대표 유도 선수들을 불러 모은 그가 탑승 수속 이야기를 꺼내기 직전 나는 공항 곳곳에 붙어 있는 전광판을 흘긋거렸다.

시간이 꽤 걸리겠지만 적절한 타이밍에 그 남자의 앞에 나타날 수 있을 것이다. 계획대로 되어 가는 현 상황에 만족감을 표하며 다른 선수들과 함께 비행기로 올랐다.

그로부터 정확히 12시간 뒤.

나는 활짝 웃으며 와이파이를 켰다. 기나긴 비행 시간 동안 놓친 뉴스를 보기 위해서. 그리고 들뜬 마음을 품고 최신 기사를 확인하던 내 얼굴은 딱딱하게 굳어졌다.

피스트 위의 귀공자 차원우, 세계선수권 4연패…… 실패!

8.
무엇보다도 당신이 좋아

피스트 위의 귀공자 차원우, 세계선수권 4연패…… 실패!

21세기 초까지만 하더라도 대한민국 펜싱의 미래는 밝지 않았다. 선수들이 운동에 집중할 수 없을 만큼의 척박한 환경과 펜싱이란 종목에 관심이 없는 국민들의 외면이 주된 이유였다.

그러나 불과 6년 전에 열린 모스크바 올림픽에서 모든 것이 달라졌다. 이제 막 소년의 티를 벗은 스물의 선수가 국내도 아닌, 전 세계를 제패해 버린 이변이 일어났던 것이다. 펜싱 선수로 세상에 데뷔한 이래로 단 한 번도 패배한 적이 없었던 그는 화려하게 세계에 제 이름을 날리기 시작했고, 올림픽에서 금메달을 딴 후 다음 올림픽이 열리는 해까지 각종 대회를 출전하여 금메달을 따는 수확을 이뤘다. 그의 이름은 차원우. 우리가 흔히 '피스트 위의 귀공자'라 알고 있는 남자다.

2년 전의 로마 올림픽에서 펜싱에 대한 국민들의 관심이 증가한 것은 모두 피스트 위의 귀공자 덕분이라고 해도 과언이 아닐 만큼 그는 대한민국 국민들을 사로잡았다. 아쉽게도 불운한 오심으로 인해 저보다 한 수 떨어진다는 평가를 받는 랭킹 100위의 선수에게 패배하여 올림픽 2연패를 달성하지는 못했지만 올해 열린 아시안게임에서는 당당하게 금메달을 차지하면서 그 이름의 가치를 보여 주었다.

대한민국 국민들은 차원우에 열광했고 '차원우 키즈'라 불리는 미래의 펜싱 유망주들이 하나씩 자라고 있을 만큼 꿈을 키우고 있다. 이전에 비하여 대한민국 펜싱을 후원하는 회사들도 늘어날 정도로 그의 등장은 한국 펜싱계에 엄청난 반향을 일으켰다. 얼마 전엔 그가 뱉어 낸 말 한마디로 인터넷이 들끓었던 적도 있다. 그만큼 차원우는 펜싱계뿐 아니라 대한민국에서 영향력 있는 몇 안 되는 사람 중 하나였다.

어제 오전 11시, 프랑스 파리에선 세계 펜싱 선수권 대회가 시작되었다. 대한민국을 대표하는 국가대표 선수들도 당연히 이번 대회에 참가했는데, 수많은 세계 언론들에게 주목을 받은 이는 단연 차원우였다.

그가 이번 대회에서도 정상의 자리를 차지할 수 있을지 눈을 빛내며 지켜보던 관중들과 언론인들은 경기가 시작된 오후 2시경, 경악을 금치 못했다. 그것도 그럴 것이 대한민국이 자랑하는 피스트 위의 귀공자가 32강이 치러지는 피스트 위에서 돌연 기권을 선언해 버린 것이 아닌가.

피스트 위의 귀공자에게 대체 무슨 일이 있었던 것일까.

"원우가 경미한 부상을 당했습니다. 자세한 건 검사 결과가 나와 봐야 알 것 같은데 나머지 경기도 출전은 불가할 것 같습니다. 단체전에서는 다른 선수로 대체될 것 같습니다."

차원우의 기권 선언 이후 펜싱 국가대표팀을 맡고 있는 강현일 감독은 어두운 얼굴로 기자회견을 가졌다. 아마도 훈련 도중 발목 염좌를 당한

것으로 예측된다. 이에 차원우를 대신하여 출전하게 된 펜싱 대표 선수
는……

들고 있던 핸드폰을 내려놓은 원우는 미간을 좁힌 채 고개를 들
었다. 추위가 가득한 프랑스 파리의 12월이 유독 차갑게 느껴졌다.
그는 길게 숨을 뱉어 낸 후 천천히 앞으로 걸어갔다. 발을 내딛는
것이 쉽지는 않았지만 이대로 멈춰 설 수는 없었다.

'언제……부터야?'

숨길 수 있을 거라 생각했는데 강 감독의 눈은 예리했다. 32강
이 시작되기 직전 이를 악물고 피스트 위로 올라가는 원우를 불러
세운 강 감독은 서늘한 음성을 흘리며 원우를 노려보았다. 순간 가
슴이 덜컹거렸다.

갑자기 원우를 향해 날을 세우는 강 감독을 의아하게 쳐다보는
다른 선수들과는 달리 그가 왜 자신을 그리 응시하는지 짐작했던
그는 어렵게 대답했다.

'전지훈련 마지막 날에…….'

'프랑수아와의 대련에서?'

'……예.'

부다페스트를 떠나기 전, 원우는 프랑스 국적의 선수와 마지막으
로 연습 경기를 가졌었다. 그 경기 도중 자신을 향해 날아오던 칼
끝을 피하기 위해 몸을 움직이다 발을 헛디뎌 피스트 아래로 넘어
졌었던 원우는 그를 걱정하며 달려온 사람들이 안도할 만큼 빠르게
자리에서 일어났다. 당시 그의 얼굴이 일그러진 걸 눈치챈 사람은
없었으므로 원우는 출전을 강행했었다.

그런 원우의 이야기를 들은 강 감독은 잠깐의 고민 끝에 입술을 달싹였다.

'기권한다.'

원우가 두 눈을 동그랗게 뜨고 그를 바라보기가 무섭게 강 감독은 심판들에게 원우의 기권 소식을 알렸기에 말릴 틈도 없었다. 당황한 원우가 매서운 표정을 짓고 있는 강 감독에게 경기를 이어 갈 수 있다고 설득했지만 돌아온 답변은 한결 같았다.

'당장을 생각하지 말고 미래를 생각해. 내후년이 올림픽인데 최상의 컨디션으로 출전해야 할 거 아니야. 염좌일 경우엔 재발할 가능성도 높은데, 잔말 말고 재활에나 집중해. 개인전은 어쩔 수 없다지만 단체전은 다른 녀석으로 대체할 거니까.'

'감독······.'

'시키는 대로 해.'

평소 원우의 뜻대로 훈련하는 걸 내버려 두고, 뒤에서 응원해 준 강 감독이 이렇게 강경하게 나온 것은 처음이었기에 그는 입을 다문 채 꼬리를 내릴 수밖에 없었다.

연오와의 약속 때문에 '당장'을 생각해야 했던 그였지만 아쉬움을 뒤로하고 물러났다.

"빌어먹을."

눈발이 날리는 하늘 아래를 걷고 있던 원우의 얼굴은 어둡기 그지없다. 낮은 욕설이 입 밖으로 흘러나왔다. 장갑을 낀 손을 꽉 움켜쥐며 인상을 쓰던 그는 지금쯤 한창 진행되고 있을 경기에 대한 생각을 애써 떨치려 노력했다.

크리스마스까지 이제 10일 남짓 남겨 놓은 상황인지라 파리의 거리는 각종 크리스마스 장식들로 꾸며져 있었다. 환하게 웃고 있는 사람들 사이를 뚫고 절뚝이던 그는 밝은 그들과는 다르게 저만이 어두운 얼굴을 하고 있다는 걸 알아차렸다.

숙소로…… 돌아갈까. 일부러 대회장에서 멀리 떨어지려 애썼지만 결국은 돌아갈 수밖에 없다는 걸 직감하곤 다시 몸을 돌리려던 원우의 주머니 속에서 지이잉, 핸드폰이 진동한 건 그때였다. 무표정한 얼굴로 핸드폰을 집어 든 원우는 액정에 띄워진 낯익은 글자에 흠칫거렸다.

'……'

'먹튀녀'라는 문구가 지금만큼 반갑지 않은 적은 없었다. 어떻게 할까. 아마 그녀도 지금쯤 그의 소식을 들었겠지. 그 여자 앞에서 투정을 부리고 싶진 않아 걸려 오는 전화를 무시할까도 생각해 보았지만 그는 곧 결정을 내렸다.

"응."

―차원우 씨!

귀가 따가울 정도로 그의 이름을 불러 대는 연오의 목소리는 예상대로 놀라움을 가득 담고 있었다. 원우는 큰 숨을 들이마시며 그녀의 이어질 말을 기다렸다. 연오는 외쳤다.

―어떻게 된 거예요? 정말, 기사가 사실이에요?

물음을 던지는 연오의 목소리가 그녀답지 않게 조심스럽다. 여전히 하이톤이긴 하지만 그를 걱정하고 있는 그녀의 마음이 느껴질 만큼. 쓴웃음이 입가에 드리워진다. 원우는 연오에게 대답하는 대신 멍하니 하늘을 올려다보았다. 하얀 눈송이가 그의 차가운 얼굴 위로 내려앉았다. 그는 망설이다 소리를 흘렸다.

"사실이야."

—…….

뭐야.

"위로, 안 해 줘?"

그의 대답을 듣고서도 말이 없는 연오의 반응에 약간 섭섭했던 건지도 모른다. 원우는 볼멘소리를 뱉어 냈다. 가만히 원우의 말을 듣던 연오가 낮은 음성으로 답했다.

—지금은 어떤 위로도 닿지 않을 테니, 하나 마나죠.

경험에서 우러나온 말일까. 왠지 그렇게 느껴져 원우는 피식 웃었다.

—부상 정도는 어때요? 심각해요?

"아니. 살짝 접질린 정도. 걸을 수는 있어. 격렬한 운동은…… 무리지만."

—그래요?

가급적 걱정을 끼치고 싶지 않았지만 이미 그렇게 되어 버린 건 어쩔 수 없는 노릇이다. 원우는 한숨을 푹 쉬었다. 그리고 천천히 벌어진 입술을 움직였다.

"……미안해."

—뭐가요?

"약속, 지키지 못해서."

그는 펜싱에 관해서는 '모험'을 하지 않는 성격이었다. 반짝 스타가 될 생각은 없었기에 항상 자신의 몸을 철저하게 관리했고, 그 흔한 발목 염좌를 당해 본 적도 없을 만큼 완벽한 상태를 유지하고 있었다. 그랬던 원우였기에 그가 이번 대회에 부상을 숨기고 출전했다는 걸 알고 강 감독이 그리도 불같이 화를 냈던 것이었고, 동료 선수들이 어쩔 줄 몰라 했던 것이다.

그만큼 그는 이번 대회에 출전할 의지가 컸다. 대표적인 이유가 바로 연오와 했던 약속 때문이었으므로 그는 사과를 했다. 연오는 답하지 않았다. 원우는 중얼거렸다.

"조연오 씨한테 꼭 듣고 싶은 말이 있었는데 말이야."

—……

"평생 안 당하던 부상을 왜 하필 지금 당하는 건지. 제길."

스스로에게 화가 나 미쳐 버릴 것만 같다. 부상을 당할 당시 그대로 착지하지 않고 낙법을 시도했더라면 차라리 나았을까. 평생 발을 움직이지 못할 만큼 큰 부상이 아닌, 매우 경미한 부상이지만 경기에 출전하지 못한다는 것은 참을 수 없을 정도다.

원우는 이를 악물었다. 그녀를 볼 낯이 없었다.

—차원우 씨. 오늘, 회색 코트 입고 있어요?

연오의 낭랑한 음성은 바로 그 순간 들려왔다. 그는 대수롭지 않게 말했다.

"어. 날씨가 쌀쌀하더라고."

그녀는 계속해서 물음을 던졌다.

—그럼 고개는 왜 숙이는 거예요?

"그냥. 답답해서."

—축 늘어진 모습이 꼭 물에 빠진 생쥐 같네요. 차원우 씨한텐 안 어울려요.

이 여자가 정말.

"생쥐? 참, 생쥐 하니까 생각났는데 조연오 씨, 우리 먹튀녀 밥은 잘……!"

어이없는 웃음을 흘리며 말을 이어 가던 원우는 스치는 생각에 눈을 크게 뜨며 주위를 둘러보았다.

"조연오."

—네?

"여기, 있어?"

그 말을 뱉어 내자마자 등 뒤에서 타타타, 하고 요란한 발걸음 소리가 들리더니 활짝 웃는 얼굴의 여자가 그의 눈앞에 나타났다.

"네!"

심장이 미친 듯이 쿵쾅거렸다. 원우가 코앞에 있는 연오를 믿지 못해 눈만 깜빡이자 그녀는 큭큭거렸다.

"차원우 씨, 눈 튀어나올 것 같아요!"

"어……떻게?"

어찌나 놀랐는지 목소리가 덜덜 떨렸다. 새하얗게 질린 채 그녀를 내려다보는 원우를 향해 연오는 빛나는 이를 드러내며 씩 웃었다. 그리고는 두 팔을 크게 벌려 그의 허리를 덥석 껴안더니 소리쳤다.

"어떻게긴요. 보고 싶으니까, 왔죠!"

그녀는 굳어 버린 원우를 있는 힘껏 끌어안더니 곧 발꿈치를 들어 올려 원우의 차가운 뺨에 제 뺨을 비비며 깔깔거렸다. 한참 동안 얼굴을 비비적대던 연오는 붉게 변한 그의 얼굴을 빤히 직시하며 외쳤다.

"하아, 정말 이러고 싶었어요!"

"……."

"내가 왔어요, 차원우 씨!"

조연오가 맑게 웃었다.

★☆★

"진짜 어떻게 온 거야?"

의심의 눈초리를 보내며 그가 물었다. 바게트 빵을 입안으로 밀어 넣던 나는 말을 잇지 못했다. 이봐요, 차원우 씨. 적어도 밥 먹을 땐 건드리지 않는 예의, 몰라요?

그를 만나자마자 껴안고, 포옹을 하고 얼굴까지 비벼 버린, 변태 행위를 서슴지 않았던 나는 석고상처럼 굳어 버린 남자를 향해 밥이나 먹으러 가자며 파리의 유명한 카페로 그를 데려갔다. 내가 제 앞에 있다는 걸 아직 실감하지 못했는지 메뉴를 주문할 동안 차원우는 멍한 표정만 짓고 있어서 이거저것 주문을 한 뒤 그를 향해 밝게 미소 지어 보였다.

그가 정신을 차린 것은 내가 바게트 빵을 반쯤 흡입할 무렵이었다. 우걱우걱. 역시 바게트의 고향 파리라 그런지 사르르 녹아 버릴 것 같은 빵의 위대함을 자각하며 감격의 눈물을 흘리던 나는 눈을 가늘게 뜨는 그를 향해 손을 들어 올렸다. 입안에 든 것이 목구멍으로 넘어갈 때까지 기다리라는 표시였다. 차원우는 그 말뜻을 이해했는지 잠자코 내 입술만 응시했다.

"내년 1월에 우리도 대회 있잖아요. 전지훈련 왔어요!"

이제 한 달 앞으로 다가온 아시안 선수권 대회는 여러 가지로 의미가 있었다. 일단 먼저, 우리나라 제주도에서 개최되는 대회여서 아시안게임에서 국민들에게 보여 줬던 좋은 모습을 이어 가고 싶은 마음이 있었다. 그리고 내후년엔 그토록 기다리던 올림픽이 열린다.

이번 아시안 선수권 대회는 올림픽을 준비하는 첫 과정과도 같았기에 매우 중요했다. 무려 해외 전지훈련까지 강행하여 파리까지 왔으므로 이번 대회에 임하는 의지는 아주 큰 편이었다. 게다가 차원우의 소식을 들었던 상황이어서, 더더욱.

'아시안 선수권 대회' 라는 단어에 짧은 탄성을 흘리는 차원우를 보며 음흉한 미소를 짓던 나는 은밀하게 속삭였다.

"물론, 전지훈련지는 제가 적극 추천했죠."

이곳, 파리로.

이 남자는 알고나 있을까?

내가 그의 대회 장소가 프랑스 '파리' 라는 것을 듣자마자 어떻게든 12월 중순에 잡힌 전지훈련지 선정에 개입하기 위해 어떤 수를 두었는지. 코치님은 그렇다 치더라도 감독님과 높으신 분들께 파리의 훈련장이 선수들에게 얼마나 인기가 있는지 소문을 퍼뜨리느라 꽤나 고생을 했다. 실제로 파리에 있는 타국의 국가대표 선수들에게도 손을 뻗어 우리나라와 연습 경기를 가지자며 생전 하지 않던 제안까지 던질 정도였으니까, 말은 다 했지.

그토록 각고의 노력을 기울이면서까지 파리에 온 이유는 단 하나, 눈앞의 남자가 나를 보고 뛸 듯이 기뻐하는 모습을 보기 위해서였다. 그런데…….

'이렇게 풀이 죽어 있다니.'

스윽, 눈꺼풀을 들어 올려 그를 응시했다. 내가 파리까지 온 것이 무척이나 감격스러웠는지 차마 형용할 수 없는 얼굴을 하고 있던 차원우의 얼굴에 다시 암운이 드리워지는 것이 보였다. 아마도 나와 약속했던 일을 지키지 못했다며 자책하는 것이 틀림없다.

전화를 통해서도 들었지만 기가 살지 않은 남자의 모습은 가슴이 따가울 정도로 아프다. 뭐라고 말을 해 줘야 할까. 잠시 고민하는 사이 그의 목소리가 고요하게 울려 퍼졌다.

"파리까지 올 정도로 내가……."

응?

말없이 나를 응시하는 그의 눈빛에 이상하게 가슴이 벌렁거렸다. 안면의 근육이 멋대로 움직이려고 해서 어금니를 악물던 나는 낮은 음성에 정신을 차렸다.

"보고 싶었어?"

무슨 말을 하려기에 이리도 뜸을 들이나 싶었는데. 머뭇거리다 겨우 말을 뱉어 낸 그의 물음에 풋, 웃음을 터뜨릴 뻔했다. 입가가 간질거렸다. 떨리는 차원우의 음성이 살포시 귓가에 안착한다. 달콤한 저음이 심장을 두드렸다. 그의 질문엔 이미 답을 했었지만 다시금 들려주지 못할 이유는 없었다. 나는 빙긋 웃었다.

'까짓 거, 뭐.'

어차피 이곳에 오기로 결심했을 때부터 줄곧 그렇게 마음먹었던 일이다. 그가 그토록 원했던 말. 그리고 나도 그토록 해 주길 바랐던 말. 그 말이 필요한 시기다. 입꼬리를 길게 찢으며 속삭였다.

"네."

"……!"

"아주요. 아주 많이. 정말 많이 보고 싶었어요!"

크게 외치는 나를 보며 차원우는 미간을 좁혔다.

"왜?"

해답을 알고 있는 그가 다시 묻는다. 나는 후우, 숨을 들이마시었다 길게 뱉어 내며 당당하게 대답했다.

"간단하죠. 내가 차원우 씨를 좋아하니까요!"

맑고 깊은 그의 동공이 거센 폭풍을 만난 듯 요동쳤다. 포크를 들고 있던 커다란 손이 덜덜 떨리는 게 시야로 들어온다. 입술이 파르르 진동하는 걸 막기 위해 그는 윗니로 아랫입술을 눌렀다. 포커페이스를 유지하던 그의 얼굴에서 능글맞은 미소가 소리 소문 없이 사라졌다. 어쩔 줄 몰라 당황하는 순진한 남자만이 내 앞에 앉아 있을 뿐.

나는, 그런 그가 좋다.

그렇게 기다렸던 말을 들었음에도 대꾸 한번 하지 못하고 눈을 깜빡이는 이 순수한 남자가 더할 나위 없이 사랑스럽다. 남들 눈에는 완벽하다 못해 칼로 찔러도 피 한 방울 나오지 않을 사람이지만, 내 앞에서만큼은 허술한 면을 훤히 드러내는 것도 무척 귀엽고 예쁘다.

그와 함께 있으면 심장이 멋대로 뛰고, 가슴이 벅차올라 호흡이 가빠지는 이 변화가 즐겁다. 혈관을 지나는 피가 세차게 요동치고, 그의 도톰하고 붉은 입술 위로 내 입술을 맞대고 싶은 충동을 느끼는 건 오직 눈앞의 남자를 보고 있을 때 느끼는 감정이다.

그래서 말했다.

"차원우 씨도 알다시피 나는 차원우 씨의 몸이 좋아요."

당신의 탄탄한 가슴근육, 굵은 허벅지, 튼실한 두 다리 사이의 그것은 매력 만점이다.

"차원우 씨의 얼굴은 더 좋아요."

길을 가다 한 번은 돌아볼 만큼 아름다운 얼굴은 찬양할 수밖에 없다. 싫어한다는 것이 말이 되지 않지.

하지만 다른 무엇보다,

"차원우 씨라는 남자 자체가 좋아 죽겠어요."

나는 당신에게 정신없이 빠져 있는 중이라고, 이 남자야.

다가오는 손길을 피하기 위해 이리저리 움직이는 사람의 도복을 잡는 일은 쉽지 않다. 손과 손이 부딪히며 팽팽한 신경전이 펼쳐지고, 한동안 서로의 빈틈을 찾기 위해 노력해야 한다.

모든 것은 찰나의 순간. 내게로 뻗어 오는 손길을 뿌리치고 상대가 방심한 틈을 타 도복을 길게 잡아당기면 속수무책으로 끌려오기 마련이다.

"읔!"

줄이 끊어지기 직전의 분위기를 이어 가던 도중, 먼저 승부를 걸어 결판을 내려 한 사람은 나였다. 입술을 악물고 어떻게든 내 팔을 잡아채기 위해 애쓰던 상대의 오른쪽 겨드랑이 밑에 오른쪽 팔꿈치를 밀어 넣었다. 짧은 신음 소리와 동시에 무릎을 구부린 내 허리 위로 상대의 몸이 고꾸라졌다. 쿵— 하고 상대의 등이 매트에 닿자마자 우리의 대련 과정을 지켜보던 심판의 손이 공중으로 쭉 뻗어 간다.

"업어치기, 한판!"

'한판'이라는 단어는 내가 가장 좋아하는 말이다. 그 외침을 들으면 목을 죄어 오던 긴장감이 순식간에 사라지고 환희와 기쁨이 가득 차게 된다. 이마에 송골송골 맺힌 땀방울을 흘린 보람이 그 어느 때보다 잘 느껴지는 시간.

매트 위로 떨어진 상태의 붉은 얼굴을 내려다보며 손을 뻗을 때의 희열은 막을 수가 없다. 저절로 올라가는 입꼬리는 통제 불능 상태.

"뭐야, 조연오. 너 요즘 컨디션이 왜 이렇게 좋아?"

많은 선수들이 이제 2주 앞으로 다가온 아시안 선수권 대회 준비에 한창인 파리의 한 유도 도장. 이른 아침부터 훈련에 훈련을 매진하고 있던 나는 내게 업어치기 한판 패를 당하고 인상을 쓰는 소연 언니를 향해 하얀 이를 드러냈다.

"이번이 마지막 연습 경기였거든."

"뭐?"

아, 늦었다.

'살살 좀 하지.'라는 표정을 지으며 미간을 좁히는 소연 언니에게 빙긋 웃어 준 나는 그녀의 의문을 풀어 줄 시간이 없다는 걸자각했다. 벽에 걸린 시계를 흘긋거리니 시침과 분침이 이미 오후 1시를 향해 달려가고 있었던 것이다.

얼른 열 발자국 떨어진 곳에서 진영 언니를 지도하고 있는 코치님을 향해 소리쳤다.

"코치님! 저 밥 먹고 와도 되죠?"

우렁찬 외침으로 진영 언니에게 말하던 코치님의 두 눈이 나를 향했다.

"또 밖에서 먹어?"

그의 대답이 어떻든 간에 이미 흐트러졌던 옷매무새를 가다듬고 도장을 벗어날 준비를 하던 나는 씩 웃으며 외쳤다.

"파리에 있을 동안엔 파리 음식을 마구 먹으러 다녀야죠! 이런 기회가 언제 또 생길지 모르는 거니까!"

아마도 나는 타고난 배우임이 틀림없다. 입술 한번 떨지 않고 거짓말을 늘어놓다니.

'코치님, 죄송해요. 제가 적립한 거짓말들은 이번 대회에 꼭 우승으로 보답할게요.'

혀를 끌끌 차는 코치님을 향해 속으로 중얼거린 후 몸을 돌렸다. 다시 한 번 우승에 대한 의지를 다지는 내 마음은 쿵쿵 뛰기 시작한다.

"오후 훈련 전엔 돌아와라!"

"옙!"

고개를 절레절레 흔들며 당부하는 코치님께 꾸벅 인사를 한 나는 뒤도 돌아보지 않고 달렸다. 도장 건물을 벗어날 때 외국 선수들과 담소를 나누고 있는 태윤이와 맞닥뜨렸지만 시간을 지체할 겨를이 없었다.

하아, 하아.

숨이 가빠 온다. 정신이 하나도 없다. 호흡이 멎을 만큼 쿵쾅거리는 심장을 안정시키고 싶었지만 멈출 수는 없었다. 있는 힘껏 뜀박질을 해야 했으니까.

그렇게 쉬지 않고 두 다리를 움직여 가며 나는 달렸다. 흐르는 땀도 제대로 닦지 않은 채 달려온 곳은······

"아."

바로 그가, 있는 곳이다.

"하아, 하아."

차오르는 숨을 몰아쉬며 멈춰 섰다. 그 반짝거리는 얼굴을 보는 순간 나도 모르게 환하게 웃어 버렸기에 지금 얼굴 상태는 말이 아닐 것이다.

두 뺨 위에 드리워진 홍조와 헉헉거리는 거친 숨결이 어우러져 묘하게 흥분한 꼴이 되어 버렸다. 제길. 어째 한 번도 이 남자 앞에 정상적으로 모습을 드러낸 적이 없는 거야, 나는.

"늦었네?"

고개를 아래로 떨어뜨린 채 차마 얼굴을 들 생각을 못 했다. 숨이 가쁘기도 했지만 왠지 부끄럽다는 게 그 이유였다. 그런 내 귀로 솜사탕처럼 달콤한 목소리가 살랑살랑 불어왔다. 요란한 소리를 내며 제 앞에 도착한 나를 향해 부드럽게 미소 짓는 남자의 얼굴에선 광채가 뿜어져 나온다. 눈앞이 어지럽다. 헐레벌떡 뛰어와서 현기증이 인다고도 볼 수 있지만 사실은 이 남자의 완벽한 외모에 반했기 때문이리라.

차원우는 멍하게 그를 쳐다보고 있는 나를 응시하다 천천히 벤치에서 일어났다. 쭉 뻗은 두 다리가 땅 위에 서자 그를 내려다보고 있던 나는 고개를 들어야 했다. 터벅터벅. 그는 긴 다리를 움직이며 다가온다. 가까워지면 질수록 심장의 박동은 증가했다. 진정해라, 좀. 매번 볼 때마다 가슴이 멋대로 움직여서 곤욕스럽다. 나는 코앞에 그가 다가올 때까지 아무 말도 하지 못했다.

'……!'

정신을 차린 것은 그의 커다란 손이 내 귀를 꼬옥 덮었을 때였다. 추위를 이겨 가며 달려온 두 귀를 살포시 덮어 주는 차원우의 체온이 내게로 전해 와 눈이 동그래졌다. 당황해하는 내게 빙긋 미소 짓는 남자를 올려다보며 입을 열기 위해 애썼다. 파르르 입술이 떨렸다.

'이, 이 남자가 진짜……!'

이젠 길거리에서도 유혹하는 것인가. 차원우 특유의 '유혹의 기술'이 갈수록 좋아진다는 게 느껴진다. 제기랄. 하마터면 환하게 웃는 남자를 벤치로 밀어 버릴 뻔했다. 잘했어, 조연오. 공공장소에서, 그것도 해외의 공공장소에서 남자를 넘어뜨리는 건 좋은 행동이 아니야. 나는 스스로의 제어력에 감탄하며 속으로 박수를 쳤다. 그리고는 얼른 그의 손을 떼어 내며 인상을 썼다.

"하, 하아. 있는, 후우, 히, 힘껏 뛰어왔다고요!"

약속 시간보다 조금 늦게 온 건 사실이다. 5분 정도긴 하지만 늦은 건 늦은 거니까. 그러나 훈련이 없는 그와는 달리 나는 오전부터 오후까지 스케줄이 꽉 차 있는 사람이란 말이지. 헐떡거리며 소리치자 그는 피식 웃으며 그저 바라볼 뿐이다. 그의 눈에 비친 내 볼이 유독 붉게 물든 것 같아 부끄러웠다.

"그래서, 열심히 달려왔으니 칭찬해 달라고?"

응?

입술을 쭉 내밀고 있는 나를 내려다보던 그가 검고 깊은 눈을 일렁이며 물었다. 조각 같은 얼굴을 들이미는 그로 인해 겨우 가라앉혔던 가슴이 팔딱거렸다.

이 남자가 또 왜 이래. 여긴 공공장소라니까, 정말!

10센티도 되지 않을 거리까지 다가온 그의 모습에 나는 돌처럼 굳어 버린다. 빌어먹을.

"어떻게 칭찬해 줄까?"

차원우가 다시금 손을 들어 올려 머리를 쓰다듬었다. 슥슥. 움직이는 그의 손길이 간지럽다.

"여기서 뽀뽀라도 해 줘?"

"네? 내가 언…… 읍!"

아니라고 소리치려던 내 말은 순식간에 입술을 덮어 버리는 그로 인해 막혀 버렸다. 말랑말랑한 촉감이 느껴졌다. 벌어진 틈 사이를 비집고 들어오는 그를 막지 못한 나는 속수무책으로 그의 키스를 받아들였다.

'으응……'

이성은, 알고 있다.

이곳은 벤치가 있는 한적한 공원. 그것도 새하얀 눈이 하늘에서 펑펑 내리고 있는 12월의 파리. 공공장소에서 달아올랐다간 오후 훈련은 물 건너가겠지. 그러니 참아야 한다, 조연오. 참아야 해. 너는 시도 때도 없이 발정하는 변태가 아니니까. 이 정도는 참을 수 있어. 그래. 참을 수 있……!

억제해야 했다. 견뎌 내야 했다. 기다란 팔로 내 허리를 휘감아 버리는 그가 강하게 끌어당기자마자 쓰러지듯 깊은 품에 안기면서도 끓어오르는 욕망을 제어해야 했다. 하지만 놀란 나를 내려다보며 옅게 웃는 남자의 얼굴을 보자마자 이성의 끈은 툭 끊어진다.

이젠 나도 몰라.

"하아!"

맞닿은 입술과 입술의 틈 사이로 흘러나오는 거친 숨결. 누구의 것인지도 모르는 따뜻한 그 입김에 시야가 흔들렸다. 분명 눈이 내리는 하늘 아래에 있음에도 불구하고 눈송이가 우리가 앉은 자리를 피하는 것 같은 기분이 들었다. 아마도 열기 때문이겠지. 겹쳐진 채 벤치에 앉아 서로를 응시하고 있는 눈빛은 뜨거웠으니까.

달아오른다.

제어가 불가능할 정도로.

"으응!"

미끄러운 혀가 입속을 휘저어 현기증이 일었다. 모든 걸 집어삼킬 듯 빨아 당기는 남자에게 질 수 없어 그의 것을 옭아매자 미동 없던 눈동자가 요동쳤다. 재활과 훈련 등등을 핑계 대며 의식적으로 참고 지내던 욕구가 폭발하는 것만 같았다. 통제는 불가능하다.

"흐읏!"

벤치에 앉아 제 무릎 위로 나를 올려 두고 내 입술을 물어뜯던 그는 천천히 아래로 내려왔다. 그가 목덜미를 핥자 허공을 휘젓던 내 팔이 차원우의 목을 감쌌다. 미칠 것 같아. 다행히 주위에 사람이 없길 망정이지, 자칫했다간 정말 잡혀갈 판이다. 그래도 그를 향한 욕망을 막을 수가 없었다.

확실히 나는 허기졌던 것이 틀림없다. 그의 손길 하나하나에 이렇게 움찔하는 것을 보면. 기다랗고 차가운 손이 목덜미를 스치면 온몸이 부르르 떨렸다. 공원의 찬 공기를 직접적으로 느껴서가 아니라 차원우의 손이 닿았다는 이유 하나만으로, 움찔거리게 된다.

적응을 해 보려 했지만 쉽지 않았다. 스윽 눈꺼풀을 들어 올려 그를 바라보면 차원우의 이글거리는 눈동자가 들어온다. 그럼 또다시 심장이 멋대로 뛴다. 호흡이 거칠어진다. 숨이 막혀 와 온몸이 뜨거워진다.

"차……."

이쯤에서 한번 그의 이름을 부른다면 어떻게 될까. 냉정한 척하지만 있는 힘껏 내 허리를 지탱하는 손끝에서 미세한 떨림이 느껴지는 걸 보면 그 역시 흥분하고 있는 거겠지. 작게, 아주 작은 음성으로 그의 성을 부르자 차원우가 살짝 고개를 들었다.

젠장. 아름다운 그 눈동자에 시선을 빼앗겨 숨이 막혔다. 미소 짓는 그의 입술을 집어삼켜 버리고 싶어졌다. 충동은 곧 행동으로 이어진다.

"……!"

빨갛고 도톰한 그의 입술에 내 입술을 덮으며 쿡쿡거렸다. 차원우는 눈을 동그랗게 뜨더니 이윽고 내 키스에 화답한다. 의식적으로 그가 입을 벌려 주자 거침없이 안을 향해 달려가는 내 혀는 멈추지 않았다. 그의 인증을 받은 진공청소기는 거칠게 가지런한 치열을 쓸고 깊게, 더 깊게 입속을 파고들었다.

'미치겠어.'

뜨겁다. 끓어오르는 열기를 전부 드러내고 싶어 미쳐 버릴 것만 같았다. 지금 이곳이 개방된 공원 내의 벤치라는 것도 개의치 않을 만큼 그의 옷을 벗겨 버리고 싶은 욕구가 머릿속을 휘감는다. 눈꼬리를 휘며 내 키스를 받아들이던 그가 몽롱해진 눈으로 자신의 코트 지퍼를 벗기려는 내 손을 발견한 건 그 무렵이었다.

"응?"

한마디로 눈에 보이는 것이 없는 상태. 작은 머리 안에는 오로지 이 남자를 느끼고 싶다는 욕망만이 들어찼던 나는 갑자기 내 손목을 부여잡는 그로 인해 미간을 좁혔다. 왜 이러는 거야, 대체.

"안 돼."

짧고 단호한 음성. 그 칼 같은 말 한 마디에 나는 다음 행동을 잇지 못했다. 차원우는 미소 지으며 속삭였다.

"참아야지."

"……!"

"곧 오후 훈련 시작되지 않아?"

유혹할 때는 언제고 이제 와 발뺌을 하다니. 눈이 웃고 있는 걸로 보아 나를 한계 상태로 몰아가려는 게 틀림없다. 젠장. 낮은 욕설이 흘러나올 뻔했지만 뱉어 내지는 않았다. 험상궂은 표정을 지으며 그를 내려다보던 나는 입술을 삐죽였다.

"하루 정도는 빠져도 돼요."

"안 돼. 훈련은 성실히 참가해야지."

"괜찮다니까. 그러니까 어서……."

"흐음. 조연오 씨는 우승, 안 하고 싶은가 보네?"

펄펄 끓던 피가 차갑게 식는 느낌이었다. 이 남자, 일부러 이러는 게 틀림없다. 나는 눈을 가늘게 뜨며 그를 응시했다. 생글생글 웃으며 나를 바라보던 남자는 왜 그렇게 보냐는 얼굴을 하고 있었다. 오리처럼 입을 내밀고 있다가 퉁명스레 말했다.

"작전인 거예요?"

"무슨 말인지 모르겠는데."

맞네, 작전.

"대체 얼마나 굶주리게 할 생각이에요."

툴툴거리는 나를 올려다보며 그가 웃었다.

"뭐…… 약간 달아오르게 할 마음은 있었지."

달아오르다 못해 갈증이 일 정도다. 얄미운 남자 같으니. 우승에 대한 욕망을 돋우기 위해 제 몸을 이용하다니. 미워 죽겠다고! 싱긋 미소 짓는 남자를 노려보던 나는 흥, 하고 콧방귀를 뀌었다. 그런 나를 향해 차원우는 달콤한 목소리를 흘린다.

"밥이라도 먹으러 갈까?"

★☆★

"잘 먹네."

신경질적으로 바게트 빵을 물어뜯는 내게 그가 중얼거렸다. 나는 눈을 치켜뜨며 차원우를 노려보았다.

"당연하죠. 파리 음식을 먹는 게 어디 흔한 일인 줄 알아요?"

그래 봤자 한국에서도 먹었던 바게트 빵일 뿐이지만. 말을 해 놓고도 스스로가 너무 퉁명스럽게 대답했다는 걸 깨달은 나는 웃는 남자에게 덧붙였다.

"뭘 그렇게 웃어요."

"귀여워서."

그렇게 말하면 봐줄 줄 알고?

"소용없거든요. 난 지금 단단히 화났다고요."

"안달 나게 만들어서?"

그래, 이 남자야!

"각서까지 쓰며 스킨십을 해야 한다고 들이댈 땐 언제고. 하여간 순 제멋대로야."

무의식적으로 볼멘소리가 터져 나왔다. 어깨에 내린 눈까지 사르르 녹일 만큼 뜨거웠던 열기가 순식간에 사라져 버린 것이 영 마음에 들지 않아서인지, 차원우를 응시하는 내 얼굴은 불만에 물들어 있었다. 그럼에도 뭐가 그리 즐거운지 그는 여전히 생글생글 웃고 있었다. 쳇.

"그렇게 웃으면 화가 풀릴 줄 알아요?"

그의 눈꼬리는 더욱 길게 찢어졌다.

"뭘 그렇게 웃어."

내가 넘어갈 줄 알고?

"웃지 마요."

미소에 넘어갈 내가 아니거든?

"웃지 말라니까."

……왜 자꾸 웃는 거야.

"망할!"

화를 내야 할 상황임에도 불구하고 아름다운 남자의 환한 미소 한 번에 불타오르던 분노가 가라앉는 내가 싫다. 그런데 어쩌겠어. 저 미소가 예뻐 죽겠는 걸. 두근두근. 거침없이 뛰는 심장의 박동이 화를 풀라고 외쳐 댔다. 싱긋거리는 남자의 맑은 눈동자가 가슴을 뒤흔든다. 이런 걸 보면 내가 이 남자를 아주 많이 좋아하기는 하는가 보다.

"웃는 게 그나마 예뻐서 이번 한 번만 봐줘요."

결국 들고 있던 바게트 빵을 접시 위로 내려놓으며 치켜 올리던 꼬리를 스윽 내린 내 말에 차원우는 답했다.

"그나마— 정도가 아닐 텐데. 이 미소로 수많은 팬들의 마음을 흔들었다고."

흥. 왕자병은.

"귀공자, 귀공자라 불려서 자기가 진짜 귀공자라도 된 줄 아나."

"그럼, 아니야?"

"……몰라요!"

입술을 삐죽거리는 나를 바라보던 그가 크게 하하 웃었다. 맑고 청아한 그 웃음소리가 귓가로 들려왔다. 휙 고개를 돌리며 토라졌다는 티를 내던 나는 한참 동안 시간을 끌다 그를 흘긋거렸다. 차원우는 여전히 부드러운 표정으로 나를 쳐다보고 있었다.

"어…… 어쨌든!"

괜히 얼굴이 화끈거려 인상을 쓰던 나는 다시금 접시 위의 바게트 빵을 집어 들었다. 전투적으로 빵을 우걱우걱 씹어 먹다 말을 이었다.

"이번 선수권에서 반드시 우승할 거예요!"

"그래."

그가 쿡쿡 웃으며 고개를 끄덕였다.

"차원우 씨보다 내가 먼저 우승할 거라고요."

"그렇게 해."

"내가 우승하기만 해 봐. 우승만 하면 당신을 침대에 눕혀서 이것도 하고 저것도 할 거야."

두 주먹을 불끈 쥐며 외치자 그가 더욱 환하게 미소 짓는다.

"나 농담 아니거든요?"

"알아."

"진담이에요."

"안다니까."

대수롭지 않게 대응하는 그를 보며 발끈해서 외쳤다.

"침대에 묶을 거라니까?"

"뭐, 조연오 씨가 변태라는 건 이미 알고 있으니까."

"며칠간 아무 데도 못 가게 묶어 놓을 거야! 밤이고 낮이고 마구 탐해 줄 거야!"

"그래, 그래."

"각오하라고요!"

힘차게 외치는 나를 보며 차원우는 대답한다.

"조연오 씨의 우승을, 나도 간절히 바라고 있어."

9.
이유 없이, 조건 없이, 그리고 탄산 없이

1월.

다사다난했던 한 해를 보내고 새로운 해가 밝았다.

불운한 부상으로 한 해의 마무리를 좋지 않게 끝냈던 원우였지만 전체적으로 볼 땐 지난해는 그의 인생 전체에서 나쁘지 않았다. 아니, 결과적으로만 보면 좋은 편에 속했다.

전 세계인들의 축제인 올림픽 다음으로 아시아인들의 축제인 아시안게임에서 괄목할 만한 성적을 거뒀다. 물론 원래의 제 자리를 찾아온 것이지만 지난 올림픽에서의 치욕을 갚을 만큼 명성을 회복하기엔 충분했다.

그가 작년을 되짚어 보며 미소 지을 수 있는 또 다른 이유는 아시안게임에서 일어났던 뜻밖의 에피소드 덕분이다. 피스트 위의 귀공자에게 있어선 전혀 예상하지 못했던 일. 바로 그를 덮쳐 버린 '그 여자'를 만난 것. 각서를 쓰게 만들면서까지 제 여자로 만들고 싫어 했던 조연오와의 만남은 원우의 인생을 송두리째 흔들고도 남았다.

"중계가 있나?"

신년 모임이라는 명목하에 제 집으로 놀러 온 강준을 흘겨보던 원우는 째깍째깍 움직이는 시계를 응시하며 중얼거렸다. 오징어를 물어뜯으며 소파에 앉아 있던 강준은 심각한 표정을 지으며 리모컨을 집어 드는 원우를 바라봤다.

"무슨 중계?"

하지만 원우는 강준의 물음은 신경도 쓰지 않은 채 리모컨의 전원 버튼을 꾹 눌렀다.

"해 주려나."

"그러니까 뭘."

"역시 안 해 줄까?"

"아니 대체 무슨…… 아."

혼자 대화를 이어 나갈 거면 차라리 말이라도 하지 말든가. 사람의 호기심을 자극해 놓고 대답할 생각을 않는 원우를 불만 섞인 표정으로 응시하던 강준은 손바닥을 쳤다. 그러고 보니 오늘이 예의 '그 날'이구나.

강준은 혀를 내둘렀다.

'정말, 우승할 거지?'

'그럼요! 나는 약속을 지키는 사람이라고요!'

'좋아. 그럼 차분히 기다리고 있을게.'

'목욕재계도 하고 기다려요. 며칠간 침대에서 못 벗어나게 할 테니까!'

'조금…… 무서운데?'

'그만큼 각오하라는 소리죠. 내 눈 봐요. 의지가 불타오르고 있어요!'

'후후. 기대하지.'

원우의 집 앞에서 두 남녀의 은밀하고도 농밀한 대화를 들은 건 결코 강준의 의도가 아니었다. 말을 뱉어 내는 데 한 치의 부끄러움도 없는지 얼굴이 발그레질 만한 대화를 주고받던 두 남녀는 누가 보아도 사랑을 하고 있는 연인의 모습이었다.

강준은 온몸의 털이 쭈뼛쭈뼛 서는 걸 애써 무시하며 몸을 돌렸다. 닭살 돋는 연인을 방해할 이유는 없었으니까.

"어디서 하는데?"

그런 강준의 기억으로 오늘은 대한민국 유도 국가대표 선수들이 참가하는 아시안 선수권 대회가 열리는 날이다. 티를 내려고 의도했는진 모르겠지만 원우가 특정 날을 언급하며 초조해하던 모습이 불현듯 떠올랐다.

어두운 얼굴로 채널을 돌리고 있던 원우는 제게 질문을 던진 사람이 강준이라는 것도 자각하지 못한 채 입을 열었다.

"제주도."

가깝네?

"중계는 없을 것 같은데."

"……그런가."

"직접 가서 봐."

그제야 눈을 동그랗게 뜨며 자신을 직시하는 원우의 놀란 모습이 보였다. 강준은 심드렁하게 중얼거리며 반쯤 뜯은 오징어를 입안으로 집어넣었다.

"연오 씨 보러 가는 거 아냐."

"아."

"뭐, 오키나와까지 갈 행동력의 너라면 제주도 정도야 충분……."

"네. 지금 당장 제주도로 출발하는 비행기를 예약하고 싶은데요."

"이미 하고 있군."

사랑에 빠진, 그것도 단단히 빠져 헤어 나올 수 없는 늪을 허우적거리는 남자를 막을 수 있는 일 따윈…… 없다.

★☆★

'내……일?'

파리에 도착한 이후 시간이 날 때마다 만남을 가졌지만 언제나 인적이 드문 곳에서 만나서인지 그와 제대로 된 연인의 데이트를 즐기진 못했다. 게다가 우리가 처한 현실 역시 좋은 편은 아니었다.

나는 1월이 시작되자마자 개최되는 아시안 선수권 대회에 열중해야 했고, 그는 파리에서 재활 훈련을 이어 갔다. 당연히 파리의 명소인 에펠탑이나 루브르 박물관 등을 함께 가지 못해서인지 아쉬운 마음이 가득했다.

부상을 회복하고, 대회도 없는 한적한 날에 꼭 같이 오자는 약속의 손가락만 수도 없이 걸었던 어느 날, 그는 한숨을 푹 내쉬며 출국을 하게 됐다는 말을 하는 내게 떨리는 음성을 뱉어 냈다. 동요하는 남자의 얼굴을 보는 건 기뻤지만 헤어질 생각을 하니 눈앞이 깜깜해져 나는 힘없이 고개를 끄덕였다.

'네. 예정보다 일찍 들어가게 됐어요.'

'아……..'

'아무래도 우리나라에서 열리는 대회니까 감독님들의 각오가 대단하거든요. 미리 숙소에 들어가서 적응하자고 하시더라고요.'

'……그래?'

'……네.'

'……..'

짧은 침묵이 이어졌다. 영영 이별하는 것도 아닌데, 왜 이렇게 떨어지기 아쉬운 건지. 그를 만나 마구 탐해 줄 생각으로 파리까지 온 나였지만 원하는 바를 이루지 못했으니 갈증은 한계치를 향해 달려가고 있었다. 길게 숨을 흘리며 고개를 들지 못하던 나는 톡 톡, 어깨를 두드리는 그를 응시했다.

'기운, 차리게 해 줄까?'

씩 웃는 남자의 얼굴엔 미소가 가득했다. 눈이 부셔 살짝 미간을 좁혔다.

'어떻게요?'

'가까이 와 봐.'

검지를 까딱이며 손짓하는 그를 의문스럽게 바라보다 천천히 발을 움직였다. 코끝으로 차원우의 숨결이 스며들 만큼 가까워졌다. 그는 내가 제 품에 거의 안길 정도로 다가오기를 기다리고 있었다.

'차원우 씨?'

눈을 동그랗게 뜨며 그를 올려다보던 나는 옅게 웃으며 허리를 숙이던 그의 입술이 귓가에 다가오는 것을 눈치챘다. 뜨거운 입김이 느껴져 몸을 부르르 떨었다. 그 순간, 그가 속삭였다.

'조연오.'

'네?'

'좋아해.'

'……!'

'많이. 정말 많이.'

쿵쾅쿵쾅. 발작하듯 뛰는 심장을 막을 재간이 없었다. 그는 너무도 나를 잘 알고 있었다. 내가 그 말을 들으면 눈앞이 새하얘져 어지러워진다는 것을 알고 있었다. 다리가 후들거려 비틀거리는 내 허리를 부드럽게 감싸 쥔 그가 제 쪽으로 나를 끌어당기자 나는 속절없이 무너져 내렸다. 뒤늦게 정신을 차려 다리에 힘을 줬지만 이미 나는 그의 품에 안겨 있는 상태였다. 짓궂은 미소를 지으며 날 꼭 끌어안은 그에게 입을 쭉 내밀었다.

'기습공격이라니. 나빠.'

그는 여유롭게 웃으며 말했다.

'원래 사냥꾼은 먹잇감이 방심했을 때를 노리는 법이지.'

'흥. 나는 뭐 못 할 줄 알아요? 한 번이 어렵지 두 번, 세 번은 쉽다고요. 차원우 씨. 나도 당신을 좋…….'

'어? 자, 잠깐!'

손을 들어 올려 내 입을 틀어막는 그의 얼굴에 당혹감이 번졌다. 승기를 잡아 내가 히죽 웃자 미간을 꿈틀거리던 그는 흠흠, 헛기침을 뱉어 내며 중얼거렸다.

'뭐, 말하지 않아도 아, 알아.'

그토록 좋아한다는 말을 듣고 싶어 했으면서 그 말을 할 때마다 얼굴이 붉어지는 남자는 사랑스러웠다. 나는 역전된 상황에 싱글벙글 웃으며 눈꼬리를 휘었다.

'말하지 않아도 알기는 무슨. 우리가 초코파이라도 나눈 사이도 아니고. 말해야 알거든요?'

'조연오!'

'좋아해요.'

'……!'

'당신을 아주 많이 좋아하니까 이번 대회에서 꼭 우승할 거예요.'

'……'

'그래서, 그동안 훈련 때문에 마음대로 하지 못했던 일. 우승하자마자 할 거라고요!'

'……'

'이봐요, 차원우 씨. 듣고 있어요? 나 정말 진심이라니까요?'

목표를 세운 내게 불가능한 일은 없었다. 반드시 우승해서 질릴 만큼 탐해 줄 테다. 어쩌다 이런 변태가 되어 버린 건지 다시 되짚어 보는 것도 포기한 나는 주먹을 불끈 쥐었다. 그는 그런 나를 떨리는 눈으로 내려다보았다. 발꿈치를 들어 올려 쪽, 그의 입술에 입을 맞춘 뒤 씨익 웃어 보였다.

'승리의 전화가 오기만을 기다리라고요.'

자신이 있었다. 훈련도 열심히 했고, 그 어느 때보다 목표 의식이 강했다. 이토록 우승에 대한 열망이 간절했던 적이 언제였던가.

알겠다며 끄덕거리는 차원우에게 손을 휘휘 저어 주던 나는 올림픽 금메달도 딸 기세였다.

'얘가 요즘 왜 이렇게 독기가 올랐어?'

'누나, 진짜 답지 않게 왜 그래? 우승이라도 할 생각이야?'

진영 언니와 태윤이가 눈에서 불꽃을 튀면서까지 훈련에 매진하는 나를 보며 중얼거리기도 했었다.

'어. 반드시 우승할 거야.'

내 의지는 더 활활 타오를 뿐이었다.

그리고…… 대망의 날이 밝았다.

몸 상태는 완벽했다.

부상은 없었고, 대진표도 수월한 편이었다.

무난히 올라가서 결승에서 만날 상대가 꽤나 버겁기는 했지만 걱정은 들지 않는다.

이미 지난 아시안게임에서 내게 패해 은메달을 안았던 선수였기에 한 번 더 이길 수 있다는 자신이 있었다. 그 선수는 내게 복수혈전이라는 목표 의식이 있겠지만 나는 복수혈전보다 더 중요하고, 심각한 일. 바로 그 남자와의 침대 위에서 한판이 걸려 있었으니까.

절대 지진 않을 거야.

"하지메(Hajime. 시작을 뜻하는 유도 용어)!"

경기는 시작됐고,

"이폰(Ippon. 한판을 뜻하는 유도 용어)!"

결판은 빨리 났다.

"메구미 윈!"

나는, 승자가 아니었다.

★☆★

[좋은 승부였어, 연오.]

멍하니 매트 위에 누워 있던 나를 향해 그녀가 말했다. 한국어가 아닌 일본어기에 정확한 해석은 불가능했지만 대충 무슨 말을 하고 있는 건지는 알아들을 수 있었다. 슥 고개를 들어 올리자 승리자의 미소를 지으며 환하게 웃는 여자의 얼굴이 보였다.

반짝반짝. 빛나는 그녀의 얼굴이 눈부셔 나도 모르게 미간을 좁혔다. 왠지 눈물이 핑 돌 것만 같았지만 어금니를 악물며 버텨 냈다.

허공을 헤매고 있는 그녀의 손을 잡고 몸을 일으켰다. 우리 두 사람을 양옆에 세운 심판이 그녀의 방향으로 손을 들어 올렸다. 우리나라에서 열린 대회였고, 유도에 관심이 있는 국민들이 가득 들어차 있었던 체육관에선 기대 이하의 박수 소리가 흘러나왔지만 금메달을 딴 그녀는 무척이나 기뻐 보였다.

영원히 끝날 것 같지 않던 길고 긴 시상식 후, 내 주변을 서성이며 말을 걸 타이밍을 재고 있던 사람들은 조심스럽게 다가왔다. 어깨를 두드리며 "그래도 은메달이잖아. 수고했어."라며 다독였지만 입술을 열지 못했다. 아래로 고개를 떨군 채 무작정 걸음을 옮길 뿐이었다.

'방심, 했던 걸까.'

아무리 내가 이번 아시안게임에서 금메달을 땄다 하더라도 이전까지의 최강자는 바로 그녀, 메구미였다. 유도의 종주국에서 어릴 적부터 탄탄한 지도를 받았던 그녀는 세계가 인정하는 여자 유도의 강자였기에 결전에 임하는 내 태도도 흐트러지지 않았다고 여겼는데.

줄곧 말했었지만 유도는 단 한 번의 방심이 패배로 이어지는 종목이다. 서로의 틈을 노리며 신경전을 펼치다가도 약점을 발견하여 그곳을 파고들면 승기를 잡을 수 있는 종목. 언제나 긴장을 하고 있어야 하고, 기술을 시전하는 것은 순식간에 일어나야 하기에 숨도 제대로 쉬지 못했었건만.

그녀에게 붙잡혀 버린 것은 눈 깜짝할 사이에 일어났다. 작은 체구임에도 불구하고 번쩍 내 몸을 들어 올려 바닥으로 내치는 그녀로 인해 한동안 머릿속이 하얗게 비었다면, 과장된 표현일까.

'빌어……먹.'

터져 나오는 울음을 꾹 참고 억지 미소를 지어 가며 축하해 주는 관계자들과 팬들에게 인사를 한 후 무작정 걸음을 움직였다. 내 표정이 자연스럽지 않다는 걸 눈치챈 동료들은 다행스럽게도 말을 걸진 않았다.

내게 배치된 숙소에 홀로 있을 수 있게 된 나는 들고 있던 은메달을 바닥으로 내던지며 굵은 물방울을 투득 떨어뜨렸다.

'피할 수 있었는데. 피하지…… 못했어.'

다시 생각해 보아도 컨디션은 나쁘지 않았다. 이번 패배는 확실히 메구미가 경기를 더 잘 운영했기에 일어난 결과였다. 나도 충분히 그녀를 이길 수 있었지만 메구미의 컨디션이 더 좋았을 뿐이다. 원래 이 종목의 강자였고 세계를 몇 번이고 제패했던 그녀에게 진 것은 부끄러운 일이 아니건만, 왜 이렇게 눈물이 흐르는 걸까.

"흑."

어깨를 들썩이던 흐느낌은 입술 밖으로 터져 나오는 순간 더 커져 갔다. 입술을 악물기도 하고 어금니를 깨물기도 해 보았지만 줄줄 흘러내리는 물방울을 막을 수 없었던 나는 바닥에 나뒹구는 은메달을 응시하며 엉엉 울었다. 그렇게 있는 힘껏 울어 버린 것은 꽤나 오랜만이어서 진이 빠질 지경이었다.

"흐어엉! 허어어엉!"

경기에 진 것이 너무도 분해 울음을 그치지 못했던 건 물론 사실이었지만, 약속을 지키지 못했다는 게 더 마음에 걸렸다. 강하게 믿고 있는 그 남자의 앞에서 어떻게 해서든 우승을 해 보이겠다고 자신했던 내가 아니었던가. 아마 TV 중계나 실시간으로 올라오는 인터넷 기사를 통해 이 일을 접할 그의 앞에 서기가 부끄러워져 괜히 더 서러워졌다.

어쩌면 나는 생각보다 오만했던 건지도 모른다. 그래, 지금껏 메이저 대회에선 우승 한번 못 해 보다 아시안게임에서 금메달을 한번 땄다고 기고만장했던 건지도. 그러니 이번 일을 계기로 달라지면 되는 거다. 내년으로 다가온 올림픽을 지금부터라도 차근차근 준비해서 오늘과 같은 일이 일어나지 않도록 하면, 되는 거야. 그러면 되는…… 제길.

똑똑.

얼마나 지났을까.

스스로가 너무도 한심해 미쳐 버리는 단계까지 이르기 직전, 퉁퉁 부어 버린 얼굴 따위는 신경도 쓰지 않은 채 훌쩍이기만 하던 내 귓가로 방문을 두드리는 노크 소리가 들려왔다. 꽤 오랜 시간 흘러내렸음에도 불구하고 아직 떨어질 것들이 남았는지 여전히 눈물샘은 마르지 않은 상태. 좋지 못한 모습인지라 괜한 신경질을 부릴 것 같아 큰 소리로 외쳤다.

"혼자, 있고 싶어. 잠깐……이면 돼."

마음의 안정을 찾을 필요가 있었다. 내 경기에 졌다고 다른 사람에게 피해를 주면 안 되니까. 눈물이 멎을 때까지 기다렸다 호흡을 가다듬을 생각이었다.

그러나 그런 내 마음 따위는 알아주지 않은 방문 너머의 상대는 한 번 더 똑똑, 문을 두드리더니 달칵 소리를 내며 문고리를 돌렸다. 하아, 하아. 숨을 길게 뱉어 내며 마음을 추스르던 내가 소스라치게 놀란 건 당연했다.

"나가라니……!"

방문 너머의 상대가 흘리는 인기척은 가까워졌다. 고개를 들지 못한 채 씩씩거리기만 하던 나는 어느새 지척에서 느껴지는 숨결에 스윽 얼굴을 들며 외치다 다음 말을 뱉지 못했다. 인상을 쓰던 내 시야로 들어온 사람은 다름 아닌 그였기 때문이다.

"어ㄸ……."

"울었어?"

성큼성큼 다가와 내 눈높이에 맞춰 무릎을 굽힌 차원우가 손을 뻗었다. 그의 커다란 손이 내 뺨을 타고 흐르는 물기를 닦아 냈다. 어떻게 그가 이곳까지 찾아온 건지 이해할 수 없어 눈이 동그래졌다. 차원우는 빙긋 웃으며 중얼거렸다.

"왜 그런 표정이야?"

그는 여전히 생글생글 미소 지었다. 옅게 웃고 있는 남자의 모습을 보자니 미친 듯이 흘러내리던 눈물이 조금은 잠잠해졌다. 손등으로 눈가를 닦으며 입을 삐죽였다.

"……몰라요."

차원우가 퉁명스레 대답하는 나를 향해 눈꼬리를 휘었다.

"엄청 분해 보이는데."

"그럼, 기쁠 리가 없잖아요."

"2등도 잘한 거야."

"차원우 씨가 말하니 별로 잘한 것처럼 느껴지지 않네요."

"뭐, 언제나 나 같은 예외도 있기 마련이지."

부정하지 않는 걸 보니 꽤나 얄밉다. 피치 못할 사정, 그러니까 부상이나 오심 등의 이유가 없다면 그가 세계 정상의 자리를 놓지 않았던 건 사실이었기에 태클을 걸 수도 없었다. 나는 씩씩거리며 말했다.

"이길 수…… 있었다고요."

"응."

분한 표정을 지으며 말하는 내게 그가 부드럽게 고개를 끄덕였다. 너무도 자연스러운 그 행동에 나는 조금 전 있었던 경기를 떠올려 보았다. 이제야 상대가 어떤 기술을 쓰려 했는지 알 수 있었다.

"메구미의 팔이 거기서 뻗어 올 줄 몰랐어요. 왼쪽을 노리는 줄은 전혀……. 만약 그걸 알았더라면……."

"그래."

"메치기를 걸려 했는데 정신 차려 보니 내가 당해 있었어요."

"봤어."

조용히 맞장구치는 그의 음성이 귓가에 내려앉았다. 눈에 힘을 주며 말을 이어 가던 나는 짧게 답하곤 내 얼굴만 들여다보는 차원우의 시선에 와르르 무너져 내렸다.

"난…… 정말 최선을 다했는데……."

"알아."

"최선을…… 흑."

"……."

"흐어엉! 차원우 씨!"

두 손을 벌려 그를 와락 껴안았다. 겨우 억눌렀던 울음이 다시금 터져 버렸다. 차원우는 눈과 코에서 온갖 액체를 쏟아 내고 있는 내 등을 천천히 쓸어 내렸다. 그 손길이 너무 따뜻해서 더 큰 소리로 울어 버렸다.

경기에 지는 건 작년 아시안게임 이전에도 수없이 많이 겪어 왔던 일이지만 오늘처럼 분한 적은 없었다.

이유는 하나다.

결승전까지 무사히 안착해 놓고 우승을 하지 못했으니까.

아시안게임을 제패했으니 아시안 선수권 대회를 시작으로 내년 올림픽이 열리기 직전까지 열리는 모든 메이저 대회에서 수상하는 것은 유도 선수라면 누구나 한 번쯤은 마음에 담아 두고 있을 소원이자 열망이었다. 그러나 그보다 간절했던 건…….

"그렇게 분해?"

톡톡. 부드럽게 등을 토닥이던 그가 작은 목소리로 물었다. 이럴 줄 알았더라면 차라리 그런 말은 꺼내지 말걸. 후회하고 또 후회하던 나는 번쩍 고개를 들어 새빨개진 두 눈을 그에게 고정시켰다.

"허엉! 당연, 꼭! 당연하죠! 흑. 약속, 흐읍, 못 지켰잖아요!"

울부짖는 나를 응시하던 차원우는 피식 웃음을 흘렸다. 그 웃음소리에 더 예민해진 나는 말을 덧붙였다.

"꼭 우승해서…… 차원우 씨를 잡아먹을 생각이었는데……."

훈련이다 뭐다 해서 거의 한계치에 다다른 나의 변태 지수가 끝내는 하늘을 뚫었다. 이런 말을 입술 밖으로 뱉어 낼 줄이야. 무의식적으로 흘러나온 말에 흠칫 놀라기는 했었지만 되돌릴 수는 없었다.

차원우는 심각한 얼굴로 나를 쳐다보고 있다가 풋, 웃음을 터뜨렸다. 눈을 치켜뜨며 그를 노려보았지만 차원우의 입꼬리는 올라간 채 내려올 생각을 않았다. 나는 눈에 그렁그렁 맺힌 닭똥 같은 눈물을 또르르 떨어뜨렸다.

"침대에 묶어서, 꾹, 이것도 하고, 흑, 저것도, 흡, 하고! 오만 짓다 하려고 했는데!"

이쯤에서 되짚어 보자면 나는 꽤나, 아니 아주 많이 굶주린 상태였다. 생각해 보라. 그가 전지훈련을 떠나기 직전까지 수도 없이 한 침대에서 뒹굴며 익숙해져 있었는데 한순간에 떨어지니 얼마나 아쉽겠나. 완벽하게 스스로가 변태라는 걸 인정한 후로는 더더욱 그가 그리워 미칠 지경이었으니, 말은 다 했지.

내가 이번 대회를 임하는 마음이 얼마나 음흉했는지에 대해 듣고 있던 그는 내 머리를 쓰다듬다 문득 말을 던졌다.

"이유가 없으면, 안 되는 거야?"

……어?

차원우의 말은, 이제 그를 마음대로 주무를 수 있는 기회 따위 없다며 한탄하던 내 머릿속을 하얗게 물들였다.

그는 눈을 동그랗게 뜨는 나를 향해 미소 지었다.

"각서 없이, 이유 없이, 탄산 없이……. 이 세상에서 유일하게 날 만져도 되는 사람인데, 조연오 씨는."

뭐?

"그래서 우리가 '연인'인 거잖아. 안 그래?"

귓가를 간질이는 부드러운 음성이 온몸을 파고들었다. 말을 마친 뒤 환하게 웃는 남자의 얼굴에서 광채가 뿜어져 나왔다. 쿵쾅쿵쾅. 심장이 미친 듯이 뛰었다. 혈관이 팽창하는 게 느껴진다. 얼굴이 화끈거리고 줄줄 흘러내리던 눈물이 그제야 멎었다. 둔기로 머리를 강타당한 것만 같았다.

'왜……'

몰랐던 걸까.

헛웃음이 새어 나오려는 것을 겨우 참아 냈다. 난 멍하니 차원우를 응시하며 눈꺼풀을 내렸다 올렸다.

그의 말대로다.

내가 그에게 뽀뽀를 하고 싶고, 키스를 하고 싶고, 안고 싶은 건 눈앞의 남자가 너무 좋기 때문이었다. 하지만 내가 그런 마음을 품는다 할지라도 상대의 동의가 없다면 멋대로 행동하지 못한다. 그러나 내가 뽀뽀하고 싶고, 키스하고 싶고, 안고 싶은 사람은 나를 좋아하고 있었다. 그도 나를 안기를 원하며, 키스하기를 바라고 있는 사람이었다.

이유 없이, 조건 없이, 빌어먹을 탄산 없이 그에게 안길 수 있는 유일한 사람은 이 세상에서 오직 나밖에 없었고, 우리가 연인이기에 가능한 일이었다. 힘든 일이 있으면 위로를 해 주고, 기쁜 일이 있으면 함께 기뻐해 주는. 내가 의지할 수 있는 몇 안 되는 소중한 사람 중 하나가 바로 내 '연인'인 그였다.

"차원우 씨."

쿵쿵. 순식간에 심장이 크게 박동을 하기 시작했다. 참고 있던 숨을 터뜨리며 차원우의 이름을 부르자 그의 깊은 눈동자가 나를 향했다. 언제 봐도 얼굴이 달아오르는 뜨거운 시선이 내 몸을 집어삼킬 듯 다가온다. 그를 올려다보며 통통 부은 입술을 달싹였다.

"그럼 정말…… 내 마음대로 해도 돼요?"

이 말을 꺼내던 내 심장이 터질 듯 부풀어 오른 것을 그는 느낄 수 있었을 거다. 은근한 기대감을 전혀 숨길 생각 따윈 하지 않던 내 발언에 그는 어깨를 으쓱였다.

"그래. 오늘은 조연오 씨를 위로해 주러 왔으니까."

위로?

"나, 막 그 '마크' 새길지도 몰라요."

그는 쿡쿡 웃으며 대답했다.

"알아. 조연오 씨는 진공청소기 못지않은 흡입력의 소유자잖아. 각오는 하고 있어."

그놈의 진공청소기. 하지만 사실이기에 부정은 하지 않는다.

"나는 끈질긴 여자라서 한번 물면 만족할 때까지 안 놓아줄 거예요."

조용히 주먹에 힘을 주는 내 모습에 고개를 절레절레 흔들던 그가 말을 이었다.

"상관없어. 지금 허기진 건 나도 마찬가지거든. 대신……."

"대신?"

"한 마디만 해 줘."

도톰한 입술 사이로 흘러나온 멘트에 눈을 크게 떴다. 어느새 나를 제 무릎 위로 올려놓은 그는 어리둥절해하는 내 얼굴을 올려다보며 속삭였다.

"날, 어떻게 생각해?"

그의 등을 철썩 때려 버린 것은 반사적인 행동이었다. 짝 소리를 내며 내 오른손과 차원우의 등이 조우했다. 윽, 하고 그가 나지막한 신음을 흘리자마자 나는 외쳤다.

"그걸 말이라고 해요?!"

그리고는 사랑스러운 남자의 목덜미를 세게 끌어안으며 있는 힘껏, 진심을 담아, 내 마음을 표현한다.

"좋아…… 아니, 사랑하고 있다고요!"

★☆★

"그래서, 정말로…… 묶을 생각이야?"

이곳저곳을 수소문한 끝에 어렵게 구했던 밧줄로 침대 헤드 부근의 기둥에 그의 팔을 묶고 있는 내 얼굴은 진지하기 그지없다. 끙끙. 팔과 기둥을 한 번에 묶기가 쉽지 않아 미간을 좁히자 잠자코 지켜보던 차원우가 한마디를 던졌다. 진지하게 밧줄을 들고 있던 나는 일말의 망설임도 없이 입술을 열었다.

"당연하죠!"

"아."

"뭐예요, 그 탄성은. 설마 내가 말로만 그러는 줄 알았어요?"

밧줄을 양옆으로 팽팽하게 잡아당기곤 인상을 쓰며 답하자 그는 중얼거렸다.

"그런 건 아니지만…… 이 정도일 줄이야."

이 정도가 뭐 어때서. 변태 치고는 꽤나 평범한 거라고.

"이봐, 조연오 씨."

"왜요."

"경기 끝난 지 아직 다섯 시간도 안 흘렀는데 조연오 씨는 매우 팔팔한 것 같아."

욕이야 칭찬이야.

빙긋 웃는 차원우의 말에 입술을 삐죽이려던 나는 드디어 그의 오른팔과 침대 헤드의 오른쪽 기둥이 완벽하게 묶인 걸 확인하곤 활짝 웃었다.

"말했잖아요. 나, 엄청 굶주렸다니까요?!"

그의 왼팔까지 완벽하게 묶은 뒤 입고 있던 티셔츠를 훌러덩 벗어 던졌다. 오래전 내 손에 의해 탈의가 된 그의 탄탄한 복근 위로 엉덩이를 살포시 내려앉자 가만히 내 행동을 바라보던 그가 중얼거렸다.

"정말 굶주린 것 같긴 해."

"맞아요. 하지만 먼저 위로해 주겠다던 사람은 당신이라는 걸 잊지 마요."

은근히 그에게 이 모든 일을 뒤집어씌우는 말을 뱉어 냈지만 차원우는 하하, 웃기만 할 뿐 부정하진 않았다.

"밝히는 여자다운 말이군."

쿡쿡거리는 그의 웃음소리가 간지럽다. 이렇게 바라보고만 있어도 심장이 팔딱거리고, 온몸의 털들이 쭈뼛쭈뼛 서고, 당장이라도 입을 맞추고 싶은 사람은 내 밑의 남자가 처음이다. 탄탄한 가슴근육과 넓은 어깨, 초콜릿 복근은 얼른 가까이 다가오라고 유혹하고 있었다.

'좋아.'

숨을 크게 들이마셨다 길게 내쉬며 호흡을 골랐다. 비록 우승을 하지는 못했지만 위로 차원에서 자신을 선물한 그를 거부할 이유는 없었으니 지금부터 밤을 새우면서 마구 탐해 줄 계획이었다. 체력 하나는 그 누구에게 뒤지지 않을 만큼 강인한 나였으므로 정신을 못 차리게 만들어 줄 예정이다.

오른쪽 검지로 그의 단단한 가슴을 훑던 나는 씩 웃으며 속삭였다.

"각오해요, 차원우 씨."

패배로 인한 충격은 머릿속에서 말끔히 사라진 지 오래. 숙소에서 나를 데리고 나와 곧바로 호텔로 직행한 그를 침대에 눕힌 뒤 어떻게 요리를 해 줄까 미소 짓는 내 모습은 완벽한 변태의 모습이겠지.

그래도, 괜찮다.

그와 함께 있을 수 있다면.

까짓, 변태가 되는 것 정도야.

"큭!"

지금부터 당신을 내 마음대로 유린해 줄 테다—라 중얼거린 뒤 하얀 이를 드러내며 서서히 시선을 아래로 내렸다. 언제든 오라며 여유를 부리던 차원우는 내가 제 목덜미에 입술을 대자마자 작은 탄성을 흘렸다. 괜히 기분이 좋아져 더욱 열심히 움직였다.

붉은 혀가 목덜미를 쓸고 지나 아래로 내려간다. 일자로 된 쇄골에서 혀가 멈추자 움찔거리던 그의 입술 사이로 얕은 숨소리가 터져 나왔다. 이상하게 달아오른다. 슬쩍 고개를 들어 올리자 이글거리는 눈으로 미간을 좁히는 차원우가 보였다. 히죽 웃으며 더욱 **빠**르게 움직였다.

"읏."

숨을 터뜨리지 않기 위해 입술을 악물던 그는 뱀 같은 혀로 핑크빛 유륜 근처를 동그랗게 그리는 내 행동에 얼굴을 일그러뜨렸다. 엉덩이 근처에서 무언가 꼿꼿한 것이 반응을 하는 게 느껴졌다. 하지만 참아야 해, 이 남자야. 그간 날 안달 나게 만들었으니 이 정도의 뜸은 들여야 하지 않겠어?

"크흑, 후우."

타오르는 남자의 눈동자가 집어삼킬 듯 나를 응시하고 있었다. 높이 솟아 있는 그의 돌기를 빨아 당기며 자극하자 남자의 호흡이 거칠어지는 소리가 들려왔다. 신경이 곤두선다. 조금 더 여유를 부릴까 했는데, 그의 위에 올라탄 내가 조급해졌다. 제길. 이래서 복수는커녕 먼저 백기를 들게 생겼다.

"하아, 조연, 후우, 오…… 윽!"

쉬지 않고 아래로 내려가는 내 혀 놀림은 재빨랐다. 오랜 시간 동안 가슴 근처를 배회하며 그를 자극하다 복근에 다다르자 차원우가 배에 힘을 주는 게 확연하게 보일 정도였다. 초콜릿처럼 각이 진 복부의 근육을 야릇하게 핥으며 뜨거운 입김을 내뿜었다. 입술을 악물고 있던 남자는 쉿소리를 흘리며 내 이름을 불렀다. 온몸이 달아올랐다. 화끈하게, 뜨겁게, 강렬하게, 열기로 가득 찬다.

"훗!"

할짝거리며 그의 털을 세우던 붉은 혀는 한 마리 아름다운 말 근육 같은 허벅지 근처에 닿았다. 단말마의 외침이었지만 흥분을 시키기엔 적절했다. 나는 아까부터 꿈틀거리던 그의 브리프 속의 그것을 꺼내기 위해 손을 내렸다.

얼마 지나지 않아 작은 천 조각 아래서 웅크리고 있던 남자의 세 번째 다리가 엄청난 위용을 뽐내며 모습을 드러냈다. 볼 때마다 느끼는 거지만 매우 컸다. 나는 야하게 웃으며 그를 흘긋거렸다.

오늘 하루만큼은 내가 원하는 대로 하게 내버려 둘 생각인 건지, 몽롱한 눈으로 내 행동을 지켜보는 차원우의 검정색 눈동자가 일렁였다. 심장이 쿵쾅거려 잠시 머뭇했지만 곧 손을 뻗어 그의 붉은 기둥을 움켜쥐었다. '큽!' 소리를 내며 남자의 숨이 터져 나왔다.

한 손엔 다 들어오지 않는 그것을 쥐고 아래위로 슥슥 손을 움직였다. 내가 움켜쥐자마자 반응을 하던 남성은 눈 깜짝할 사이에 부풀어 올랐다. 처음엔 한 손으로 잡고 있던 나는 두 손을 이용할 수밖에 없었다.

"제길……."

그가 흘리는 힘겨운 신음 소리가 귓등을 두드렸다. 욕망을 억누르려 애쓰는 그의 모습이 한눈에 보여 웃음이 날 것만 같았다. 속으로 옅게 웃은 뒤 한계치까지 차오른 그의 세 번째 다리로 혀를 내밀자 남자는 온몸을 부르르 떨었다.

살짝 건드리면 건드릴수록 반응을 하는 기둥은 단단해져 갔다. 있는 힘껏 입을 벌려 그것을 입 안으로 밀어 넣었다. 미끄러지듯 들어온 그것을 핥으며 하아, 하아 거친 호흡을 흘리는 남자를 흘끔거렸다. 붉게 달아오른 그의 낯빛이 심장을 거칠어지게 만들었다. 한계야, 젠장.

"하!"

흐트러진 남자의 모습은 숨이 막힌다. 어떻게든 버텨 보려 애쓰는 차원우의 얼굴이 심장을 쿡쿡 찔렀다. 조금 더 괴롭혀 주고 싶어 기둥을 쓸던 혀의 움직임을 멈추자 그가 내 어깨를 덥석 잡았다.

"……왜?"

힘겨워하고 있으면서도 왜 멈추는 거냐고 묻는 눈빛에 입꼬리가 스윽 올라갔다. 귀여운 남자. 거칠어진 호흡을 삼키려 애쓰는 모습이 사랑스럽다. 나는 의아해하는 그를 향해 살짝 고개를 끄덕인 후 천천히 몸을 일으켰다. 차원우는 제 밑을 애무하던 내가 돌연 일어나 옷을 홀홀 벗기 시작하자 미간을 찌푸렸다.

'이런 적은 처음이지만…….'

아래와 위. 마지막까지 은밀해야 했던 중요 부위들을 가리는 속옷들을 끌러 바닥으로 던지는 나를 그는 떨리는 시선으로 지켜봤다. 흥분한 그의 물건이 엉덩이를 쿡쿡 찔렀지만 모르는 척하며 내 모든 것을 완벽히 드러냈다. 남자는 참기 힘들었는지 윗니로 아랫입술을 세게 짓누르며 내 눈을 응시하고 있었다. 나는 씩 웃으며 속삭였다.

"지금부터 내 마음대로 할 거라고요."

간드러진 음성에 차원우의 눈꺼풀이 파르르 떨리는 게 보인다. 긴장한 걸까. 그렇다고 하기엔 그의 세 번째 다리는 천장을 향해 빳빳하게 서 있었다. 솔직한 남자 같으니. 흘끔 뒤를 돌아보며 굵어진 붉은 기둥을 살피던 나는 크게 숨을 몰아쉬며 엉덩이를 들었다.

"흣!"

항상 느꼈지만 감당하기 버거운 크기다. 촉촉이 젖은 은밀한 곳을 비집고 들어오는 묵직한 물건으로 인해 숨이 가빠졌다. 강렬한 통증이 아래에서부터 위로 빠르게 퍼져 갔다. 전율이 일어 인상을 쓰던 나는 거칠게 호흡하며 그를 내려다보았다.

"괜찮⋯⋯겠어?"

하고. 위에서부터 자신을 받아들인 나를 염려스러운 눈으로 올려다보는 남자가 보였다. 눈물이 핑 돌 것 같았지만 그에게 리드를 빼앗기고 싶지 않았다. 결과는 부정적이었지만 오늘을 위해 몇 달간 피땀을 흘려 노력했던 것이었고, 위로 차원에서라도 그가 내게 기회를 준 것이었으니 놓치고 싶지 않았다. 힘들면 내가 할게—라는 얼굴로 몸을 일으키려는 차원우를 향해 손을 뻗었다.

"윽!"

짧은 신음 소리와 함께 그가 들었던 등을 다시 침대로 뉘었다. 그 반동으로 인해 여성 안을 더욱 깊숙이 침투하는 꼿꼿한 기둥이 느껴졌지만 조용히 견디며 나는 경고했다.

"리드는 내가 할 거라고요."

"⋯⋯!"

"그러니 차원우 씨는 그냥, 느껴요."

단단히 각오한 말에 차원우는 멍한 표정을 짓다가 피식 웃음을 흘렸다. 어디 하고 싶은 만큼, 맘껏 하라는 그의 배 위에 후끈 달아오른 손을 얹었다. 탄탄한 복근이 손바닥에서 느껴진다. 망설이지 말라고 머릿속의 악마가 외쳐 대고 있었다. 나는 녹아내릴 듯 뜨거워진 엉덩이를 들썩이기 시작했다.

"하앗, 흐읍!"

강한 충격이 밀려 들어왔다. 아래위로 몸을 움직이며 생기는 살과 살의 마찰음이 신경을 간질였다. 교태로운 신음 소리가 입 밖으로 터져 나왔다. 비밀스러운 곳을 채우는 그의 남성은 폭발적으로 팽창했다. 눈앞이 새하얗게 물든다.

"흐웃, 핫, 으응!"

야스러운 마찰음이 방 곳곳을 울려 퍼졌다. 입술을 악물기도 하고 속도를 늦추기도 하며 내 안을 휘젓는 그를 감당하기 위해 노력했다. 그의 남성은 이미 모든 것을 알고 있었다. 얼마나 부풀어 오르면 내가 야릇한 신음을 흘리는지, 모두. 내 몸은 녹아내릴 듯 뜨거워지기 시작한다.

"하아아, 차…… 훗, 차원우, 씨!"

좁은 시야로 보이는 건 오직 이 남자뿐이다. 내가 너무 사랑해서 끝까지 함께 있고 싶은 이 사람뿐. 경기에 지더라도 그에게 위로를 받고 싶고, 안기고 싶다. 안아 주고 싶고, 보듬어 주고 싶은 유일한 사람.

차원우라는 이름을 가진 나의 귀공자.

"하아, 흐읏!"

서로의 살이 부딪히는 경쾌한 소리가 화음처럼 침대 주변을 감싼다. 삐거덕, 삐거덕. 우리 두 사람의 몸이 하나가 되는 과정에서 일어난 반동으로 인해 침대가 요동쳤다.

긴 시간 동안, 멈추지 않고.

★☆★

"조연오 씨."

강렬하게 뇌리 속에 자리 잡은 시간을 보낸 뒤 가지는 잠깐 동안의 휴식. 하아, 하아. 얕은 숨만 흘리며 눈을 깜빡이던 우리 두 사람 중 입술을 연 이는 차원우였다.

방금 전까지 그의 품에 안겨 있어선지 아직 몸이 뜨거워 주체를 할 수 없었던 나는 슬며시 고개를 돌리며 왼편의 남자를 응시했다. 고개를 옆으로 괴고선 나를 응시하는 그의 얼굴은 홍조를 띠고 있었다.

"네?"

입꼬리가 올라가는 것을 막지 못했던 나는 흡족한 미소를 지으며 그에게 대답했다. 그러자 말없이 내 얼굴을 들여다보던 그는 말했다.

"사랑해."

아.

이 남자는 아무래도 내 심장을 잠시도 가만두지 않기로 작정한 게 틀림없다. 귀가 새빨갛게 물들었지만 애써 모른 체하며 나는 대꾸했다.

"나도 사랑해요."

차원우는 그런 내 대답이 만족스러운 듯 픽 웃었다. 그리고는 말을 이었다.

"그럼, 정말 나랑 결혼하자."

……어?

"매일 밤이 즐거울 거야."

당연하다는 듯 고개를 끄덕이는 그의 말에 부정하지는 않았지만 예상하지 못했던 말이어서 멍해졌다.

"지, 지금도 충분히 즐거운데요?"

그는 놀라 말을 더듬는 나를 보며 검지를 좌우로 까딱였다.

"지금보다 더 즐거울 거야, 결혼하면."

몹시 확신에 찬 말이었다. 나는 진지하게 대답했다.

"그럼 차원우 씨는 말라죽을지도 몰라요. 같이 살지도 않는데도 이렇게 붙어 있는데. 같이 살면 얼마나……."

아마 한 시간도 쉬지 않고 붙어 있을지도. 생활에 위협을 느낄지도 모른다. 그런데도 괜찮은 거야, 이 남자?

물론…… 나는 싫지 않다.

차원우는 염려스러운 표정으로 그를 응시하는 내 이마를 기다란 손가락으로 콕 찍으며 중얼거렸다.

"각오는 되어 있어. 변태 한 명을 감당하지 못한다면 애초부터 당신을 쫓아다니지도 않았겠지."

그건, 맞는 말이다.

"그전에 조연오 씨의 건강도 위험할지 모르니 체력 보충해 둬. 이래 봬도 난, 어디 가서 체력이 뒤처진단 소리는 들어 본 적이 없거든."

씩 웃는 그는 그러고 보니 이미 내게서 '짐승' 인정을 받았던 남자였다. 그냥 짐승도 아니고 지상 최강의 짐승 수준이었지.

"그러고 보면 우린 정말 천생연분이네요."

"그런 셈이지."

흐응.

"차원우 씨."

"응."

"차원우 씨 말대로…… 우리 진짜 결혼할까요?"

미끼라는 걸 알고 있음에도 덥석 물어 버린 나를 보던 차원우의 얼굴에 화색이 돈다. 이 남자야, 그렇게 대놓고 좋아하지 말라고. 괴롭히고 싶어지니까. 히죽거리는 그를 빤히 응시하던 나는 진지한 표정으로 입술을 달싹였다.

"일단 먼저 근사한 침대 하나를 마련해 줘요."

삐거덕 소리가 들리지 않고, 언제든 그 위로 달려들고 싶은. 아주 폭신폭신하고 넓은, 그리고 당신이 누워 있는 그런 커다란 침대.

"좋아. 조연오 씨도 근사한 콘돔들을 준비해 줄 거지?"

뭐, 그 정도야.

"종류별로 모아 보도록 할게요."

"계약은 성립됐어."

손을 뻗어 악수를 청하는 그의 손을 덥석 잡으며 환하게 웃었다. 한참 동안 손을 맞잡은 채 흔들던 차원우는 알몸인 상태로 그의 품 안으로 끌려간 내 귓가에 야릇하게 속삭인다.

"한 번 더, 하고 싶어."

가슴이 벌렁거렸지만 태연한 척 애쓰며 대답했다.

"그럼 하면 되잖아요?"

"피곤하지 않아?"

물론 피곤하다. 오전에 경기를 끝냈고, 막 이 남자와 크게 한판 거사를 치른 뒤였으니까. 그래도…….

발밑에 있던 이불을 머리끝까지 끌어 올리며 나는 힘차게 외쳤다.

"차원우 씨를 안을 힘 정도는 있다고요!"

10.
사랑은 선수촌에서 꽃핀다

가만히 서 있기만 하더라도 땀이 주르륵 흘러내리는 뜨거운 뙤약볕이 한창인 6월. 그토록 오랫동안 기다리고 또 염원했던 시기가 찾아왔다.

'운동선수'로서의 삶을 선택하면서부터 누구나 한 번쯤은 꿈꿀 법한 그 무대. 국가의 대표로 선발되어 나라의 명예를 위해 훈련의 성과를 선보이는 전 세계 운동선수들의 축제. 바로, 올림픽.

'아아!'

코끝이 찡해졌다. 이런 날이 올 줄이야. 처음 유도를 시작할 때까지만 하더라도 내가 올림픽 무대를 밟아 볼 거라곤 생각한 적이 없어서인지 더욱 뭉클하다. 아시안게임에 출전할 수 있는 국가대표가 되는 것이 내 인생 최대의 목표인 적도 있었으니까. 감격스러워 가슴이 벅차오른다. 내 가슴에 박힌 태극기를 어루만지며 대한민국 국기를 들고 앞서 나가는 기수들의 뒤를 따라 열심히 손을 흔들었다.

미국 시카고에서 열리는 이번 올림픽을 준비하기 위해 지난 일 년간 내가 겪었던 모든 인내와 고통들이 눈앞을 스쳐 지나갔다. 그 중에서도 가장 먼저 떠오른 것은 그 남자의 얼굴이었다. 환하게 웃으며 내게 팔을 벌리고 있는 그 남자. 아직까지 공개적으로 밝혀지지 않았지만 주변인들이라면 대부분이 알고 있는 나의 연인, 차원우.

'금욕?'

올림픽을 앞둔 지난 1월. 실오라기 하나 걸치지 않은 내추럴한 상태였지만 꽤나 진지한 표정을 지으며 그와 침대 위에 마주 보고 앉은 나는 굳게 결심한 얼굴로 속에 든 말을 꺼냈다. 빙긋 웃던 차원우의 얼굴이 순식간에 일그러지는 모습은 심장을 덜컹거리게 만들었다. 왠지 가슴이 쓰려 왔지만 마음먹은 것이 있었기에 망설이지 않고 고개를 끄덕였다.

'네. 그럴 시기가 된 것 같아요.'

'이봐, 조연오 씨.'

'잠깐! 그전에 내 말부터 들어 봐요!'

'……'

'차원우 씨. 우리가 대략 2년 동안 한 일이 뭐라고 생각해요?'

'글쎄. 돈독한 관계의 유지?'

싱긋 미소 지으며 짓궂은 표정을 짓는 그에게 황당한 웃음을 터 뜨리던 나는 외쳤다.

'섹스잖아요!'

입꼬리를 슥 올리던 남자는 부정하지 않았다. 확실히 그 말은 사실이었기 때문이다.

재작년 있었던 아시안게임 이후로 놀랍게도 '연인'으로 발전한 우리는 지난 2년 동안 만날 때마다 관계를 맺고 있었다. 생각해 보면 이렇게 합이 잘 맞는 상대를 만나기도 힘들었기에 서로에 몹시 만족해 있는 상태였다. 하지만 얼른 결혼을 하자며 재촉하는 그와는 달리 나는 그러자고 말하기는 하면서도 자세한 계획을 세우자는 말엔 차일피일하면서 대답을 회피하고 있었다.

나와 그가 친히 엄선한 콘돔들의 성능이 좋아서 망정이지, 철저하게 준비하지 않았더라면 내 몸에 큰일이 나고도 남았을 침대 위에서의 활극담은 이어지고 있었다. 세계인의 4대 축제 안에 드는 큰 대회를 고작 반년 정도 남겨 둔 시점에서 나는 이렇게 정신없이 그의 몸을 탐하다간 정말로 위험한 일이 일어날 것을 감지했고 망설임 끝에 말을 꺼냈다.

'그게 뭐 잘못됐어?'

차원우는 이해를 못 하겠다는 표정을 지으며 되물었다. 그런 그가 사랑스러워 미쳐 버릴 것 같았다. 갈수록 중증이었다. 손을 뻗고 싶은 충동을 꾹 참으며 입술을 달싹였다.

'네. 이러다간 내가 나를 제어하지 못할 것 같아요.'

'무슨 소리야?'

'차원우 씨를 영영 침대에 묶어 버리고 싶을 것 같다고요!'

'나쁘지 않은 소린데?'

'나쁘죠! 훈련을 못 하니까! 그러니 올림픽 끝날 때까지 금욕이에요, 우리!'

'뭐?'

'그렇게 해 줄 수 있죠?'

쉽지 않은 일이었다. 하지만 내 비밀스러운 계획이 성공하기 위해서는 반드시 이번 대회에서 성과를 올려야만 했다. 지난 아시안 선수권 대회 때처럼 결승의 문턱을 넘지 못하고 은메달에 머물러선 안 되니까. 차원우는 두 눈을 빛내는 나를 향해 인상을 썼다.

'못 해. 6개월은 무리야.'

물론 그건 예상했던 일이었기에 나는 침착하게 대답했다.

'나도 참잖아요.'

'조연오 씨는 참겠지만 나는 못 참아.'

'변태도 참는데 당신이 못 참는다고요?'

툭툭 뱉어 내는 변태라는 말이 이젠 익숙해졌다. 인정하면 편하다.

'알잖아, 나는 짐승이라고. 이젠 조연오 씨 없이는 잠도 안 온단 말이야.'

그는 얼굴이 화끈거릴 법한 말을 아무렇지도 않게 뱉어 냈다. 살짝 부끄러웠지만 나는 얼굴에 철판을 깐 상태였으므로 고개를 끄덕였다.

'후우, 좋아요. 그럼 잠은 같이 자 줄게요.'

'진작……'

'대신, 손만 잡고 잘 거예요!'

'어이, 조연오. 날 말려 죽일 셈이야?'

심각하게 묻는 그에게 '그전에 내가 먼저 말라죽을지도 몰라요!'라고 대답하고 싶었으나 어깨만 으쓱였다. 한참의 실랑이 끝에 결국 내 부탁을 어쩔 수 없이 들어주어야만 했던 차원우는 그 이후 금욕 생활에 들어섰고 가끔 서로의 몸을 만져 주는 것으로 대신하며 욕망을 달랬다. 지나칠 정도로 서로의 몸을 더듬는 게 약간 문제가 되기는 했었지만 뭐, 그 정도는 충분히 타협 가능했다. 나도 말라죽을 수는 없었으니까.

"연오야, 전화!"

시카고의 6월은 뜨겁다. 정열적인 의지를 가진 각국의 선수들이 모여 있는 올림픽 선수촌이라 더더욱.

2인실을 사용하는 대한민국 여자 유도 선수들의 숙소. 개회식을 마치고 숙소로 돌아온 나는 들뜬 마음을 감추지 못한 채 멍하니 발코니에 서 있었다. 밤이 찾아왔음에도 열기가 가시지 않아 쿵쿵 심장이 뛰는 걸 느끼고 있을 때 들려온 진영 언니의 외침에 방 안으로 뛰어 들어간 나는 수화기 너머로 들려온 익숙한 목소리에 입꼬리가 올라갔다.

—지금 볼 수 있어?

먼 타국에서 들리는 그의 음성이 간지럽다. 고민할 필요도 없이 대답했고 그는 선수촌 내에 있는 작은 공원으로 나올 것을 요청했다. 얼른 고개를 끄덕이며 전화를 끊은 나는 밖으로 나갈 채비를 했다.

"어디 가?"

진영 언니가 모자를 쓰고 카디건까지 걸쳐 입는 나를 향해 물었다. 나는 그녀에게 씩 미소를 지어 보였다.

★☆★

"우와, 차원우 씨. 저기 좀 봐요!"

두 눈을 동그랗게 떠서는 벤치 근처의 사람들을 가리키는 연오의 얼굴은 밝았다. 해는 진 상태였지만 은은한 달빛이 그녀를 밝히고 있어 원우는 어렵지 않게 연오의 표정을 볼 수 있었다. 호기심 어린 눈빛을 숨기지 않고 저를 향해 속삭이는 연오는 벤치에서 은밀한 밀회를 가지고 있는 금발의 연인들을 뚫어져라 응시하는 중이다.

"헉? 저, 저 선수 봤어요! 미국 수영 국가대표 그 선수 아니에요? 아담! 아담 윈터스!"

"아아."

커다란 눈을 반짝반짝 빛내는 연오의 입이 길게 찢어지고 있었다. 왠지 모르게 기분이 나빠져 원우는 심드렁하게 반응했다. 그럼에도 불구하고 연오의 레이더는 멈추지 않았다.

"어머! 그 옆엔 영국 테니스 국가대표 선수, 레이첼이네요? 와, 두 사람이 사귀는 사이였구나! 몰랐어요!"

"흐응."

"헉. 차원우 씨! 저기도 좀 봐요! 저 선수 이탈리아 축구 국가대표 선수예요! 저 축구도 되게 좋아해서 잘 알거든요. 진짜 팬인데!"

"……그래?"

"안 되겠어. 차원우 씨, 여기서 잠깐 기다려요!"

뭐?

"저 사인 좀 받고 올게요!"

그래도 그렇지. 밀회를 즐기는 건 그들뿐 아니라 저와 원우도 마찬가지건만. 다른 선수들에게 정신이 팔려 있는 꼴이라니. 원우는 깜짝 놀라는 자신을 향해 밝게 외치고는 잘생긴 이탈리아 축구 국가대표 선수에게 달려가려는 연오의 손목을 덥석 잡았다.

"왜요!"

막 발을 떼려던 연오는 원우의 손길에 인상을 쓰며 그를 쳐다봤다. 원우는 미간을 찌푸렸다.

"조연오 씨, 나 만나러 온 거 아니야?"

"아. 그건 그렇지만…… 저 선수는 만나기 힘든 사람이라고요! 몸값이 장난 아니거든요. 일단 사인부터 받고 올게요!"

"조연오!"

연오는 힘이 셌다. 그가 잡고 있던 손을 뿌리칠 만큼. 원우는 저를 버려둔 채 생글생글 웃으며 이탈리아 축구 선수에게 달려가는 연오의 뒷모습을 노려보았다.

'젠장.'

이탈리아어도 모르는 주제에 벤치에 앉아 있는 축구 선수를 향해 다가간 연오는 온갖 몸짓과 발짓을 사용해 가며 활짝 미소 짓고 있었다. 괜한 질투심이 이글이글 타오르는 게 느껴졌다. 원우는 입술을 악물며 입술을 삐죽였다.

'익숙해진 건가.'

그러고 보니 두 사람이 함께한 시간도 어느덧 2년에 가까워지고 있었다. 그들이 처음 만났던 날이 재작년 9월의 어느 날이었으니까. 자주 보면 신선함이 떨어진다더니, 그럴 때가 온 것인가. 매일 밤 얼굴을 봐도 항상 그녀를 향한 갈증으로 참을 수 없는 저와는 달리 저 얄미운 여자는 이제 자신을 내버려 두고 다른 남자에게 달려갈 정도로 사랑이 식어 버린 모양이다. 그는 꽤 오랜 시간 동안 연오를 노려보다 흥, 콧방귀를 뀌며 주변을 두리번거렸다.

그래도 먼저 보자고 한 건 자신이니 참을 수밖에 없다. 이틀 뒤
부터 있을 펜싱 경기를 시작하기 전까지 그녀를 볼 기회가 없을 것
같아 불러낸 것이기에 더더욱.

원우는 불만에 가득 찬 얼굴을 하고서도 조용히 근처의 앉을 곳
을 찾아 연오가 사인을 받고 제게 돌아오길 기다리기로 했다.

[원우?]

그때였을까. 그는 제 앞에 드리워진 그림자에 고개를 들어 올리
다 익숙한 얼굴의 여자를 발견했다.

[레나?]

트레이닝복을 입고 있기는 했지만 늘씬한 몸매의 그녀는 각종
펜싱 국제 경기에서 자주 마주쳤던 독일 국적의 여자 선수, 레나
벤더였다. 레나는 몹시 반가운 표정을 지으며 원우를 향해 다가왔
다.

[혹시나 했는데 역시 맞았구나!]

[아.]

[이 시간에 여기서 뭐 해? 원우도 잠이 안 오는 거야?]

딱히 잠이 오지 않는 건 아니었지만 원우는 그저 미소 지었다.
레나는 그를 만난 것이 기쁜 듯 얼굴을 발갛게 붉히며 그의 옆에
착석했다. 연오를 흘긋거리던 원우는 그녀의 돌발적인 행동에 멈칫
거렸다.

[컨디션은 어때? 이번엔 다시 메달을 찾아올 거라고 소문이 자자
하던데!]

[아…… 뭐.]

[우리 팀원들도 열심히 노력하긴 하던데 이번 원우의 페이스가

대단하다며 금메달은 일찌감치 포기한 모양이더라고. 기대하고 있을게, 원우!]

레나는 원우의 손까지 덥석 잡으며 싱긋 웃었다. 꽤 부담스러운 발언이긴 했지만 원우 자신도 금메달을 은근히 확신하고 있었다. 이번엔 느낌이 좋았으니까.

재작년 말에 열렸던 세계 선수권에서의 불운한 부상을 딛고 난 후 출전한 모든 대회에서 상이란 상은 다 쓸어 왔던 그는 여전히 세계 랭킹 1위의 자리를 지키고 있었다. 원우는 자신도 분발하겠다며 의지를 불태우는 레나를 물끄러미 응시하다 그녀의 손에서 제 손을 빼려고 했다.

"뭐…… 하는 거예요?"

그 순간, 아직 원우가 레나에게 붙잡혀 있을 때 화가 난 듯한 음성이 귓가로 들려왔다. 원우는 화들짝 놀라 고개를 돌렸다. 그러자 이를 갈며 저와 레나가 손을 잡고 있는 것을 노려보고 있는 연오가 보였다. 원우의 얼굴은 마치 바람을 피우다 들킨 남편처럼 굳어졌다.

"아, 조연……."

"얼른 떼요!"

어?

끝내는 그 이탈리아 축구 선수에게 사인을 받은 연오는 사인이 새겨진 자신의 카디건을 든 채로 그들에게 다가왔다. 그리고는 억지로 레나와 원우의 손을 떼어 내고 버럭 소리를 질렀다. 원우와 레나는 크게 당황했다. 특히 레나는 기겁했다.

[뭐, 뭐야, 이 여자!]

"당신 누구야! 왜 우리 차원우 씨랑 손잡고 있어!"

연오의 눈동자는 날카롭게 빛났다. 레나는 당황하여 원우를 응시했다.

[워, 원우! 이 여자 뭐야? 아는 사이야?]

"차원우 씨한테 말 걸지 마! 내 차원우 씨란 말이야!"

[원우! 어떡해! 이 여자, 이상해!]

"차원우 씨 보지 말라니까! 훠이훠이!"

보호막을 쌓듯 제 앞을 가로막은 연오는 손까지 휘휘 저으며 레나를 경계했다. 어쩐지 두통이 찾아오는 것을 느끼며 원우는 한숨을 내쉬었다.

"그런 거 아니야."

"아니긴 뭐가 아니에요! 잠시 안 본 사이 바람이나 피우고!"

원우는 억울해졌다. 이탈리아 남자 축구 선수가 좋고 그의 뒤를 쫄래쫄래 쫓아간 건 누구더라. 그는 씩씩거리며 저를 응시하는 연오를 무표정하게 응시했다.

"왜…… 왜요!"

연오가 갑자기 서늘한 눈으로 자신을 바라보는 원우에게서 뒷걸음질을 치자 원우는 닫혀 있던 입술을 달싹였다.

"피곤해졌어."

"네?"

"먼저 들어갈게."

"……!"

그의 말에 연오의 눈이 동그래졌다. 원우는 당황해 굳은 연오를 흘겨보다 현 상황을 이해하지 못하고 있는 레나에게 다가갔다.

[숙소, 어디 쪽이지?]

[어? 아아. C동.]

[데려다줄게.]

[정말?]

레나의 얼굴에 화색이 돌았다. 원우는 넋을 놓고 서 있는 연오에게서 시선을 돌리며 앞서 걸어갔다.

"뭐야! 나 두고 그냥 가는 거예요?! 그 여자는 왜 같이 가요!"

하고, 연오가 힘껏 외치는 것 같았지만 원우는 멈추지 않았다.

★☆★

딸깍딸깍.

마우스 왼쪽 버튼을 누르고 있는 내 얼굴은 아마도 무척이나 험상궂을 것이다. 제기랄. 아무리 화를 가라앉히려 애써도 진정되지 않는다. 뭐야, 그 태도는! 언짢은 얼굴로 나를 내려다보던 차원우의 얼굴이 도통 잊히지 않아 입술을 잘근 깨물었다.

진영 언니가 낮게 으르렁거리며 노트북을 두드리는 나를 향해 '괜찮아?' 라고 물었지만 대답하진 않았다. 눈의 모든 신경을 노트북 화면에 둔 채 무언가를 검색하고 있었기 때문이다.

'레나. 레나…… 벤더!'

차원우의 옆에 딱 붙어 있던 금발의 외국인이 거슬렸다. 나와 그의 밀회를 방해한 걸로도 모자라 감히 차원우와 함께 사라져 버리다니! 부드득부드득 이를 갈며 인상을 쓰던 나는 그들이 완벽히 사라진 뒤에 주변을 어슬렁거리던 선수 한 명을 붙잡아 그녀의 정체를 물었다. 의외로 그녀가 누구인지 파악하기는 쉬웠다.

레나 벤더. 여자 플뢰레 펜싱 선수 중 세계 랭킹 1위를 유지하고 있다는 독일 펜싱계의 여제. 차원우와 어떤 사이길래 그렇게 친근하게 구는 건지 발끈하던 나는 금메달을 목에 걸고 우리나라 여자 펜싱 선수들과 환하게 웃고 있는 그녀의 사진을 발견하곤 멈칫했다.

'쳇.'

짐작해 보건대 그녀는 각종 전지훈련지에서 차원우와 자주 부딪혔던 것이 틀림없다. 올림픽에서 만난 그에게 인사를 건네고 싶었던 거겠지. 이해는 한다. 그런 일은 나도 충분히 겪고 있는 일이니까.

다른 외국 선수들과 친분을 나누는 것은 의외로 전략적인 면에서도 도움이 되는 편이었다. 그러나 차원우를 바라보던 그녀의 눈빛이 매우 걸린단 말이지. 무의식적으로 입이 앞으로 쭉 튀어나왔다.

"그깟 세계 랭킹 1위……."

나도 하면 되는 거다.

작년 1월에 열렸던 아시안 선수권 대회에서의 부진 이후 나는 의지를 다졌다. 처음부터 다시 시작하자는 마음으로 훈련에 매진했고 지난 6개월 전부터는 금욕을 선언하는 결단을 내렸다. 그 덕분에 줄곧 승승장구할 수 있었던 건지도 모른다. 지금의 나는 현 세계 여자 유도 랭킹 2위에 올라 있는 상태. 이번 올림픽에서 금메달을 따면 세계 랭킹 1위에도 랭크되겠지. 그리고 그렇게 되면 마음속으로 계획했던 일을 실행할 수 있게 된다.

"좋아. 힘내자, 조연오!"

불끈 쥔 두 주먹에서 용기가 샘솟았다.

★ ☆ ★

"바람피우지 마요."

퉁명스러운 어조에 그가 답한다.

—바람 아니었어. 밤이 늦어서 데려다준 거야.

"그럼 나는 왜 안 데려다준 건데요?! 그 금발보다 내가 더 가녀
리다고요!"

—조연오 씨는 그 이탈리아 축구 선수한테 데려다 달라고 할 줄
알았지.

"……뭐라고요?"

—…….

"잠깐. 차원우 씨. 혹시……."

—혹시, 뭐.

"……질투, 한 거예요?"

조심스럽게 묻자 대답이 없다. 풋, 웃음이 흘러나올 것 같았다.

"질투 맞죠!"

—끊어.

"어어, 안 돼요, 안 돼!"

—…….

"흐흐. 질투였구나! 삐친 거였구나!"

실없는 웃음이 흘러나왔다. 내 앞을 지나가던 태윤이가 미간을

356

좁히며 '왜 저래?' 라고 진영 언니에게 묻는 게 보였다. 무시했다.

　―몰라.

　투덜거리는 듯한 그의 음성이 가슴을 간질인다. 제길, 왜 이렇게 귀여운 거야. 나는 헤벌쭉 미소 지으려다 얼굴을 절레절레 흔들었다.

　"에이, 참. 난 그런 줄도 모르고 괜히……."

　그 여자를 질투했네.

　한번 올라간 입꼬리는 쉬이 내려오질 않는다. 나는 '괜히, 뭐?' 라 되묻는 그의 말에 답하지 않고 흐흐, 웃기만 했다.

　개회식이 끝난 후 올림픽이 시작된 지 이틀째가 되었다. 그리고 오늘 나와 차원우는 동시에 경기에 출전을 한다.

　내가 출전하는 ―52KG급 여자 유도 32강이 오전 11시쯤, 그리고 차원우가 출전하는 펜싱 남자 사브르 개인 64강 경기가 그로부터 약 1시간 뒤에 시작된다. 각자 경기를 치르는 장소가 다른 관계상 우리는 경기 전 마지막 응원 멘트를 주고받기 위해 전화 통화를 하는 중이었다.

　"오늘 컨디션은 어때요?"

　개인전인 만큼 그날 아침의 컨디션이 승패를 좌우한다고 봐도 과언은 아니었다. 그가 알아서 잘 하리라 생각하기는 하지만 혹시나 해서 물음을 던졌다.

　―나쁘진 않은 것 같아.

　좋다는 의미였다. 미소가 입가에 서렸다.

　"나도 느낌이 좋아요."

　―그래?

"차원우 씨, 오늘 경기 끝나고 소감 말할 거예요."

—소감?

"그러니까 나중에라도 그 소감 보고 답해 줘요."

말을 뱉어 내고 난 뒤 얼굴이 붉게 달아올랐다. 대답을 기다리는 시간이 왜 이렇게 길게 느껴지는 건지. 심장이 콩콩 뛰어 수화기를 쥔 손에 힘이 들어갔다. 이윽고 그가 부드러운 목소리로 말했다.

—메달 딸 자신이 넘치나 봐?

나는 망설임 없이 고개를 끄덕였다.

"말했잖아요. 느낌, 좋다니까?"

하하 웃는 차원우의 맑은 웃음소리가 들려왔다. 이상하게 힘이 난다. 비록 몸은 떨어져 있지만 경기 내내 그가 주변에 있을 것 같아서. 내가 느끼는 것만큼 차원우도 내게 힘을 듬뿍 받아 갔으면 좋겠다.

"힘내요, 차원우 씨!"

있는 힘껏 외친 내 말에 그가 고개를 끄덕이는 모습이 그려졌다.

Feel so good.

기분 좋은 하루의 시작이다.

★☆★

사랑은 선수촌에서 꽃핀다—올림픽 금메달리스트들의 뜨거운 연애, 집중 조명! (1탄)

전 세계는 현재 제XX회 시카고 올림픽으로 인해 기쁨의 축제를 보내고 있는 중이다. 이번 대회를 위해 비지땀을 흘려 온 각국의 국가대표 선수들은 매 경기에 최선을 다하고 있었다. 우리 대한민국 국가대표 선수단도 어제를 시작으로 하나씩 메달을 수집하고 있다.

현재까지 대한민국 대표단은 오늘까지 총 네 개의 금메달을 수확했는데 그중 두 개의 메달리스트들이 결혼을 앞두고 있는 '연인'으로 밝혀져 화제를 낳고 있다.

어제 오후 3시.

─52KG급 여자 유도 개인전에 출전한 여자 유도의 간판, 조연오(26)가 대한민국의 시카고 올림픽 세 번째 금메달의 주인공이 되었다. 오전 11시부터 시작된 예선전에서 상대 선수들을 모두 한판 승으로 이기고 올라온 그녀는 세계 유도 랭킹 2위의 강자로 유도 국가대표단의 기대를 듬뿍 받고 있었다. 군더더기 없는 업어치기 한판 승부는 그녀의 경기를 관전하던 관객들의 기립 박수를 이끌어 냈고, 조연오는 경기 직후 선수로서 오를 수 있는 가장 높은 단상에서 국기에 대한 경례를 하는 영광을 얻었다.

"이 자리를 빌려 꼭 하고 싶은 말이 있습니다!"

아직 가야 할 길이 멀다는 올해 스물여섯의 씩씩한 숙녀는 빛나는 금메달을 입에 문 채 환하게 웃으며 기자들을 향해 소리쳤다. 금메달을 딴 소감이 어떠한가에 대해 성실히 답한 후 외친 그녀를 보고 기자들은 카메라 셔터를 열심히 눌러 댔다. 조 선수는 잠시 숨을 고르더니 금메달을 꼭 쥔 채 말을 이었다.

"제가 좋아…… 아니, 사랑하는 사람이 있는데요! 메달을 땄으니 그 남자와 결혼하려고 합니다! 그러니 짐승 씨, 나와 결혼해 줄래요?"

기자회견장에 있던 모든 이들을 경악시킨 조연오의 프러포즈는 단번에 대한민국, 아니 시카고 올림픽의 화제로 떠올랐다. 해외 언론들 역시 세계를 제패한 유도 숙녀의 프러포즈를 집중 조명했고, 그녀가 언급한 '짐승 씨'가 과연 누구인지 궁금해했다.

그리고 그로부터 정확히 2시간 후, 대한민국 국민들을 환희에 젖게 만든 또 다른 금메달리스트가 탄생했다.

한국이 자랑하는 대표적인 펜싱 선수이자 세계 펜싱의 황제, 차원우 (30). 일명 차이저(Chaiser)라고도 불리는 그가 지난 로마 올림픽의 아픔을 딛고 시카고 올림픽 남자 사브르 개인전에서 정상의 자리를 되찾은 것이다. 오심을 극복하고 새롭게 출발하여 따낸 금메달이라 그를 지켜보는 감격이 더욱 크다고 봐도 무방했다.

"저도 이 자리를 빌려 그동안 담아 두었던 말을 하려고 합니다."

그런 차원우의 기자회견장은 그 어느 때보다 뜨거웠다. 지난 올림픽에서의 오심에 대한 느낌과 다시 왕좌를 되찾은 그의 소감을 묻는 해외 기자들 역시 기자회견장을 가득 메운 그 상황에서 침착하게 대답을 이어 가던 차원우는 돌연 물을 한 모금 마시더니 특유의 미소를 지으며 입술을 열었다. 장내의 모든 기자들은 그에게 집중했고 빙긋 웃던 그는 말을 이었다.

"그 프러포즈, 받습니다. 당장 날 잡자고, 조연오 씨!"

국가대표 유도 선수와 국가대표 펜싱 선수의 만남.

대한민국을 빛낸 자랑스러운 두 남녀!

그 누구도 예상하지 못했던 두 메달리스트의 달콤한 연애는 한국이 아닌 미국에서 공개됐고, 우리는 그들의 만남을 늦었지만 집중 조명해 보려고 한다. 그들이 과연 어디서 만났고, 어떻게 연애를 시작했으며, 어찌하여 결혼까지 앞두게 되었는지, 모두! ……(2탄에서 계속)

★☆★

"미쳤어, 정말! 그렇게 대놓고 말하면 어떡해요!"

나는 단단히 화가 났다.

물론 먼저 받기 좋게 띄워 준 건 나였지만 강스파이크로 내려칠 줄 어떻게 예상했겠냔 말이지!

"어차피 알려질 건데, 뭘."

차원우는 심드렁한 얼굴을 하고 어깨를 으쓱였다. 버럭 소리를 지를 수밖에 없었다.

"그래도요!"

"지난 6개월간의 금욕이면 많이 봐준 거야. 이젠 각서도 지키지 않으면서 그것까지 참으라고 하면 안 되지."

"차원우 씨!"

"몰라. 난 결혼할 거야."

아, 누가 결혼 안 한대? 할 거라고! 꼭 당신이랑 할 거란 말이야! 나한텐 당신밖에 없다고!

"몰라요, 정말. 이제 주변이 들끓겠어요. 어휴."

고개를 절레절레 저으며 털썩 주저앉았다.

현재 우리가 있는 곳은 선수촌 아파트가 밀집되어 있는 골목의 으슥한 곳. 어젯밤 기자회견으로 오늘 밤까지 각국의 기자들에게 시달려야 했던 우리는 이제야 만날 수 있었다. 꼬박 하루 만에 보는데도 꼭 몇 달은 떨어진 것 같았던 그를 노려보던 나는 입술을 삐죽이며 무릎에 얼굴을 파묻었다.

"소란스러운 것도 잠시야."

그가 피식 웃으며 무릎을 굽힌 채 내 어깨를 감쌌다. 능글맞은 그의 말에 스윽 고개를 돌려 차원우를 응시했다.

"결혼, 할 거지?"

"당연하죠."

내가 왜 그런 공개적인 장소에서 고백을 한 건데.

일 초의 주저도 없이 대답하자 차원우의 얼굴이 환하게 물든다. 달빛에 반사되어 더 예쁘게 빛나는 그의 모습이 사랑스럽다. 쳇. 그렇게 귀엽게 웃으면 봐줄 수밖에 없잖아.

"조연오 씨."

"……."

"조연오."

"흥."

"연오야."

가슴이 철렁 내려앉아 눈을 크게 떴다. 그가 눈꼬리를 휘며 두 손으로 내 얼굴을 감쌌다. 졸지에 붕어가 된 나는 정상으로 돌아오지 못한 채 눈꺼풀만 내렸다 올렸다.

"사랑해."

차원우는 작게 속삭였다.

"사랑해."

이번엔 조금 더 크게 말했다.

"아주 많이 사랑해, 연오야."

그의 입술 사이로 흘러나온 말이 심장을 팔딱거리게 만들었다. '조연오 씨'나 '조연오'라 불린 적은 있어도 '연오야'라 불린 적은 없었기에 나는 붉어진 얼굴을 가라앉히지 못했다.

"사랑한다, 조연오."

차원우가 제 보드라운 입술을 내 입술 위로 가져다 댔다. 촉, 소리와 함께 그의 입술이 내 입술을 스치고 지나간다. 차원우의 입술이 닿은 내 입술이 파르르 떨렸다. 쿵쾅쿵쾅. 벌렁거리는 심장은 통제 불가능 상태로 치닫고 있었다.

'제길.'

나는 웃고 있는 그를 말없이 노려보다 주위를 살폈다.

"왜 그래?"

그가 뭔가에 쫓기는 사람처럼 두리번거리는 나를 의아한 듯 응시했다. 하지만 나는 답하지 않고 고개를 좌우로 돌렸다. 이윽고 주변에 아무도 없다는 것을 확인한 나는 씩 웃으며 그의 손목을 덥석 잡았다.

"연…… 윽!"

차원우는 벌떡 일어나는 내 행동에 의해 함께 몸을 일으켰다. 얕은 신음 소리가 그의 도톰한 입술 밖으로 터져 나왔다. 나는 어리둥절해하는 그에게 몸을 밀착시킨 뒤 빤히 올려다보며 속삭였다.

"당신, 실수했어."

야릇한 음성에 차원우의 얼굴이 딱딱하게 굳는다. 나는 더욱 짙은 미소를 지었다.

"잠자는 변태의 코털은 함부로 건드리면 안 된단 말이지!"

번쩍 손을 들어 올려 그의 목에 내 팔을 둘렀다. 졸지에 나를 안게 된 차원우는 그런 내 행동이 무엇을 의미하는지 뒤늦게 이해한 모양이었다.

"야외인데, 괜찮겠어?"

"변태가 뭐 때와 장소를 가리나요?"

"들키면?"

"변태 취급 받겠죠."

"그럼 조심해야겠네."

"기사에 오르내리지 않도록, 조용히 하도록 해요."

고개를 끄덕이며 답한 내 말에 그가 빙긋 웃었다. 나도 차원우를 따라 웃었다.

이윽고 지난 몇 달간 일시 중단했던 우리의 활극담이 재개되었다.

예컨대, 앞으로도 우리의 활극담은 계속될 것이다.

때와 장소를 가리지 않고,

언제 어디서나,

영원히!

—The end

에필로그 1.
방문 뒤의 후일담

강준은 작금의 상황에 난색을 표하고 있었다.

"……."

자신은 대체 굳게 닫힌 현관문 뒤에서 무엇을 하고 있는 것인가. 회의감이 차오른다. 강준은 긴 한숨을 뱉어 내며 고개를 아래로 떨구었다.

사건은 지금으로부터 30분 전으로 돌아간다.

'손강준! 당장 나와!'

사브르 개인전에서 아쉽게 동메달을 딴 강준은 경기를 마친 뒤 다음 단체전 준비를 위해 꿀잠을 자고 있었다. 미리 잠을 자 둬야 내일 피곤하지 않게 훈련을 할 수 있었으니까.

강준이 달콤한 잠을 청한 지 30분쯤 흘렀을까. 그는 쾅쾅 문을 두드리는 누군가의 노크 소리에 화들짝 놀라 잠에서 깼다.

'뭐, 뭐야!'

후다닥 달려 나간 숙소의 문 앞에선 헉헉 거칠게 숨을 몰아쉬고 있는 남자 한 명이 보였다. 그리고 그의 뒤에 고개만 빼꼼 내밀고 있는 작은 여자 한 명 또한 시야로 들어온다. 강준은 좋지 않은 느낌에 뒷걸음질 쳤다.

'재운인?'

'잠시 나갔어.'

'잘됐군. 그럼 재운이랑 내 방에 가 있어.'

'……뭐?'

명령에 가까운 강압적인 말. 강준은 어안이 벙벙했다. 그는 제 할 말을 마치곤 뒤에 숨어 있던 연오와 함께 강준의 곁을 스치고 지나갔다.

'하하. 강준 씨, 실례할게요.'

일명 '시카고 스캔들'이라 불리는, 두 메달리스트들 간의 열애설 주인공 중 하나인 연오는 강준에게 고개를 까딱이며 방 안으로 들어섰다. 그들은 약속이나 한 듯 강준의 침실로 들어갔고 문까지 걸어 잠가 버리는 만행을 저질렀다. 강준은 순식간에 일어난 일로 인해 넋을 놓고 서 있다 뒤늦게 제 앞을 지나가던 연오와 원우의 옷이 흐트러져 있었다는 것을 깨달았다.

'이것들이 대체 무슨 짓을 한 거야!'

강준은 경악한 나머지 입을 크게 벌렸다.

두 남녀는 신성한 올림픽이 치러지는 지금, 이곳에서 열애설을 터뜨리는 걸로도 모자라 야외에서 즐기고 들어온 것이 아닌가! 그들이 남긴 풀잎들이 바닥 곳곳에 떨어져 있었다. 강준은 온몸을 부들부들 떨었다.

올림픽에서 혈기왕성한 운동선수들이 끓어오르는 성욕을 참지 못하고 뜨거운 밤을 보내는 것은 지켜보기도 했었고 들어 본 적도 있었다. 그러나 제 주위에서, 그것도 이리 가까운 곳에서 그런 행각을 벌이는 이들이 있을 줄은 예상조차 하지 못했다. 물론 그들은 지난 아시안게임 때 같은 침대를 쓴 전적이 있기는 했었지만.

'내 이것들을!'

강준은 용납할 수 없었다. 아무리 급해도 그렇지 제 침대 위에서 그런 천인공노한 짓을 저지를 생각을 하다니. 강준은 문을 걸어 잠근 그들을 내쫓기 위해 성큼성큼 걸어갔다.

'하앗!'

얼굴을 구기며 방문을 두드리려던 강준은 손을 들어 올리다 멈춰야만 했다. 쾅쾅— 세게 노크를 하려고 하는 순간 들려온 야릇한 신음 소리가 그의 손을 마비시켰기 때문이다. 아마도 원우와 함께 들어간 그녀가 뱉어 내는 것이 틀림없는 그 음성은 강준을 당황하게 만들었다.

'흐응, 차, 훗, 차원우 씨잇!'

워낙 얇은 문이었던지라 두 남녀가 얽혀 뱉어 내는 숨소리까지 생생하게 들려왔다. 강준의 얼굴은 새하얗게 물들었다. 그는 저도 모르게 뒷걸음질 쳤다. 그리고는 현관을 벗어나선 주르륵 주저앉았다.

"빌어먹을 차원우!"

그의 입술은 바짝 말라 갔고 이마에 송골송골 맺힌 땀방울은 뺨을 타고 주르륵 흘러내렸다. 강준이 알던 원우는 이렇게 앞뒤를 가리지 않는 녀석이 아니었건만.

그는 이를 부드득 갈며 주먹을 세게 움켜쥐었다.

"오늘의 빚은 꼭 받아 낼 거다!"

이번 올림픽 기간 동안, 왠지 이러한 일이 빈번해질 것 같아 강준은 입술을 씰룩였다. 그는 한숨을 푹 내쉬며 몸을 일으켰다. 혀를 끌끌 차며 굳게 닫혀 있는 숙소의 문을 흘긋거리던 그는 곧 거주자서비스 센터로 발을 움직였다.

'혹시…… 모르니까.'

동이 나기 전에 콘돔을 쟁여 놓을 필요가 있었다.

에필로그 2.
GIVE ME, GIVE ME!

"후우, 후우."

희수는 길게 숨을 몰아쉬었다. 이상하게 긴장이 된다. 아무래도 사랑하는 아들이, 그것도 가망이 없을 것 같던 셋째 아들이 결혼하고 싶은 여자를 데려오는 날이라서 그런지 더더욱.

깐깐한 시어머니로 보여서는 안 되는데. 트집을 잡고 싶어도 꾹 참아야지. 그런데 왜 이렇게 목이 말라. 그녀는 자꾸만 머릿속을 뒤덮는 수많은 상념들을 떨쳐 내려 애쓰며 눈앞에 놓인 물을 벌컥벌컥 들이켰다.

"그렇게 긴장돼?"

굳은 얼굴을 하고 물을 마시고 있는 희수를 뚫어져라 응시하던 규영이 빙긋 미소를 지었다. 희수는 그런 규영의 말에 고개를 들어 그를 바라봤다.

"안 하려고 했는데 어쩔 수 없나 봐요. 윤후가 그 아일 데려올 때랑 똑같아요."

"어째 그때보다 더한 것 같은데."

"원우라서 그런가. 윤후 때보다 더 긴장한 것 같긴 하네요."

희수가 쓰게 웃으며 대답하자 규영은 흥, 하고 콧방귀를 뀌며 중얼거렸다.

"하여간 당신은 원우 녀석을 너무 편애해."

"네? 그게 무슨……."

"지금도 봐. 내가 오랜만에 정장을 입었는데, 아무 말도 안 하잖아."

희수는 투덜거리는 규영을 깜짝 놀란 듯 바라봤다. 그러고 보니 규영의 슈트 차림은 오랜만이었다. 근래엔 집에 있을 때도, 연구실에 있을 때도 캐주얼한 차림으로 있었던 까닭이다. 그녀는 달라진 제 모습을 알아주지 않는 자신에게 삐쳐 버린 규영을 보며 씨익 웃었다.

"우리 여보, 또 원우한테 질투하는 거예요?"

규영은 곧바로 답했다.

"질투는 무슨. 내가 앤가."

애 맞구만.

희수의 남편은 결혼한 지 수십 년이 흘렀음에도 여전히 그녀가 자신만을 쳐다보길 원하고 있었다. 제 눈엔 사랑스럽기 그지없는 남자였지만 남들이 보면 팔불출이라 불릴 만한 사람이었다. 그녀는 제 가슴을 두근거리게 만드는 규영을 직시하기 위해 눈에 힘을 줬다.

"왜 그렇게 봐."

"우리 여보, 정말 멋져서요."

"······!"

그녀의 직설적인 답변에 규영은 흠흠, 헛기침을 해 댔다. 희수는 활짝 웃으며 작게 속삭였다.

"오늘 밤에, 어때요?"

멋쩍게 웃던 규영의 눈동자가 크게 일렁였다. 그는 망설이지 않고 외쳤다.

"가능해!"

희수는 짓궂은 미소를 지었다.

"'그건' 준비됐겠죠?"

"항시 준비 중이지."

규영의 보물 상자나 다름없는 콘돔이 담긴 항아리가 희수의 머릿속을 스치고 지나갔다. 정말로 예나 지금이나 철저한 남자야. 그녀는 속으로 웃었다. 그사이 규영은 심각한 표정을 지으며 중얼거렸다.

"만남은 짧은 게 좋겠군."

"어떤 애인지 파악할 시간은 있어야죠!"

"원우가 데리고 오는 애가 이상할 리 없잖아."

"그건······ 그렇지만."

규영만큼이나 여자라는 존재에 대해 민감한 원우가 그냥 여자를 데리고 올 리는 없었다. 희수는 수긍하며 고개를 끄덕였다.

"왜요?"

약속 시간이 가까워지자 괜히 더 속이 타들어 가 물을 마시려던 희수는 자신과 은밀한 약속을 했음에도 무언가 원하는 듯한 눈빛을 보내는 규영에게 물음을 던졌다. 규영은 붉은 입술을 달싹였다.

"그때까지 버틸 자신이 없어."

"네?"

"여기, 뽀뽀해 줘."

예전부터 마이 페이스긴 한 남자였지만 나이가 들수록 더욱 능글맞아진다. 희수는 어이없는 웃음을 흘리며 당당하게 뽀뽀를 요구하는 자신의 남편을 향해 고개를 절레절레 저었다. 그 모습마저 사랑스럽게 보이니 저 역시 문제다. 그녀는 짙은 미소를 그리며 입술을 쭉 내밀었다.

"많이 기다리셨죠? 저희 왔…… 뭐 하십니까?"

희수의 입술이 막 규영의 볼에 닿는 순간, 굳게 닫혀 있던 VIP 룸이 드르륵 열리더니 미간을 찌푸리며 그들을 응시하고 있는 남자와 눈을 동그랗게 뜨고 굳어 있는 여자 한 명이 들어섰다.

★☆★

"그래, 결혼하면 아이는 몇이나 낳을 생각이지?"

규영은 진지하게 물었다.

"열이요."

원우는 주저 없이 답했다.

"원우야!"

희수는 깜짝 놀라 소리쳤다.

"호호. 괜찮아요, 어머님. 농담인 거 알고 있거든요."

연오는 대수롭지 않게 웃으며 손을 내저었다.

"난 진심인데."

조국의 무궁한 발전을 위해 출산도 국가대표급으로 계획하고 있던 원우가 인상을 썼지만 그의 말에 귀를 기울이는 사람은 아무도 없었다.

연오가 처음으로 원우의 부모님이신 두 분을 만나 뵙게 된 날. 연오는 생각했던 것보다 부드러운 첫 인사 자리에 쉽게 적응할 수 있었다.

이미 한 번 만나 본 적이 있었던 원우의 아버지 규영은 '아가씨와 또 만날 날을 기다리고 있었어.' 라며 그녀에게 손을 내밀었다. 정면으로 응시하니 원우가 저렇게 잘생긴 이유는 아버지의 영향이 있었을 거라고 그녀는 확신했다. 멍하니 그의 손을 잡고 있다 원우에게 타박을 받기도 한 그녀는 이윽고 고개를 돌려 수줍게 미소 짓고 있는 원우의 어머니, 희수를 발견했다.

'만나서 너무 기뻐요, 연오 씨!'

눈물이라도 흘릴 기세로, 감격적인 표정을 짓던 희수는 그녀를 꼭 끌어안으며 외쳤다. 연오는 희수의 과장된 인사에 놀라면서도 쿵쿵 뛰는 희수의 심장 소리를 느끼며 빙긋 웃었다. 원우의 부모님들이 무척이나 따뜻한 분들이라는 걸 알 수 있었다.

"그래서 정식 상견례는 언제쯤 잡으면 될까?"

"연오네 부모님들께서 이번 달 말쯤 상경한다고 하시더라고요. 그때가 괜찮을 것 같은데, 두 분은 어떠세요?"

"괜찮을 것 같네. 당신은?"

"저는 언제든 좋죠!"

고개를 끄덕이며 대답한 규영이 희수를 응시하자 그녀는 밝게 외쳤다. 연오는 세 사람이 주고받는 대화를 지켜보다 가슴을 쓸어 내렸다. 딱히…… 반대는 하지 않으시는구나.

실은 조금 긴장했었다. 먼 타국에서 공개적으로 프러포즈를 했고, 또 그에 대한 응답도 들은 상황이었지만 부모님의 반대가 있다면 두 사람이 축복 속에 결혼식을 치를 수는 없을 테니까.

'다행이야.'

자신과 원우의 사이를 알고 뛸 듯이 좋아했던 그녀의 부모님들처럼 원우의 부모님인 두 사람 역시 자신을 반겨 주자 입꼬리가 스르륵 올라갔다. 아마도 연오는 그 누구보다 행복한 신부가 될 수 있을 것 같았다.

"저기, 연오 씨."

그때였다. 앞으로의 결혼 계획에 대해 진지하게 토론하고 있는 원우, 규영 부자와는 달리 자꾸만 연오를 흘긋거리던 희수가 말을 걸었다. 긴장을 풀던 연오는 다시금 눈에 힘을 주며 희수를 쳐다봤다.

"네?"

희수는 잠시 머뭇거리더니 연오에게 가까이 다가오며 속삭였다.

"우리 원우 말이야. 연오 씨한테 잘…… 해 줘?"

연오는 그녀의 말을 쉬이 이해하지 못하고 고개를 갸웃거렸다. 희수는 후우, 숨을 뱉어 내며 말을 덧붙였다.

"워낙 무뚝뚝한 애여서 걱정이 되네. 게다가 아버질 닮아서 집착이 장난이 아니거든. 혹시 연오 씨가 우리 원우한테 잡혀서 어쩔 수 없이 이렇게 된 건 아닌지……."

마치, 저도 경험한 적이 있는 사람처럼 중얼거리는 희수를 멍하니 직시하던 연오는 돌연 자리에서 벌떡 일어났다. 희수를 비롯한 VIP룸의 두 남자가 돌발행동을 한 연오를 놀란 듯 응시했다. 연오는 의아해하는 원우를 흘끔거리다 희수와 규영을 향해 외쳤다.

"어머님, 아버님! 전 정말 차원우 씨를 사랑합니다! 그러니 부디 제게 두 분의 아드님을 주십시오!"

우렁찬 목소리였다. 시카고 올림픽의 기자회견장에서 뱉어 낸 것보다 더 큰. 허리를 굽히면서까지 소리친 연오는 가슴이 벌렁거리는 것을 느꼈다. 제 말을 끝으로 멈춰 버린 공기가 그녀를 긴장하게 만들었다. 연오는 아주 조심스럽게 고개를 들어 올려 희수와 규영을 쳐다봤다. 규영의 입가에 잔잔한 미소가 번지는 게 보였다.

"우리 원우가 제대로 된 여자를 만났군."

긍정적인 답변이었다. 연오는 입꼬리가 근질거리는 걸 느꼈다.

"연오 씨."

그리고 그런 연오를 말없이 쳐다보던 희수가 허리를 굽히고 있던 그녀에게 다가와 부드럽게 등을 쓰다듬어 주었다. 연오는 떨리는 시선을 희수에게 꽂았다. 희수는 연오의 등을 쓸던 손을 그녀에게 내밀며 활짝 웃었다.

"앞으로 잘 부탁할게, 새아가."

외전
아버지는 말씀하셨지

"아무래도 넌…… 나와 비슷한 부류인 것 같다."

이제 막 성인이 된 어느 날이었다.

돌연 나를 부르신 아버지는 심각한 표정을 지으시며 말씀하셨다. 처음엔 그 말을 이해하지 못했던 나여서 가만히 그를 바라보고만 있자 아버지는 말을 덧붙이셨다.

"여자가 만지면 싫지?"

나는 대답을 하기 위해 고민했다.

"싫은 건 아니지만, 좋지도 않습니다."

"그럼 싫은 거야."

그런 건가.

간단한 결론에 부정하지 않고 그만 수긍해 버렸다.

딱히 여성이란 존재가 내 몸에 손을 대는 걸 싫어하지는 않으나 그렇다고 좋아하는 것도 아니었다. 사실 넓게 보면 남성도 마찬가지였다. 언제부터였는지는 모르겠지만 꽤나 오래전부터, 타인에게 흥미가 일지 않았다. 물론 이 점에서 나도 의문을 표하기는 했으나 깊게 생각하지는 않았다. 자연스러운 거라고 여겼으니까.

그냥, 단순한 거였다.

타인이 나보다 재미있지 않았기에 그들에게 무심했던 거라고 생각했다. 만약 나보다 재미있는 사람이 눈앞에 나타난다면 분명 그 사람에게 빠질 것이다.

운동만 봐도 그랬으니까. 처음에는 흥미가 없어 눈길조차 주지 않았던 펜싱이라는 종목에 정신없이 빠져든 것을 보면 분명 언젠가는 나 아닌 다른 사람에게 흥미를 가지게 될 것이라 믿어 의심치 않았다.

"만약 네가 누군가와 처음으로 관계라는 걸 맺게 된다면, 그 사람에게 모든 걸 바치는 게 좋을 것 같구나."

아버지는 크게 고민하지 않는 내게 진심 어린 충고를 해 주셨다.

"그게 좋을까요?"

"네 성격상 아무나에게 몸을 주지는 않을 테니까. 네 자신이 허락한 사람이라면 반드시 잡아야 하는 사람이 틀림없을 거다."

그의 말에 일리는 있었던지라 나는 고개를 끄덕였다.

아버지의 말씀은 틀리지 않았다. 누군가가 내 몸에 손을 대는 걸 좋아하지 않는 내가, 나 아닌 타인에게 몸을 내어 준다는 일은 흔치 않을 것이다. 분명 흥미가 일었기에 그런 일을 벌일 테지. 무슨 일이 있어도 꼭 잡거라―는 아버지의 말씀을 가슴에 되새겼다.

그 후로 다른 사람들과 교류를 하며 사회생활이라는 걸 하게 되었다. 운동을 하면서 만나게 된 친구이자 동료인 강준 덕분에 미팅이라는 것도 해 보고, 소개팅도 해 보았다. 남들이 할 수 있는 연애의 전 단계까지는 수월하게 진행되었으나 어찌 된 셈인지 타인과 연애 이상의 단계로 진행하는 것은 쉽지 않았다.

"어쩌면 나는 남자를 좋아하는 건지도 몰라."

그런 일들이 스물여덟이 될 때까지 반복되자 나는 발상을 전환하기로 했다. 어쩌면 내가 흥미를 느끼는 대상을 '여성'만으로 한정하고 있었기에 이런 일들이 반복되는 것이 아닐까라는 생각이 들었다. 강준이와 식사를 하며 무심코 말을 건네자 그는 입안에 든 볶음밥을 내 얼굴 위로 뿌려 댔다. 더러웠다.

"나, 남자라니!"

"걱정 마. 너는 아니야."

놀라 제 가슴을 두 손으로 가리는 강준을 향해 심드렁하게 대답했다. 그는 '정말이지?!'라며 지나치게 소란을 떨더니 후우, 한숨을 뱉어 냈다. 나도 눈이 있는데. 설마 강준을 좋아하겠나? 속마음을 드러내고 싶었지만 대답 대신 손만 휘휘 저었다. 같이 있어도 일정 수준 이상의 흥미가 일지 않는 것을 보면 확실히 강준을 순수하게 친구로만 여기는 것이 분명했다.

"어쨌든…… 고민을 좀 해 봐야겠어."

강준이와의 식사를 통해 깨달은 것이 있었다. 어쩌면 내가 여자가 아닌 남자를 좋아하는 건지도 모른다는 사실. 나는 얼굴을 굳히며 중얼거렸다. 강준이 고개를 절레절레 흔드는 게 보였지만 무시했다. 아무도 좋아하지 않는 것보다 남자라도 좋아하는 것이 낫지 않은가.

집에 들렀다 온다던 강준과 헤어진 뒤, 먼저 태릉선수촌으로 돌아온 나는 어둑해진 선수촌 내를 홀로 거닐었다.

"으헤헤."

꽤나 음흉하게 들리는 정체불명의 소리를 들은 것은 아마도 그때였을 거다. 묘한 숨소리였다. 웃는 것 같기도 했고 울고 있는 것 같기도 했다. 발걸음이 소리의 진원지로 향한 것은 반사적이었다. 나는 걸음을 옮겼다.

"……!"

자판기 앞에 무언가가 있었다. 고개를 푹 숙이고 있었기에 정확한 얼굴 파악은 불가능했다. 게다가 짧은 머리카락은 성별마저 모호하게 만들고 있었다. 확실한 것은 새하얀 도복을 입고 있다는 사실뿐. 익숙한 도복이었다. 유도, 려나. 나는 무시할까 하다가 한숨을 내쉬며 정체불명의 사람을 향해 다가갔다.

"이……봐."

툭툭. 어깨를 건드렸지만 미동도 않는다.

"이봐요."

반말이 불편했던 건가 싶어 '요' 자를 붙였지만 여전히 미동도 없었다. 죽은 건 아니겠지. 요사스러운 소리를 흘린 것으로 보아선 분명 살아 있는 인간이었다. 살짝 떨어져서 그 사람을 응시하던 나는 숨을 크게 들이마신 뒤 다시금 눈앞의 인간을 깨우기 위해 손을 뻗으려 했다.

"으헤헤헤헤!"

"헉!"

바로 그 순간.

모든 일은 눈 깜짝할 사이에 일어났다.

그 사람의 어깨로 손을 뻗자마자 벌떡 일어난 정체불명의 유도

복은 놀라 뒷걸음질 치던 나를 스치고 지나 어디론가 달려갔다. 타타타타. 너무 짧은 시간 동안 일어나 버린 일에 경악을 금치 못했던 나는 황당한 나머지 주르륵 주저앉았다.

"뭐, 뭐야."

허탈함이 담긴 웃음이 새어 나왔다. 대체 무슨 일을 당한 건지 짐작도 되지 않았다. 아니 그전에, 그 유도복…… 사람은 맞는 거지? 어안이 벙벙해져 버린 나는 꽤 오랫동안 자판기 앞에 주저앉아 있었다. 뒤늦게 선수촌으로 들어오던 강준이 날 발견하곤 뭐 하는 거냐 묻기 전까지 앉아 있어야만 했다.

그리고 그날의 일은 몇 달이 지나도록 잊히지 않았다. 워낙 충격적이었고, 귀신에 홀린 것처럼 뇌리에 각인되었으니까.

그래. 바로 그날, 그 정체불명의 유도복과의 만남은 내 인생에 있어서 가장 흥미로웠던 일이었다. 그 유도복이 풍기던 묘한 향기가 가끔씩 떠오를 만큼. 선수촌을 이 잡듯 들쑤셔 찾지는 않았지만 다시 한 번 만나고 싶다는 생각을 간혹 하기는 했었다.

은근히 신경을 자극하던 향기가 서서히 머리에서 잊혀질 때쯤, 정체불명의 유도복을 지우고 있을 때쯤, 사건은 일어났다.

'헤에! 이, 이곤 모야?'

우리나라 울산에서 열린 아시안게임. 대한민국이 스포츠 축제를 만끽하고 있던 그날 밤에 나는 태릉선수촌에서 느꼈던 그 향기를 다시 한 번 접할 수 있었다.

'구롬 이곤?'

술에 취한 것은 아니지만 술에 취한 것 같은 행동을 일삼던 그 여자.

'구로오옴……'

히죽 입꼬리를 올리며 반쯤 풀린 눈으로 나를 음흉하게 바라보던 그 여자.

'망지몬! 망지몬 어쫄 껜데!'

자신의 변태 끼를 굳이 숨기려 들지 않고,

'망죠따!'

내 몸을 제멋대로 주물러 버린 그 여자! 주무르다 못해 아주 농락을 한 그 여자!

'만약 네가 누군가와 처음으로 관계라는 걸 맺게 된다면, 그 사람에게 모든 걸 바치는 게 좋을 것 같구나.'

아버지는 말씀하셨다.

나의 순결을 빼앗은 자를 놓치지 말라고.

그리고 나는, 그 말씀을 따랐다.

★☆★

코끝을 간질이는 얕은 숨결이 느껴졌다. 그만 스르륵 눈을 떠 버렸다.

"으음."

긴 시간 동안 내게 안기느라 피곤했는지 새근새근 자고 있는 여자의 얼굴이 들어왔다. 입꼬리가 스윽 올라가는 걸 느끼며 미소 지었다.

"우웅."

향긋한 체취가 스며든다. 땀에 젖어 있었지만 그것마저 사랑스러운 여자는 내가 자신을 내려다보고 있는 걸 알았는지 눈썹을 꿈틀거렸다. 귀여워서 참을 수가 없을 지경이다.

어떻게 하지. 깨우고 싶지는 않은데. 하지만 깨우고 싶어.

단잠에 빠진 그녀를 흐뭇하게 응시하다 기다란 손가락을 들어 올렸다. 그녀의 예쁜 눈을 반쯤 가리고 있는 머리카락을 쓸어 올려주자 여자는 온몸을 부르르 떨며 내 품을 더욱 파고든다.

쿵쿵.

맨살을 맞대고 있었던 터라 그녀의 심장 소리가 더욱 잘 들려왔다. 가슴이 벅차올라 그녀의 동글동글한 뒷머리를 부드럽게 쓸었다.

"차워누 씨잉. 하지…… 으응, 마요."

무슨 꿈을 꾸고 있는 것일까. 자그마한 머릿속으로 들어가고 싶을 정도다. 눈을 뜨고 있을 때도, 자고 있을 때도 내 생각을 해 주면 좋으련만. 잠결인지, 품 안에서 뒤척이는 그녀를 더욱 세게 끌어안았다. 그런 내 가슴이 마음에 들었는지 그녀 역시 얼굴을 밀착시켰다.

"조금 더 자."

나는 꿈결을 헤매고 있는 여자를 향해 속삭였다. 우웅, 하고 그녀가 작게 숨을 흘렸다. 사랑하는 여자를 품에 쏙 넣은 채 놓아주지 않던 나는 생각했다. 밤새도록 침대 위를 뒹굴었고, 덕분에 꽤 지쳐 있는 상황이니만큼 조금 늦게 일어나도 괜찮을 거다. 해가 뜨지 않은 창밖을 흘깃거린 나는 스르르 눈꺼풀을 아래로 내렸다.

오늘은, 우리의 신혼여행 둘째 날이다.

침활담을 끝내며

오랜만에 뵙습니다. 그동안 잘 지내셨지요? 이림입니다.

〈굶주린 늑대의 사랑법〉 이후로 1년 만에 종이책을 내게 되었는데 여기까지의 과정이 정말 길었네요. 다른 글로 먼저 만나 뵈려했었는데 잘 풀리지 않아 이제야 인사드리게 되었습니다.

일단 먼저 첫 출간작인 〈침대 위의 연애담〉의 막내아들 이야기로 출발한 〈침대 위의 활극담〉을 무사히 마칠 수 있어서 무척 기쁩니다. 초심으로 돌아가자는 마음에 침대 시리즈를 건드렸는데 쓰는내내 설레었던 것 같습니다. 매우 즐거운 작업이었어요 :)

침대 시리즈의 연작은 〈침대 위의 연애담〉의 시즌 2격인 〈침대위의 신혼담〉과 〈굶주린 늑대의 사랑법〉 이후로는 쓰지 않으려 생각했었는데, 침활담을 끝내고 난 이후로는 생각이 달라졌답니다. 그들의 자녀들에 대한 이야기도 선보이고 싶다는 생각을 하게 되었습니다. 침연담의 주인공이었던 규영이와 희수가 총 세 명의 아이

들을 낳았었는데, 일단 막내아들 이야기는 끝이 났네요! 언젠가 기회가 된다면 첫째아들과 둘째딸 이야기도 써 볼 생각입니다. 그때도 많이 환영해 주시면 정말 감사하겠습니다.

그나저나 개인적으로 스포츠를 워낙 좋아해서 그런지 언젠가 운동선수들끼리의 글을 한 번쯤은 쓰고 싶다고 생각하던 차에 드디어 소원을 이루게 되네요! 쓰면서 제가 즐거웠던 만큼 독자 여러분께서도 재밌게 읽어 주시면 좋겠습니다 :)

침활담이 나오기까지 함께 힘써 주신 스칼렛 출판사 관계자분들, 완결까지 함께 달려 주신 로망띠끄의 독자 여러분들, 곁에서 항상 응원해 주시는 가족, 친구들께 감사의 인사를 전합니다.

새해가 밝아 오고 있습니다.

얼마 남지 않은 2014년 마무리 잘 하시고, 건강하고 행복한 모습으로 2015년에 다시 찾아뵙기를 바라며…… 저는 이만 물러갑니다!

읽어 주셔서 감사합니다.

—이림 拜上